普通高等教育"十一五"国家级规划教材
国家高等学校精品课程教材

供临床、预防、基础、口腔、麻醉、影像、药学、检验、
护理、法医等专业使用

机能实验学

第 3 版

主　编　高兴亚　戚晓红　董　榕　李庆平
主　审　朱国庆
副主编　彭聿平　汪　晖　朱学江　阎长栋
　　　　丁启龙　关宿东　张民英　王春波
编　者　（按姓氏笔画排序）

丁启龙	中国药科大学	李　珊	南京医科大学	袁艺标	南京医科大学
丁国英	南京医科大学	李晓宇	南京医科大学	夏雪雁	武汉大学
王春波	青岛大学	李　菁	南京医科大学	钱东生	南通大学
戈应滨	南京医科大学	李　皓	南京医科大学	钱　红	东南大学
石丽娟	东南大学	吴晓燕	南京医科大学	倪秀雄	福建医科大学
田苏平	南京医科大学	汪红仪	南京医科大学	徐　立	南京中医药大学
乐　坤	南京医科大学	汪　晖	武汉大学	高兴亚	南京医科大学
朱学江	南京医科大学	汤剑青	武汉大学	郭　军	南京医科大学
仲伟珍	青岛大学	陈雪红	青岛大学	郭　静	南京医科大学
刘莉洁	东南大学	张卫国	武汉大学	黄　艳	南京医科大学
刘　磊	南京医科大学	张小虎	南京医科大学	戚晓红	南京医科大学
关宿东	蚌埠医学院	张日新	江苏建康职业学院	阎长栋	徐州医学院
祁友键	徐州医学院	张民英	南京医科大学	彭聿平	南通大学
寻庆英	东南大学	张　枫	南京医科大学	董　榕	东南大学
孙秀兰	南京医科大学	张　敏	东南大学	蒋　莉	南京医科大学
李庆平	南京医科大学	周　红	南京医科大学	韩彦弢	青岛大学
李　军	南京医科大学	钟晓华	南京医科大学	魏义全	东南大学

科学出版社
北　京

内 容 简 介

《机能实验学》是基础医学的核心课程,近十余年来通过一系列教学改革,在整合了传统的生理学、药理学和病理生理学实验教学内容的基础上,逐步发展成一门独立课程。其教学内容包括:实验动物、动物实验基本操作、实验仪器、实验数据的采集与分析、动物的正常机能、药物的作用规律、疾病的模型及机制、综合实验和创新性实验等方面。本次第 3 版教材是在前两版教材的基础上,结合"医学机能实验学"国家精品课程的建设经验,补充了以下内容:动物福利、基于 Power-Lab 的人体机能实验以及虚拟实验,扩充了创新性实验的内容,修订了机能实验学的常用词汇。

本书不仅适合医学院校 5 年制、7 年制各专业学生使用,也适合综合大学生命科学领域的本科、研究生及相关人员使用。

图书在版编目(CIP)数据

机能实验学 / 高兴亚等主编. —3 版. —北京:科学出版社,2010.9
(普通高等教育"十一五"国家级规划教材·国家高等学校精品课程教材)
ISBN 978-7-03-028709-0

Ⅰ. 机… Ⅱ. 高… Ⅲ. 实验医学-高等学校-教材 Ⅳ. R-33

中国版本图书馆 CIP 数据核字(2010)第 161692 号

策划编辑:胡治国 吴茵杰 / 责任编辑:胡治国 / 责任校对:李 影
责任印制:刘士平 / 封面设计:黄 超

科学出版社 出版
北京东黄城根北街 16 号
邮政编码:100717
http://www.sciencep.com

新蕾印刷厂 印刷
科学出版社发行 各地新华书店经销

*

2001 年 8 月第 一 版 开本:850×1168 1/16
2010 年 9 月第 三 版 印张:13
2010 年 9 月第十一次印刷 字数:382 000
印数:37 001—42 000

定价:28.00 元
(如有印装质量问题,我社负责调换)

第3版前言

《机能实验学》自2001年首次出版,已经历了近10个年头实践磨炼,经过再版和多次重印,发行量已接近4万册。期间本教材被评为江苏省"精品教材",并列入普通高等教育"十一五"国家级规划教材,与本教材对应的课程也于2005年被评为国家级精品课程。本教材建设团队十分感谢全国的使用者和同行专家的支持与帮助。

实验教学改革是医学教育改革中最活跃的部分,全国各地的专家同行进行了不懈的努力与尝试,积累了丰富的经验。本教材和课程的建设团队在总结实验教学改革经验的基础上,提出了实验教学的"四性"、"五结合"原则。强调实验教学中应突出自主性、开放性、实践性和创新性,注重教学与科研、理论与实践、基础与临床、虚拟与实训、经典与现代的有机结合。本教材力图将这些新的教学理念融入其中。本次修订继承了第2版教材中综合实验和单科融合实验的内容,同时增加了动物福利、MD2000U、基于PowerLab的人体机能实验以及虚拟实验的相关内容,大大扩充了创新实验的内容,修订了机能实验学的常用词汇。

本次再版,全国十余所医药院校的50余位专家参与其中,凝聚了各学科专家的经验与智慧、心血和汗水。在此,对参与本书编写与校审的各位专家表示衷心的感谢!科学出版社也以其精益求精的态度和科学严谨的工作为本书的再版做出了特殊贡献。在此也代表全体作者向本书的编审和出版人员表示感谢!由于作者的水平与能力所限,在协调各单位和学科的习惯过程中仍留下一些不足,甚至尚有不妥之处,恳请读者和同行指正,以便修订时进一步提高。

高兴亚

2010 年 7 月

第1版前言

随着新世纪医学教学改革的不断深入,实验教学的课程体系、教学内容、教学要求以及教学设备均已发生了较大的变化。原生理、药理、病理生理的实验教学内容已逐步融合成一门综合性的独立课程,实验教学的目的由过去的理论验证转变为能力培养,实验教学设备也逐步实现了微机化。本教材正是为了适应这些新的变化和要求而编写的。

本书编写的总体构思包括以下方面:保留原学科的经典实验,保持学科发展的连续性和教学秩序的稳定性;适当增加跨学科综合实验和学生自己设计实验,体现改革和创新;保持实验教学的相对独立性,删除一些理论验证性实验和落后陈旧的内容;仪器的操作以D-95微机化实验教学系统为主,兼顾其他仪器。编写过程中力求体现科学性、先进性并兼顾实用性。注重传授基础理论、基本知识,训练基本技能,培养创新能力。

本书由全国10余所兄弟院校30余位专家参加编写,内容涉及生理、药理、病理生理和生物化学等学科。全书由十个章节构成,结构分为五个方面:公共部分(第一章至第五章),由高兴亚、李庆平负责;生理部分(第六章),由高兴亚、彭聿平负责;药理部分(第七章),由汪晖、李庆平负责;病理生理部分(第八章),由倪秀雄负责;综合与设计部分(第九章至第十章),由戚晓红、关宿东负责。除此之外,还将机能实验的常用数据以附录的形式排在书末,并将常用实验内容、手术步骤及仪器操作制成多媒体光盘,一并出版。

本书牵涉到的学科和专家较多,不同学科对同一概念的习惯提法有异。因此,书中有些提法可能有不妥之处,我们恳切希望读者对本书提出宝贵意见,以便再版时改进。

高兴亚
2001 年 5 月

目　录

第 1 章 绪 论

机能实验学是一门研究生物正常机能、疾病发生机制和药物作用规律的实验性学科。机能实验学课程是近年来随着基础医学教学改革,尤其是实验教学改革的深入逐步建立起来的,它继承并发展了生理学、药理学和病理生理学实验课程的核心内容,并且更加强调学科之间的交叉融合,更加重视新技术的应用,更加注重学生创新能力的培养。新课程体系的建立是与实验教学模式的改革相配套进行的。近年来,全国许多医药院校都已组建了机能学综合实验室,并在转变教育观念,更新教学内容,改革管理体制,创建新型教学模式等方面作了积极的探索。随着实验教学仪器的更新和综合实验室的组建,机能实验学自身也逐渐发展成熟,在课程体系、教学内容、教学手段和培养目标等方面已具备一定的特色。目前,机能实验学已成为一门重要的基础医学课程。

机能实验学是一门实践性很强的学科,在对学生进行系统、规范的实验技能训练的同时,更加注重创新能力的培养。课程为学生提供了一个理论联系实际,大胆实践操作和积极思考的机会,以使其掌握基础医学实验基本规律,为发挥创造性思维提供了一个思考和实践的空间。学习机能实验学,掌握医学实验的基本规律,训练医学实验的基本机能,培养科学的思维方法,对于一个医学生十分重要。这些知识、机能和基本素质将成为学习后续课程,进行临床医学实践和医学科学研究的坚实基础。

第 1 节 机能实验学的目的和要求

医学是实验性科学,对生物功能的了解、疾病发生机制的探讨和药物作用规律的掌握等各种医学知识无不来源于医学实验。可以认为医学研究进步的历史就是医学实验进步的历史。受控实验是医学研究的基本方法,是西方医学的基石。因此,在学习医学课程时应特别重视实验教学。了解和掌握医学实验的本质才能把握医学科学的精髓。学习机能实验学的目的和具体要求有以下几个方面:

一、学习机能实验学课程的目的

(1)了解机能学实验的基本方法和常用仪器装置。

(2)学习和掌握机能实验学的基本技能和基本操作。

(3)认识人体及其他生物体的正常功能、疾病模型及药物作用的基本规律。

(4)培养学生科学研究的基本素质,培养学生客观地对事物进行观察、比较、分析和综合的能力以及独立思考、解决实际问题的能力。

二、学习机能实验学课程的要求

1. 实验前预习

(1)应提前预习实验教材,了解实验的基本内容、目的、原理、要求以及实验步骤和操作程序。

(2)结合实验内容,准备相关的理论知识,事先有所理解,力求提高实验课的学习效果。

(3)根据所学的知识对各个实验步骤的可能结果做出预测,并尝试予以解释。

(4)预估在实验过程中可能发生的问题、误差。

2. 实验时认真

(1)认真听实验教材教师的讲解,注意观察示教操作的演示。要特别注意教师所指出的实验过程中的注意事项。

(2)实验所用的仪器、器材和药品务必按照要求摆放,依程序操作。同时注重节约和爱护,充分发挥各种器材应有的作用,保证实验过程顺利进行、取得预期效果。

(3)要爱护和节约实验动物,按规定麻醉、手术和处理。

(4)按照实验教材中所列出的实验步骤,以及带教老师的要求操作。在以人体为对象的实验项目,应格外注意人身安全。在采集血液标本时,应特别注意防止血液传播性疾病播散的可能。

(5)实验小组成员在不同实验项目中,应轮流担任各项实验操作,力求各人的学习机会均等。在做哺乳类动物实验时,组内成员要明确分工,相互配合,各尽其职,统一指挥。

(6) 实验过程中,在认真操作、仔细观察的同时要及时如实记录,积极思考。经常给自己提出种种问题,如:发生了什么实验现象? 为什么会出现这些现象? 这些现象有何意义? 等等。有准备的观察,才能发现事物的细微变化和隐藏在表面以下的规律。

(7) 在实验过程中若是遇到疑难之处,先要自己想方设法予以排除。解决不了时,应向指导教师汇报情况,要求给予协助解决。

(8) 对某些教师示教的项目,也应同样认真对待,努力取得应有的示教效果。

(9) 对于没有达到预期结果的项目,要及时分析其原因。条件许可时,可重复部分实验项目。

3. 实验后总结

(1) 将实验用具整理清洁后,回归原位。所用的器械务必按照常规擦洗干净。如果发现器材和设备损坏或缺少,应立即向指导教师报告真实情况,并予以登记备案。临时向实验室借用的器材和物品,实验完毕后应立即归还。

(2) 使用过的实验动物应按要求处理和摆放。注意取下连在动物身上的器械和装置。

(3) 仔细认真整理收集实验所得的记录和资料,对实验结果进行分析讨论,尤其应重视那些"非预期"的结果。并尝试做出解释。

(4) 如教师进行实验总结,应积极参与。

(5) 认真填写实验报告,按时送交指导教师评阅,并予以记分。

第2节 实验报告的写作

一、机能实验学教学内容

机能实验不论是自行操作的项目还是示教项目,均要求每位学生写出自己的实验报告或实验科技论文。书写实验报告应按规定,使用统一的实验报告用纸和规范的撰写格式。实验报告应按照指导教师的要求,按时送交给指导教师评阅,并作为平时成绩的依据。

二、实验报告的基本内容

基本内容包括:实验题目、实验目的、对象,实验

结果及分析讨论。实验器材、注意事项可以省略,而实验步骤除与结果的描述有关者一般不必写出。实验报告的写作,要注意文笔简练、条理清晰、观点明确。要注明作者的姓名、班次、组别、实验室、日期等。

三、实 验 结 果

实验结果的显示有多种方法和形式,主要有以下几种:

1. 波形法 指实验中描记的波形或曲线(如呼吸、血压、肌肉收缩曲线)经过剪贴编辑,加上标注、说明可直接贴在实验报告上,以显示实验结果。图形法较为直观清楚,能够客观地反映实验结果。

2. 表格法 对于计量或计数性资料可以用列表的方式显示。对于原始图形的测量结果也可用表格法显示。表格法反映实验结果清晰明确,便于比较,同时可以显示初步统计分析的结果。

3. 简图法 将实验结果用柱图、饼图、折线图或逻辑流程图等方式表示。所表示的内容可以是原始结果,也可以是经分析、统计或转换的数据。简图法可比表格法更直观地显示实验结果。

4. 描述法 对于不便用图形及表格显示的结果,也可用语言描述。但要注意语言的精炼和层次,注意使用规范的名词和概念。

四、实验结果的讨论 分析和结论

运用所掌握的理论知识,通过分析思考尝试对实验中出现的现象及结果做出解释。如果在实验过程中出现非预期的结果,应考虑并分析其可能发生的原因。写入实验报告中,请指导教师评阅。在对实验透彻分析的基础上,应当对该实验项目所涉及的概念、原理或理论做出简要小结,并紧扣实验内容得出结论。对实验中未能得到充分证实的理论分析,不应当写入结论之中。

对实验结果的分析是一项富有创造性的劳动,它反映学生的独立思考和独立工作的能力。因此,在书写实验报告时,应严肃认真、独立完成。

五、机能实验学报告的 格式及项目

格式及项目如下:

机能实验学报告

姓名：_____ 班次：_____ 组别：_____ 实验室：_____ 日期：_____

实验题目：

实验目的：

实验对象：

实验结果：

分析与思考：

第3节　实验室守则

（1）实验室是开展教学实验和科学研究的场所，学生进入实验室必须严格遵守实验室各项规章制度和操作规程，注意安全。

（2）保持实验室内的整洁、安静，不得迟到早退，严禁喧哗、吸烟、吃零食和随地吐痰。如有违犯，指导教师有权停止其实验。

（3）实验前必须认真预习，明确实验目的、步骤和方法，认真听取老师讲解，经老师同意后才能进行实验。

（4）参加实验者应先熟悉实验仪器和设备的性能及使用要点，而后动手使用。一旦发现仪器和设备故障或损坏，应立即向指导教师报告，以便能及时维修或更换，千万不可擅自拆修或调换。仪器和设备不慎损坏时，应及时向指导教师汇报情况，按章折价赔偿。同时应写出书面检讨，根据情节轻重考虑是否还要进一步给予处分。

（5）实验时认真观察，严格遵守操作规程，如实记录各种实验数据，养成独立思考习惯，努力提高自己分析问题和实际动手的能力。

（6）爱护实验仪器，节约水、电、材料。实验中如发生发现异常情况，应及时向指导教师报告。发生责任事故应按有关规定进行赔偿处理。

（7）各实验小组的实验仪器和器材各自保管使用，不得随意与他组调换挪用；如需补发增添时，应向指导教师申报理由，经同意后方能补领。每次实验后应清点一下实验器材用品。

（8）爱护实验动物，实验结束后，动物及标本要按规定处置。在实验中如被动物抓伤、咬伤，应立刻报告指导老师，进行妥善处理。

（9）实验结束后，学生应自觉整理好实验仪器设备，做好清洁工作，经指导教师或实验技术人员检查后方可离开实验室。

（10）本守则由指导教师和参加实验的人员共同监督，严格执行。

（高兴亚）

第 2 章 实验动物

第 1 节 实验动物的作用与意义

实验动物是根据科学研究需要在实验室条件下有目的、有计划进行人工驯养、繁殖和科学培育而获得的动物。实验动物来源于野生动物或家畜家禽,具有野生动物的共性,同时又有生物学特性明确、遗传背景清楚、表型均一、对刺激的敏感性和反应性较一致等特点。这些自身特点有利于仅用少量动物就能获得精确、可靠的动物实验结果,并具有良好的可重复性,因而广泛用于生物学、医学及药学科研与教学。

实验动物可以作为研究机体正常生理生化反应的对象。人为改变实验动物的环境条件,可以使实验动物机体发生生理、生化、组织结构甚至基因表达的改变,这些改变与人体有一定的共性,因此由实验动物获得的实验资料可以为医学、药学研究提供丰富而有价值的参考。

实验动物还是多种疾病的良好模型。由于人类各种疾病的发生发展十分复杂,要揭示疾病发生、发展的规律,不可能完全在人身上进行,以人为实验对象往往受到在道义上和方法学上种种限制。采用实验动物模拟人类疾病过程,观察药物及其他各种因素对生物体机能、形态及遗传学的影响,既方便、有效、可比性高,又易于管理和操作。在医学基础研究、药物研究及疾病发生与防治手段研究等领域均具有十分重要的意义。

机能实验学多以实验动物为对象,通过观察实验动物的基本生理生化反应及病理生理反应,分析干扰因素的影响及药物的作用与效应,学习和验证其基本规律。合理而正确地选择和使用实验动物,是顺利完成实验并获得真实可靠实验结果的保证。

第 2 节 实验动物的福利和伦理

一、动物福利的重要性

广义的实验动物(laboratory animal)指用于各种目的的动物,如科学研究、生化制剂、质量检查、环境监测等。在生物学领域,动物主要作为探讨生命本质起源、了解致病机制和进行治疗的模型。

狭义的动物是指人类饲育的动物,对其携带的微生物实行控制,遗传背景明确,来源清楚,主要用于科学研究、教学、生产等。如小鼠、大鼠、豚鼠、家兔、猫、犬和猴等。

动物实验是人类科学研究不可缺少的手段和方法,从摩尔根将果蝇作为研究遗传规律的材料,人们利用动物发现了微循环和神经条件反射弧,到基因组学、蛋白组学研究,都是从动物实验开始逐步了解和揭开生命本质及其起源之谜,新药的筛选、药效学、药动学和毒理学研究等同样离不开动物实验。动物实验就像大海中的航船,引导人类向最后的目的地前进。

值得注意的是,动物和人一样具有同等的存在价值,我们必须保护动物的福利和尊严,动物的福利是指人类为确保动物健康所从事的一切活动,包括法律法规、行政管理、科学研究以及与动物保健有关的日常事务。动物福利是动物保护的具体体现,基本原则是保证动物的康乐,改善动物的饲养环境及条件,把对动物的伤害、疼痛减小到最低。保护动物是人们的共识,但动物福利与伦理的提出受社会发展程度、传统观念、伦理道德、宗教文化及心理因素等多方面的影响,各方持有不同观点:一些动物保护组织和个人持极端的观点,反对进行任何形式的动物实验,认为动物实验是非人道的做法,应该取消动物实验。但是,为了科学的发展和人类的文明进步,有些必要的动物实验是不能取消的,因此,国内外对动物实验持肯定态度。

20 世纪 80 年代以来,美国、德国、瑞士等国相继制定和实施了动物保护法。这些法律法规的基本观点可用"3R"来概括,即减少(应用)、优化(方法)和替代(方法)。法律明确规定了允许应用动物的领域和目的,限制动物的应用范围和数量,改善动物的饲养环境及条件、应用必要的方法如麻醉剂、镇痛药等,把动物所遭受的伤害、疼痛减小到最低程度。有替代动物实验的方法或材料,则必须采用。法律还规定对动物保护的具体条款的检查及其负责的监督部门。

许多发达国家已经建立了相当完善的实验动物福利保护制度体系，美国1966年颁布了《动物保护法》和《实验动物福利法》，1985年通过了《提高实验动物福利标准法》修订案，英国1986年通过了《科学实验动物法》，澳大利亚2000年通过了《动物福利保护法》。1986年欧洲议会通过《保护用于试验和其他科学目的的脊椎动物的决定》，迄今为止已有许多国家签署。协议对动物实验中动物保护和饲养的问题作了原则性规定，制定了欧洲使用的动物总量的指导性指标，协议保留各国政府制定具体的实施措施的权利。1989年美国CAAT主任和荷兰动物科学系教授发起动物替代方法学术交流世界性大会，每三年举办一次。动物福利大会联合会出版了动物福利杂志，从动物行为学、饲养条件、饲养方式等多方面探讨动物福利和使用动物的道德问题，欧洲组织于1996年召开了欧洲动物伦理大会。我国动物实验科学的发展经历了起步、停滞、发展、提高阶段，现代动物伦理的学术观念尚未深入人心，给实验动物造成不必要痛苦的现象还较普遍。北京市已通过了《北京市实验动物管理条例》，规定动物实验必须经伦理审查，1997年北京成立了动物替代法研究会，动物学会在动物专业期刊上开辟了"3R"研究专栏，通过交流，推动动物替代法研究的发展。

二、3R原则在医学高等教育中的应用

动物实验是生物学、动物学、医学、药学和卫生学等领域的重要的教学手段和学习内容。世界上每年用于教学的动物可能在1000万~1500万只，并呈上升趋势。教学中应善待动物，减少动物数量和减轻对动物的伤害。全国各高校均在利用视听教材、计算机教学和替代物教具等努力实现3R教学条件。

1. 替代(replacement) 自20世纪80年代以来，许多学者就动物实验的替代方法作了多方面的研究，动物实验的替代方法，广义而言，是指减少动物实验中的动物数量，降低动物所受的伤害，或者用较少的动物种类进行实验。狭义解释是用无痛感的物质替代有生命的动物进行。主要指离体的组织器官或组织培养，如生物化学、分子生物学、微

生物学和免疫学方法，以及各种先进的数学方法。若已有相似的实验结果可以借鉴，实验能省则省。此外，不允许反复进行相似的动物实验，除非有令人信服的理由。

(1) 用低等动物代替高等动物：两栖类动物代替哺乳动物研究心脏功能，用体外培养器官、组织和细胞代替动物。如用体外培养的血管内皮细胞和平滑肌细胞研究动脉粥样硬化。一直以来，科学家把细胞培养看作是动物最有希望的替代载体。多年来结果表明，细胞培养不能完全替代动物。多数细胞在体外培养条件下失去了原来在体内的生物学功能。人类机体和离体细胞在药物的代谢能力及敏感性方面差异极大，难以将离体细胞的结果应用于人体。在人类安全和动物福利发生冲突的时候，人类安全只能放在首位，必要的动物实验必须进行。

在毒理学领域里，某些毒物是在体内代谢过程后形成的，有些代谢过程与人类完全不同。所以，即使通过替代方法获得与动物实验相同的结果，仍然不能排除对人体不安全的疑虑。细胞培养替代动物实验确定药物和化学试剂的致死剂量，也无进展。

替代方法的研究和推广旨在最终实现完全取代动物的理想，但这必须有雄厚的研究基金支持，美国和英国由民间基金会给予经费支持，德国、奥地利和瑞士很大程度上由政府支持，中国受认识和经费制约，替代研究刚刚起步。总之，替代研究受多方面影响很难有较大突破。

(2) 用免疫学方法代替动物实验，应用单克隆抗体技术替代动物实验。如用高效单克隆抗体搜寻抗原鉴定病毒的存在，以代替用小鼠接种的方法。

(3) 计算机仿真、数学方法、模拟动物实验。以计算机为工具的数学方法备受重视。在药学领域里，利用计算机建立分子模型，从事计算机辅助的新药开发，根据分子模型筛选和确定可能具有药理活性的物质，可减少了动物的应用数量。

2. 优化(refinement) 动物设计应遵循伦理原则：改善仪器设备条件，减少对动物的侵扰，尽可能减轻动物疼痛，注重与动物沟通。对动物伤害严重的实验，需持非常谨慎的态度，采取一切可能的途径或方法，如避免使用引起疼痛的注射针头。实施各种手术时，必须使用麻醉剂，避免和减轻实验过程中动物所遭受的损害，并在实验后给予特殊照

料。禁止进行引起动物严重疼痛的实验。

1971 年德国动物协会提出了动物饲养标准建议,包括卫生条件、保持动物较高繁殖力的措施及笼具标准等。《保护用于动物和其他科学目的的脊椎动物的决定》的欧洲协议提出"要满足动物在生理学和伦理学方面的需要,给予灵长类和家养动物较多的关注。采取措施或方法改进对动物造成较大的伤害的实验"。1988～2001 年我国相继颁发了《动物管理条例》、《医学动物管理实施细则》、《动物国家质量标准》,保证动物饲养的环境条件如动物房舍空间大小、内外环境温度、湿度、空气照明等,逐步完善动物管理和质量法规,形成了既与国际接轨又具有中国特色的动物管理体系。

(1) 使用微创伤技术:如采用内镜或导管从动物体内取样检查组织病变情况,以避免解剖动物取样。

(2) 使用微量分析技术。

(3) 改进麻醉方法:对动物实施各种外科手术时,必须使用麻醉剂。

(4) 实行安乐死术:动物的安乐死是指在不影响动物结果的前提下,使动物短时间无痛苦死亡,动物实验做完后,我们要对动物实施安乐死,如:二氧化碳吸入法、颈椎脱臼法、巴比妥类药物快速注射法、空气栓塞法、急性大失血法等。确认动物已经死亡,并且注意环保,按照规范妥善处理动物的尸体,避免污染环境。

3. 减少(reduction)

(1) 用低等动物代替较高等的动物,减少较高等动物的使用量。在动物实验中,动物保护的基本原则是尽可能减少动物实验,对计划中的动物必须科学安排,使用最少的动物,获取最多的数据。

(2) 使用高质量动物,以质量取代数量。

(3) 合用动物。做一次实验尽可能测得更多的数据,减少动物的使用数量。

(4) 改进设计与统计方法。在计划动物实验前,必须拥有大量科学依据,确定和证明该实验的目的、意义和必要性,改进设计,尽可能减少动物的用量。

根据《动物管理条例》第六章第二十九条及《医学动物管理实施细则》第三章第十六条的有关规定,制定以下动物保护守则:

(1) 实验前不得以恶作剧的形式戏弄或虐待动物,如拔除须毛、提拉耳朵、拔牙、倒提尾巴或后肢等行为。

(2) 严格按要求对动物进行无痛麻醉,麻醉好后才能进行实验。如遇麻醉失效,应及时补充麻醉剂。

(3) 手术操作要轻柔、准确,避免粗鲁的动作如随意翻弄、牵扯动物内脏器官。

(4) 实验结束后,能存活的动物要给予及时治疗和照顾,使之迅速恢复健康。

(5) 对于难以存活或者必须处死的动物,应施行安乐死术,不可弃之不管,任其痛苦死亡或以粗鲁的手段宰杀。

总而言之,所有与动物有关的人员都有责任和义务,将动物的伤害减少到最低范围内。相信同学们也一定能做好,让我们共同关心爱护动物。

第 3 节　常用医学实验动物的种类、特点及选择

在机能学实验中,应根据实验目的和要求选用不同的动物。常用的动物有蛙、小鼠、大鼠、豚鼠、家兔、猫和犬等。选择动物的根据是:①尽量选用与人类各方面机能相近似的实验动物。②选用标准化实验动物,即遗传背景明确、饲养环境与动物体内微生物得以控制、符合一定标准的实验动物。③选择解剖生理特点、符合实验目的的要求的实验动物。④根据不同实验研究的特殊需要选用不同种系敏感实验动物。⑤符合精简节约、易得之原则。实验用各种动物的特点如下:

1. 青蛙和蟾蜍　其心脏在离体的情况下能有节律的跳动很久,因此常用于药物对心脏的实验。其坐骨神经腓肠肌标本可用来观察药物对周围神经、横纹肌或神经肌接头的作用。

2. 小鼠　适用于动物需要量大的实验,如药物的筛选、半数致死量的测定和安全性实验、药物的效价比较及抗癌药的研究等。小鼠也适用于避孕药实验。

3. 大鼠　体型较小鼠大,便于实验操作,广泛用于药效学、药动学研究和毒理学研究,尤其是心血管药理学、神经药理学如高级神经活动实验的理想动物。因大鼠无胆囊,也常被用于胆汁研究。常用品种有 Sprague-Dawley 大鼠、Wistar 大鼠等。

4. 豚鼠　因豚鼠对组胺敏感,并易于致敏,常被用于抗过敏药试验,如平喘药和抗组织胺药实验,也常用于离体心脏、子宫及肠管的实验。又因为其对结核菌敏感,常用于抗结核病药的实验治疗研究。

5. 家兔 较易得到且驯服，便于静脉注射和灌胃，在机能学实验中应用较广泛，常用作直接记录血压、呼吸，观察药物对心脏的影响，了解心电图的变化及中枢兴奋药、利尿药的实验。也用于药物对肠道平滑肌和子宫的影响、药物中毒及解毒、药物的刺激性等实验。由于家兔体温变化较灵敏，也常用于体温实验和热原检测。还适用于避孕药实验。常用品种有新西兰兔、日本大耳白兔等。

6. 猫 猫的血压比较稳定，故监测血压反应猫比家兔好，常用于心血管药和镇咳药的实验。

7. 犬 犬是记录血压、呼吸最常用的大动物，如用于降压药、升压抗休克药的实验。犬还可以通过训练使它顺从，适用于慢性实验。如用手术做成胃瘘、肠瘘，以观察药物对胃肠蠕动和分泌的影响，慢性毒性试验也常采用犬。常用品种有杂种犬、比格犬等。

同一类实验可选不同的动物，如离体肠管和子宫试验可选用家兔、豚鼠、小鼠和大鼠；离体血管试验常选用蛙的下肢血管和家兔耳血管，也可选用大鼠后肢血管及家兔主动脉条；离体心脏试验选用蛙、家兔，也可选用豚鼠；在体心脏试验，选用蛙、家兔、豚鼠、猫和犬。

第4节 实验动物的编号及性别鉴别

一、实验动物的编号

犬、家兔等大动物可用特殊的铝制号码牌固定在耳上。白色家兔和小动物可用黄色苦味酸染料涂于毛上作标号，编号原则为"先左后右、先上后下"，如图2-1所示。用单一颜色可标记 1～10 号，若用两种颜色的染液配合使用，其中一种颜色代表个位数，另一种代表十位数，可编到 99 号。

二、实验动物的性别鉴别

1. 小鼠和大鼠 性别的鉴别要点有三：雄鼠可见阴囊内睾丸下垂，气温高时尤为明显；雄鼠的尿道口与肛门距离较远，雌鼠则较靠近；成熟雌鼠的腹部可见乳头。

2. 豚鼠 与小鼠和大鼠基本相同。

3. 家兔 雄兔可见阴囊，两侧各有一个睾丸，用拇指和食指按压生殖器部位，雄兔可露出阴茎，雌兔的腹部可见乳头。

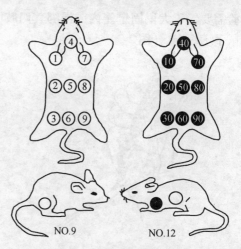

图 2-1 实验动物的编号

第5节 实验动物的捉持和固定方法

一、小 鼠

捉拿时先用右手将鼠尾抓住提起，放在粗糙的台上或鼠笼盖铁丝网上。在其向前爬行时，用左手拇指及食指沿其背向前抓住小鼠的两耳和颈部皮肤，将其置于左掌心中，拉直四肢，并以左手的小指和掌部夹住其尾固定在手上。另一抓法是只用左手，先食指和拇指抓住小鼠尾巴后用手掌及小指将其夹住，再用拇指和食指捏住其颈部的皮肤。此法稍难，但便于快速捉拿给药。取尾血及静脉注射时，可将小鼠固定在金属或木制固定器上。（图2-2）

图 2-2 小鼠捉拿方法

二、大 鼠

实验者应戴帆布手套捉持，方法基本与小鼠相同，若大鼠过于凶猛，可待其安静后再捉拿或用卵圆钳夹其颈部抓取。另外一种方法是：以右手抓住鼠尾，左手戴防护手套或用厚布盖住鼠身作防护握住其整个身体，并固定其头骨防止被咬伤，但不要握力过大，勿握其颈部，以免致其窒息死亡。再根

据实验需要置于大鼠固定笼内或绳绑其四肢固定于大鼠手术板上。(图2-3)

图2-3　大鼠捉拿方法

图2-4　豚鼠捉拿方法

图2-5　蛙和蟾蜍的捉拿方法

三、豚　　鼠

豚鼠生性胆小,故捉取时要求快、稳、准。方法是:先用右手掌迅速而又轻轻地扣住豚鼠背部,抓住其肩甲上方,以拇指和食指环握颈部,对于体型较大或怀孕的豚鼠,可用另一只手托住其臀部。(图2-4)

四、蛙和蟾蜍

用左手将动物贴紧在手掌中,并以左手中指、无名指、小指压住其下腹和后肢,拇指和食指分别压住其左、右前肢,右手进行操作,再用图钉将其四肢固定于蛙板上。抓取时,禁忌挤压两侧耳部的毒腺,以免毒液射入眼中。(图2-5)

五、家　　兔

用手抓起其脊背近颈部的皮肤,抓的面积越大其承重点越分散。如家兔肥大应再以另一只手托住其臀部或腹部,使重量承托于手中,然后按实验要求固定。做家兔耳血管注射或取血时,可用兔盒固定。做各种手术时,可将家兔麻醉后用粗棉绳捆绑四肢,固定在兔手术台上,头部使用兔头固定夹固定或用棉绳钩住家兔门齿固定于兔台的铁柱上。(图2-6)

图2-6　家兔捉拿方法

六、犬

用特制的长柄钳夹住其颈部,套上犬链,然后再按不同实验要求将其固定。犬嘴的捆绑方法:先将棉绳由下而上绕犬嘴在嘴上方打第一个结,再绕到嘴下方打第二个结,最后绕至颈后打第三个结固定。急性实验时,将麻醉的犬置于手术台上,四肢缚上绳带,前肢的两条绳带在犬的背后交叉,将对侧前肢压在绳带下面,再将绳带缚紧在手术台边缘的固定螺丝上。下肢作固定后,将头部用狗头夹或棉绳缚其上颌骨固定之。

第6节　实验动物的麻醉方法

在整体动物实验中,为了避免动物挣扎而影响实验结果,必须用麻醉药将动物麻醉后再进行实验。对不同实验要求和不同种类动物,应选择恰当的麻醉药物和剂量。

一、麻 醉 方 式

1. 局部麻醉　常用2%普鲁卡因溶液做皮下浸润麻醉,可用于局部手术,适用于中型以上的动物。

2. 全身麻醉

（1）吸入麻醉：将乙醚蘸在棉球上放入玻璃罩内，利用乙醚的挥发性质，经肺泡吸入，作用快，用于小鼠、大鼠短时间麻醉，除去乙醚后麻醉很快恢复，罩内麻醉时间不可太长，以免缺氧。乙醚麻醉初期常有兴奋现象，且因其对呼吸道有强烈的刺激性，而使呼吸道分泌物增加，易发生呼吸道阻塞，故使用中应注意观察。

（2）注射麻醉

1）戊巴比妥钠：该药具有镇静催眠作用，其机制主要是阻止神经冲动传入大脑皮层，从而对中枢神经系统产生抑制作用。因其对动物麻醉作用稳定，持续时间适中，故一般动物麻醉都可使用。

2）乌拉坦（氨基甲酸乙酯）：多数实验动物都可使用，其对呼吸抑制作用小，麻醉作用较弱，持续时间较长。

静脉注射麻醉药时，开始给药的速度可略为快些，即先给予总量的1/3，以求动物能快速、顺利地度过兴奋期。后2/3剂量的给入速度宜慢，且边注射边观察动物生命体征及反射的变化（心跳、呼吸和角膜反射等）。当确定已达到麻醉效果时，即可停止给药，不必急于将剩余的麻醉药全部推入。

二、麻醉效果的判断

动物达到麻醉的基本状态是：肢体肌肉松弛，呼吸节律呈深而慢的改变，角膜反射存在但较为迟钝，躯体自然倒下。此时为最佳麻醉效果。

（1）若麻醉剂量给予不足，动物仍有挣扎、尖叫等兴奋等表现时，应观察一段时间，确认动物是否已度过兴奋期，不可盲目追加麻醉药，如需追加麻醉药物，一次不宜超过总量的1/3，且不宜由静脉补充麻醉药，而以腹腔或肌肉注射的方式更为妥当，并密切观察动物是否已达到麻醉的基本状态。

（2）麻醉过量时，实验动物会出现两种情况，一是呼吸、心搏骤停或间断等情况；二是动物全身皮肤颜色青紫，呼吸浅而慢。

常用麻醉药物的剂量和用法见表2-1。

表2-1　常用麻醉药物的剂量和用法

麻醉药	动物	给药途径	给药剂量（mg/kg）	配制浓度（%）	给药量（ml/kg）	维持时间与特点
戊巴比妥钠	犬、猫、鼠	静脉	30	3	1.0	2～4小时，中途加1/5量可维持1小时以上，麻醉力强，易抑制，呼吸变慢
		腹腔	40～50		1.4～1.7	
		皮下		3		
	豚鼠	腹腔	40～50	2	2.0～2.5	
	大、小鼠	腹腔	45	2	2.5	
乌拉坦	犬、猫、兔	静脉、腹腔	750～1000	20	4.0～5.0	2～4小时，应用安全毒性小，更适用于小动物麻醉
		直肠	1500	30	5.0	
	豚鼠大、小鼠	肌肉	1350	20	7.0	
	蛙类	皮下、淋巴	2000 100～600mg/只	20	1～3ml/只	
硫喷妥钠	犬、猫、兔	静脉、腹腔	25～50	2	1.3～2.5	15～30分钟，麻醉力强，注射宜慢，维持剂量酌情掌握
	大鼠	静脉、腹腔	50～100	1	5.0～10.0	
巴比妥钠	犬	静脉	225	20	1.12	4～6小时，麻醉诱导期长，深度不易控制
	猫	腹腔	200	5	4.0	
		口服	400	10	4.0	
	兔	腹腔	200		4.0	
	鼠类	皮下	200	2	10	
苯巴比妥钠	犬、猫	腹腔 静脉	80～100	3.5	2.2～3.3	同上
	兔	腹腔	150～200	3.5	4.3～6.0	

（李庆平　张民英　王春波　仲伟珍）

第 3 章 动物实验基本操作

第1节 常用手术器械

一、蛙类手术器械

（1）剪刀：粗剪刀用于剪断骨骼、肌肉、皮肤等较硬或坚韧的组织；细剪刀或眼科剪刀用于剪断神经和血管等细软组织。

（2）圆头镊子：用于夹捏细软组织。

（3）玻璃分针：用于分离血管和神经等。

（4）金属探针：用于破坏脑和脊髓。

（5）锌铜弓：用于检查神经肌肉标本的兴奋性。

（6）蛙心夹：使用时于心脏舒张期将其夹口夹住心尖，另一端通过丝线连于杠杆或张力换能器，用以描记心脏舒缩活动。

（7）蛙板：分为20cm×15cm的玻璃蛙板和木蛙板。木蛙板上有许多小孔可用蛙腿夹夹住蛙腿并嵌入孔内固定之；也可用大头针将蛙腿钉在蛙板上，以便操作。为减少损伤，制备神经肌肉标本最好在清洁的玻璃蛙板上操作。

二、哺乳类动物手术器械

常用手术器械主要有以下几种（图3-1）。

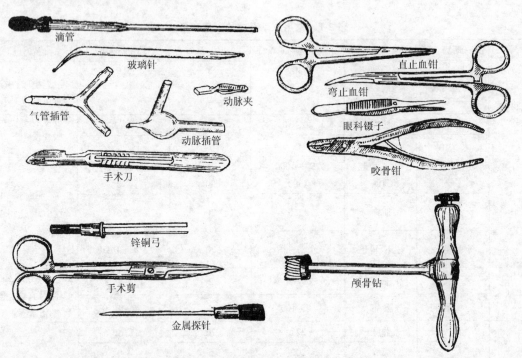

图3-1 常用手术器械

（1）手术刀：用于切开皮肤和脏器。常用持刀法有执弓式、执笔式、握持式、反挑式等。

（2）手术剪：剪开皮肤、皮下组织和肌肉时使用直手术剪；剪毛用弯手术剪；剪开血管做插管时用眼科剪刀。

（3）镊子：夹捏较大较厚的组织和牵拉皮肤切口时使用有齿镊子；夹捏细软组织（如血管、黏膜）用无齿镊子；做动（静）脉插管时，可用弯头眼科镊子扩张切口，以利导管插入。

（4）止血钳：除用于止血外，有齿的可用于提拉皮肤；无齿的用于分离皮下组织；蚊式钳用于分离小血管及神经。持钳（剪）的方法见图3-2。

正确持剪法　　　正确持钳法　　　错误持钳法

图3-2　持钳(剪)的方法

（5）骨钳：打开颅腔的骨髓腔时用于咬切骨质。

（6）颅骨钻：开颅时钻孔用。

（7）动脉夹：用于阻断动脉血流；亦可在兔耳缘静脉注射时用于固定针头。

（8）气管插管：急性实验时插入气管，以保证呼吸道通畅。

（9）血管插管：验时插入血管，另一端接压力换能器或水银检压计，以记录血压，插管腔内不可有气泡，以免影响结果；静脉插管用于向动物体内注射药物和溶液。

（关宿东）

第2节　急性动物实验的基本操作技术

一、动物手术的基本方法

（一）切口和止血

对兔、猫、犬等切开皮肤前必须剪毛。剪毛用弯头剪毛剪或粗剪刀，不可用组织剪及眼科剪。剪毛范围应大于切口长度。为避免剪伤皮肤，可一手将皮肤绷平，另一手持剪刀平贴于皮肤逆着毛的朝向剪毛。剪下的毛应及时放入盛水的杯中浸湿，以免到处飞扬。施行皮肤切口前，要选定切口部位和范围，必须时做出标志。切口的大小根据实验要求而实。切皮时，手术者一手的拇指和食指绷紧皮肤，另一手持手术刀，以适当力度一次切开皮肤和皮下组织，直至肌层。用几把皮钳夹住皮肤切口边缘暴露手术视野，以利进一步分离、结扎等操作。在手术过程中应保持手术野清晰，防止血肉模糊有碍手术操作和实验观察。因此应注意避免损伤血管，如有出血要及时止血。止血的方法有：①组织渗血，可用温热盐水纱布压迫、明胶海绵覆盖或电凝等方法；②较大血管出血，应用止血钳夹住出血点及其周围少许组织，结扎止血；③骨组织出血，先擦干创面，再及时用骨蜡填充堵塞止血；④肌肉的血管丰富，肌组织出血时要与肌组织一同结扎。为避免肌组织出血，在分离肌肉时，若肌纤维走向与切口一致，应钝性分离；若肌纤维走向与切口不一致，则应采取两端结扎中间切断的方法。干纱布只用于吸血和压迫止血，不可用来揩擦组织，以免组织损伤和刚已形成的血凝块脱落。

（二）神经和血管的分离

神经和血管都是易损伤的组织，在分离过程中要细心、轻柔，以免损伤其结构与功能。切不可用齿镊子进行剥离，也不可用止血钳或镊子夹持。分离时应掌握先神经后血管、先细后粗的原则。分离较大的神经和血管时，应先用蚊式止血钳将其周围的结缔组织稍加分离，然后用大小适宜的止血钳沿分离处插入，顺神经或血管的走向逐步扩大，直至将神经血管分离出来。在分离细小的神经或血管时，要用眼科镊子或玻璃分针小心操作，需特别注意保持局部的自然解剖位置，不要把解剖关系搞乱。如需切断血管分支，应采用两端结扎中间剪断的方法。分离完毕后，在神经或血管的下方穿以浸透生理盐水的丝线，备供刺激时提起或结扎之用。然后，盖上一块盐水纱布，防止组织干燥；或在创口内滴加适量温石蜡油（37±1℃），使神经浸泡其中。

二、各种插管技术

（一）气管插管术

（1）动物麻醉后，将其仰卧位固定后，用剪刀紧贴颈部皮肤依次将手术所需用部位的毛发剪去。不可用手提起毛发，以免剪破皮肤。

（2）沿颈部下颌至锁骨上缘正中线做一长5～7cm的皮肤切口，分离皮下筋膜，暴露胸骨舌骨肌。注意：手术刀的用力要均匀，不可因用力过大、过猛而切断气管表面的肌肉组织。

（3）用止血钳插入左右两侧胸骨舌骨肌之间，做钝性分离，将两条肌肉向两外侧缘牵拉并固定，以便充分暴露气管。用弯型止血钳将气管与背侧面的结缔组织分开，游离气管约7cm，在其下面穿线备用（穿线时应注意将气管与大血管和神经分开）。

（4）用手术刀或手术剪在喉头下2~3cm处的气管两软骨环之间做一倒T形切口，气管上的切口不宜大于气管直径的1/3。

（5）如气管内有血液或分泌物，应先用棉球揩净，再用组织镊夹住气管切口的一角，将气管插管内切口处向胸腔方向插入气管腔内，用备用线结扎导管，并固定于侧管分叉处，以免Y形导管脱落。

（二）颈动脉插管术

（1）动物麻醉后固定于手术台上。

（2）选择手术视野、剪毛：在家兔下颌至锁骨处的范围内，紧贴动物颈部皮肤（切记：不可提起动物毛发），小心地剪去动物毛发，并用生理盐水纱布清理手术范围。

（3）切开颈部皮肤：第一、第二术者右手持组织镊轻轻提起两侧皮肤，沿离下颌下3cm至锁骨上1cm处的手术视野内剪开皮肤约1cm的小口。随后用止血钳贴紧皮下向下钝性分离皮下筋膜3~4cm，再用医用直剪剪开皮肤。用同样的方法向下分离皮下筋膜、剪开发肤3~4cm，及时止血、结扎出血点。

（4）分离颈部皮下筋膜：用止血钳钳夹左、右侧缘皮肤切口向外牵拉，以便充分暴露手术视野。用纹式止血钳或剪刀钝性分离皮下筋膜，或在筋膜上无大血管的情况下剪开皮下筋膜，暴露肌肉层组织结构。注意剪开或切开的皮下筋膜，应与皮肤切口的大小一致。

（5）分离肌肉层组织：当剪开皮下筋膜后，迅速用直型止血钳夹住皮下筋膜，并与皮肤固定在一起向外牵拉，充分暴露肌肉层组织特征。此时不要盲目地进行各种手术操作，应仔细地寻找颈部组织解剖学的特殊体征。在气管的表面有2条肌肉组织的走向。1条与气管走向一致、紧贴且覆盖与气管表面上的胸骨舌骨肌，另1条肌肉即是向侧面斜行的胸锁乳突肌。在这2条肌肉组织的汇集点上插入弯止血钳，以上下左右的分离方式分离肌肉组织若干次后，即可清晰地暴露出深部组织内的颈动脉血管鞘结构。

（6）游离颈总动脉血管：细心分离血管鞘膜，游离颈动脉表面的各种神经纤维。在靠近锁骨端，分离出3~4cm长度的颈总动脉血管，并在其下面穿入2根手术线备用。当确定游离的颈总动脉有足够的长度时结扎远心端的血管，待血管内血流液充分充盈后，在近心端先用动脉夹夹住颈总动脉血管，以便实施插入导管的手术。

（7）颈总动脉插管：靠近颈动脉血管的远心端血管处用医用眼科直剪呈45°角剪开血管直径的1/3（注意：血管切口面一定要呈斜切面，不能呈垂直面）。用弯型眼科组织镊的弯钩插入到血管腔内，轻轻挑起血管。此时可见到颈总动脉的血管腔呈现一小"三角口"，迅速沿着此切口准确地插入血管导管约2.5cm后，在近心端结扎血管、放开动脉夹。利用远心端的结扎线再次结扎插管导管，记录血压信号。

（三）股动脉插管术

（1）动物麻醉后固定于手术台上。

（2）选择手术视野、剪毛：在上述动物的后肢肌三角处范围内，紧贴动物皮肤剪去局部毛发，并用生理盐水纱布清理手术范围。

（3）切开股部皮肤：第一、第二术者手持组织镊轻轻提起两侧皮肤，沿股三角内动脉搏动的走行方向剪开皮肤约4cm。如渗血或出血的情况需要及时止血。

（4）分离股部皮下筋膜：家兔的股部皮下筋膜较薄，只要用弯型止血钳采取不断撑开筋膜的方法1或2次，要可暴露肌肉层的股三角解剖学的特征。然而大鼠类动物，切开皮肤后会有一定的脂肪组织涌现，可用弯止血钳钳夹住已暴露的脂肪组织，用手术线结扎后剪去多余的脂肪组织。此时可以见到下筋膜组织（相对透明的结缔组织），用眼科镊钝性分离筋膜数次，清晰暴露股三角解剖学特征后即可。

（5）游离股动脉血管：股三角解剖学特征所提示的是上面以腹股沟韧带为界，外侧面以缝匠肌的内侧缘为界，内侧面以长收肌的内侧缘为界，所形成一个局部三角形结构的区域。在此区域内由外向内分别为股神经、股动脉、股静脉。然而，实际上我们只能见到的是股神经和股静脉。因为股动脉的位置是在中间偏后，恰恰被股神经和股静脉所遮盖。了解这些解剖学的特征是十分重要的，它可避免盲目地去寻找血管，同时只有确认了此部位的血管,才可进行血管导管插入操作。当寻找到股三角部位的血管后,要浆时判断血管的类别是十分重要的工作。一般情况下判断动静脉血管的标准有两项:①动脉血管的颜色较为鲜红或淡红色,静脉血管的颜色为深红或紫红色;②动脉血管看似刚劲,有明显的搏动现象,而静脉血管看似单薄、无搏动感。对于小动物,利用眼科镊细心地分离股部血管鞘膜、分离血管间的结缔组织,游离股动脉表面的神经。对大动物则需要借助小号纹式止血钳和配合眼科镊,分离股部血管鞘膜和分离血管间的结缔组织,游离股动脉表面的神经。在靠近血管远心端的区域分离出 2~4cm 长度的动脉血管,并在其下面穿入 2 根手术线备用。当确定游离的股动脉有足够的长度时结扎远心端的血管,待血管内血流充分充盈后再在近心端先用动脉夹夹闭股动脉血管。

(6)股动脉插管靠近远心端血管结扎线 0.3cm 处,用医用眼科直剪呈 45°角剪开血管直径的 1/3,注意:血管切口面一定要呈倒 V 形的斜切面,不能呈垂直面。用弯型眼科镊的弯钩或特制的血管探针准确地插入到血管腔内并轻轻挑起血管,此时可见到动脉血管切口呈现一小"三角口",迅速沿着此切口准确地插入血管 1.5~2.5cm(小动物)或 2~4cm(大动物),在近心端结扎血管导管、放开动脉夹。

(四)颈静脉插管术

(1)动物麻醉后固定于手术台上。

(2)准备手术视野:在家兔下颌至锁骨处剪去动物被毛,用浸泡过生理盐水的纱布清理手术视野。

(3)切开颈部皮肤:手术者可用组织镊轻轻提起两侧皮肤,沿离下颌 3cm 至锁骨上 1cm 处剪开皮肤约 1cm 的小口后用止血钳紧贴皮下、向上钝性分离皮下筋膜 3~4cm,再用医用直剪刀剪开皮肤。用同样的方法向下分离皮下筋膜、剪开皮肤 3~4cm。手术中注意及时止血和结扎出血点。

(4)暴露颈总静脉:颈外静脉较浅,位于颈部皮下。当完成切开颈部正中皮肤组织后,只要轻轻提起左侧缘皮肤,用手指从皮肤外将一侧部组织外转翻起即可在胸锁乳突肌外缘处清晰见到粗而明显的颈总静脉。沿血管走向用纹式止血钳钝性分离皮下筋膜,暴露颈总静脉 3~5cm,穿 2 根 2-0 手术线备用。在靠近锁骨端用动脉夹夹闭颈总静脉

的近心端,待血管内血液充分充盈后结扎颈总静脉的远心端。

(5)颈总静脉插管:靠近血管远心端处,用医用眼科直剪呈 45°角剪开血管直径的 1/3,用弯型眼科镊的弯钩插入到血管内轻轻挑起血管,此时可见到颈总静脉血管腔,插入静脉插管约 2.5cm。

(6)静脉插管固定:导管插入静脉血管后,先在近心端结扎血管导管,然后在静脉插管距血管剪开部位 1.5cm 处打结固定在插管上,确认结扎、固定牢靠后,放开动脉夹。

(五)股静脉插管术

(1)动物麻醉后固定手术台上。

(2)选择手术视野:在动物下肢股三角处的范围内紧贴动物局部皮肤剪去动物毛发,并用生理盐水纱布清理手术范围。

(3)切开股部皮肤:用毛指触压动物股部,触感其动脉搏动后,手持组织镊轻轻提起两侧皮肤沿股三角内动脉搏动的走向剪开皮肤约 4cm,并注意及时结扎出血。

(4)分离股部皮下筋膜:家兔及犬的股部皮下筋膜较薄,只要用弯型止血钳采取不断撑开筋膜的方法 1 或 2 次即可暴露股三角解剖学的特征。然而大鼠类动物切开皮肤后会有一定的脂肪组织涌现,可用弯止血钳夹住已暴露的脂肪组织,采用手术线结扎方法剪去多余的脂肪组织。此时可以见到皮下筋膜组织(相对透时的结缔组织),用眼科镊钝性分离筋膜数次,清晰暴露股三角解剖学特征后即可。

(5)游离股静脉血管:解剖学知识提示,股三角上面以腹股沟韧带为界,外侧面以缝匠肌的内侧缘为界,内侧面以长收肌的内侧缘为界,形成一个局部三角形结构的区域。在此区域内由外向内分别为股神经、股动脉、股静脉。对于小动物而言,利用眼科镊细心地分离股部血管鞘膜、分离血管间的结缔组织,游离股静脉表面的神经。对大动物则需要借助小号纹式止血钳和配合眼科镊分离股部血管鞘膜和分离血管间的结缔组织,游离股静脉表面的神经。直至在靠近远心端的区域,分离出 2~4cm 长的静脉血管,并在其下面穿入两根手术线备用。当确定游离的股静脉有足够的长度时,用动脉夹夹住心端的血管,待静脉血管内血液充分充盈后再结扎远心端血管。

(6)股静脉插管:靠近远心端血管 0.3cm 处,

用医用眼科直剪呈 45°角剪开血管直径的 1/3。注意血管切口一定要呈斜切面,不能呈垂直面。用弯型眼科组织镊的弯钩或特制的血管探针准确地插入血管腔内,并轻轻挑起血管。此时可见到静脉血管切口呈现一小"三角口",迅速沿此切口准确地插入血管导管 1.5～2.5cm(大动物),在近心端结扎血管导管。再利用远心端的结扎线再次结扎插管导管。

(六) 输尿管插管术

(1) 动物麻醉后固定于手术台上。

(2) 剪去耻骨联合以上腹部的部分被毛。

(3) 在耻骨联合上缘约 0.5cm 处沿腹白线切开腹壁肌肉层组织,注意勿伤及腹腔内脏器官。基本方法是,沿腹白线切开腹壁约 0.5cm 小口,用止血钳夹住切口边缘并提起。用手术刀柄上下划动腹壁数次(分离腹腔脏器),然后向上、向下切开腹壁层组织 3～4cm。

(4) 寻找膀胱(如膀胱充盈,可用 50ml 的注射器将尿液抽出),将其向上翻移至腹外,辨清楚输尿管进入膀胱背侧的部位(即膀胱三角)后,细心地用玻璃分针分离出一侧输尿管。

(5) 在输尿管靠近膀胱处用丝线扣一松结备用,离此约 2cm 处的输尿管正下方穿 1 根线,用眼科弯镊或剪开输尿管(约输尿管管径的 1/2),用镊子夹住切口的一角,向肾脏方向插入输尿管导管(事先充满生理盐水),用丝线在切口处前后结扎固定,防止导管滑脱,平放输尿管导管,直到见导管出口处有尿液慢慢流出。

(6) 同样方法插入另一侧输尿管导管。

(7) 手术完毕后,用温热(38℃左右)生理盐水纱布覆盖腹部切口,以保持腹腔的温度。如果需要长时间收集尿样本,则应关闭腹腔。可用皮肤钳夹住腹腔切口(双侧)关闭腹腔或者采用缝合方式关闭腹腔。

(七) 心导管插管术

心导管插管通常有 2 种方法,即右心导管插管术和左心导管插管术。经静脉插入导管至右心腔,称为右心导管插管术;经动脉逆行插入导管至左心腔,称为左心导管插管术。现对右心导管插管技术和左心导管插管技术分别予以介绍如下。

1. 方法 1　右心导管插管技术。

(1) 选择手术视野:在家兔或大鼠下颌至锁骨

上缘处范围内剪去动物被毛,用生理盐水纱布清理手术范围。

(2) 切开颈部皮肤:手持组织镊轻轻提起两侧皮肤,沿距下颌 2cm 至锁骨上 1cm 处剪开皮肤约 1cm 的小口后,用止血钳贴紧皮下向上钝性分离皮下筋膜 3～4cm,再用医用剪刀剪开皮肤。用同样的方法向下分离皮下筋膜、剪开皮肤 3～4cm,及时止血或结扎出血点。

(3) 暴露颈总静脉:轻轻提起左侧缘皮肤切口,在胸锁乳突肌外缘处可清晰见到颈总静脉的走向。沿血管走向用纹式止血钳钝性分离皮下筋膜,暴露颈总静脉 3～5cm。在靠近锁骨端用动脉夹夹闭近心端颈总静脉,在血管的远心端穿 2-0 手术线,待血管内血液充分充盈后用手术线结扎颈总静脉的远心端。

(4) 颈总静脉插管:测量切口的心脏的距离,用液体石蜡湿润心导管表面,降低插管时心导管与血管间的摩擦阻力。并在心导管上作好标记,作为插入导管长度的参考。靠近心远心端血管处用医用眼科剪呈 45°角剪开血管直径的 1/3,用弯型眼科组织镊的弯钩插入到血管内轻轻挑起血管,此时可见到颈总静脉血管腔,迅速插入心导管约 2.5cm 后,在近心端结扎血管,放开动脉夹。注意:此时结扎血管的原则是既要保证血管切口处无渗血的现象,又要保证心导管可以继续顺利地插入。

(5) 心导管的插入:当将心导管插入到颈静脉时,需要平行地继续推送导管 5～6cm。此时会遇到(接触锁骨的)阻力,应将心导管提起呈 45°的角度后退约 0.5cm,再继续插入导管至心导管上所作标记处,插管时出现一种"扑空"的感觉,表示心导管已进入到右心室。此时应借助显示器上或记录仪上图形的变化,证实心导管是否已进入右心室。

(6) 心导管的固定:在近心端处重新牢固地结扎血管。在远心端处将结扎血管的手术线再结扎到导管上,起到加固的作用。清理手术视野。

(7) 心导管位置的判断:将血压换能器与三通管连接好,并确认连接牢靠,然后打开三通管的阀门,依据计算机屏幕显示的图像和波幅的变化,区别心导管所处的位置。

2. 方法 2　左心导管插管技术。

(1) 动物麻醉后固定于手术台上。

(2) 游离颈总动脉:在颈部肌肉层组织中,寻找胸骨舌骨肌(上、下走行)和胸锁乳突肌(由锁骨向外走行)。在这两条肌肉相互交接处用止血钳将胸骨舌骨肌与胸锁乳突肌分开即可找到颈动脉鞘。用手术器械固定颈部皮肤和牵拉颈部肌肉群,暴露血管鞘内动静脉。其中呈粉红色、有搏动的粗大血管即是颈总动脉。右手持玻璃分针顺着血管走向钝性分离颈总动脉3~4cm,穿2根2-0手术线,1根线结扎远心端,近心端用动脉夹夹住,另1根手术线打一松结备用。

(3)颈总动脉插管:在靠近远心端血管结扎处用左手拇指及中指拉住远心端线头,示指从血管背后轻撬血管,右手持锐利医用眼科直剪与血管呈45°角剪开血管直径的1/3。测量切口到心脏的距离,在心导管上作一标记作为插入导管距离的参考依据。用弯型眼科组织镊的弯钩插入到血管腔内轻轻挑起血管,此时可见到颈总动脉血管腔。右手持心导管以其尖端斜面与动脉平行地向心方向插入动脉内,插入心导管约2.5cm后用手轻轻捏住血管切口部位,放开动脉夹,防止出血或渗血。

(4)心导管的插入:操作者一手捏住血管切口处,另一手将心导管继续、平行地推送到预定部位。及时找开三通管阀门,保持心导管与血压换能器处于相通的状态。在计算机屏幕上可以看到平均动脉压的曲线图形变化。当心导管到达主动脉入口处时,即可触及脉搏搏动的感觉,继续推进心导管。若遇到较大阻力,切勿强行推入,此时将心导管略微提起少许呈45°角,再顺势向前推进。如此数次可在主动脉瓣开放时使心导管进入心室。插管时出现一种"扑空"的感觉,表示心导管已进入到心室部位。同时,在计算机屏幕上也即可出现心室脉动波形。

(5)心导管的固定:在近心端重新牢固地结扎血管。在远心端将结扎血管的手术线再结扎到导管上,起到加固的作用。清理手术视野,缝合皮肤。

(6)心导管位置的判断:将血压换能器与三通管连接好,并确认连接牢靠,打开三通管的阀门,从计算机屏幕上可以看到,若心导管进入心室,波幅将突然下降,脉压差别明显加大。

(八)胃管插管术

1. 小鼠胃导管插管 用左手拇指和食指抓紧鼠两耳和头部皮肤,用无名指和小指将小鼠尾巴压在手掌间,使动物腹部朝上、头部向上有一个倾斜度,使口腔和食管成一直线后,右手把灌胃器(由2ml注射器连接钝化的直径为1mm的注射器针头构成)从右角处插入口腔沿上腭徐徐进入食管,在稍有抵抗感觉(此为相当于食管的隔部)时,即可注入药液。灌时如很通畅则表示针头已进入胃内,如不通畅,动物常表现有呕吐动作或强烈挣扎,说明针头未插入胃内,必须拔出,按上述方法重新操作。此种灌注方法要点在于:①固定动物要牢靠,不能随意变动动物的体位;②动物的头部和颈部应保持在一条直线的位置;③进针方向要正确,一般是沿着右口角进针,再顺着食管的方向插入胃内,绝不可盲目进针,更不能硬性将导管推入。防止由此将导管送入到肺内造成动脉死亡。小鼠实施胃内灌注法一次最大投药量为1ml。

2. 大鼠胃导管插管 大鼠的胃导管插管技术基本上与小鼠相同,但有几点区别:①灌胃器由5~10ml注射器连接钝化的直径为1.2mm的注射器针头构成;②大鼠实施胃导管插管技术时,需两人相互配合操作;③一次最大投药量为2ml。

3. 家兔胃导管插管 家兔灌胃用的导管一般可用导尿管,并最好配以张口器(用木制纺锤状木片,两头细,中间大,并在正中开一个小孔)。实施胃导管插管时需两人协作进行。一人取坐位将家兔体夹于两腿之间,左手紧握双耳,固定头部,右手抓住前肢。另一人将张口器横贯于家兔口中,并将家兔舌压在张口器之下,然后取适当粗细的导尿管(14号),由张口器中央小孔慢慢沿上腭插入食管16~20cm。导管插入后将其外侧端入口部位放入到含清水的烧杯内。如有气泡出现表明导管插入气管内,应拔出重插;如无气泡出现表明导尿管在胃内即可将药液注入胃内,并再注入少量空气使管内的药液充分进入胃内,然后拔出导管取下张口器,一次最大投药量为3ml。

三、给药途径及方法

1. 蛙(或蟾蜍)淋巴囊注射法 蛙的皮下有数个淋巴囊(图3-3),注入药物后易吸收,一般以腹淋巴囊作为给药途径。注射方法:一手抓住蛙,固定四肢将腹部朝上。另一手持注射器,将注射针头从蛙大腿上端刺入,经过大腿肌肉入腹壁肌层,再浅出皮下进入腹淋巴囊,然后注入药液,因为针刺经过肌层,因此当拔出针头时刺口易于闭塞,可避免药物漏出。注射量0.25~1.0ml/只。

图3-3　蛙(或蟾蜍)淋巴囊

2. 小鼠

(1) 灌胃法:用左手固定小鼠,使头颈部充分伸直,但不易抓得过紧,以免窒息死亡。右手持连有灌胃针头的注射器,自口角插入小鼠口腔,从舌背面紧沿上腭进入食道。操作时,如遇阻力不能硬插,应抽出针头重试,以免将灌胃器插入气管造成动物死亡。当有突破感进针顺畅、动物安静、无呼吸异常时,即可注入药液。灌注量0.1~0.25ml/10g(图3-4)。

图3-4　小鼠灌胃法

(2) 皮下注射法:小鼠皮下组织疏松,常选择其头颈部皮下注射。方法是左手抓住并提起头部皮肤,同时左手无名指和小指将小鼠左后肢及背部压在掌下,右手持注射器,自头顶部水平插入皮下,注入药液。一般选用5号半针头,不宜采用较大的针头,以免药液由针口溢出。

(3) 肌内注射:选择肌肉发达、无大血管通过的部位,如大腿内侧或外侧。方法是如前捉拿小鼠,固定其后肢,右手持注射器插入大腿肌肉中,回抽针栓如无回血,即可进行注射。选用5号半针头,注射一般为每腿0.1ml。

(4) 腹腔注射:左手抓住小鼠使其腹部向上。右手持注射器从左下腹(应避开膀胱)向头部方向刺入皮下,进针2~3mm,再以45°角刺入腹腔,固定针头,回抽一下无血液和气泡时,可缓缓注入药液。操作时,针头插入不易太深或太接近上腹部,以免刺破内脏。注射量0.1~0.25ml/10g。

(5) 尾静脉注射:鼠尾明显可见四条血管,上下两条动脉,左右两侧为静脉。注射时,将小鼠置于特制的鼠筒中,尾部露出。鼠尾浸入45℃左右的温水中半分钟,或用75%乙醇溶液涂擦尾部,使血管扩张。将鼠尾拉直,选一条扩张明显的血管,右手持注射器,针头与静脉平行(小于30°角)缓慢进针,以左手拇指将针头与鼠尾一起固定,试注射少许药液,若针头确在血管内,则推注无阻力,否则皮肤隆起发白,应退出重试。注射应从尾尖部开始,假如失败,可逐渐向鼠尾根部上移进行再次注射。一般注射量为0.1~0.2ml/10g(图3-5)。

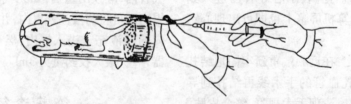

图3-5　小鼠尾静脉注射

3. 大鼠

(1) 灌胃法:方法同小鼠。注意捉拿动物时,颈部皮肤不易向后拉得太紧,以免勒住气管。灌胃针头插入长度为3.5~5.5cm。常用量为1~4ml。

(2) 腹腔注射法:同小鼠。常用量为0.5~1.0ml/100g。

(3) 静脉注射法:麻醉后大鼠可从舌下静脉给药。清醒动物则从尾静脉给药。操作时,要充分加温使尾静脉扩张,注射才易成功。

4. 家兔

(1) 灌胃法:固定家兔身和头部,将开口器横贯家兔口腔并旋转压住家兔舌,另一人选合适的导尿管从开口器中间的小孔插入食道约15cm左右。再将导尿管放入一杯水中,如不见气泡表示已进入胃内。即可将药液缓慢注入，最后注入少量水分，使导管中残留的药液全部灌入胃内。灌毕先将导尿管慢慢抽出，再取出开口器。服药前实验兔应先禁食为宜。灌胃量一般不超过20ml。

（2）耳静脉注射法：固定家兔，选用耳缘静脉，剪去粗毛，用手指轻弹耳壳，使血管扩张，手指压迫该血管上方（耳根部），待血管充盈后，抽取好药液的注射器，从静脉近末端插入血管，如确定针头在血管内，即可用手固定针头，以免滑脱。注射药液时，如推注通畅无阻，并见到血液被药液冲走，表明针头在血管内。如耳壳肿胀、发白，则表明注射在皮下。注射完毕用棉球按住针眼，将针头抽出，并继续按压片刻，以防出血。注射量一般为0.5～2.5ml/kg（图3-6）。

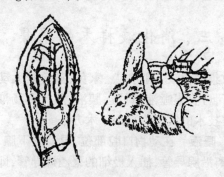

图3-6 兔耳缘静脉血管分布（左）
及耳缘静脉注射方法（右）

5. 豚鼠

（1）灌胃法：固定动物，灌胃方法与家兔相似。注意导尿管一般插入8～10cm即可。因豚鼠上腭近咽部有牙齿，易阻止导管插入，应将其头部和躯干拉直，便于导管避开障碍物而进入食道。

（2）静脉注射法：从耳缘静脉注入，方法同兔耳，但注射有时较难成功，必要时在麻醉状态下做颈外静脉或股静脉切开，注入药液。

6. 犬

（1）灌胃法：基本同家兔。注意插入开口器后要用棉绳将其固定于嘴部。胃管应选用30cm的软胶皮管或导尿管。

（2）静脉注射法：常用的注射部位是后肢小隐静脉，该血管位于后肢外踝部，由后向外上方走行。也可用前肢皮下头静脉，此静脉在前爪背侧正中处。注射时，先局部剪毛，一人用手抓紧被注射肢体的上端，使血液回流受阻，此时可看出血管走向，另一人即将药液注入静脉（图3-7）。

图3-7 犬后肢小隐静脉注射

第3节 实验标本的采集方法

合理、准确、有效地采集实验动物的体液是医学实验的一个重要环节，有其特殊要求和技术标准，对机能实验学而言，现仅对常用的技术作重点介绍。

一、采　血

1. 小鼠和大鼠

（1）剪尾采血：需血量较少时常用此法。将动物固定，鼠尾浸在45℃左右的温水中数分钟或用酒精棉球涂擦，使其血管充盈，然后把鼠尾擦干，并剪去尾尖1～2mm（小鼠）或3～5mm（大鼠），使血液自然流入试管或用血红蛋白吸管吸取。采血结束后，伤口应消毒并压迫止血。此法每只鼠一般可采血10次以上。小鼠每次取血0.1ml左右，大鼠可取血0.3～0.5ml。

（2）眼眶后静脉丛采血：操作者一手固定动物，食指和拇指轻压颈部两侧，使眶后静脉丛充血，另一手持"毛细采血管"，以45°角刺入内眦部，刺入深度为小鼠2～3mm，大鼠4～5mm。刺入静脉丛后感觉有阻力，应将采血管稍后退，边退边采，当获得所需血量后，松解颈部压力，拔出采血管，以防穿插孔出血。如技术熟练，此法可在短时间内重复采血。小鼠一次可采血0.2～0.3ml，大鼠可采血0.5ml。若只是一次性采血且所需血量较大，可采用摘除眼球法。

（3）股动脉采血：大量取血时常用此法。先手术分离股动脉，用注射器套上针头刺入血管取血。小鼠一次采血量可达0.5ml，大鼠可达2.0ml，操作时防止喷血。

此外，还可以采取断头、颈动脉采血、腹主动脉采血及心脏采血等方法收集血液。

2. 家兔

（1）耳缘静脉采血：先将家兔耳缘静脉取血部

位拔毛并消毒,将注射针头逆血流方向刺入取血,或用刀片割破耳缘,让血液自动流入容器,取血完毕后用棉球压迫局部止血。此法可多次反复使用,一次采血量 5～10ml。

(2) 颈动脉采血:将家兔麻醉仰位固定。颈部剃毛、消毒后正中纵向切口,钝性分离皮下组织,暴露气管。在气管两侧可见颈动脉鞘,小心将红色的颈总动脉与周围结缔组织和神经(白色)相分离;将颈动脉远心端结扎,近心端放置缝线并打好活结;在缝线外侧近心端用动脉夹阻断血流;用眼科剪在靠近远心端结扎处向心方向剪一"V"形小口,迅速将充有肝素的导管向心插入约 1～2cm,结扎缝线以固定采血导管;松开动脉夹,收集血液。

(3) 心脏采血:采血前,将动物麻醉并仰卧固定于实验台上,心前区皮肤剪毛,常规消毒,在第 3 肋间隙,胸骨左缘 3mm 处垂直刺入心脏,由于心脏的搏动,血液可自动进入注射器。如无血液流出,可拔出针头后重新穿插,不能左右来回斜穿,以防造成气胸。经 6～7 天后可重新穿刺,每次可采血 20～25ml。

3. 豚鼠

(1) 静脉采血:采少量血时用此法。可经耳缘静脉取血,方法与家兔相同。一次采血量约 0.5ml。也可足静脉取血。先将其后腿膝关节伸直,酒精消毒足背面,找出背中部足静脉后,用左手拇指和食指拉住豚鼠的趾端,右手持注射针刺入静脉,抽出注射器后即有血渗出。

(2) 心脏取血:与家兔心脏采血方法类似。注意心穿刺位置在胸骨左侧 3、4 肋间心尖搏动最强处。

4. 犬

(1) 前肢内侧皮下头静脉和后肢外侧小隐静脉采血:此法最常用。由助手将犬固定,采血部位剪毛、消毒,实验者用左手拇指和食指握紧肢体上部或扎紧止血带,使远端静脉充血。右手用接有 7 号针头的注射器刺入静脉,左手放松,以适当速度抽血,一次可采血 10～20ml。

(2) 颈静脉采血:大量或连续采血时可用此法。需分离动物颈外静脉,将导管特殊处理后,固定于动物背部,在长时间(24 小时)内可多次采集血样本。

二、采　尿

1. 代谢笼法　此法较常用,适用于小鼠和大鼠的尿液采集。代谢笼是能将尿液和粪便分开而达到收集动物尿液目的的一种特殊装置。

2. 导尿法　此法常用于雄性兔、犬。动物轻度麻醉后,固定于手术台上,由尿道插入导管(导管顶端应涂抹液体石蜡),可以采到无污染的尿液。

3. 压迫膀胱法　此法适用于兔、犬等大动物。将动物轻度麻醉后,实验者用手在动物下腹部加压,动作要轻柔而有力,当外力使膀胱括约肌松弛时,尿液会自动从尿道口排出。

三、消化液样本的采集

收集消化液一般在犬、家兔、猫等较大动物体内进行,可收集唾液、胃液、胰液、胆汁和肠液。这类收集技术的实施均需用手术方法。

1. 唾液　在动物口腔部位,寻找颌下腺、舌下腺,分离沿腺导管,插入极细的聚乙烯导管,即可收集到唾液。

2. 胃液　用胃导管插入方法,插入聚乙烯导管,在导管尾部接一注射器,即可收集到胃液。此法对大、小动物的胃液收集都适用。

3. 胆汁　用手术方法切开腹腔,找到肝脏,轻轻向上翻转,即可见到肝脏与十二指肠联结的结缔组织。其中有一条较粗大的、呈黄绿色的管道即是胆总管。以小号圆针穿入两条结扎线,插入适度粗细的聚乙烯导管,牢固结扎手术线于胆总管管壁上,借助注射器收集胆汁即可。

4. 肠液　用手术方法切开腹腔,找到预定的肠管,实施肠瘘手术,并将肠导管移至腹壁,手术缝合线牢固固定,即可收集肠液。

(李庆平　张民英)

第 4 章 实验仪器

第1节 机能学实验常用装置

一、电 极

在检测生物电或行电刺激时,电极是仪器系统与生物体连接或耦合的环节。根据对实验的精确度、结果的可重复性等要求的不同。电生理学中用的电极有不同的种类。

(一)金属宏电极(普通电极)

由银、铂、镍、不锈钢或钨制成的针形或片状电极,它们一般电阻很小。制作也简单。由于其尺寸一般是毫米级的,为了与微米级尺寸的"微电极"区别,一般被称为"宏电极"。由于其形态、功用及附属结构的不同又有许多具体的名称。根据用途分,用于刺激的"宏电极"被简称为"刺激电极";而记录用的"宏电极"则称为"记录电极"。根据形态分,有"针形电极","同心圆电极","片状电极"等;带有保护固定结构的称为保护电极;贴在组织或皮肤表明的称为表面电极;埋藏在组织中的称为埋藏电极。这些电极的材料一般应具有用抗氧化、不腐蚀组织、具有生物惰性和电极电位小的特点。电极做记录用时一般外部有屏蔽层,以减少干扰。

普通金属宏电极由于制作容易、使用方便,是机能学实验中的常用装置。但是在刺激时间很长的慢性实验中不适用。因为,在电流作用下,离子由电极进入组织,可产生毒性作用。在记录直流电位时,由于形成电极电位,影响实验结果。另外,在做细胞内记录时,需使用尖端尺寸比细胞还小的微电极。因此,在一些要求较高的科研实验,做精确记录时,必须使用一些更为复杂的电极。这里对乏极化电极(包括甘汞电极和氯化银电极),以及微电极作一简要介绍。

(二)甘汞电极

甘汞电极是用途很广的标准电极。它是由金属、非溶性金属盐及含有与非溶性金属盐同种阴离子的可溶性盐或酸组成的电极。如 Hg|HgCl, KCl 溶液。如果用它作为阳极,则从组织来的阴离子,特别是 Cl⁻,就积聚在电极上而形成 Hg₂Cl₂。如果用它作为阴极,组织的阳离子和甘汞中的氯离子起反应,应无汞。这样,电极从定性的角度来讲,没有改变。甘汞电极有时也称乏极化电极。如图所示(图4-1)。

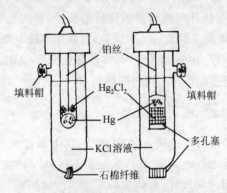

图 4-1 甘汞电极

甘汞电极的配对:将两个甘汞用一个 0.9% NaCl 溶液盐桥联结起来。然后加上小的直流电(不超过 1mA)通过电极,并且在通一定时间后变换电流方向。经过这样处理以消除电极间的电压。在储存时,成对的电极加以短路。

(三)氯化银电极

Ag/AgCl 电极的原理与甘汞电极类似,在银电极表面用电化学方法镀上一薄层氯化银(电极厚度的 10% ~25%)。它比甘汞电极容易制作,占空间较小,使用方便。Ag/AgCl 电极具有不易极化的性能,它比纯金属电极具有更小的电噪声,在低频范围内尤其如此。制备好的电极要避免见光、干燥和磨擦。因此,最好把它储存在内充 0.9% NaCl 溶液的不透光的容器内。使用时,电极通过液体或琼脂小桥或凭借透析纸与组织相连。

Ag/AgCl 电极可以在实验室用电镀法制备。这种方法便于根据需要对电极造型。在制备过程中,被镀银电极表面不应有凹陷或电流难以达到之处。引线焊点应认真清洗干净,并应当用树脂材料绝缘密封,严防在电镀或使用中因电解液渗入焊点而引起极化或腐蚀。制作时先用细砂纸打磨电极表面，然后用脱脂棉蘸金刚砂粉，沿单方向磨擦电极表面，最后用乙醇溶液、乙醚和蒸馏水彻底清洗。电镀时，应将欲制备的电极对并联接在一起作为阳极，另用一面积更大的高纯度银板（或铂或石墨）作阳极，二者均插入 0.1mol/L 的盐酸电镀液中，并分别接至可调恒流电流的正负端。电流密度和氯化银沉积量，可分别按 0.1～1mA/cm² 或 100～500 mA·s/cm² 计算和控制。所用电流密度愈小，电极最后电阻也愈小。在电镀过程中，电极的电阻开始时迅速增加，几分钟到几小时之后又会有相当程的减少而表现出纯粹的欧姆电阻的性质。为使氯化银薄层在金属银上附着牢靠，可在按算得的时间和规定的极性电镀一次后，更换外电源与极板连接的极性，再次通电，重复 3～4 次。但最后一次通电时，必须保持与规定的极性一致。由于氯化银不宜长期暴露于强光之下，故电镀过程宜在暗箱内进行。

（四）微电极

微电极有金属和玻璃两类，其电学性质不同，适用范围也略有差别。金属微电极是一种高强度金属细针，尖端以外的部分用漆或玻璃绝缘。金属电极丝由不锈钢、铂铱合金或炭化钨丝在酸性溶液中电解腐蚀而成，有多种成品可供选择，其缺点是微电极的几何形状与绝缘状态难以保持一致。玻璃微电极由用户根据需要用硬质毛细管拉制而成。用于测量细胞内静息电位和动作电位时，其尖端需小于 0.5 μm；用于测量细胞外活性区域非活性点电位时，其尖端可为 1～5 μm。

图 4-2 所示为单管玻璃微电极的结构示意图。在电极的粗端插入银-氯化银电极丝作为电气连接。玻璃微电极尖端内的电解液，与被测组织液之间形成了液体接触界面，界面的两侧离子迁移率和浓度不同，可以形成电位差。另一方面，由于电极尖端内径极小，因此形成高电极阻抗。通常选用 3mol/L KCl 溶液灌注玻璃微电极，用以减小电极阻抗。

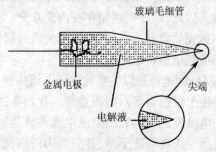

图 4-2　单管玻璃微电极

玻璃微电极可做成多管式，如图 4-3 所示。多管玻璃微电极主要用于观察在药物作用下的细胞生物电活动，是研究中枢机能与物质传递的重要手段。其优点在于药物直接作用在较小范围，药物用量及其作用时间均可精确测定。多管微电极由记录管、药物管和对照管三部分组成。记录管用以观察细胞电活动，其作用与单管微电极相同。药物管用以向被观察细胞邻近的极小范围内，通过微电泳法导入离子化药物。为避免管内高浓度药物不至于因浓度差而向脑组织液中弥散，药物管在不导出药物时，需加以与导出药物时极性相反的滞留电流，其大小常为毫微安的量级。然而，滞留药物的电流将会导出同药物离子极性相反的非药物离子（例如溶液中的 Cl^- 离子等），以致破坏被观察细胞附近局部组织的电中性。对照管的一个作用是保持被观察细胞局部环境的电中性，方法是由它导出为达到电中性目的所需极性和数量的离子，如 Na^+ 离子。它的另一作用是与微电泳药物的效应相对照。当被观察细胞出现阳性反应时，为确定此反应是药物而不是电流的作用，需借对照管所灌注的、不会引起被观察细胞阳性反应的离子，通进与导入药物同样大小的电泳电流。

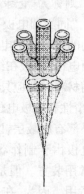

图 4-3　多管玻璃微电极

（五）液体离子交换剂膜微电极（简介）

液体离子交换剂膜微电极用来测量细胞内 Ca^+、Mg^{2+}、Cl^- 和 K^+ 离子的活度。图 4-4 所示为各种液体交换剂微电极结构。这些电极中，液体离子交换剂介质都放在硼硅酸玻璃细管的尖端。图 4-4A 的内参比溶液充满内玻璃细管，电极电阻因此可减小很多。图 4-4B 的 Ag-AgCl 电极与液体交换介质直接接触。图 4-4C 为液体离子交换微电极。图 4-4D 为组合型微电极。

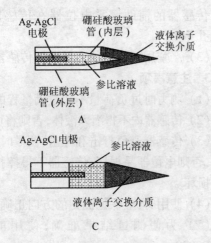

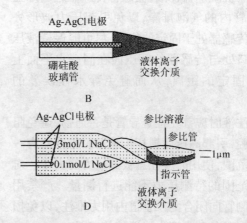

图4-4 液体离子交换微电极

二、传感器

(一)传感器的定义、作用和分类

医用传感器(也称换能器)是把机体生理活动的信息转换成于之有确定函数关系的电信息的变换装置。它是医学仪器中与机体进行直接耦合的环节,其功能是把机体生理信息拾取出来,以便进一步实现传输、处理和显示。

医用传感器按传感信息工作原理的不同,可分为物理型、化学型及生物型三大类。

物理型传感器是利用物理性质制成的传感器,如利用金属、半导体在被测信息作用下引起的电阻值变化的电阻式传感器;利用磁阻随被测量变化的电感、差动变压器式;利用压电晶体在被测量力作用下产生的压电效应而制成的压电传感器;利用半导体材料的压阻、光电和霍尔效应制成的压力、光电和磁敏传感器等。

化学传感器能把人体内的某些化学成分、浓度等转换成与之有确定关系的电信号。它是利用某些功能性膜对特定成分的选择作用把被测定成分筛选出来,进而用电化学装置把它转换成电信号。如用离子选择性电极测量钾、钠、钙等离子,利用气体选择电极测定氧分压和二氧化碳分压等。

生物传感器是利用某些生物活性物质所具有的选择性识别待测生物化学物质的能力而制成的传感器,是一种能从分子水平识别物质的传感器。

(二)压力传感器

1. 用途和原理 压力传感器主要用于测量血压、心内压、颅内压、胸腔内压、胃肠道内压、眼内压等。传感器内部有一平衡电桥(图4-5),该电桥由敏感元件组成,它可以把压力的变化转化为电阻率的变化。当外界无压力时,电桥平衡,传感器输出为零。当外界压力作用于传感器时,敏感元件的电阻值发生变化,引起电桥失衡,导致传感器产生电信号输出。电信号的大小与外加压力的大小呈线性相关。

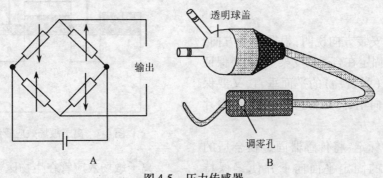

图4-5 压力传感器

A. 传感器原理图;B. 传感器外形图

2. 使用方法和注意事项

(1)将传感器与主机接好后,启动并预热

15~20min后,将系统调到零位即可开始测压。

(2)作液体耦合压力测量时,先将传感器透明球盖内充满抗凝剂稀释液,注意将传感器透明球盖及测压导管内的气泡排净,以免引起压力波形失真。应使传感器处于固定的位置,尽可能保持液压导管的开口处与传感器的感压面在同一水平面上或有一个固定的距离,从而避免静水柱误差的引入。

(3)注液时应首先检查导管是否通畅,避免阻塞形成死腔,引起高压而损坏传感器。传感器有一定的测压范围,使用时应注意被测压力的大小。对超过检测范围的待测压力不能进行测量。严禁用注射器从侧管向闭合测压管道内用力推注,以免损坏传感器。避免猛力撞击或甩打传感器。

(4)测量过程中如需作零位校准,可以采用两个医用三通阀分别接于传感器两个接嘴上,其中一个用来沟通大气压即可。

(5)为使测量结果准确,使用前需要定标(详见 MD2000 使用说明)。

(三)张力传感器

1. 用途与原理　主要用于记录肌肉收缩曲线。其工作原理与压力传感器相似。张力传感器把张力信号转换成电信号输入。(图 4-6)

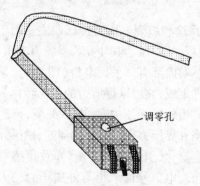

调零孔

图 4-6　张力传感器

2. 使用方法

(1)传感器的安装方向说明:根据测量方向,将传感器的固定杆固定在合适的支架上,既要保证方向和力的敏感梁(弹簧片)的平面垂直,又要保证传感器的受拉方向正确。测力方向指向弹簧片引出口间隙较大的一方。

(2)传感器的标定:将传感器固定在合适的支架上,将固定杆的固定平面向下并使梁保持水平,将传感器与主机接好通电预热 10min 后,按等重量(满量程的 1/5)地加砝码到满量程,这时在记录器上得到相应的等距离的标定线(注意:在正式标定前,先用满量程砝码予压两

次。传感器的辅助调零电位器在传感器外壳边面沉孔中)。

(3)严禁用超负荷的力量拆卸传感器。

3. 注意事项

(1)测力时过负荷量不超过满量程的 20% 。

(2)传感器内不得灌入液体,否则将可能损坏。

(3)传感器避免打击和撞击,调零时不得用力太大,否则电位器易损坏;传感器不得摔打或抛扔,以免损坏。

(4)使用时,应保证测力的方向正确。

(5)为使测量结果准确,使用前需要定标 MD2000 。

(四)离子传感器简介

离子敏场效应管是一种测量电解质溶液中离子活度的微型固态电化学器件,它具有输入阻抗高、体积小、响应快、易集成化、能做成微型探针等特点,特别适合用在生物医学中检测各种生理参数。

基本结构和工作原理:离子敏场效应管由两部分组成,即具有离子选择性的敏感膜和半导体场效应管。其结构示意图如图 4-7 所示。由图中可看出,这种管与半导体场效应管的结构差不多,只不过把栅极金属部分用具有离子选择性的敏感膜 M 代替。敏感器件工作时浸在被测电解液中,敏感膜可直接与溶液相接触,产生电化学反应。根据能斯脱(Nernst)方程,可产生电极电位。这种电位与参比电极固定电位差,作为栅电压加到场效应管栅源极上。通常敏感器件工作在非饱和区,不管工作在哪种区域,漏源电流大小都与被测 pH 成正比。

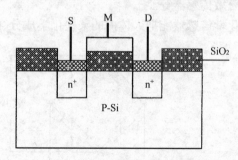

图 4-7　离子敏场效应管结构示意图

离子敏场效应管在生物医学中可以检测唾液、脑脊液、血清、尿、汗、骨髓中离子情况。微型离子敏场效应管可嵌入注射器针头内,直接监测生物体有关部位的瞬态离子状况。离子敏场效应管可以检测细胞级离子,鉴别正常细胞和癌细胞。

（五）生物传感器简介

生物传感器是一种利用生物活性物质选择性识别和测定各种生物化学物质的传感器。

生物传感器巧妙地利用了生物活性物质对特定物质所具有的选择性亲和力，即分子识别能力这一特点，来进行识别和测量，并利用电化学反应进行电信号转换，从而实现定量检测。

生物传感器一般由分子识别部分和信号转换部分组成，如图4-8。

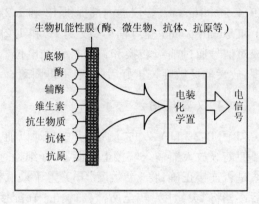

图4-8　生物传感器的原理

例如，一种用化学敏场效应管组成的酶传感器，可将酶的活性转化为电信号，然后用 CMOS 电路进行信号转换。这种酶活性监测器已在直接监测生物组织切片或液体中的胆碱酯酶活性中得到了应用。实验时，先把化学敏场效应管接成源极跟随器形式，再将铺有生物组织切片的微孔滤膜载纸放在传感器端面上，用微量生理盐水浸湿，然后用微量注射器滴入 6~8μl 底物于生物组织切片上。从源极电阻上即可得到化敏场效应管酶传感器中随酶的活性而改变的电压信号。

三、肌动器与屏蔽盒

肌动器、屏蔽盒、马利气鼓、计滴器等装置将在相关的试验内容中介绍。

（汤剑清　高兴亚）

第2节　记录生物信号的传统仪器

一、记纹鼓描记系统

记纹鼓是最早用以记录生理变化过程的记录仪器，它可记录伴有机械变化的生理现象，如肌肉收缩和呼吸运动、血压波动和液体流量、流速等。

（一）弹簧记纹鼓

记纹鼓的基本结构可分成具有动力装置的机座和能转动的圆鼓两部分，机座的主要部件是弹簧发条和齿轮，机座上面有开关，上紧发条和调节鼓速的操纵把手，扭动开关使已上紧的发条放松时，齿轮即带动鼓轴转动，从而使固定在鼓轴上的圆鼓随之转动。在鼓转动过程中，如将粗调节器的把手提起，鼓转动的速度加快，放回原处，则鼓速减慢，如在细调节器上加不同面积和重量的叶片以改变齿轮转动的阻力，也可调节鼓速。

圆鼓部分由圆鼓和鼓轴管组成，圆鼓依靠螺丝钉甲固定在鼓轴管上，其固定位置可随需要而上下移动。将鼓轴管套在机座的鼓轴上，并使其上端的梢钉嵌入鼓轴基底部小凹中，则圆鼓即随鼓轴而转动。鼓这样使用时称慢鼓。在鼓轴顶点还有螺丝钉乙，当其向下旋转（也即顺时针旋）时，由于鼓轴管上移而使其下端的梢钉脱离鼓轴小凹，此时圆鼓即可自由用手转动。鼓这样使用时称手转鼓。

（二）电动记纹鼓

分电动单鼓和电动双鼓，电动鼓是以交流电源带动马达做动力，鼓速均匀，连续可调，可以长时间使用。

（三）记纹鼓贴纸法

记录纸可采用白纸，墨水笔笔尖直接描记。亦可用煤油烟将白纸熏黑，记录是描笔笔尖将烟划去在黑色背景上描出白色曲线，再用固定液浸润固定。目前多采用简便的墨水描记法。在圆鼓的上下端各套一根橡皮筋，把记录纸光面朝外，紧紧裹在圆鼓上，纸的左端压在右端上面，然后用橡皮筋将纸圈牢即可。

（四）记纹鼓记录的整理方法

实验完毕，记录纸应即整理，不可拖延，先根据实验目的对全张记录进行全面仔细的分析和对比，找出能客观而概括的反映实验结果的部分，将其剪贴在报告纸上保存。实验记录的保留部分应在满足前述要求的条件下，尽量减少，但每张记录图在刺激所引起的反应前后必须有充分对照部分，不可只留反应部分。记录图的裁剪务必整齐，粘贴时各图的基线必须在同一水平,且各图间的距离应一致。记录图必须在正下方附有说明,说明一般应包括下列各项内容:图名、动物的种类和体重、麻醉药的种类、用量和用法、各曲线的意义。

二、二道生理记录仪

LMS-2B 型二道生理记录仪配合附属的各种换能器和电极,可测量、记录动物的脑电、心电、血压、呼吸、胃肠平滑肌、骨骼肌、心肌收缩等生物信号。

仪器由记录部分、FG 直流放大器、FD 多功能放大器和 FY -2 血压放大器组成。

(一) 仪器使用前

(1) 将仪器的电源开关、两个后级(FG)直流放大器的"通"、"断"开关和前级放大器(FY-2、FD-2)的测量开关及输出开关置于"关"或"断"状态;按下控制纸速的"停"键,将前级放大器(FD-2、FY-2)的灵敏度波段开关置于各自最低档(500mV/cm,12kPa/cm)。

(2) 面板上的时间标记旋钮置于"外"接时,时标笔通过外接标记电缆所接两条线由外部脉冲信号控制,在生理实验中常与刺激器联用,用于记录刺激或记录时间。

(3) 将 FY-2 的输出开关置于"断",将 FD-2 插件抽出(FY-2、FD-2)与它们相应的后级从电路上分开了,前级的零位不再受后级的影响。旋转两后级的零位旋钮,将笔尖调至记录纸的中心,按 FG 校对按钮,可得到 10mm 的方波。将 FY-2 的输出开关置于"通",恢复 FD-2 的位置。分别调前级(此时 FD-2、FY-2 的"测量"应置于"断")零位。最后打开测量开关,如压力或张力换能器使用时笔尖零位偏移,再调节换能器上的平衡笔尖回零。

(二) FD-2 多功能放大器

放大器的"直流平衡"与"零位"可控制记录笔的零位,以保证灵敏度开关换档时基线位置不变。

"直流平衡"的调整:先调好前后级零位,前级测量开关处于"断",后级输出处于"通",将灵敏度开关置于最低("10")档,"调零"旋钮定零位,再将灵敏度开关置于最高("0.02")档,调"直流平衡"使笔尖保持所在位置,灵敏度开关换档时,基线位置应不再改变。放大器的灵敏度,有直流与交流之

分。"时间常数"开关置于"DC"档时,灵敏度为各档的系数(0.02 、0.05…10mV/cm)乘50,"时间常数"开关置于其他档时,放大器灵敏度即开关上各分档数。FD-2 放大器内部提供 1mV 和 50V 的直流校对电压,"1mV"主要用于直流灵敏度校对,"50V"主要用于交流灵敏度校对。

(三) FY-2 血压放大器

"直流平衡"意义及调整方法与"FD-2"同,灵敏度分为 12、6、2.4、1.2、0.6kPa/cm(约 90、45、18、9、4.5mmHg/cm)。仪器内部提供 12 和 1.2kPa(90 和 9mmHg/cm)校对信号,改变 12 和 1.2kPa 的校对信号通过前级转换和调节标记处电位器来实现,放大器灵敏度校正好后,一般不再调动。

(四) 仪器使用注意事项

(1) FD-2 和 FY-2 的"测量"开关接通以前,务必要使前级放大器输入端接上换能器,仔细检查连接线是否连接正确,将"灵敏度"开关置于最低档,然后逐档将"灵敏度"转至所需要的档。在配接换能器时,应暂时将 FG 放大器置于"断"。

(2) 在使用 FD-2 和 FY-2 高灵敏度档时,出现50Hz 交流干扰,可将"50Hz 抑制"键按下。

(3) 实验完毕时,将各开关置于"断",将压纸轮抬起,将墨水壶内的墨水全部用滴管吸出,再用乙醇清洗笔尖管道。

(祁友键)

第3节 传统电生理仪器

一、示　波　器

示波器是电生理实验中最常用的仪器之一,它具有输入阻抗高,频率响应好,便于观察等特点,能较客观的显示信号的波形曲线。其缺点是实验结果不易保存,但随着技术不断发展,较先进的示波器已有了部分储存的功能,并可将数据输入到计算机处理。

示波器主要由示波管、扫描系统、水平放大器、垂直放大器和电源组成。下面主要介绍面板控制钮的作用。

(一) 示波管控制部分

"聚焦"控制器:调节荧光屏上图形的线条,使

之聚集成最细、最清晰。

"亮度"控制器:调节荧光屏上图形的亮度。

"标尺亮度"控制器:调节荧光屏前坐标区的亮度。

(二) 时基部分

(1)"时间/厘米"控制器:用以根据所观察的快慢不同的信号变换仪器的扫描速率,自 $1\mu s/cm$ 至 $5s/cm$ 共分 21 档。当扫描扩展时,若时间/厘米开关置于不校正栏级,此时"不校正"指示灯应发亮。

(2)"触发选择"控制器:用来选择不同触发信号的来源,触发方式有:上线(AC,DC)内触发,下线(AC,DC)内触发,电源触发以及外触发。

(3)"触发电平"控制器:当置于连续自动时,均能呈扫描状态,但当有内触发信号时,如置自动位置,扫描频率在很宽的频率范围内(50Hz 至 1MHz)能与触发信号取得稳定的同步。在"连续"与"自动"之间,可调节其至某一位量,能呈触发扫描状态,使波形清晰稳定地显示。在电生理学实验中,经常选用外触发方式,触发信号来自刺激器输出的同步脉冲。

(4)"稳定度"控制器:用以调节扫描闸门电路呈欲自激而未自激的临界状态,使扫描闸门电路只需有来自许密特电路的且幅度很小的负脉冲即能驱动扫描发生器产生扫描。

触发电压极性选择开头:用来选择触发电压的极性,分"+"和"−"两栏。

(三) X 轴部分

(1)"X 轴作用"控制器:当置于"正常"位置时,即呈不扩展扫描状度,×2、×5、×10、×20 为扫描扩展档级,当置于扫描扩展档级时,"扫描扩展"指示灯应发亮。在旋向"V/cm"范围的各档级时,为 X 轴放大器呈外接状态,可根据外接信号选择不同的灵敏度档级。

(2)"位移"控制器:调节图形左右方向的位置。

(四) Y 轴放大器部分(上线、下线相同)

(1)"灵敏度"控制器:用于观察的信号幅度选择不同灵敏度档级、自 $200\mu V/cm$ 至 $20V/cm$ 共 16 档。

(2)"输入选择"控制器:用以选择单边(A 或 B)、双边(A-B)直流,交流输入方式。

(3)"直流平衡"控制器:分为粗调和细调控制器。用以调节 Y 轴放大器在各灵敏度档时无直流电位波动。

(4)"移位"控制器:调节图上下方向的位置。

(5)"校正电压"控制器:用以调节方波的输出幅度,自 1mV 至 100V 共 6 档。

(五) 后面板

(1)"监听信号输出":此输出与鉴听器连按,可鉴听上线 Y 轴放大器输出信号的声音。

(2)电源保险丝座(BX)用 2A 保险丝管。

(3)电源插座(cz)使用时将电源插入本插座。

(六) 注意事项

电源关闭后、一定要经过 3min 后才能再开启电源。当仪器内部温度超过 55℃ 时,仪器即自动停止工作。此时应采取适当的降温措施后再开启电源。

二、生物电前置放大器

生物电放大器又称前置放大器,简称前放,用以放大生物电信号。现以 FZG-81 放大器为例,作一简单介绍。一般生物电信号的电压很低,为毫伏或微伏级,同时由于从机体不同的组织器官所引导出的生物电特性差异很大,因此必须把生物电信号加以有选择的放大。为了使各种信号如实的放大,就要求有能适应各种特性的放大器。常用的生物电放大器必须具备下列要求:①为差分式平衡放大,有较高抗市电干扰能力,从而提高信号/噪声的比值,有利于弱信号放大。②最大放大倍数不小于1000 倍。③频率响应从零到 100kHz。④低噪声,整机噪音不大于 $15\mu V$。⑤本机不受静电及磁场的干扰。

本放大器分 A、B 两部分,结构完全相同。现介绍面板控制钮的作用:

(一) 输入选择

输入选择共分 8 档。

1. 时间常数 放大器能对一定频率范围内的信号进行放大。超过此范围的信号,放大器对其放大的能力将下降,超过越多,放大倍数下降得越多。

这个频率范围的下限称为下限截止频率,由放大器的时间常数决定;其上限称为上限截止频率,由放大器高频滤波决定。

本机时间常数有 0.001s、0.01s、0.1s、0.1s 共 4 档,分别对应放大器的下限频率为 160Hz、16 Hz、1.6 Hz、0.16 Hz。时间常数越小,下限截止频率就越高,对低频成分的滤波程度就越大。

2. 直流　是直流输入,是信号直接接到放大器内部的输入端,这时信号的直流和交流成分都得以放大。

3. 平衡　此时放大器输入端直接接地,可以调节放大器的自身平衡,使在输入信号为零的情况下,输出信号为零。

4. 校正　用以观察放大器的放大倍数,此时机内的方波比较信号已输入放大器。可以据此推算放大器的放大倍数。

5. 校辨　用以校正放大器的辨差率,此时比较信号输入到放大器的两个输入端,而观察放大的输出,利用面板上的暗调节"辨差"校正,可以将辨差率提高 1 万倍以上。从而增强放大器的抗干扰能力。

(二) 增益控制

增益控制即改变放大器的放大倍数,分 ×20、×100、×200、×1000 四档。放大倍数系指输出与输入之间的电压比。

(三) 高频滤波

高频滤波用于除去高频部分以减少噪声,刻度分为 100kHz、10kHz、1kHz、100Hz 四档。分别代表此时的上限截止频率。

在实验中,时间常数和高频滤波选择合适则有利于图形之传真与清晰。

(四) 输入

放大器的输入插座共有三线,其中一线为地线,其他两线为输入线。

(五) 其他开关与旋钮

1. 平衡调节　用于调节放大器的双边输出使均接近于地电位,调节时可利用面板上的电表,使电表指示在 0V 左右。

2. 电表开关　由 15V—0—15V 电压表测量备点电压,各档测量的具体电压是从左到右。

3. 电源开关　交流电源开关,仪器接上 220V 交流电源后,接通此开关仪器即可工作。

三、电子刺激器

(一) 简介

电刺激是生理实验中最常用的刺激方式,由于电刺激信号在电压(电流)和频率等参数上容易控制,且重复刺激不易损伤组织,因此较有利于研究组织的生理特性。电子刺激器是能够对机体和组织提供电刺激的仪器装置,有恒压和恒流之分,在学生实验中一般采用恒压刺激器。刺激器的型号很多,有多用途的和单一用途的,多用途的电子刺激器除能够提供电刺激外,还设有时标、记滴、触发、温控等。电子刺激器的价值差异也很大,其刺激方式越多,刺激参数控制越精细就越高级。另外,随着计算机应用技术的发展,由计算机控制的程控刺激器的应用越来越广泛,在计算机上用鼠标就可任意调控刺激方式和参数,非常方便,但由于受计算机内部空间和电源的限制,其刺激强度不高,参数控制也不够精细。因此传统的电子刺激器近期仍不会被淘汰。下面简单介绍刺激器的有关参数和控制方式。

(二) 刺激方式

1. 单次刺激　也称为手控刺激,即按动一次手动开关,就有一次刺激脉冲输出。

2. 连续刺激　当选择连续刺激时,刺激器会按实验者设定的刺激参数连续输出刺激脉冲,何时开始和结束可以人工控制。

3. 定时刺激　由定时器设定刺激时间,在设定的时间内有连续的刺激信号输出,达到设定的时间即停止刺激。

4. 串刺激　在每个刺激周期(主周期)中包含 2 个或 2 个以上的刺激脉冲,我们称之为一串脉冲。这些脉冲的个数和间隔在主周期的范围内可以调节,而脉冲的幅度彼此相等。

5. 双刺激　是串刺激的特例,即是含有 2 个刺激脉冲的串刺激。

(三) 刺激参数

1. 刺激强度　一般以刺激脉冲的电压幅度表示,通常设有粗调和细调。

2. 刺激波宽　指一个脉冲的宽度(时程)。

3. 刺激频率 这是相对于连续刺激而言的,其表示的是单位时间内所含主周期的个数,单位为Hz,如5Hz,20Hz等,也可直接用主周期的时间来表示,如0.2s,0.05s等。

(四)其他

1. 同步输出 输出一个与刺激信号在频率上相一致,且在相位上略提前于刺激信号的尖脉冲,它用于触发示波器扫描或其他仪器工作。

2. 延迟 同步脉冲和刺激脉冲总是一前一后的出现,两者的时间差称为延时。延时的时间在一定范围内可以调节。

3. 刺激标记 输出与刺激频率相一致的脉冲,配合电磁标在记录纸上留下刺激记录。

4. 时间标记 输出时间脉冲,如1s、1min等,配合电磁标在记录纸上留下时间记录。

5. 记滴装置 记录液滴用,将记滴电磁标插入"记滴插口"、将受滴棒插入"受滴插口",当受滴棒接受导电液体时,电磁标即能进行记录。

(五)刺激器使用方法

(1)连接好电源线、刺激输出线、刺激电极、地线,需要时还要连接同步触发线、受滴棒、电磁标、手控等。

(2)按实验要求选择刺激方式和刺激参数。

(3)将电极平稳地放在受刺激标本上,保证电极与标本接触良好。

(4)启动刺激输出开关进行刺激,刺激完毕后关闭输出开关停止刺激。

(六)使用注意事项

(1)刺激器必须接地良好,否则,标本将有可能受到损伤或造成人身伤害。

(2)刺激输出线和刺激电极不能短路,否则将损坏仪器。

(3)刺激强度不可过大,否则会损伤标本,应按从小到大的顺序选择刺激参数。

(魏义全 董 榕)

第4节 计算机在机能学实验中的应用

医学科学发展的过程也是实验研究手段和设备不断更新的过程。计算机是一种现代化的自动信息处理设备,利用计算机采集和处理生物信息,提高机能学实验的水平已成为一种必然。本节对计算机的基本原理、计算机在机能学实验中的应用和MD2000 Super Lab,微机化实验教学系统作一简要介绍。

一、计算机的基本结构和原理

(一)计算机的基本结构

计算机一般有5个部分组成。

1. 输入设备 程序、数据及命令通过输入设备送到计算机内存中去。像键盘、A/D卡、网卡、扫描仪等都属于输入设备。

2. 中央处理器即CPU 它包含运算器和控制器。数据的处理、运算由运算器进行,控制器则对计算机的各个部分进行控制并按程序的要求使计算机执行各种操作。CPU是计算机的"大脑",其功能的强弱是衡量一种计算机性能的重要指标。

3. 内存储器 内存储器简称内存。它是CPU可以直接访问的存储器。内存用于存放程序和数据,计算机所要执行的程序和处理的数据都必须先输入到内存中。程序运行时,CPU将按照程序的安排,到相应的内存单元中去取指令、取数据,经处理后,再将结果送回到指定的内存单元中去。可见,内存是CPU进行数据运算和传输的工作空间,其大小直接影响CPU的功能发挥。断电后内存中的数据随即消失。

4. 外存储器 指的是磁盘、光盘和U盘等外部存储设备,一般以U盘和光盘较为常用。内存中的程序或数据可以送到磁盘上以"文件"的形式储存起来;磁盘上的程序或数据也可以"读入"到内存中去。磁盘中的内容不受断电的影响,容量也可以非常大。因而,磁盘和光盘是用来"保存"程序和数据的。

5. 输出设备 计算机处理的结果最终要通过输出设备以图文的形式显示出来,显示器、打印机、绘图仪等都属于输出设备。另外,计算机还可通过输出设备发出一些控制信号,用以控制其他设备。通过网络实现与其他计算机的数据交换。

(二)计算机语言

要使计算机懂得人的意图,就必须解决人与计算机交换信息时所用的"语言"问题。也就是要有一种事先约定好的符号系统来表达对计算机的控制信息。而这种事先约定好的符号及其组合的格式就叫做"计算机语言"。

1. 机器语言 计算机只能直接处理由多位0、1符号组成的二进制代码,一个代码表示一个特定的指令,指令用来控制计算机去完成某项操作。一系列代码的集合就是机器语言,它是计算机直接能够理解和执行的语言,但这种语言对编程人员却是一堆难懂难记的枯燥数字。目前,除极少数从事底层软件开发的专业人员外,机器语言已很少用于直接编程。

2. 汇编语言 为了克服机器语言的上述缺点,人们设计了汇编语言。它用一些助记符来代替机器码。助记符通常是"操作"名称的英文缩写,用它取代那些枯燥的数码可使编程工作变得容易多了。汇编语言程序在执行前先要"翻译"成机器语言程序,然后才能为计算机所执行。汇编语言中的符号指令与机器语言中用0、1构成的指令基本是一一对应的。它们直接指挥机器完成某项操作,因而是属于面向机器的"低级"语言。这种语言与人们的自然语言有很大差别,非计算机专业人员学起来依然相当困难。

3. 高级语言 为了解决上述困难,人们又发明了"高级"语言。其语句的结构接近人们的自然语言和数学算式,而与机器的内部结构无关。因而,高级语言更适合非计算机专业人员使用。常用的高级语言有 BASIC、FORTRAN、PASCAL、JAVA、C 和 C++ 语言等。其中 BASIC 和 C++ 语言在机能实验应用程序中使用较多。高级语言程序在应用时也要先"翻译"成机器语言程序,然后才能执行。所以一般讲占用内存较大,运行速度也较慢。但由于计算机系统的运行速度越来越快,内存也越来越大,高级语言的"缺点"也随之变得微不足道。目前,即使是计算机专业人员也倾向于使用高级语言编程。高级语言"翻译"成机器语言的方式有两种:一种叫编译,一种叫解释。

(1) 编译方式:一次性地把源程序(高级语言程序)翻译成目标程序(机器代码程序),以后就可以直接运行目标程序了。源程序→编译→目标程序。

(2) 解释方式:执行时先把源程序调入内存,然后翻译一句,执行一句。

(3) 高级语言执行速度较慢的缺点,在对时间要求不高的场合,可以被高速的机器所掩盖和补偿。但只用高级语言编程要完成如高速采样、实时处理、图形显示等项工作是很困难的。因而,多数应用程序都由高级语言和低级语言嵌合而成。

(三) 计算机应用的一般过程

通常,人们把电子的、机械的和磁性的各种部件所组成的计算机实体称为"硬件",而把指挥计算机工作的各种程序和数据称为"软件"。实际使用时,首先,从键盘或磁盘把程序及数据送入内存,再输入让程序运行的命令。这时,CPU 就按照内存中程序的安排,从内存中取出数据到运算器中进行运算、处理,并将结果送回到内存中保存。同时,将运行的结果按照要求通过输出设备显示或打印出来,也可以送到磁盘上储存起来。由此可见,计算机是按照人们的要求完成程序所规定的任务。那种认为计算机可以自动地解决实际问题的看法是错误的。先进而合理的程序是计算机充分发挥其功能的关键。通常,程序都是由专业人员针对某一实际问题事先编好的,其间,要耗费大量的心血。而大多数使用者只要按说明进行操作,就能完成某一特定的工作。

二、计算机在机能学 实验中的应用

计算机在机能学实验中的应用,可归纳为:生理信息的采集与处理、实时控制、统计分析和动态模拟等几个方面。其中生物信息的采集与处理是计算机应用的主要方面,这里将作详细介绍。

(一) 生物信息的采集与处理

计算机采集、处理生物信息的一般过程如下:

生物体→生物信息→传感器→放大器→A/D转换器→计算机(显示、储存、分析、控制、打印、绘图)

1. 传感器和放大器 生物所产生的信息,其形式多种多样,有物理的(如振动、压力、流量、温度、电场、磁场等)也有化学的(如 pH、CO_2 浓度等)。除生物电信号可直接检取外,其他形式的生物信号必须先转换成电信号,才能作进一步的处理。传感器(换能器)的作用就是完成这种信号的拾取和转换工作。从传感器来的生物信号通常很弱(毫伏或微伏级),需经生物放大器放大后(达伏特级)才能送给记录、分析设备进行处理。

2. 生物信号的采集 计算机在采集生物信号时,通常按照一定的时间间隔对生物信号取样,并将其转换为数字信号后放入内存。这个过程称为采样。

(1)数模转换器:生物信号通常为模拟信号(analog),需转换成数字信号(digit)方能为计算机所接受。A/D 转换设备一般能够提供多路的模/数(A/D)转换和数/模(D/A)转换。A/D 转换需要一定的时间,这个时间的长短通常就决定了系统的最高采样速率。A/D 转换的结果以一定精度的数字量表示,精度愈高,幅度的连续性愈好,对一般生物信号的采样精度不应低于12位。转换速度和转换精度是衡量 A/D 转换器性能的重要指标。

(2)采样:与采样有关的参数包括:通道选择、采样间隔、触发方式和采样长度等方面。

1)通过选择:实验往往要记录多路信号。如心电、心音、血压等。计算机怎样才能对多路信号进行同步采样呢,它是通过一个"多选一"的模拟开关来完成的。在一个很短暂的时间内,计算机通过模拟开关对各路信号分别选通、采样。这样,尽管对各路信号的采样是有先后的,但由于这个"时间差"极短暂,因此可以认为对各路信号的采样是"同步"进行的。

2)采样间隔:原始信号是连续的,而采样是间断进行的。对某一路信号而言,两个相邻采样之间的时间间隔称为采样间隔。间隔愈短,单位时间内的采样次数愈多。经采样后连续的模拟信号变成了离散的数字序列。采样间隔的选取与生物信号的频率有关。采样速率过低,就会使信号的高频成分丢失。根据采样定律,采样频率应大于信号最高频率的2倍。当然,采样也不是愈快愈好。采样太快,也会产生大量不必要的数据,给处理和储存带来困难。实际应用时,常取信号最高频率的3~5倍来作为采样速率。

3)采样方式:采样通常有连续采样和触发采样两种方式。在记录自发生物信号(如心电、血压)时,采用连续采样的方式,而在记录诱发生物信号(如皮层诱发电位)时,常采用触发采样的方式。后者又可根据触发信号的来源分为外触发和内触发。

4)采样长度:在触发采样方式中,启动采样后,采样持续的时间称为采样长度。它一般应略长于一次生理反应所持续的时间。这样既记录到了有用的波形。又不会采集太多无用的数据造成内存的浪费。

3. 生物信号的处理 计算机对生物信号的处理一般包括以下几个方面:

(1)直接测量:在选定的区间内,计算机可直接测量出波形的宽度、幅度、斜率、积分、零交点数等参数。

(2)数字滤波:在一定的算法支持下,可进行高通、低通、带通及带阻滤波。其滤波效果远远超过模拟电路,是性能优越的理想滤波器。

(3)率谱分析:它可以给出各频率分能量在信号总能量中所占的比重,这在对脑电、肌电及心率变异信号的分析中,有非常重要的意义。

(4)叠加平均:用来恢复被噪声淹没的重复性生物信号,可大幅度地提高信噪比。信噪比提高的幅度与叠加次数的平方根成正比。

(5)波形识别:计算机可按照一定的规则对波形进行自动识别。供计算机进行识别的波形特征有波幅、斜率、夹角、顶点、谷点、零交点、转折点和拐点等。对所识别的波形还可进一步做分类统计。以计数或序列密度直方图的形式显示出来。

(6)信号源定位:对矩阵电极引导的多路生物信号进行综合分析,可绘出等势线,进而对信号源进行定位分析。

(7)数据压缩:为节省存储空间,计算机可对其获得的数据按一定的算法进行压缩。如果算法选择合理,压缩比常可达到1:10以上。

(8)图像分析:来自摄像机或扫描仪的图像信息经转换后,可输入计算机进行分析。计算机可完成血管口径、细胞核质比例等项目的图像分析,可对连续切片的影像进行立体重建,还可使模糊的 X 线照片变得更加清晰。CT 就是计算机图像处理的典型范例。

(二)实时控制

利用输出设备,计算机可发出一些模拟的或数字的控制信号,甲来控制与之相联的其他设备。控制信号的大小、方式及发出的时刻可随所采集的生物信息的特征而作出相应的改变。这样,就可自动完成组织兴奋性测定、无创血压测定和假肢控制等较为复杂的工作。

（三）统计分析

用计算机进行统计分析具有快速、准确、便捷的特点。现有的统计程序非常丰富,除能完成方差分析、t 检验和线性回归等常用统计分析外,尚能完成逐步回归曲线拟合等较为复杂的统计分析。数据可为多种统计方法共享,结果可以图形方式输出,使用非常方便。

（四）动态模拟

通过建立一定的数学模型,计算机可以仿真模拟一些生物活动过程。例如激素或药物在体内的分布过程、心脏的起搏过程、动作电位的产生过程等均可用计算机进行模拟。除过程模拟外,利用计算机多媒体技术,还可在荧光屏上动画显示心脏泵血、胃肠蠕动、尿液生成、兴奋的传导等过程。基于计算机多媒体技术的多媒体教学,可将复杂的生命活动过程通过二维或三维动画的方式演示出来。再配上同步的声音,可以达到非常独特的教学效果。

总之,计算机在机能实验学领域中的应用是十分广泛的,它不仅使原有的研究方法变得更加快捷、准确。而且开辟了生物学研究的新领域。像数字滤波、叠加平均等技术使得微弱信号的检测成为可能。而率谱分析、数据压缩、波形识别和图像处理等项功能则非其他仪器所能代替。随着计算机技术和信息理论的发展。计算机在机能实验学乃至整个生命科学领域中的应用将有着越来越广泛的前景。

（高兴亚）

第 5 节　MD2000 微机化实验教学系统

一、MD2000 Super Lab. 系列生物采集分析系统介绍

1. 系统概述　MD2000 Super Lab. 是一种智能化的四导生物信号采集分析系统,具备示波器 + 记录仪 + 放大器 + 刺激器的全部功能。可同步记录 4 路生物信号,并具有自动分析、参数预置、操作提示、下拉菜单和在线帮助等功能。该系统在江苏省生物医学工程学会医学电子研究所的主持下,由南京医科大学、东南大学和南京航空航天大学等多位专家共同研制,系统曾获国家级教学成果奖二等奖、教育部 CAI 成果评优三等奖。该系统为全国数十家医药院校选用,由于其集成度高,工作稳定,操作简单,符合医学仪器的操作习惯,得到使用单位教师和学生的一致好评。

其中 MD2000U 在继承了 D-95 微机化实验教学系统硬件优势的基础上,将插卡式 MD2000 更新换代为 USB 接口,由于采用低功耗设计,通过 USB 口完成供电和双向数据通信的双重功能。因此,在台式机或笔记本计算机均可运行,便于实现现场数据采集或讲课示教。由于运行在标准 Windows 平台上,可实现多任务并行,可以利用网络进行资源共享,如共享打印机,共享实验数据,共享实验参数等,甚至可以在网络服务器支持下使用单机无盘工作站运行,大大节省了微机费用,并且与微软的其他资料处理软件兼容,实验资料可以直接导入 Word、Excel、PowerPoint 进行处理。因此新系统更加智能化、更加快捷、更加方便,极大地提高了实验教学水平。（图4-9）

A

B

图4-9　MD2000 前面板（A）和 MD2000U 外形图（B）

2. 技术参数　见表4-1。

表4-1　MD2000 Super Lab. 技术参数表

	项目	仪器技术指标	备注
放大器	基本特点	4 通道	配后面板输出接口
	输入阻抗	10M	
	共模抑制比	85db	
	放大倍数	100～10000 8 档 程控可调	
	时间常数	0.001-DC 8 档可调	
	低通滤波	0.01k～10k	
	50Hz 抑制	软件 50Hz 抑制	
	直流平衡	程控调节	
	漂移	< 1mV/4h	
	等效输入噪声电压	3μV	
	增益误差	≤ 1.33%	
	输入方式	差分输入 DC, AC	
采样	A/D 变换器	12 bits	
	A/D 转换误差	1 last bit	
	最高可用采样率	100KHz	
刺激器	输出方式	电压	有短路保护
	输出幅度/步长	8 bits	
	静态噪声	< 20mV	
	脉冲幅度	± 10V	
	脉宽	20μs ～1000ms	
	脉冲方式	单脉冲, 串脉冲 程控	
	脉冲数	1～1000 个可调	
	脉冲间隔	20μs 至 1000ms	
心电导联	导联转换	手动	动物 ECG
监听	方式	接有源音箱	
其他功能	无线	MD2000WL 可无线遥测遥控	配合植入子
操作系统	Windows	Windows me/2000/XP	

3. 预置实验项目　MD2000 已将常用的实验项目内置在系统的菜单中,选中某个实验项目后,系统将自动设置针对该实验的仪器参数和系统界面;同时,实验过程中的操作项目也显示在项目列表中。使用者也可自由编辑这些项目,任意增添或删除各个操作项目。

以下是在系统菜单里预置的常用实验内容(包含生理学、药理学、病理生理学和综合性实验等):

(1)生理学实验:实验 1 骨骼肌,实验 6 期前收缩,实验 7 蛙心灌流,实验 15 血压调节,实验 17 呼吸调节,实验 19 平滑肌特性,实验 21 泌尿实验,实验 27 神经干 AP,实验 29 膈神经放电,实验 32 皮层诱发电位,实验 35 微音器电位等。

(2)药理学实验:实验 11 LD_{50},ED_{50} 计算,实验 12 pA_2 测定,苯海拉明,实验 16 传出神经药,血压,实验 17 拟胆碱药,肠管,实验 23 抗高血压药,血压,实验 24 强心苷,心动描记,实验 25 心律失常,实验 26 心电监测,洋地黄,实验 27 血流动力学测定,实验 29 利尿药,实验 30 子宫平滑肌,实验31 气管条等。

（3）病理生理学实验:实验 1 高钾血症,实验4 失血性休克,实验 5 右心衰竭,实验 6 呼吸功能不全等。

（4）综合性实验:实验 1 缺氧综合实验,实验2 动脉血压综合实验,实验 3 呼吸功能综合实验,实验 4 泌尿功能综合实验等。

4. MD2000 程序安装 MD2000 安装程序,采用简易式安装,直接双击 MD2000 系列安装程序,同意安装许可协议如图 4-10,点击下一步,直至完成;当我们插入 MD2000 系列硬件采集系统时候,需要为硬件添加驱动,选择"从列表或指定位置中安装"如图 4-11,点击下一步,选择浏览,然后指定软件的安装目录如图 4-12,点击下一步,进入驱动安装如图 4-13,最后完成,即可使用。

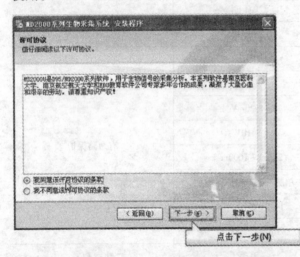

图 4-10　安装界面 1

图 4-11　安装界面 2

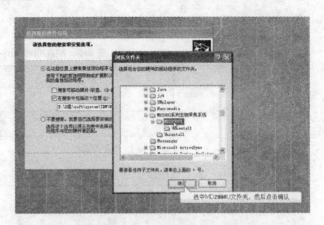

图 4-12　安装界面 3

图 4-13　安装界面 4

二、MD2000 Super Lab. 系列生物采集分析系统操作指南

1. 系统菜单 文件菜单中"保存"可用于保存本次实验所采集的全部数据和当前的实验参数（图 4-14）。"新建"意味着放弃当前已记录的数据,重新开始。在进入"退出"菜单前有一个提示,告知操作者退出前要先保存数据。否则,退出以后当前的资料将丢失。"打印"及"预览"功能将启动一个对话框,使用者可选择打印方式,输入实验名称、操作者姓名等信息,然后打印输出（图4-15,4-16）。编辑菜单用于图形的编辑,可以通过鼠标在屏幕上直接操作完成。基本操作过程为选中（拖动鼠标）、剪切、复制、粘贴,对编辑操作可进行 3次"撤销"与"重做"。剪贴操作最好在横轴充分压缩的状态下进行,以看清图形变化的趋势。建议剪贴前先保存原始实验数据,以免剪贴失误引起资料丢失。视图菜单用于设置界面的外观,可实现"分屏显示"和"混屏显示"。设置菜单主要用于实验参数的存取操作。当前的实验参数（如通道数、放大器增益、滤波、时间常数、采样率、压缩比、基线、定标等）

可保存到配置文件中。待下次打开该配置文件时,各种设置均回到配置保存当时的状态。实验准备人员可为每一个实验保存一个"最佳"配置,当参数被"调乱"时,可随时将其调出,问题迎刃而解。实验菜单用于实验项目的选择,分为生理学实验、药理学实验、病生实验、综合实验、探索实验等条目。各条目下的三级菜单为具体的实验项目。MD2000 的实验内容、实验项目的名称和编号均与本实验教材的内

容一致(图 4-17)。选择了某项实验后,实验的参数与标记的内容均自动设置完成。实验的标记项目可现场编辑修改,操作者可以根据实际情况修改这些原始的设置,增删实验项目。修改完成后,要将参数存入到对应的配置文件中。项目菜单可以显示及修改实验项目和标记内容。

可以通过键盘输入实验名称、实验人员及其他文字说明。

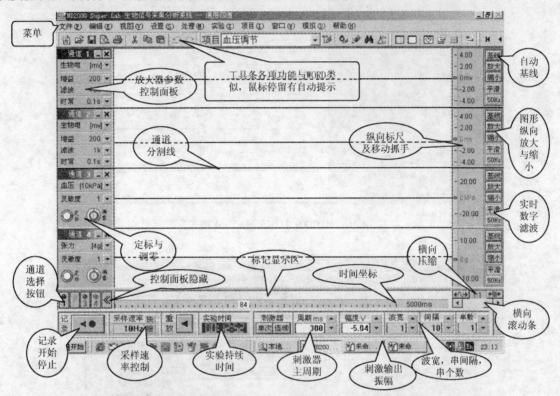

图 4-14　MD2000 Super Lab 微机化实验教学系统主界面

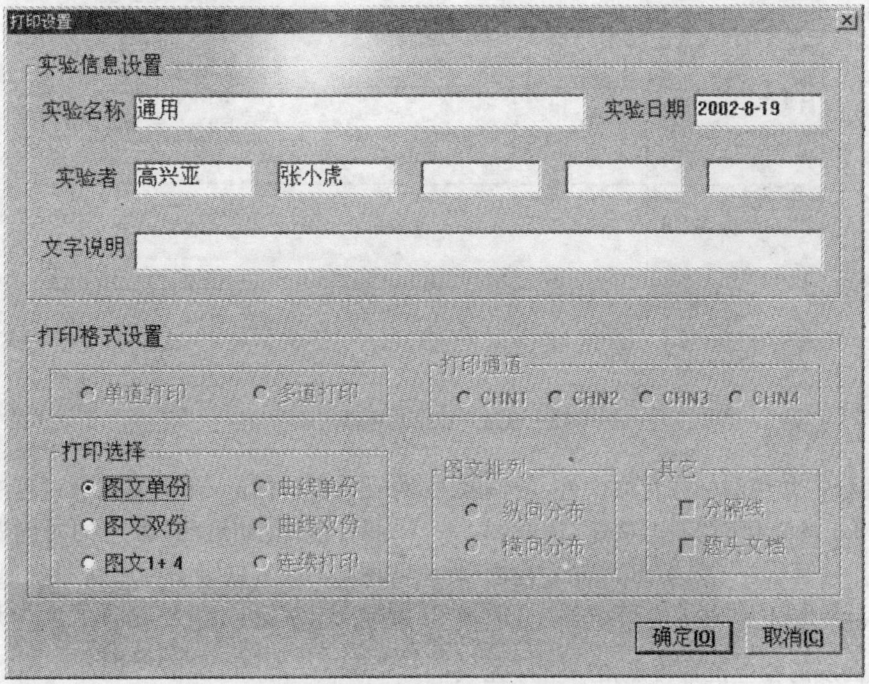

图 4-15　MD2000 打印选项对话框

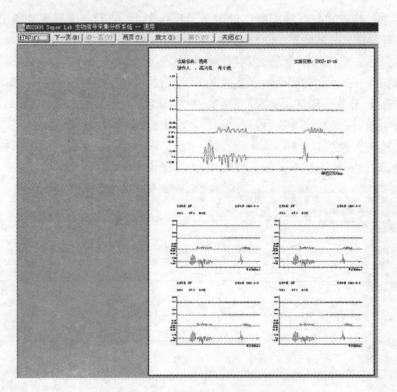

图 4-16　MD2000 打印预览(1＋4 模式)

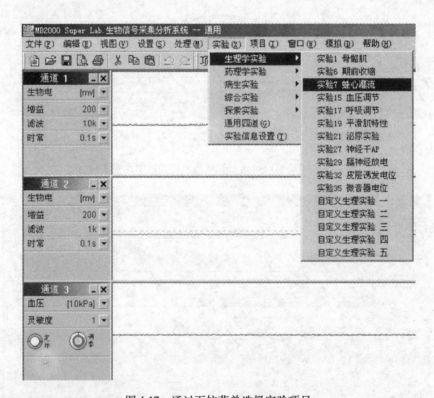

图 4-17　通过下拉菜单选择实验项目

2. 常用图标　常用图标如存取文件、复制粘贴等项均与 Word 意义相同,不再赘述,仅介绍一些特殊的图标。项目标记(图 4-18):首先在项目选择栏中选取一个项目,然后点击■图标,此时鼠标变为 ,在曲线的相应位置再点击一下即完成

标记。即时标记:在快速记录过程中,若需要对某一操作事件(如给药)发生的时刻做准确标记,则使用此功能。点击图标可在曲线上获得一个即时的标记,标记项目为自动生成的序号(即 1、2、3…)。标记擦除:选择该图标后鼠标变为 移动到

对应的标记,单击左键,即可将该项目擦除。图形测量 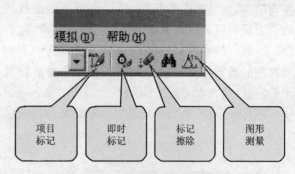:点击该图标后程序进入测量状态,出现图4-19 所示的画面。通过单击左键可在曲线上建立单根测量线(红色竖线),此时,下方的列表框显示各通道在测量线处的数值。通过拖动鼠标可以建立两条光标,进行区域测量。通过左右箭头可实现测量光标的左右微调,配合 Ctrl 及 Shift 键可以选择移动一根线还是两根线。

图 4-18　常用图标

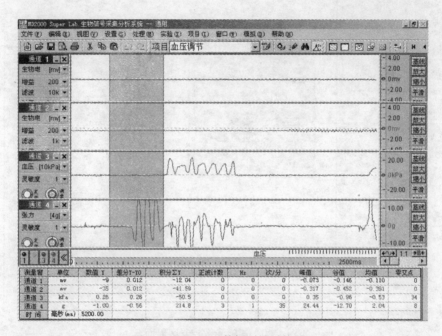

图 4-19　MD2000 数据测量时的界面

3. 通道参数控制区　最左边的一栏是通道参数控制区,主要用于调节程控放大器的硬件参数。图 4-20 显示了通道参数控制区的外观。第一行是通道标题栏,显示通道号及记录曲线的色标。可隐藏或关闭该通道。通道被隐藏时,虽然不显示该通道对应的曲线,但程序内部依然在后台记录该通道的数据。第二行用于选择记录信号的性质,通过弹出菜单可选择电信号、压力信号及张力信号等项目。其中第二通道还可以选择显示"二次"信号,即对其他通道的"一次"信号进行处理,然后再显示。处理的方式有微分、积分、直方图和离方差等。选择处理功能后,其对应的处理参数也应正确选择。第二行以下的几行参数因放大信号的性质不同而异。生物电放大器用于选择增益、滤波和时间常数,而压力和张力放大器,则为灵敏度选择钮和定标、调零按钮。定标与调零的意义及操作方法与 MD2000 相同(图 4-21)。该栏的最下边有 1、2、3、4 等按钮,点击该按钮可打开对应的通道。

4. 显示控制区　画面最右边的一栏为显示控制区,主要用于调节记录曲线的显示状态(图4-22)。可以控制显示图形的放大与缩小,基线的升高与降低及电信号的倒向。这一组功能只影响显示状态,而对记录数据和最终结果没有影响。此栏尚有 50Hz 和平滑功能,用于启动简单的数字滤波。此栏的最下方有横向压缩控制及水平滚动条。横向压缩可以在 X 轴方向上压缩曲线以观察其变化趋势,而水平滚动条可以使曲线左右移动。

5. 采样及刺激控制区　画面最下方左侧为采样控制区,右侧为刺激控制区(图 4-23)。采样控制区中最大的按钮为记录/停止钮,可控制采样的启动与停止。其旁为采样速率控制区,通过快、慢按钮可以控制采样频率(以 Hz 表示)。当采样频率 >10 000Hz 时采样方式由"连续采样"自动转换为"触发采样",每段采样均自动与刺激同步。刺激控制区内设置了全部刺激参数的控制按钮,包括主周期、幅度、波宽、串间隔、串个数等。各参数的数值增减可以通过点击相应的上下箭头实现,配合Ctrl 及 Shift 键可实现参数的快速增减。其中周期和幅度的数值可用键盘直接输入。如果参数设置矛盾,程序将自动地给予限制。

图标及采样、刺激控制均采用浮动工具条的模式设置,可以用鼠标拖动改变其停靠位置,甚至可以将其关闭,此时,需重新启动程序方能再次打开工具条。

关于 MD2000 的更详细资料可参见 MD2000的使用指南。

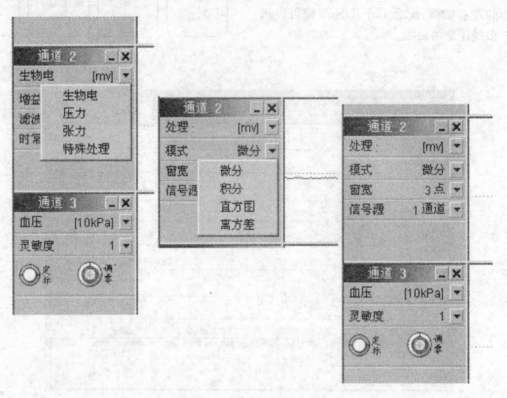

图 4-20   通道参数控制区界面

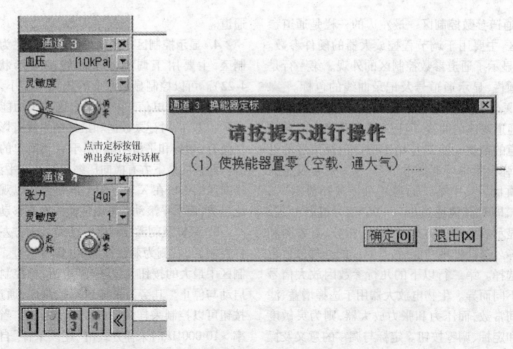

图 4-21   定标对话框

图 4-22 显示控制区

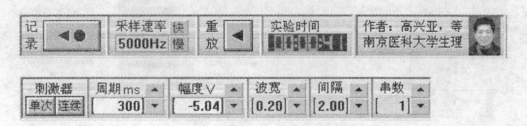

图 4-23 采样控制区和刺激控制区

（袁艺标 高兴亚）

第6节 PowerLab 生物信号记录系统

熟悉 PowerLab 系统以及通过该系统做简单的记录及测量生理信号。

一、基 础 知 识

PowerLab 系统包括了连接在电脑上的 Power-Lab 4/20T 信号记录设备及 TChart 分析软件,用于实验数据的记录、显示及分析。（图 4-24）

PowerLab 4/20T 是一个四通道的信号记录设备。通道 1 及通道 2 可接受 BNC 或 POD 两种接头的信号输入。通道 3 和通道 4 可接受来自生物放大器的信号,心电图、肌电图等信号可经由这两个通道来测量。PowerLab 系统还有一个刺激器,可用于刺激生物组织。

TChart 软件将 PowerLab 4/20T 所测量到的信号直接显示在电脑屏幕上,显示信号的视窗称为文件窗。实验所需的参数已预先设定在配置文件中,双击桌面上 Tchart 图标可开始执行程序。如图 4-25 所示:

屏幕上的文件窗分成了几个水平条状的小视窗,分别代表不同通道的信号。每个通道的两侧有一些倒三角形的箭头符号,用于改变控制参数。

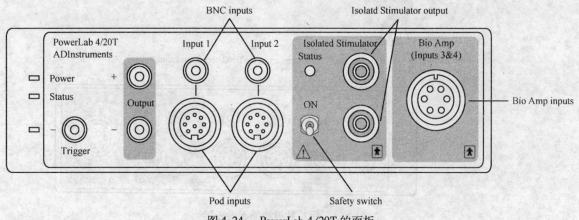

图 4-24 PowerLab 4/20T 的面板

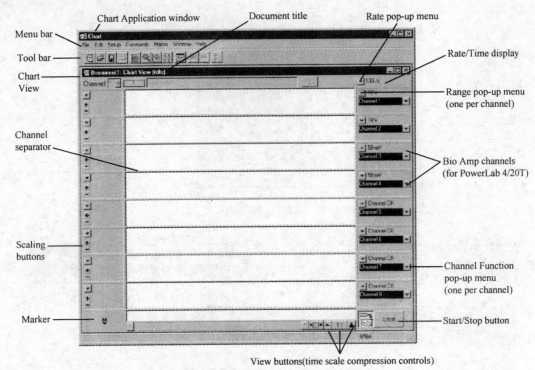

图 4-25　TChart 的菜单栏, 工具栏和视窗

二、实验操作(记录脉搏)

(一) 打开配置文件

双击桌面上 Tchart 脉搏图标(配置文件)。

(二) 连接换能器

(1) 将"手指脉搏换能器"的 BNC 插头插入面板上通道插座(图 4-26)并将它以顺时针方向旋紧锁定。

(2) 将换能器的压力感测垫安装在任一手的中指末端,用尼龙粘托固定。

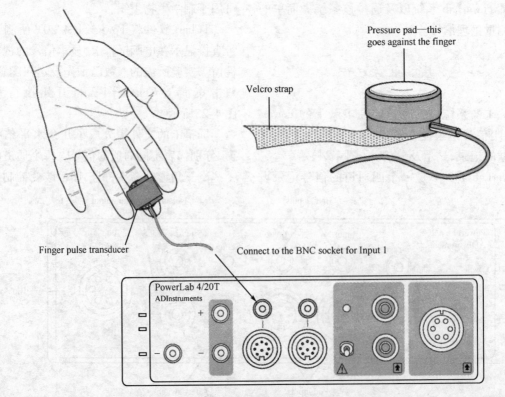

图 4-26　手指脉搏换能器的连接

（三）调整放大器参数

点选[Input Amplifier]：点击视窗右侧的Channel 1标题的右侧的倒三角形箭头，出现通道功能菜单，点击[Input Amplifier…]（图4-27）弹出[Input Amplifier]对话框。

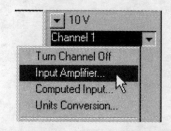

图4-27 激活 Input Amplifier 对话框

（1）在[Input Amplifier]对话框左边出现信号图像（图4-28）。经手指脉搏换能器传入的信号较弱，要从[Range]框选取合适的信号大小，如果选100V 的话，表示系统能记录的范围为 - 100V 到 + 100V。

（2）按一下[Range]右下方的倒三角形箭头，从开启的选单中选取[500mV]，注意观察纵轴的刻度的变化。

（3）[Range]调到[100 mV]，纵轴刻度变化更大。一般把信号的大小调整到大约三分之一个视窗。来自[手指脉搏换能器]传入的信号一直没有改变，只是改变记录系统的敏感度。在对话框右边有一个[Invert]框，点击该框得到上下方向颠倒的波形。

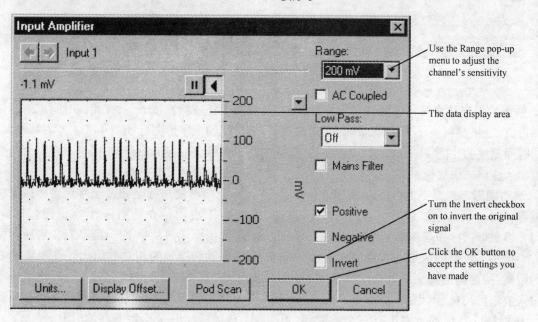

图4-28 Input Amplifier 对话框

（4）调到理想的波形后，按[OK]钮关闭[Input Amplifier]对话框，所设定好的参数就已用在 TChart 软件中了。

【注意事项】

（1）实验对象的手和手指要保持安静。

（2）尼龙粘托绑的松紧度要适宜。

（四）开始记录

（1）按文件视窗右下角的[Start]钮，开始记录。

（2）经过 20 秒后，按一下[Stop]钮，停止记录，记录到的波形画面如图4-29。

将鼠标移至文件视窗的刻度轴左侧，此时游标旁边会出现几种不同形状的小箭头，按着鼠标左键拖放游标，应可观察到刻度及信号会随着鼠标拖放而改变。

（五）在记录中添加注释

（1）按[Start]开始记录。

（2）在[Comments bar]中键入 [comment]，点击右边的[Add]钮或[Enter]键，在相应时间点的波形图上会出现一条直立虚线，这就是添加注释的位置。

（3）按一下[Stop]钮停止记录。

（4）保存。

（六）分析实验结果

Tchart 既可以用来记录，也可以分析波形。

可用 TChart 的滚动轴查看记录的结果，测量波幅大小和时间值，使用［Zoom Window］来检视局部的结果。

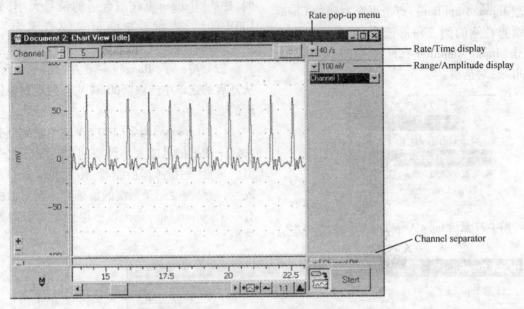

图 4-29　记录到的波形画面

1. 快速检视记录波形　主要有三种方法快速检视图形，可以拖放视窗下方的滚动轴，或是改变横轴的时间刻度的比例将图形压缩，或者在特定的时间点加入注解以供检视。

2. 滚动图形　视窗下方的滚动轴可用来前后检视波形：

（1）将鼠标指标移至视窗下方滚动区。

（2）按一下灰色的区域会向左或向右滚一个屏幕的距离，按两侧的箭头屏幕会缓慢滚动，按住滚轴钮拖放则可快速滚动图形。

3. 检视钮　在滚动轴右边有三个检视钮，可用来快速压缩或扩展时间轴。

（1）点击［缩小钮］数次，将图形压缩。

（2）将鼠标移至时间轴上，此时游标变成双箭头。

（3）将鼠标移至想观察的时间点上点一下，或是拖放鼠标选择一个区域。

（4）点击［扩张钮］到时间轴比例为 1:1 时，被选取的区域会摆在视窗正中间。

4. 利用注解快速检视波图形

（1）从［菜单］中的［Windows］点选［Comment Window］，此时会出现注释视窗。

（2）选中或双击想察看的注释。

（3）按一下［Go to］钮，所选取的时间点就会摆在视窗正中间。

5. 用十字形游标测量波形数值　将鼠标移至视窗中任一位置按一下，在相同时间点的记录波形上出现的十字形游标如图 4-30。左右移动鼠标，十字形游标会沿着波形移动，同时视窗右上角会出现该点的时间和波幅的数值。

6. 同时使用标记钮及十字形游标测量相对数值　位于滚动轴左边有一个标记钮（Marker）M。一起使用标记钮及十字形游标时，二者所在位置波形的纵轴和横轴的相对数值出现在视窗的右上方如图 4-31。

（1）用鼠标从标记钮拖一个标记 M 到视窗中，放掉后标记 M 会附着在波形上。

（2）移动鼠标，此时标记 M 及十字形游标之间的相对数值会即时出现在视窗右上角以［Δ］+ 数值表示。

（3）测量结束时，可以用鼠标将标记 M 拖回或直接在标记 M 原位置上双击即可。

7. 使用 Zoom Window 将选取区域的波形放大

（1）在文件视窗中按住鼠标左键拖放，产生一反白的四方形选取区域。

（2）从［菜单］中的［Window］点击［Zoom Window］，此时先前所选取区块的波形会出现在［Zoom Window］中。

（3）使用标记钮及十字形游标测量二点间的波幅和时间的相对值，相对值显示在图形的标题列下面（图 4-32）。

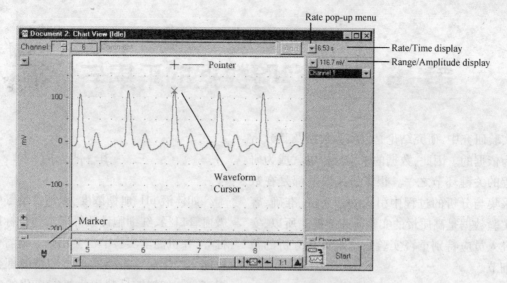

图 4-30　十字形游标

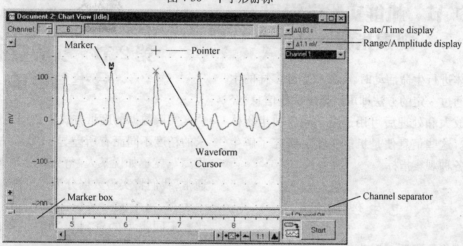

图 4-31　十字形游标和标记钮

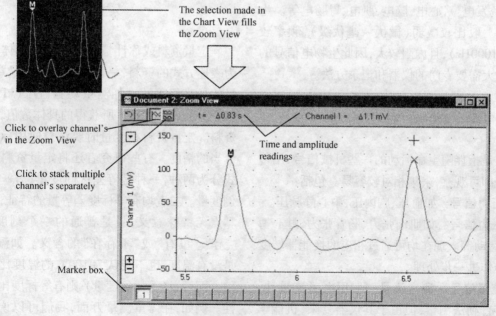

图 4-32　Zoom Window

（张　枫　高兴亚）

第 5 章　实验数据的采集与分析

实验研究中,研究结论是以实验数据及其分析结果为依据的。因此,数据的采集分析也就成为研究过程的关键环节之一。很多研究误差都是在数据的采集与分析的过程中引入的。完整、准确、客观的实验数据是高质量的实验研究前提。所以,实验研究人员应特别重视实验数据采集与分析的每一个细节。

第 1 节　机能实验学常用观察指标

生物体进行生命活动时,会发出多种多样的生物信息。通过一定的方法即可引导出这些信息,经进一步的放大和处理后可用于显示和反映生物体功能变化。这些信息便是机能实验学研究了解生物功能的各种观察指标。

一、电生理指标

电生理指标来源于对生物电电信号的采集与处理,常见的生物电信号包括:神经干动作电位、神经放电,诱发电位,心电,脑电,肌电,胃肠电等。生物电信号一般比较微弱(微伏 ~ 毫伏级),频率较低(DC ~ 1000Hz),且内阻较大,因此生物电信号的采集与放大需要专门的仪器和记录方法。

二、普通生理指标

主要是指伴随生命活动的一些机械信号,用传统的方法即可观察,采集相对较容易。包括:

1. **压力信号**　如血压、胸内压、中心静脉压。
2. **张力信号**　如肌肉张力、肠管张力、蛙心搏动、呼吸运动等。现在均可通过相应的换能器转变成电信号作进一步处理。
3. **流量信号**　测定流量一般用电磁流量计,或超时多普勒法测量,但由于其仪器复杂,机能学实验时较少采用。测定尿量时一般用记滴的方法测定流量。

三、其他指标

如体液 pH、血糖浓度、尿钠含量等生化指标和微血管口径、红细胞计数等形态学指标以及行为指标等,在机能学实验中也会用到。随着研究的进步机能实验学观察指标的种类和精度都会不断增加提高。一切能够反映生物机能变化的观察数据都可成为机能实验学的观察指标。

第 2 节　实验数据的分类与度量

实验数据的度量方式因数据的性质、类别及要求的精度不同而有所差异。例如,描述某人"血压很高",就不如说某人"舒张压为 17kPa"来得精确。通常,我们将实验数据分为定量资料和定性资料两个大类,每个大类又包含了不同的精度和类别等级。不同类型的资料应采取不同的度量与处理方法。

一、定量资料

定量资料或称计量资料是指以具体测量数值为表述方式的资料,一般有相应的测量单位,是度量的最高级形式。如测量动脉血压(kPa)、心率(次/分)、体重(kg)所获得的具体数值,即属定量资料。定量资料在度量时要注意使用标准单位和恰当的精度。有些研究者还将定量资料的度量方式分为两种,一种是等差区间度量;另一种是等比例度量。二者均有等标度差等量的特征,但前者的零点无特殊意义,只是普通的一个刻度,不包含"无"、"没有"或"不存在"的含义。如温度 0℃ 不是没有温度,也不能认为 100℃ 的温度比 50℃ 高 1 倍。而后者(等比例度量)则有等标度比等量的特性。例如,在体重测量万面,我们可以说 100kg 比 50kg 重 1 倍。在该度量形式,0 为一个特殊的数值,意味着无,意味着起始点。

二、定 性 资 料

定性资料或等级资料系指将研究对象按某种属性进行归类记录的资料。例如,生理状态的兴奋和抑制、细菌培养结果的阳性或阴性,男性与女性,A 型血或 B 型血等。等级资料根据分类间是否存在大小多少的排序特征有可分为有序分类资料和无序分类资料两种。

1. 有序分类资料 各类之间有程度的差别,亦称等级资料或半定量资料。例如进行血清学检查时,抗体的滴度可以分为 −、±、+、++、+++、++++ 等。观察某种药物的疗效,可分为治愈、显效、好转、无效等级别。像机能学实验中观察到动物肌张力增强和肌张力明显增强等都属于此类。

2. 无序分类资料 各类间无程度差别,无法进行优劣比较。它包括①二项分类。如检查大便中有无蛔虫卵,结果可以是阴性或阳性;②多项分类。如血型,结果可以是 A 型、B 型、AB 型或 O 型。定性资料所获得的测量结果以每一类别的样本数来表达,因此,也称为计数资料。例如,对 1000 名入学新生进行血型调查,其结果可能是:A 型血 312 人,B 型血 281 人,AB 型血 98 人,O 型血 309 人。

在统计分析中,习惯于将资料分为计量资料、等级资料和计数资料 3 种类型。对应与本分类方法分别相当于定量资料、有序分类资料和无序分类资料。根据分析需要,各类资料的属性可以相互转化。如定量资料进行区间归类后即成为等级资料;等级资料分级细化后即可视为定量资料。

第3节 实验数据的评价

实验中获得的原始实验数据是后续分析的基础和导出科学结论的依据,实验数据的质量直接影响到研究结果的科学性和可靠性。对数据质量的评价一般有三个方面,即数据的完整性、准确性和精确性。

一、数 据 的 完 整 性

数据的完整性系指按照设计要求收集所有的实验数据。如果因一些意外原因或不能人为控制的因素而引致部分实验数据的缺失(如动物意外死亡,标本破坏等),应尽可能地补充这部分实验并获取数据。对于不可补救的实验,应科学地处理缺失数据,绝不能任意添加。数据完整性的另一层含义是指应将所有实验数据用于分析过程,不得因某些数据与研究者预期的结果有较大差距而随意剔除,或不引入分析过程,即不能任意删除。如果某些数据确有特异之处,除非查找到确凿的原因(如操作不当所致),否则应依靠统计学方法进行科学判断,以决定取舍。

二、数 据 准 确 性

数据的准确性是指数据是否准确可靠、记录无误,能否真实地反映实验的客观事实。影响实验数据准确性的因素包括系统误差和人为误差两方面。由于实验仪器或方法所造成的误差属于系统误差,系统误差往往对所有样本都有相似的影响,而对各组之间的差值影响较小。而人为误差是在数据收集过程中出现的过失误差,如读错刻度,点错小数点,抄错数字,弄错度量衡单位,换算错误等。这种误差往往很大,且有很大的偶然性。因此危害较大。另外,应杜绝研究者根据个人意愿对数据所做的任何篡改或杜撰。这种现象虽不多见,但有悖科学的原则。应为所有科研工作者所戒。

三、数 据 精 确 性

数据的精确度是指测量数值的精度。通俗地说就是保留多少位小数或保留多少位有效数字。这是一个容易与准确度混淆的概念。如一个称量实际重量为 1.0053g 的样本,精确度不够的天平所获得的数据只能是 1g 或 1.01g,尽管在它所能达到的精度所得出的是准确的,但其精确度不够。然而,测量数据的表述也不是精确度越高越好,应结合实际情况。特别应该指出的是有些经过转换的数据,形式上精度很高,如血压升高了 12mmHg 比实验前(83mmHg)提高了 14.457831325% ,但后面的数字已无实际意义。因此,在处理精确性问题时,要注意各组数据间精度的一致性和数据转换时有效数字的一致性。另外,在记录测量数据时应该知道只有建立在准确性基础上的精确性才有实际意义。

统计学上对批量数据的质量有一定的检测方法,利用效度检查可以判断系统误差;利用信度检查可以评价抽样误差。

第4节 实验数据的分析统计

一、逻辑检查

对实验数据进行分析的第一步是进行逻辑检查。如发现离奇或不合逻辑的数据应进行复查,以避免数据出现大的偏差。不合逻辑数据多是人为失误造成的,如实验时加错试剂,数据录入过程中错行、错列或小数点点错。也可能来自后续处理,如数据转换过程。逻辑检查最简单的方法是范围判断,主要是看极值是否在可能的范围。如 pH 为 73.6 是小数点点错;而血压为 120kPa 为单位记错。

二、缺失、偏离数据的判断和处理

缺失数据在实验中是经常会遇到的,因此在动物分组时,对动物组数及每组动物数留有一定的余量。如发生动物死亡,或标本无法提取,在确认死亡与实验因素无关时,可以剔除本例的所有数据。也剔除缺失数据所属的观察单位,即去掉一组,但该方法浪费信息严重,有时分析无法进行。有时要从补救的角度处理缺失数据,在统计学有相应的办法估计缺失数据,但计算复杂操作难度较大。

个体数据偏离其所属群体数据较大,且经证实确为实验所得时,被称为偏离数据。偏离数据有两种类型,即极端值和奇异值。个体数据偏离群体超过3倍的四分位间距时被定义为极端值,而偏离在 1.5~3 倍四分位间距时被定义为奇异值。对偏离数据的处理通常用敏感性分析方法,即将这些数据剔除前后各做一次分析,若对结果没有本质的影响,则不予剔除;若剔除前后的结果矛盾,且需要剔除,则必须给以充分合理的解释。最好实验能够重做,以使结论更加可靠。

三、统计方法的选择

统计方法的选择应在实验设计阶段确定,不同性质和类型的资料应选用不同的统计方法。每一种统计方法都有其特定的适用条件,恰当地选择统计方法可以使实验资料的信息利用率增加,误差减少。

由于统计方法的选择与实验设计是紧密联系的,以下从实验设计的角度介绍统计方法选择的基本原则。

(一) 实验设计的基本方法

当处理因素只有1个(可为多个水平)时,可用完全随机设计。当受试对象能够按一定条件配成对或伍时,可用配对设计和配伍设计。这样可以提高各组间的均衡性,使统计的敏感性提高。当实验因素超过1个,且因素间存在交互作用时,可用析因实验设计。当实验因素为3个,各因素间无相互作用且水平相等时,可用拉丁方设计。当实验因素较多大于等于3,且因素之间存在交互作用时,可用正交设计。它可以用较少的处理组合数研究较多的实验因素,因而可以节约实验资源。

(二) 统计方法选择的基本原则

机能实验所涉及的实验设计一般都比较简单,以单因素设计为主。以下就针对单因素设计和简单的双因素设计介绍统计方法选择的基本思路。

实验资料可根据其性质分为计数资料、等级资料和计量资料三类(前已述及)。

1. 计量资料

(1) 两个均数:若为配对资料,可选用"配对 t 检验";若为非配对资料,可选用"两样本均数 t 检验"或"两样本秩和检验"。

(2) 多个均数:可用各种类型的"方差分析"。如完全随机设计可用"单向方差分析";配伍设计可用"双向方差分析";拉丁方设计可用"三向方差分析"等。有些也可用秩和分析。

2. 等级资料 对于等级资料,建议使用秩和检验方法。两组比较时,配对资料用"差值符号秩和检验";非配对资料,用"两样本秩和检验"。多组资料比较时,用"多组等级资料秩和检验"。等级资料也可用"卡方检验"处理。

3. 计数资料 两个率比较时,配对资料用"配对卡方检验";非配对资料可用"卡方检验",也可用"两样本 u 检验"。对于多个样本率或构成比进行比较时,应选用"卡方检验"。

4. 双变量资料 对于计量性质的双变量资料,选用的统计方法包括:直线相关,直线回归和曲线回归。其中曲线回归主要用于处理像指数曲线、双曲线、多项式曲线及生长曲线之类的资料。

医学统计的具体内容是相当复杂的,以上仅就常用的统计方法作原则上的介绍。欲了解医学统计的细节,请参阅相关的专业书籍。

(高兴亚)

第 6 章 动物的正常机能

第1节 蛙类实验

实验6.1 骨骼肌的单收缩和复合收缩

【目的和原理】

两栖类动物的一些基本生命活动和生理功能与温血动物近似,但其离体组织所需的生活条件比较简单,因此在机能实验学中常用蛙或蟾蜍的离体组织或器官作为实验标本,来观察神经肌肉组织的兴奋性、刺激的一些规律及骨骼肌的收缩特点。

肌肉受到一个短暂的有效刺激,将产生一次兴奋,引起一次单收缩。单收缩曲线分为潜伏期、收缩期与舒张期。若选用单刺激或低频刺激,使相邻每次刺激的间隔大于肌肉的收缩期与舒张期之和,则肌肉出现一连串单收缩;若刺激的间隔逐渐缩短(即刺激频率逐渐增加),使后一个刺激落在前一个收缩的舒张期,则产生不完全强直收缩;再增加刺激频率,使后一个刺激落在前一个收缩的收缩期内,肌肉将处于持续的收缩状态,产生完全强直收缩。

【器材与药品】

MD2000 微机试验教学系统、蛙类手术器械、张力换能器、肌动器、铁支架、双凹夹、培养皿、锌铜弓、1ml 注射器、4 号针头;0.01% ~ 0.05% 琥珀酰胆碱溶液、任氏液。

【实验对象】

蟾蜍或蛙。

【方法和步骤】

1. 制备坐骨神经标本

(1)由枕骨大孔捣毁脑与脊髓:右手握蛙或蟾蜍,拇指压在蛙背颈后脊柱皮肤上,食指和中指夹住前肢,小指与无名指夹住后肢,食指略弯曲使头前俯,右手持探针,由头部沿正中线探向背部,可探查到在两眼裂之后连线背侧近似等边三角形的顶角处,有一凹陷即为枕骨大孔所在部位,用力将探针由此刺入皮下(无须刺入太深),以边转动边进针的方式,将探针刺入枕骨大孔,向前刺入颅腔,左

右摇动,捣毁脑组织,再将探针退至枕骨大孔处,向后进入椎骨,捣毁脊髓。此时,应观察到下颌呼吸运动消失,四肢松软,表示脑和脊髓已破坏完全。否则,需按上法再行捣毁。

(2)剪除躯干上部及内脏:左手抓住蟾蜍脊柱,右手持粗剪刀,在骶髂关节前 1cm 处剪断脊柱。再沿脊柱两侧剪开腹壁,此时躯干上部和内脏全部下垂,检出躯干上部和内脏。在腹侧脊柱的两旁可见到坐骨神经。

(3)剥去皮肤:左手用大镊子捏住脊柱短端(避开神经),右手捏住脊柱短端皮肤边缘,逐步向下牵拉剥离皮肤,拉至大腿时,如阻力太大,可先剥下一侧后肢皮肤,再剥离另一侧后肢皮肤,全部皮肤剥除后,将标本置于盛有任氏液的培养皿中。手及用过的器械用自来水冲洗。

(4)分离双腿:用粗剪刀沿中线将脊柱剪成左右两半,再从耻骨联合中央剪开(为保证两侧坐骨神经完整,应避免剪时偏向一侧)。将已分离的双腿浸入盛有任氏液的培养皿中。

(5)游离坐骨神经:取蛙腿一条,用玻璃分针沿脊柱游离坐骨神经腹腔部。然后用蛙钉将标本背面向上固定与蛙板上,循股二头肌和半膜肌之间的坐骨神经沟,纵向分离坐骨神经的大腿不分,直至腘窝胫腓神经分叉处。用玻璃分针花开梨状肌及其附近的结缔组织。将脊柱多于不分剪去,暴力小块与坐骨神经相连的脊柱。用镊子夹住这小块脊柱,将坐骨神经轻轻提起,自上而下剪断坐骨神经分支,游离出坐骨神经。

(6)完成坐骨神经-腓肠肌标本:在膝关节周围剪断股二头肌肌腱、半膜肌肌腱、股四头肌肌腱等大腿肌肉的肌腱,以去掉大腿全部肌肉,并用粗剪刀将股骨刮干净,在股骨的中段剪断。再在腓肠肌的跟腱处穿线结扎,在结扎处远端剪断腓肠肌肌腱,游离腓肠肌至膝关节处,轻提结扎线,将腓肠肌提起,然后在膝关节下方将小腿其余部分全部剪除。

用浸有任氏液的锌铜弓触及坐骨神经,如腓肠肌收缩,则表明标本的机能良好。将标本放入任氏液中,待其兴奋性稳定后再进行实验。

2. 试验装置的连接与使用

（1）将张力换能器与肌动器用双凹头固定在铁支架上，张力换能器在上，肌动器在下。

（2）将坐骨神经-腓肠肌标本固定在肌动器内。标本中的股骨置于肌动器的固定孔内，坐骨神经置于肌动器的刺激电极上，腓肠肌跟腱的结扎线固定在张力换能器的弹簧片上，此连线不宜太紧或太松，并与桌面垂直。

（3）将换能器连接至 MD2000 生物信号采集处理系统的 4 通道，系统的刺激输出与肌动器的刺激电极相连。

（4）打开 MD2000 生物信号采集处理系统，进入"生理学实验——实验 1 骨骼肌"。

3. 观察项目

（1）找出最大刺激强度：选择单刺激模式，固定刺激波宽，不断调节刺激强度。先给予坐骨神经-腓肠肌标本一个微弱刺激，然后逐步增加刺激强度，直到刚刚能观察到微弱的收缩曲线，此时对应的刺激强度为阈强度。继续增加刺激强度，收缩曲线幅度亦随之增大，当刺激强度增加到某一数值时，收缩曲线幅度不再随着刺激强度的增大而升高时，这时对应的刺激强度即为最大刺激强度。

（2）单收缩：选用最大刺激强度，将刺激频率放在单刺激或低频刺激上，描记单收缩曲线。

（3）不完全强直收缩：增加刺激频率，可描记出呈锯齿状的不完全强制收缩曲线。

（4）完全强直收缩：继续增加刺激频率，则可描记出平滑的完全强制收缩曲线。

（5）药物影响：0.01% ～0.05% 琥珀酰胆碱溶液 0.01ml，用 4 号针头注入肌肉内（注意不要让药液渗出），电刺激神经，肌肉有何反应？将电极直接置于肌肉表面进行电刺激，肌肉有何反应？为什么？

【注意事项】

（1）小心蟾酥溅入眼内。

（2）剥皮后需将手及用过的器械洗净，再进行下一步操作。

（3）用玻璃分针取出神经周围的结缔组织，避免用力牵拉神经或用金属器械夹捏神经，以防神经损伤。

（4）标本制成后需放任氏液中浸泡数分钟，使标本兴奋性稳定。在实验过程中也需经常用任氏液湿润标本，以免影响标本的技能。

（5）每次连续刺激一般不要超过 3～4g，每次刺激以后必须让肌肉有一定的休息时间（0.5～

1min），以防标本疲劳。

（6）用最大刺激强度刺激时，不能刺激过强而损伤神经。

【问题及解释】

（1）未能找到最大刺激强度。虽已调至刺激器的最大刺激强度，但经液体介质短路后输出，强度有所降低，对刺激的神经仍达不到最大刺激强度，此时可加大刺激波宽。

（2）随刺激频率增加，肌肉符合收缩的幅度不是逐渐升高而是下降。标本保护不当，肌肉受损或疲劳或刺激频率过高。

（3）单收缩曲线忽高忽低。标本在任氏液中浸泡的时间不够，兴奋性不稳定或不是最大刺激强度进行刺激。

（4）标本发生不规则收缩或痉挛。肌槽不干净，留有刺激物；周围环境有强电干扰；仪器接地不良或人体感应带电，接触潮湿台面和铁支架等。

（董 榕 彭聿平）

实验 6.2 负荷对骨骼肌收缩的影响

【目的和原理】

了解骨骼肌初长度（前负荷）和荷重（后负荷）对其收缩的影响，并分别找出肌肉做功最大时的前负荷和后负荷。

肌肉收缩前所承受的负荷叫前负荷，它使肌肉具有一定的初长度；肌肉收缩时所遇到的阻力称后负荷，它使肌肉收缩时产生相应的张力。在一定范围内，肌肉收缩可随前负荷的增加而加强。前负荷过大，则将导致肌肉收缩的力量反而减弱；够负荷愈大，肌肉收缩时产生的张力愈大，开始缩短的时间愈迟，缩短的速度愈慢，缩短的幅度愈小。

【器材与药品】

刺激器或 MD2000 生物信号采集处理系统、蛙类手术器械、肌动器、砝码、刻度直尺、圆规、铁支架、双凹夹、培养皿、锌铜弓；任氏液。

【实验对象】

蟾蜍或蛙。

【方法和步骤】

（1）坐骨神经-腓肠肌标本的制备，见实验 6.1。

（2）实验装置的连接和使用，参见实验 6.1。

（3）观察项目

1）后负荷相同时，改变前负荷对骨骼肌收缩的影响:先将肌动器水平尶杠杆下的后加负荷螺丝下旋,使其离开杠杆,然后在水平杠杆的适当位置悬挂10g砝码,让砝码将肌肉拉长,肌肉的拉长程度按肌肉大小的实际情况调节砝码与杠杆支点的距离使其合适。这10g重量即为肌肉的前负荷。然后,将后加负荷螺丝上旋至刚好顶着杠杆为止,再在10g砝码上加40g砝码,用单个最大刺激强度,刺激坐骨神经,腓肠肌即收缩一次,记录收缩曲线,此收缩的后负荷即为50g。

改变肌肉的前负荷为20g,后负荷仍为50g,记录肌肉的收缩曲线。具体方法如下:将肌动器水平杠杆下的后加负荷螺丝下旋,使其离开杠杆,然后在水平杠杆的适当位置悬挂20g砝码,这20g重量即为肌肉的前负荷。然后,将螺丝上旋至刚好顶着杠杆为止,再在20g砝码上加30g砝码,用单个最大刺激强度,刺激坐骨神经,腓肠肌收缩一次,此次收缩的后负荷仍为50g。

按上述方法改变肌肉的前负荷为30、40、50g,后负荷为均为50g,记录肌肉的收缩曲线。

注意在实验中刺激参数如强度和波宽等一经确定后,在一组实验中不再变动。

2)前负荷相同时,改变后负荷对骨骼肌收缩的影响:在肌动器的水平杠杆上挂一只10g重的砝码,并将杠杆下方的后加负荷螺丝下旋,使其离开杠杆,使肌肉略为拉长,以后始终保持肌肉这一初长度。

用单个最大刺激强度,刺激坐骨神经,腓肠肌收缩一次,记录肌肉收缩曲线的高度,此收缩的前负荷和后负荷均为10g。

将螺丝上旋,使其杠杆托住杠杆以保持肌肉初长度不变,然后在原来10g的负荷上再加10g,刺激坐骨神经,记录腓肠肌的收缩曲线,这一收缩的前负荷仍为10g,而后负荷增加至20g。

按上述方法,不改变前负荷重量,而逐渐增加后负荷至30、40、50g,直到所加重量不再被肌肉收缩所拉起为止,分别记录其收缩曲线。

3)计算骨骼肌在不同前负荷和后负荷下机械功,并绘制关系曲线:首先,在杠杆的砝码连续处测量使杠杆上移1cm,记录到的曲线高度H′,以此作为一个校正值。肌肉做功=后负荷重量×负荷移动(即提高)的距离。负荷移动的距离h可用收缩曲线高度H,除以H′(负荷移动1cm时曲线的高度)算出。肌肉做功(g.cm)=负荷×(H/H′)。

以不同前负荷(10、20、30、40、50g)为横坐标,机械功为纵坐标,画出肌肉前负荷与肌肉做功的关系曲线,标出最适前负荷。以不同后负荷(10、20、30、40、50g)为横坐标,所做功为纵坐标,画出后负荷与肌肉做功的关系曲线。

【注意事项】

(1)腓肠肌跟腱上的线一定要缚的很紧、很牢,不能因负荷加大而滑脱。

(2)采用单个最大刺激,实验中不应随意改动刺激参数。

(3)在更改负荷进行刺激之前,应使肌肉充分弛缓并休息1~2min。

(4)经常用任氏液湿润标本,以防干燥。

(5)整个实验应尽快完成,否则实验过程中会因标本兴奋性的改变而影响实验结果。

【问题与解释】

1. 递加负荷后,收缩曲线幅度忽高忽低

(1)标本兴奋性不稳定。

(2)刺激强度不是最大刺激强度。

2. 找不出最适前负荷和后负荷

(1)刺激参数未固定。

(2)肌肉的机能状态发生改变。

(董 榕 彭聿平)

实验6.3 强度-时间曲线的测定

【目的和原理】

测定并绘制强度-时间曲线,熟悉基强度、时值和利用时的概念。

一个有效的刺激,不仅要有一定的强度,而且必须具有一定的持续时间。两者的关系为刺激强度越小,引起反应所需的刺激持续时间就越长;反之,则持续时间可相应缩短。将两者的关系绘成曲线,即为强度-时间曲线。该曲线表明,若刺激弱于基强度(rheobase),刺激持续时间再长也不能引起兴奋;相反,刺激强度很大,但刺激持续时间太短,同样也不能引起兴奋。基强度作用所需的时间称为利用时,两倍基强度刺激引起兴奋所需的最短刺激持续时间,称为时值(chronaxie),它实际上是两倍基强度下的利用时。

【器材与药品】

MD2000微机化实验教学系统、蛙类手术器械、神经屏蔽盒、培养皿;任氏液。

【实验对象】

蟾蜍或蛙。

【方法和步骤】

1. 制备坐骨神经干标本　制备坐骨神经干标本的前面几个步骤和方法同坐骨神经-腓肠肌标本的制备。当坐骨神经游离至膝关节处时,再继续向下分离,在腓肠肌两侧肌沟内找到胫神经和腓神经,剪断其中任何一支,分离留下的一支直至足跖,用线结扎,在结扎的远端剪断。只保留坐骨神经,其他组织全部弃去,将游离出的坐骨神经置于任氏液中备用。

2. 实验装置的连接和使用　坐骨神经置于神经屏蔽盒的电极上,其中引导电极与 MD2000 微机化实验教学系统的第 1、2 通道连接,刺激电极与系统的刺激输出连接。

打开 MD2000 微机化实验教学系统,进入"神经干动作电位"实验,详细操作见第 4 章 MD2000 微机化实验教学系统。

3. 观察项目

(1) 测定坐骨神经干的基强度和利用时:调节刺激脉冲波宽(持续时间)达 100ms 以上,从零逐渐增大刺激强度,直至出现微小动作电位,此时的刺激强度即代表神经干兴奋的基强度。然后保持强度不变,逐渐缩短刺激波宽,直到求出刚好能引起动作电位的最短持续时间即利用时。

(2) 测定坐骨神经干的时值:将刺激强度定在基强度的 2 倍,可见动作电位幅值增大。然后将刺激脉冲的波宽逐渐缩短,可见动作电位幅度逐渐变小,刚好使动作电位出现的波宽值即时值。

(3) 记录刺激强度和时间的变化关系并绘制强度-时间曲线:分别以 1.5、2、3、4、5……倍基强度的刺激脉冲刺激神经干,找出各强度引起动作电位的最短作用时间(波宽)。将所得结果绘在坐标纸上,Y 轴代表刺激强度,X 轴代表刺激持续时间,即可得到强度-时间曲线。

【注意事项】

(1) 整个实验应尽快完成,否则会应刺激时间过长,组织的兴奋性改变而影响实验结果。

(2) 刺激波宽不宜选得过宽,以免使伪迹太大。

【非预期结果及其可能的原因】

1. 记录不到动作电位波形

(1) 神经标本丧失兴奋性。

(2) 周围有交流信号干扰。

2. 动作电位波形不理想

(1) 神经纤维的兴奋阈值较低。

(2) 标本兴奋性不稳定。

(彭聿平)

实验 6.4　骨骼肌兴奋-收缩耦联现象的观察

【目的和原理】

同步记录离体骨骼肌动作电位和机械收缩,观察骨骼肌兴奋和收缩之间的关系,掌握记录离体骨骼肌动作电位和机械收缩的方法。

骨骼肌兴奋的电变化与机械收缩是两种不同性质的生理过程,但又密切联系。肌肉产生动作电位后,可沿肌膜迅速传播,并经由横管膜进入肌细胞内部至三联体部位。引起终末池膜上钙通道开放,Ca^{2+} 由终末池释放进入肌浆与肌钙蛋白结合,引发肌丝滑行,产生肌肉收缩。高渗甘油可对骨骼肌的横管膜进行选择性破坏,导致肌肉表面可记录到动作电位,但肌细胞不收缩。

【器材与药品】

MD2000 生物信号采集处理系统、蛙类手术器械、张力换能器、肌动器、万能支架、双凹夹、记录电极、培养皿、锌铜弓;任氏液、高渗甘油。

【实验对象】

蟾蜍或蛙。

【方法和步骤】

(1) 制备蟾蜍或蛙坐骨神经-腓肠肌标本,放入任氏液中备用。

(2) 实验装置的连接和使用:将标本的股骨断端固定于肌动器;标本的跟腱结扎线与张力换能器相连接,使肌肉的长度约为原长的 1.2 倍;将坐骨神经搭在肌动器的一对刺激电极上;引导电极接触肌肉表面。

张力换能器连接到 MD2000 生物信号采集处理系统的 4 通道;肌肉表面的引导电极输入 1 通道;肌动器的一对刺激电极与系统的刺激输出端相连。

打开 MD2000 生物信号采集处理系统,进入"通用 4 道记录",做电-机械变化的同步描记。详细操作见第 4 章 MD2000 微机化实验教学系统。

(3) 观察项目

1) 给标本单个电刺激,观察肌肉动作电位后是否出现收缩反应,仔细观察动作电位与机械收缩之间的时间关系。

2) 取下标本,将其腓肠肌浸泡在高渗甘油任氏液中 15～20min,当肌肉外观出现皱褶时用锌铜弓刺激标本的神经,如肌肉无收缩反应。再将标本浸泡在任氏液中 5～10min,然后重复上项观察。

【注意事项】

(1) 在实验过程中要经常用任氏液湿润神经肌肉标本以防干燥。

(2) 用单脉冲刺激标本,刺激强度及频率应从小到大逐渐增加,再次刺激间隔时间不小于 30s。

(3) 用甘油浸泡腓肠肌时间不宜过长,以锌铜弓刺激神经时肌肉不出现收缩反应即可。

(董　榕　彭聿平)

实验 6.5　蛙心起搏点

【目的原理】

心脏的特殊传导系统(结区除外)都具有自动节律性,但各部分自律性的高低不同。两栖类动物的心脏起搏点为静脉窦。本实验的目的是利用改变局部温度和结扎方法,观察蛙心正常起搏点并比较心脏不同部位自律性的高低。

【器材与药品】

蛙类手术器械、蛙心夹、小试管、滴管、丝线;任氏液。

【实验对象】

蟾蜍或蛙。

【方法和步骤】

(1) 取蟾蜍一只,破坏脑和脊髓,将蟾蜍固定于蛙板上。从胸骨剑突下将胸部皮肤向上剪开,然后剪掉胸骨,小心剪开心包,暴露心脏。

(2) 参照图 6-1,识别静脉窦、心房和心室。从心脏的腹侧面可见到一个心室,其上方有两个心房。用蛙心夹在心室舒张期夹住少许心尖。轻轻提起蛙心夹,将心脏倒置吊起,这时可以看到心脏背侧面左右心房下方节律性跳动的静脉窦。在心房与静脉窦之间有一条白色半月形的窦房沟。

(3) 认清心房、心室和静脉窦后,记录各自跳动的频率,仔细观察跳动顺序。

(4) 用盛有 40℃ 左右热水的小试管依次接触心室、心房和静脉窦以改变它们的温度,同时分别观察和记录各部分跳动的频率,注意有何变化?

(5) 在心房与心室间的房室沟,用一丝线结扎,观察心脏各部分跳动频率有何变化,记录各部分跳动频率。

(6) 在主动脉干与上下腔静脉之间穿一丝线,找到位于静脉窦和心房交界处的窦房沟,沿窦房沟作一结扎,观察心脏各部分跳动节律有何变化,并计数每分钟的跳动次数。

(7) 待心房和心室恢复跳动后,再分别计数各部分的跳动频率,比较结扎前后有何改变?

【注意事项】

在沿窦房沟用丝线结扎时,结扎线应尽量靠近心房端,以免伤及静脉窦,同时可确保心房侧无静脉窦组织残留;结扎要紧,以完全阻断心室和心房间、静脉窦与心房间的传导。结扎后,应注意观察心脏各部分节律性活动如何变化。

【分析与思考】

(1) 在正常情况下,静脉窦、心房和心室三者的节律性舒缩活动有何不同? 为什么?

(2) 分别用盛有 40℃ 左右热水的小试管接触心室、心房和静脉窦,将引起什么变化? 为什么?

(3) 在心房和心室间结扎,心脏各部分的节律性活动有何变化? 为什么?

(4) 在静脉窦与心房交界部的窦房沟处结扎,心脏各部分的节律性活动有何变化? 为什么?

(5) 稍待片刻,再观察心脏各部分的节律性活动又将如何改变? 为什么?

(丁启龙)

实验 6.6　期前收缩和代偿间歇

【目的原理】

心肌每兴奋一次,其兴奋性就发生一次周期性的变化。心肌兴奋性的特点在于其有效不应期特别长,约相当于整个收缩期和舒张早期。因此,在心脏的收缩期和舒张早期内,任何刺激均不能引起心肌兴奋而收缩。但在舒张早期以后,给予一次较强的阈上刺激就可以在正常节律性兴奋到达之前,产生一次提前出现的兴奋和收缩,称之为期前收缩。期前收缩亦有不应期,因此,如果下一次正常

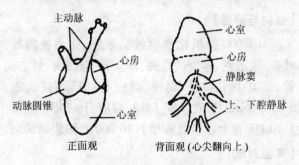

图 6-1　蟾蜍心脏示意图

的窦性节律性兴奋到达时正好落在期前收缩的有效不应期内,便不能引起心肌兴奋而收缩,这样在期前收缩之后就会出现一个较长的舒张期,这就是代偿间歇。本实验通过观察在心脏活动的不同时期给予刺激,心脏所作的反应,来验证心肌兴奋性阶段性变化的特征。

【器材与药品】

MD2000微机化实验教学系统、刺激电极、张力换能器、蛙心夹、铁支架、双凹夹、蛙类手术器械、滴管;任氏液。

【实验对象】

蟾蜍或蛙。

【方法和步骤】

(1)取蟾蜍一只,破坏脑和脊髓,将其仰卧固定于蛙板上。从剑突下将胸部皮肤向上剪开(或剪掉),然后剪掉胸骨,打开心包,暴露心脏。

(2)将与张力换能器相连的蛙心夹在心室舒张期夹住心尖。将刺激电极固定,使其两极与心室相接触,以不影响心室正常收缩和舒张为宜。按图6-2连接并调整好记录装置。

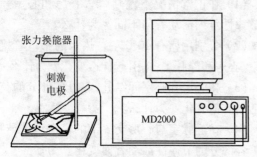

图6-2 期前收缩实验仪器连接方法

(3)接通MD2000微机化实验教学系统,打开微机,进入期前收缩记录界面。调整好走纸速度,进行观察记录。

(4)观察项目

1)描记正常蛙心的搏动曲线,分清曲线的收缩相和舒张相。

2)用中等强度的单个阈上刺激分别在心室收缩期和舒张早期刺激心室,观察能否引起期前收缩。

3)用同等强度的刺激在心室舒张早期之后刺激心室,观察有无期前收缩的出现。

4)刺激如能引起期前收缩,观察其后是否出现代偿间歇(图6-3)。

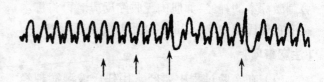

图6-3 期前收缩和代偿间歇
箭头为给予刺激

【注意事项】

(1)破坏蛙的脑和脊髓要完全。

(2)蛙心夹与张力换能器间的连线应有一定的张力。

(3)注意滴加任氏液,以保持蛙心适宜的环境。

【分析与思考】

(1)在心脏的收缩期和舒张早期分别给予心室一中等强度的阈上刺激,能否引起期前收缩?为什么?

(2)若用同等强度的刺激在心室的舒张早期之后刺激心室,结果又将如何?为什么?

(3)在期前收缩之后,为什么会出现代偿间歇?

(4)期前收缩之后,为什么可以不出现代偿间歇?

(丁启龙)

实验6.7 蛙心灌流

【目的和原理】

作为两栖类动物蟾蜍或蛙心起搏点的静脉窦能自动产生节律性兴奋。将失去神经支配的离体蛙心保持在适宜的理化环境中,在一定时间内仍能保持节律性兴奋,产生节律性收缩。因此,心脏正常的节律性活动依赖于内环境理化因素的相对稳定。改变灌流液的成分,可以引起心脏活动的改变。本实验的目的是学习离体蛙心的灌流方法,并观察钠、钾、钙三种离子、肾上腺素、乙酰胆碱等因素对心脏活动的影响。

【器材与药品】

MD2000微机化实验教学系统、张力换能器、蛙心夹、滑轮、木质试管夹、铁支架、双凹夹、蛙心插管、蛙类手术器械、滴管、搪瓷杯、缝线;任氏液、0.65% NaCl溶液、2% $CaCl_2$溶液、1% KCl溶液、1:10 000肾上腺素溶液和1:10 000乙酰胆碱溶液。

【实验对象】

蟾蜍或蛙。

【方法和步骤】

1. 离体蛙心制备

（1）取蟾蜍一只，破坏脑和脊髓后，将其仰卧固定在蛙板上，从剑突下将腹部皮肤向上剪开，然后剪掉胸骨，打开心包，暴露心脏。

（2）在两根主动脉下方引2根线。一条在左主动脉上端结扎作插管时牵引用；另一根则在动脉圆锥上方，系一松结用于结扎固定蛙心插管。

（3）左手持左主动脉上方的结扎线，用眼科剪在松结上方左主动脉根部剪一倒"V"形小口（不能剪断动脉），右手将盛有少许任氏液的大小适宜的蛙心插管由此剪口处插入动脉圆锥。当插管头到达动脉圆锥时，再将插管稍稍后退，并转向心室中央方向（左后方）。左手用镊子轻提房室沟周围的组织，右手小指或无名指轻推心室，在心室收缩期将插管插入心室。切忌用力过大和插管过深。如果蛙心插管已经进入心室，则插管内的任氏液液面可随心室的舒缩而上下波动。用滴管吸去插管内的血液，用任氏液冲洗1~2次。把预先准备好的松结扎紧，并固定在蛙心插管的侧钩上以免蛙心插管滑出心室。剪断两根主动脉。

（4）轻轻提起蛙心插管以抬高心脏，用一线在静脉窦与腔静脉交界处作一结扎，结扎线应尽量下压，以免伤及静脉窦。在结扎线外侧剪断腔静脉，游离蛙心。

（5）用滴管吸取新鲜任氏液换洗蛙心插管内液体数次，直至蛙心插管内灌流液无血色为止。此时离体蛙心已制备成功，可供实验。

2. 仪器装置 按图6-4和第4章介绍的方法连接并调整好记录仪。先用木质试管夹夹住蛙心插管，再将木质试管夹通过双凹夹固定在铁支架上。用一端带有长线的蛙心夹在心室舒张期夹住心尖，并将蛙心夹的线头连至张力换能器的应变梁上（也可通过滑轮连接到张力换能器）。

3. 观察项目

（1）描记正常的蛙心搏动曲线。注意观察心跳频率及心室的收缩和舒张程度。

（2）把蛙心插管内的任氏液全部更换为0.65% NaCl溶液，观察心跳变化。

（3）把0.65% NaCl溶液吸出，用新鲜任氏液反复换洗数次，待曲线恢复正常时，再在任氏液内滴加2% CaCl$_2$溶液1~2滴，观察心跳变化。

（4）将含有CaCl$_2$的任氏液吸出，用新鲜的任氏液反复换洗，待曲线恢复正常后，再在任氏液中滴

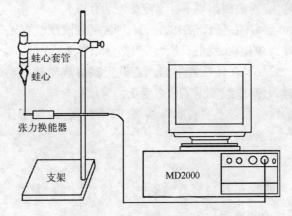

图6-4 蛙心灌流记录装置

加1% KCl溶液1~2滴，观察心跳变化。

（5）将含有KCl的任氏液吸出，用新鲜的任氏液反复换洗，待曲线恢复正常后，再在任氏液中滴加1:10 000的肾上腺素溶液1~2滴，观察心跳变化。

（6）将含有肾上腺素的任氏液吸出，用新鲜的任氏液反复换洗，待曲线恢复正常后，再在任氏液中滴加1:10 000的乙酰胆碱溶液1~2滴，观察心跳变化。

【注意事项】

（1）游离蛙心时，勿伤及静脉窦，要连静脉窦一起取下。

（2）吸新鲜任氏液的滴管要与吸插管内液体的滴管要分开，以免影响实验现象的观察和结果分析。

（3）蛙心插管内液面应保持恒定，以免影响结果。

（4）进行各观察项目时，作用明显后应立即用新鲜任氏液换洗，以免心肌受损，心跳难以恢复。待心跳恢复正常频率和幅度后方能进行下一步实验。

（5）滴加药品时，要及时标记，已方便观察分析。

（6）化学药物作用不明显时，可再适当加量。

【分析与思考】

（1）正常蛙心搏动曲线的各个组成部分，分别代表了什么？

（2）用0.65% NaCl溶液注蛙心时，心搏曲线发生什么变化？为什么？

（3）在任氏液中加入3% CaCl$_2$溶液灌注蛙心时，心搏曲线发生什么变化？为什么？

（4）在任氏液中加入1% KCl溶液灌注蛙心

时,心搏曲线出现了什么变化？为什么？

（5）在任氏液中加入肾上腺素溶液灌注蛙心时,心搏曲线发生了什么变化？为什么？

（6）在任氏液中加入乙酰胆碱溶液灌注蛙心时,心搏曲线发生了什么变化？为什么？

（7）以上实验所得结果,归纳起来,说明了什么问题？

（丁启龙）

实验6.8　前后负荷对心输出量的影响

【目的和原理】

心输出量指一例心室每分钟射出的血量,其值等于每搏输出量与心率的乘积。

在一定范围内,随着心率增加,心输出量也增加。而每搏输出量受回心血量、外周阻力及心肌收缩力等因素的影响,其中心肌收缩力又可随心肌收缩前长度（初长）而变动。心舒末期心室内血量增多,则心肌被拉长,在一定范围内,心肌初长越长,则收缩力也越强。在外周阻力增高的初期。心室由于收缩力不变,结果每搏输出量减小,使心舒末期心室容积增大,即初长增加;随着初长增加,收缩力也随之增强,每搏输出量增多,最终可使出入心室的血量平衡。

本实验目的是利用灌流在体蟾蜍心脏,观察改变心室前、后负荷对心输出量的影响。

【器材与药品】

蛙类手术器械、阻力管、铁支柱、双凹夹、橡皮管、螺旋止水夹、搪瓷杯、烧杯、玻璃插管、10ml 量筒、任氏液、棉花、线、尺。

【实验对象】

蟾蜍（或蛙）。

【方法和步骤】

（1）破坏蟾蜍脑和脊髓。将蟾蜍仰卧固定于蛙板上,找开胸腔。

（2）用镊子提起心包膜,仔细用剪刀将其剪开,暴露心脏。

（3）用玻璃针穿在主动脉下面,把心脏倒翻向头部,这时就能看到静脉窦与下腔静脉（或称后腔静脉）。用镊子将多余的连在下腔静脉上的心包膜剪去（必须注意,膜与下腔静脉的交界处不很明显,剪去时不可损及静脉）。

（4）仔细识别下腔静脉（通常能看到二、三根）。依靠镊子将两根用任氏液润湿的线穿过下

腔静脉的下方,将其中一根再穿过主动脉下面,并将两线作站,这样便把除主动脉和下腔静脉以外的全部血管扎住（尽量向背部方向打结,勿损伤静脉窦）。

（5）分离并穿线结扎右侧主动脉。在左侧主动脉下穿线,并在主动脉球上方剪一裂口,以使血液尽量流出。绕该动脉作一松结,备用结扎插管之用。

（6）用镊子夹住下腔静脉的少许上壁（如有几根,则可夹较粗的一根）;用剪刀沿镊子下缘剪一小孔,随即把与储液瓶相连的皮管1的玻璃插入静脉,并用已穿好备用的线加以结扎。待扎好后,可将皮管以上的夹子暂行打开,这时溶液即可通过心脏而由主动脉裂口流出。当心脏中血液被冲洗干净后,应立即将夹子关小,以防止储液瓶中的溶液过多地流出。

（7）用镊子夹住左侧主动脉裂口向心端的少许上壁,将连有皮管2的玻璃管插入主动脉的向心端内,即行结扎。至此,储液瓶中的溶液即可经心脏而由阻力管的侧管中流出。

调查恒压储液瓶和阻力管位置,使储液瓶的中心玻璃管口（以下称零点）高于心脏3cm,阻力管底管与蟾蜍心脏处于同一水平,塞住阻力管的底侧管。在这种情况下,溶液输入心脏时即有一定压力,而心脏的输出溶液就可经过侧管1中流出,亦即必须克服一定阻力后才能流出（底侧管到侧管1间的水桩压就是阻力）。

储液瓶流出液体滴数代表回心血量,如提高储液瓶,则液体滴数增加,表示回心血量增加;反之,降低储液瓶,液体滴数即减少,代表回心血量减少。侧管高度代表外周阻力,如将侧管1也堵住,使溶液必须由侧管2中流出,就表示外周阻力增加。

心输出量的大小,可由每搏所做功来衡量。功的计算公式是：

$$功 = 水柱高度 × 每搏输出量$$

其中水柱高度即阻力管底侧管到溶雍流出侧管间的距离,每搏输出量可从每分输出量与心跳频率来计算。如水柱以厘米为单位,每搏输出量以毫升（克）为单位,则每搏功的单位为克厘米。

（8）观察项目

1）回心血量改变时心舒容积,心输血量与心缩力量的变化。

a. 使储液瓶零点高于心脏3cm,调整皮管螺旋夹使每分钟液体约为30 滴。塞在底侧管,使溶液

由侧管1中流出,观察此时心舒容积的大小,同时计数心率,并用小量筒测量出每分输出量,由此计算出每搏输出量。再用尺测量水柱高度,代入公式即可算出每搏做功的大小。

b. 使储液瓶零点高于心脏 5cm,每分输出约为 40 滴,侧管同上,用同法比较心舒容积大小,心输出量及每搏功的多少。

c. 使储液瓶零点高于心脏 8cm,每分输出约为 80 滴,侧管同上,用同法比较心舒容积大小,心输出量及每搏功的多少。

2)外周阻力改变时心输出量的变化

a. 使储液瓶零点高于心脏 3cm,液体输出约 20 滴/分,塞住底侧管,使溶液自侧管1流出,观察心舒容积、心输出量和每搏功的多少。

b. 零点固定,塞住侧管1,使液体自侧管2流出,同法观察心舒容积、心输出量和每搏功的多少,并比较之。

c. 零点固定,塞住侧管2,使液体自侧管3流出,同法观察心舒容积、心输出量和每搏功的多少,并比较之。

d. 零点固定,塞住侧管3,使液体自侧管4流出,同法观察心舒容积、心输出量和每搏功的多少,并比较之。

3)将实验结果以表格形式列出,并结合理论课内容加以讨论。

【注意事项】

(1)实验过程中,切勿损伤静脉窦。

(2)心脏表面应经常滴加任氏滴,保持湿润。

(3)输液皮管内的气泡一定要排尽,才能向心脏输液。

(4)整个实验过程中,管道不要扭曲。

【分析与思考】

(1)回心血量增加时,心输出量有何变化?机制如何?

(2)外周阻力增加时,心输出量有何变化?机制如何?

(3)心率对心输出量有何影响?机制如何?

(关宿东)

实验6.9 刺激蟾蜍迷走交感神经干对心脏活动的影响

【目的和原理】

心脏受交感神经和迷走神经的双重支配。心

交感神经兴奋时,其末梢释放的去甲肾上腺素作用于心肌细胞上的 β 受体,从而使心率加快,心肌收缩力加强;心迷走神经兴奋时其末梢释放的乙酰胆碱,作用于心肌细胞膜上的 M 受体,从而使心率减慢,心肌收缩力减弱。在蟾蜍和蛙,迷走神经和交感神经混合成束称为迷走交感神经干。本实验的目的是用电刺激的方法观察迷走神经和交感神经同时兴奋对心脏活动的影响。

【器材与药品】

MD2000 微机化实验教学系统、张力换能器、蛙心夹、保护电极、蛙类手术器械、铁支架、双凹夹、滴管;1% 阿托品溶液、任氏液。

【实验对象】

蟾蜍或蛙。

【方法和步骤】

(1)手术

1)取蟾蜍一只,破坏脑和脊髓,使其仰卧固定于蛙板上。

2)分离迷走交感神经干;在一侧下颌角与前肢间剪开皮肤,将皮下结缔组织分离,暴露提肩胛肌,并将其剪断,在其下方可见到一血管神经束,其中有皮动脉、颈静脉、迷走交感神经干。用玻璃分针仔细分离迷走交感神经干,穿线备用(图 6-5)。

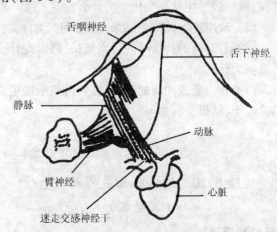

图 6-5 蟾蜍迷走交感神经干解剖位置图

3)剪掉胸骨下部,小心剪开心包,暴露心脏,用蛙心夹在心室舒张期夹住心尖,并使蛙心夹的连线与张力换能器相连。

(2)将保护电极置于迷走交感神经干下,并通过刺激输出线与微机相连。

(3)按前述实验介绍的方法,连接并调整好MD2000 微机化实验教学系统。

（4）观察项目

1）描记正常的蛙心搏动曲线，调节收缩幅度至适当。注意观察并记录心跳的频率、强度以及心室的收缩强度。

2）应用较弱的阈上电刺激通过保护电极刺激迷走交感神经干，观察此时心搏曲线将发生什么变化？

3）若改用较强的阈上电刺激通过保护电极刺激迷走交感神经干，结果又将如何？

4）如果用较强的阈上电刺激持续刺激迷走交感神经干，此时将出现什么结果？

5）在心脏表面滴加阿托品后，重复以上项目，结果又将如何？

【注意事项】

（1）制备蛙的迷走交感神经干标本时，应注意用玻璃分针仔细分离迷走交感神经干，不要损伤伴行的血管。

（2）要经常用任氏液湿润迷走交感神经干，以保持神经的兴奋性；也不能使保护电极上的液体过多，以防电极短路，造成刺激无效。

（3）刺激的强度应从弱开始，逐步递增，不可太强；刺激的持续时间不宜太长。

【分析与思考】

（1）用较弱的阈上刺激刺激迷走交感神经干时，心搏曲线发生什么变化？为什么？

（2）改用较强刺激时，结果又将如何？为什么？

（3）若刺激的持续时间适当延长，将出现什么结果？为什么？

（4）在心脏表面滴加阿托品后，再刺激迷走交感神经干，结果又将如何？为什么？

（丁启龙）

实验 6.10　蛙心肌细胞的动作电位（宏电极）

【目的和原理】

心肌细胞跨膜电位的产生与骨骼肌、神经组织一样，是不同离子跨膜、转运的结果。而心肌细胞膜上的离子通道和电位形成中涉及的离子流，远比骨骼肌、神经组织复杂得多。静息状态下，心肌细胞膜两侧存在外正内负的电位差，这就是静息电位。它主要是由膜内钾离子顺浓度差自内向外扩散而形成。在心肌细胞受一定强度的刺激而兴奋时，将产生动作电位。心肌细胞动作电位的形状及特征，与其他可兴奋细胞明显不同，它不仅时程长，而且还可分为多个时相。其形成机制与钠、钾、钙等离子跨膜运动有关。心肌组织是机能合胞体，心肌细胞间的闰盘结构存在低电阻区，允许电流通过。利于这一特性，将宏电极接触在心肌组织上即可记录到心肌细胞动作电位图形。其数值和形态及记录原理都有别于用微电极在细胞内记录到的心肌细胞动作电位。宏电极记录的实质是用电极在接触部位的细胞膜上造成一个损伤，从而部分地反应细胞内的电位变化。

本实验目的在于用较简单的方法观察心室肌细胞动作电位的基本形态，了解心肌电变化与机械变化的相关关系。

【器材与药品】

MD2000 微机化实验教学系统、刺激电极、张力换能器、蛙心夹（联有导线）、铁支架、双凹夹、蛙类手术器械、滴管；任氏液。

【实验对象】

蟾蜍或蛙

【方法和步骤】

（1）取蟾蜍一只，破坏脑和脊髓，将其仰卧固定于蛙板上。从剑突下将胸部皮肤向上剪开（或剪掉），然后剪掉胸骨，打开心包，暴露心脏。

（2）将与张力换能器相连的蛙心夹在心室舒张期夹住心尖。将刺激电极固定，使其两极与心室相接触，以不影响心室正常收缩和舒张为宜。张力换能器接 MD2000 通道 4。

（3）将连有细导线（漆包线）的蛙心夹作为记录电极，连接到 MD2000 通道 1 输入线的红夹子上。用另一个同样材质的蛙心夹夹在心底附近的组织上，作参照电极与输入线的另外一极（黑夹子）相连。地线连在任意部位的组织上。

（4）MD2000 启动后进入四导界面，参数设置为：SR = 2ms，压缩 1 : 8。通道 1 增益 1000 ~ 2000，滤波 1K，时间常数 DC。

（5）观察项目

1）同步描记正常蛙心的搏动曲线，和心肌细胞动作电位（宏电极）曲线，观察二者在时间上的相关关系。

2）用中等强度的单个阈上刺激在心室的舒张期刺激心室，观察期前收缩时的电变化和机械变化。

【注意事项】

（1）破坏蛙的脑和脊髓要完全。

（2）蛙心夹与张力换能器间的连线应有一定的张力。

（3）如出现干扰,可在蛙体下面放一块金属板并与地线相连,起到屏蔽作用。

（4）两个当作电极的蛙心夹一定要用同一种材质,以免电极电位影响记录。

【分析与思考】

（1）心肌细胞的动作电位与机械收缩是否同时发生？为什么？

（2）期前收缩发生时,动作电位的幅度有何变化？为什么？

（3）期前收缩时,机械收缩的幅度有何变化？为什么？

（高兴亚）

实验6.11　蛙肠系膜微循环的观察

【目的和原理】

微循环是指微动脉和微静脉之间的血液循环,是组织与血液进行物质交换的直接场所,由微动脉、后微动脉、毛细血管前括约肌、真毛细血管网、微静脉、通血毛细血管和动-静脉吻合支等部分组成。本实验目的是观察肠系膜血管内血流状况,以了解微循环各组成部分的结构和血流特点。其中小动脉、微动脉管壁厚,管腔内径小,血流速度快,血流方向是从主干向分支,有轴流（血细胞在血管中央流动）现象;小静脉、微静脉管壁薄,管腔内径大,血流速度慢,无轴流现象,血流方向是从分支向主干汇合;而毛细血管管径最细,仅允许单个血细胞依次通过。

【器材与药品】

显微镜、有孔的软木蛙板、蛙类手术器械、大头针、吸管、注射器;20% 氨基甲酸乙酯（乌拉坦）溶液、任氏液。

【实验对象】

蛙（或蟾蜍）。

【方法和步骤】

（1）取蛙一只,以 20% 的氨基甲酸乙酯溶液进行尾骨两侧的皮下淋巴囊注射,剂量为 0.1ml/10g,约 10 ~ 15min 进入麻醉状态。

（2）用大头针将蛙腹位（或背位）固定在蛙板上,于腹部侧方做 3 ~ 4cm 的纵向切口,轻轻拉出一段小肠,将肠系膜展开,用大头针数枚固定在有孔的蛙板上（图6-6）。

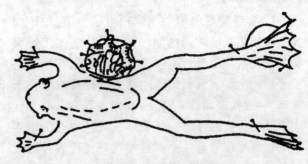

图6-6　蛙肠系膜标本固定方法

（3）在低倍显微镜下,分辨小动脉、小静脉和毛细血管,观察其中血行的速度、特征以及血细胞在血管内流动的形式。

【注意事项】

（1）手术操作要仔细,避免出血造成视野模糊。

（2）固定肠系膜不要牵引过紧,以免影响血管内血液流动。

（3）为防止干燥要经常以任氏液湿润肠系膜。

【分析与思考】

实验中,如何区分小动脉、小静脉和毛细血管？血管中血流各有什么特点？

（丁启龙）

实验6.12　循环模型

【目的和原理】

在密闭的心血管系统中有足够的血液充盈是形成血压的前提。在此前提下,心脏收缩推动血液流动并对血管壁产生侧压力;外周阻力阻止血液在心缩期快速流向外周,血液的一部分动能转变为势能暂时储存起来,在心舒期此势能再变为动能推动血液流向外周。心脏射血与外周阻力相互作用,形成血压。凡影响心输出量、外周阻力和血液充盈的因素均可影响血压。心输出量为每搏输出量与心率的乘积;在血液黏滞性不变的情况下,外周阻力主要与阻力血管的口径有关;另外,大动脉的弹性储器作用可以缓冲血压。本实验利用循环模型观察各种因素对血压的影响。

【器材与药品】

MD2000 微机化实验教学系统、气球、制压瓶、输液瓶、水银检压计、人工呼吸机、硬橡皮管,弹性球、单向活瓣、铁支架、螺旋夹等。

【方法和步骤】

1. **实验装置** 图中气球相当于心脏,位于与人工呼吸机(A)相通的制压瓶(R)中。人工呼吸机每次抽气与排气,使气球扩张和压缩,相当于心脏舒缩一次。有两根带单向活瓣的硬橡皮管连于气球,一根代表动脉(b),一根代表静脉(a)。代表动脉的橡皮管再经一个Y形三通管(E)分别连于一根硬橡度管和一个弹性橡皮球(代表弹性大动脉)。橡皮管和弹性橡皮球再汇合到一起,其末端分别连接MD2000微机化实验教学系统的血压换能器(H)(或水银检压计)和一根口径较小并可调节的胶管(F)。来自胶管的血液再经一个连于静脉橡皮管的输液瓶(G)回流。c、d为螺旋夹,可分别调节动脉管壁弹性和外周阻力。(图6-7)

模型装好后,调试人工呼吸机通气量和频率(呼吸机的频率为40次/分、调节至每搏输出量约为100ml)、动脉管壁弹性和外周阻力,使血压保持于14.6/10.6kPa(110/80mmHg)的水平,作为对照,然后开始实验。

2. **观察项目**

(1)开动人工呼吸机,描记基础血压曲线,观察收缩压和舒张压。

(2)调节人工呼吸机的通气量,以改变每搏输出量,观察血压变化。

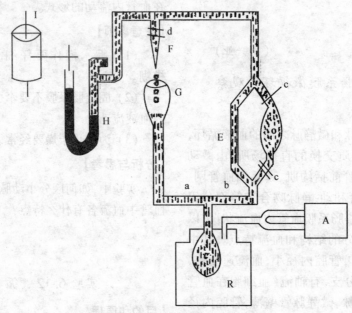

图6-7 循环实验模型装置示意图

(3)恢复基础血压后,旋紧弹性橡皮球的螺旋夹c,以增加动脉的弹性阻力(表示动脉硬化),观察血压变化;然后放松螺旋夹,以减少动脉的弹性阻力,观察血压变化。

(4)旋紧螺旋夹c,使血压恢复基础水平,再放松阻力血管的螺旋夹d,以减少外周阻力,观察血压变化;再旋紧螺旋夹d,以增加外周阻力,观察血压变化。

(5)提高及降低输液瓶位置,再以增加和减少回心血量,观察血压变化。

【注意事项】

(1)制压瓶必须密闭,不能漏气。

(2)单向活瓣必须性能良好。

(3)人工呼吸机的通气量不可过大,以免制压瓶炸裂。

【分析与思考】

(1)改变每搏输出量,血压有何变化?为什么?

(2)增加及减少动脉的弹性阻力,血压有何变化?为什么?

(3)增加及减少外周阻力,血压有何变化?为什么?

(4)增加及减少回心血量,血压有何变化?为什么?

(钟晓华 高兴亚)

实验6.13 反射弧分析

【目的和原理】

在中枢神经系统的参与下,机体对刺激所产生的具有适应性的反应过程称为反射。反射活动的结构基础是反射弧。典型的反射弧由感受器、传入神经、神经中枢、传出神经和效应器 5 个部分组成。反射通过反射弧各组成部分所需的时间为反射时。反射弧中任何一个环节的解剖结构和生理完整性受到破坏，反射活动就无法完成。两栖类动物在断头后，尽管出血较多，各组织器官功能可基本维持正常，其脊休克时间也只有数秒，最长不过数分。在此时间内产生的各种反射活动为单纯的脊髓反射，故有利于观察和分析反射活动的某些特征。本实验的目的，是通过观察某些脊髓反射，证实反射弧的完整性与反射活动的关系。

【器材与药品】

蛙类手术器械、铁支柱、肌夹、玻璃平皿、搪瓷杯、小滤纸（约 1cm×1cm）、纱布；1% 硫酸溶液。

【实验对象】

蟾蜍或蛙。

【方法和步骤】

1. 标本制备　取蟾蜍一只，用剪刀由两侧口裂剪去上方头颅，制成脊蟾蜍。将动物俯卧位固定在蛙板上，于右侧大腿背侧纵行剪开皮肤，在股二头肌和半膜肌之间的沟内找到坐骨神经干，在神经干下穿一根细线备用。手术完后，用肌夹夹住动物下颌，悬挂在铁支柱上（图 6-8）。

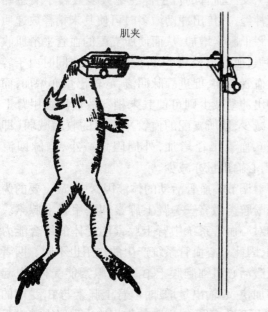

肌夹

图 6-8　脊髓反射实验装置图

2. 观察项目

（1）分别将左、右后肢趾尖浸入盛有 1% 硫酸的小平皿内（两侧浸没的范围应相等且仅限于趾尖），分别观察左、右后肢是否都发生反应？如发生反应则记录从刺激开始到出现反应的时间（即反射时）。

（2）沿左后肢趾关节上作一环形皮肤切口，将切口以下的皮肤全部剥脱（趾尖皮肤一定要剥干净），再用 1% 硫酸溶液浸泡该趾尖（切不可将其他指尖没入），观察该侧后肢的反应。

（3）用浸有 1% 硫酸溶液的小滤纸片贴在下腹部。观察双后肢有何反应？待出现反应后，将动物浸于搪瓷杯的清水内洗掉滤纸片和硫酸，用纱布擦干皮肤。提起穿在右侧坐骨神经下的细线，剪断坐骨神经，再重复上述实验，比较两次结果有何不同？

（4）将一硫酸滤纸片贴于左后肢皮肤，观察引起的反应，用搪瓷杯中的清水洗掉纸片及硫酸，擦干皮肤后，将探针插入脊髓腔内反复捣毁脊髓。再重复刚才的实验及实验（3）。结果如何？

【注意事项】

（1）离断颅脑部位要适当，太高可能保留部分脑组织而出现自主活动，太低也会影响反射的引出。

（2）每次用硫酸溶液或纸片处理后，应迅速用浴缸中清水洗去皮肤上残存的硫酸，并用纱布擦干，以保护皮肤并防止冲淡硫酸溶液。

（3）浸入硫酸溶液的部位应限于一个趾尖，每次浸泡范围也应恒定，以保持刺激强度一致。

【分析与思考】

（1）左、右后肢的反射时是否相等？反射时的长短与哪些体内外因素有关？

（2）剥去趾关节以下皮肤，如不再出现原有反应，是损伤了反射弧的哪一部分？

（3）剪断右侧坐骨神经后，动物的反射活动发生了什么变化？这是损伤了反射弧的哪一部分？

（4）未发生反应的一侧后肢，是损伤了反射弧的哪些部分？

（5）此两项重复实验结果如何？为什么？

（丁启龙）

第 2 节　兔及鼠类实验

实验 6.14　中心静脉压的测定

【目的和原理】

了解测定中心静脉压的方法并观察影响中心

静脉压的某些因素。

中心静脉压是指右心房及胸腔大静脉的压力。中心静脉压的高低取决于静脉回心血量与心脏泵血之间的关系。反映了血容量、心功能和血管张力的综合情况。本实验用中心静脉压测定管插入右心房直接测定压力。

【器材与药品】

MD2000 生物信号采集处理系统、兔手术台、哺乳动物手术器械、中心静脉压测定管、动脉插管、压力换能器；20% 氨基甲酸乙酯溶液、肝素、0.9% 氯化钠溶液、去甲肾上腺素、异丙肾上腺素。

【实验对象】

家兔。

【步骤和方法】

1. 麻醉和固定　家兔耳缘静脉注射 20% 氨基甲酸乙酯溶液，麻醉剂量为 5ml/kg，注射方法见前实验基本操作。

2. 颈部手术及插管

（1）颈部剪毛：颈部正中切开皮肤（约 8cm），分离皮下组织，找出并分离一侧颈外静脉。分离肌肉，找到并分离另一侧颈总动脉。

（2）静脉注射肝素（100U/kg）全身抗凝。

（3）将动脉插管（管内充满肝素液）插入颈总动脉，方法见前动物实验基本操作。

（4）结扎颈外静脉头侧端，用静脉导管量取结扎处至右心房的距离，并在导管上结扎做标记。在静脉结扎线的尾侧端做斜形切口，用眼科镊子扩张开口，将充满生理盐水的静脉导管向心脏方向插入至标记处，固定之。

3. 实验装置的连接与使用

（1）打开中心静脉压测定管的三通开关，使静脉导管与测定管连通，即可见测定管液面上下波动。调节测定管零点，使与右心房处于同一水平。也可连接静脉压力换能器，输入至 MD2000 生物信号采集处理系统。

（2）动脉插管经压力换能器与 MD2000 生物信号采集处理系统的 3 通道连接，打开系统，进入"四道模式"，描记动脉血压及中心静脉压。

4. 观察项目

（1）记录正常动脉血压和中心静脉压。

（2）静脉注射异丙肾上腺素 0.05mg，记录动脉血压和中心静脉压。

（3）静脉注射去甲肾上腺素 0.5mg，记录动脉血压和中心静脉压。

【注意事项】

（1）颈外静脉的管壁比较薄，位于皮下，分离时须小心，勿损伤之。

（2）静脉导管尖端要光滑，插管时不可用力过猛，当导管插至锁骨下遇到阻力时可将导管稍稍后退，稍提起颈部皮肤再插。

（3）应保持插管通畅。

（董　榕　彭聿平）

实验 6.15　心血管活动的神经体液调节

【目的和原理】

学习哺乳动物动脉血压的直接测量方法，并观察神经体液因素对心血管活动的调节。

心脏受交感神经和副交感神经的双重支配。心交感神经兴奋可通过其节后纤维末梢释放递质去甲肾上腺素，作用于心肌细胞膜上的 β_1 受体，使心率加快，心房肌和心室肌收缩力加强，兴奋传导加速，从而使心输出量增加；支配心脏的副交感神经——心迷走神经兴奋，则可通过节后纤维末梢释放递质乙酰胆碱，作用于心肌细胞膜上的 M 受体，使心率减慢，心房肌和心室肌收缩力减弱，兴奋传导减慢，从而使心输出量减少。

支配血管的自主神经绝大多数属于交感缩血管神经，其传出冲动增多时可使其末梢释放递质去甲肾上腺素增加，从而使所支配的血管平滑肌收缩加强，血管半径减小，外周阻力增加，同时由于容量性血管收缩，促进静脉回流，心输出量亦增加；而其传出冲动减少则可使其末梢释放递质去甲肾上腺素减少，使所支配的血管平滑肌的收缩减弱（即舒张），血管半径增加，外周阻力减小，静脉回流减少，心输出量亦减少。

调节心血管活动的体液因素中，最重要的为儿茶酚胺类激素——肾上腺素和去甲肾上腺素。它们对心血管系统中肾上腺素能受体的结合能力不同，因此对心血管系统产生的作用也不同。两者都能激活心肌细胞膜上 β_1 肾上腺素能受体，引起心率加快、心输出量增加，但肾上腺素与 β_1 受体的亲合力更强，因此对心脏的作用比去甲肾上腺素强得多，临床将肾上腺素作为强心药；对于血管平滑肌上的相应受体，去甲肾上腺素主要激活 α 肾上腺素能受体，而对 β_2 肾上腺素能受体作用很小，因而使血管平滑肌收缩，外周阻力明显增高，临床可将去甲肾上腺素作为升压药;而肾上腺素对 α 受体和 β₂ 受体都有激活作用,因而使部分血管平滑肌(皮肤、肾、胃肠道血管平滑肌上 α 受体数量占优势)收缩,部分血管平滑肌(骨骼肌和肝脏的平滑肌上是 β₂ 受体数量占优势)舒张,调节全身各器官血液分配。

在正常生理情况下,人和高等动物的动脉血压是相对稳定的。这种相对稳定性是通过神经和体液因素的调节而实现的,其中以颈动脉窦-主动脉弓压力感受性反射尤为重要。此反射既可在血压升高时降压,又可在血压降低时升压,所以又被称为"稳压反射"。家兔主动脉弓压力感受器的传入神经在解剖上独成一支,即减压神经,易于分离和观察其作用,为实验提供了有利条件。

本实验将动脉插管与压力换能器相互连通,其内充满抗凝液体,构成液压传导感应系统从而实时记录动脉血压。

【器材与药品】

MD2000 生物信号采集处理系统、兔手术台、哺乳动物手术器械、气管插管、动脉夹、动脉插管、血压换能器、保护电极、有色丝线、纱布、注射器;生理盐水、20 % 氨基甲酸乙酯溶液、肝素、1∶10 000 肾上腺素溶液、1∶10 000 去甲肾上腺素溶液、1∶10 000 乙酰胆碱溶液。

【实验对象】

家兔。

【方法和步骤】

1. 麻醉和固定　家兔称重后,耳缘静脉缓慢注射 20% 氨基甲酸乙酯溶液(5ml/kg)进行麻醉。当动物四肢松软,呼吸变深变慢,角膜反射迟钝时,表明动物麻醉已适宜,即可停止注射。将麻醉的家兔仰卧位固定于兔手术台上。

2. 手术

(1)插气管插管:颈部剪毛,沿颈正中线做一 5 ~ 7cm 长的皮肤切口。分离皮下组织及肌肉,暴露并分离气管,辨认甲状软骨、甲状腺。在气管下方穿一生理盐水浸润的较粗棉线备用。在甲状腺下第 5 ~ 7 软骨环处做"⊥"形切口,插入气管插管,用备用棉线结扎固定。

(2)分离右侧颈动脉鞘内神经和血管:翻开气管右侧肌肉,找到该侧颈动脉鞘,辨认包裹于颈动脉鞘内的颈总动脉、迷走神经、颈交感神经和降压神经。三根神经中,迷走神经最粗,其次是颈交感神经,降压神经最细,并常与颈交感神经紧贴在一起。用玻璃分针按先神经后血管、由细到粗原则,分离颈动脉鞘内神经和血管,神经下方分别穿以不同颜色丝线备用,动脉下方穿以棉线备用。(图6-9)

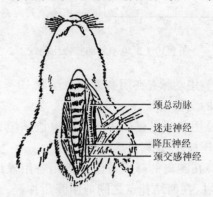

颈总动脉
迷走神经
降压神经
颈交感神经

图6-9　家兔颈部神经和血管的解剖示意图

(3)分离左侧颈总动脉:翻开气管左侧肌肉,找到该侧颈动脉鞘,辨认颈总动脉并用玻璃分针分离,穿以两根棉线备用。

(4)肝素化抗凝(可选):先以 1ml/kg 剂量由耳缘静脉注射肝素,进行全身肝素化。再将动脉插管内充满肝素液(局部肝素化),备用。

(5)左侧颈总动脉插动脉插管:结扎左侧颈总动脉的远心端,在左侧颈总动脉的近心端加一动脉夹,暂时阻断血流。动脉夹与远心端结扎线之间相距至少 2cm。用眼科剪在靠近远心端结扎线处做一向心脏方向的斜形切口,将连于血压换能器的动脉插管(管内预先注入肝素以抗血凝)向心脏方向插入颈总动脉内,然后用备用结扎线固定。才可小心打开动脉夹,即可见血液冲进动脉插管。

3. 实验装置的连接与使用　血压换能器的位置应大致与动物心脏在同一水平面,将血压换能器与 MD2000 生物信号采集处理系统的 3 通道连接,刺激电极与系统的刺激输出连接,打开 MD2000 生物信号采集处理系统,进入"血压调节"实验,点击记录符号,描记血压。

【观察项目】

(1)记录正常血压曲线,辨认一级波和二级波,有时可见三级波。一级波(心搏波),由心室舒缩活动所引起的血压波动,心缩时上升,心舒时下降,其频率与心率一致。二级波(呼吸波),由呼吸运动所引起的血压波动,吸气时血压先下降,继而上升,呼气时血压先上升,继而下降,其频率与呼吸频率一致。三级波,不常出现,可能由心血管中枢的紧张性活动的周期变化所致。(图6-10)

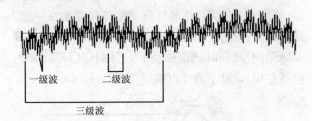

一级波　二级波

三级波

图6-10　家兔颈总动脉血压曲线

（2）用动脉夹夹闭右侧颈总动脉10～15s，观察血压的变化。

（3）用刺激电极以中等强度电流刺激完整的右侧降压神经，观察血压的变化。

（4）在游离的降压神经中部用备用丝线进行双重结扎，在两结扎点之间剪断降压神经，分别用中等强度电流刺激减压神经的中枢端和外周端，观察血压的变化。

（5）结扎并剪断右侧迷走神经，电刺激其外周端，观察血压的变化。

（6）由耳缘静脉注入1:10 000肾上腺素溶液0.2ml，观察血压的变化。

（7）由耳缘静脉注入1:10 000去甲肾上腺素溶液0.2ml，观察血压的变化。

（8）由耳缘静脉注入1:10 000乙酰胆碱溶液0.2ml，观察血压的变化。

【注意事项】

（1）麻醉药注射量要适当，速度要慢，同时密切关注动物角膜反射、呼吸运动、肌张力等生命指针，以免麻醉不当引起动物死亡。如果实验时间过长，动物苏醒挣扎，可适量补充麻醉药物。

（2）手术过程中应尽量避免损伤血管，并注意及时止血，保持手术视野清楚。

（3）分离动脉和神经时要先辨认清楚再进行分离，手法轻柔，不要过度牵拉，要及时用生理盐水湿润，尽量减少对神经的损伤。

（4）动脉插管和机械换能器内不能有空气，否则会引起压力传递障碍。

（5）在整个实验过程中，要始终注意保持动脉插管与动脉方向的一致，防止刺破血管或引起压力传递障碍。

（6）实验中观察完一个项目，必须待血压恢复正常后，才能进行下一个项目。

（7）每项实验记录必须包括实验前的对照、实验开始的标记及实验项目的注释。

（8）实验中注射药物较多，要注意保护耳缘静脉。

【问题及解释】

（1）刺激降压神经或迷走神经，血压不出现变化。

1）首先要排除刺激器故障或刺激参数设置不当。

2）所分离神经有误或神经已被损伤。

（2）注射激素后，未见血压变化。

1）注射针头已脱离静脉，药物被注射入了组织间隙，药物吸收速度慢。

2）药物体积小，若不及时加注生理盐水，则药物还存留于注射管道中，未能注射入静脉。

（刘莉洁）

实验6.16　胸膜腔负压的观察

【目的和原理】

学习测定胸膜腔内负压的方法，并观察不同因素对胸内负压的影响。

平静呼吸时，胸膜腔内的压力虽随呼气和吸气而升降，但始终低于大气压，称为胸膜腔内负压。在胸膜腔密闭性被破坏后，外界空气进入胸膜腔形成气胸，胸膜腔内负压就会消失。

【器材与药品】

MD2000生物信号采集处理系统、兔手术台、哺乳动物手术器械、血压换能器、张力换能器、胸内套管（或粗穿刺针头）、气管插管、50cm长橡皮管、注射器；20%氨基甲酸乙酯溶液、生理盐水。

【实验对象】

家兔。

【方法和步骤】

1. 手术

（1）麻醉和固定：自家兔耳缘静脉注入20%氨基甲酸乙酯溶液（5ml/kg），动物麻醉后，将家兔仰卧位固定于兔手术台上。剪去颈部、剑突和右侧胸部的毛。

（2）插气管插管：在颈部正中线切开皮肤，分离出气管，插入气管插管，气管插管的两个侧管各连接一3cm长的橡皮管。

（3）描记呼吸运动的手术：游离家兔膈小肌，记录呼吸运动。参见实验6.17呼吸运动的调节。

（4）插胸内套管：在家兔右腋前线第4、5肋骨之间，沿肋骨上缘做一长约2cm的皮肤切口，用止血钳稍稍分离表层肌肉，将胸内套管的箭头形尖端从肋骨上缘垂直插入胸膜腔内（此时可记录到零位线向下移位并随呼吸运动升高或降低的曲线，说明已插入胸膜腔内），旋动胸内套管螺旋，将套管固定于胸壁。

也可用粗的穿刺针头（如腰椎穿刺针）代替胸内套管，则操作更为方便，不需切开皮肤。将穿刺针头沿肋骨上缘顺肋骨方向斜插入式胸膜腔，看到上述变化后，用胶布将针尾固定在胸部皮肤上，以防针头移位或滑出。此法虽简便易行，但针头易被血凝块或组织所堵塞，应加以注意。

2. 实验装置的连接与使用　将胸内套管或穿刺针头尾端的塑料套管连至压力换能器（套管内不充灌生理盐水），压力换能器的输出线连至MD2000 生物信号采集处理系统的 3 通道。描记呼吸的换能器输出线连至系统的 4 通道。

打开 MD2000 生物信号采集处理系统，进入"通用 4 道记录"，同时描记胸膜腔内压力和呼吸。

3. 观察项目

（1）平静呼吸时的胸膜腔内压：记录平静呼吸运动 1～3min，待家兔呼吸平稳时，对照胸膜腔内压曲线，比较吸气时和呼气时的胸膜腔内压，读出胸膜腔内压数值。

（2）增大无效腔对胸膜腔内压的影响：将气管插管的一侧橡皮管夹闭，另一侧橡皮管再连接一根长约 50cm 的橡皮管，以增大无效腔，使呼吸运动加深加快，观察和记录此时的胸膜腔内压。比较此时的胸膜腔内压与平静呼吸时的相应数值有何不同。

（3）憋气时的胸膜腔内压：在吸气末和呼气末，分别夹闭气管插管两侧管。此时动物虽用力呼吸，但不能呼出肺内气体或吸入外界气体，处于用力憋气的状态。观察和记录此时胸膜腔内压变动的最大幅度，尤其观察用力呼气时胸膜腔内压是否高于大气压。

（4）气胸时的胸膜腔内压：沿第 7 肋骨的上缘切开皮肤约 1cm，用止血钳分离肋间肌，造成 1cm 的贯穿胸壁的创口，使胸膜腔与大气相通，引起气胸。观察肺组织是否萎缩，胸膜腔内压有何变化。

【注意事项】

（1）插胸内套管时，切口不宜过大，动作要迅速，以免空气漏入胸膜腔过多。

（2）用穿刺针时，不要插得过猛过深，以免刺破肺组织和血管，形成气胸和出血过多。

（3）形成气胸后可迅速封闭创口，并用注射器抽出胸膜腔内的气体，此时胸膜腔内压可重新呈现负压。

【问题与解释】

测不到胸内负压

（1）穿刺针头内有血凝块或组织堵塞。

（2）穿刺针头插入过深，已穿过胸膜腔进入肺组织。

（3）穿刺针头斜面贴着肺组织。

（4）已造成气胸。

（董　榕　彭聿平）

实验6.17　呼吸运动的调节

【目的和原理】

呼吸运动是呼吸中枢节律性活动的反映，在不同生理状态下呼吸运动所发生的适应变化有赖于神经系统的反射性调节，其中较为重要的有呼吸中枢、肺牵张反射以及化学感受器的反射性调节。因此，体内外各种刺激可以直接作用于中枢部位或通过不同的感受器反射性地影响呼吸运动。本实验的目的是观察下述各种因素队呼吸运动的影响并分析其作用途径。

【器材与药品】

哺乳动物手术器械 1 套、兔手术台、注射器（20ml、5ml 各 1 只）、50 长的橡皮管 1 条、球胆 2 只、张力换能器及计算机；20% 氨基甲酸乙酯溶液、3% 乳酸溶液、CO_2 气体、生理盐水等。

【实验对象】

家兔。

【方法和步骤】

1. 手术步骤

（1）麻醉与固定：以 20% 氨基甲酸乙酯溶液（5ml/kg），由耳缘静脉注射，待家兔麻醉后，仰卧位固定于兔手术台上。

（2）手术沿颈部正中切开皮肤，用止血钳钝性分离气管前面的肌肉，暴露气管。把甲状软骨以下的气管与周围组织分离，剪开气管，插入"Y"形气管插管，用棉线结扎并固定气管插管，分离两侧迷走神经，在神经下穿线备用，手术完毕后用生理盐水纱布覆盖手术伤口部位。

（3）呼吸运动的描记方法：切开锁骨下端剑突部位的皮肤沿腹白线向下切开 2cm 左右，打开腹腔。暴露出剑突软骨和剑突骨柄，辨认剑突内侧面附着的两块膈小肌，仔细分离剑突与膈小肌之间的组织并剪断剑突骨柄(注意压迫止血),使剑突完全游离。此时可观察到剑突软骨完全跟随膈肌收缩而上下自由移动;此时用弯针钩住剑突软骨,使游离的膈小肌和张力换能器相连接,信号经第4通道输入计算机,由计算机描记呼吸运动曲线。此种描记方法可反映呼吸频率、呼吸深度以及呼吸的停止状态,缺点是在动物移动或稍有挣扎后,其基线变化大,不得不再次调整描记系统。

2. 仪器操作

(1)启动 MD2000 生物信号采集处理系统。

(2)选择"呼吸调节"实验模块。屏幕出现"呼吸运动调节"的实验说明(按空格键逐页阅读),阅读完毕后出现二道记录仪的控制界面。界面可见右下角的张力换能器界面,灵敏度调节为1~2,还可选择"放大-缩小"按钮进一步放大信号倍数。

(3)采样将鼠标移至菜单栏,选择"采样",单击左键,计算机开始连续采样,屏幕有时无信号时,可点击屏幕右下角换能器界面中的"自动基线"按钮,记录曲线会自动出现在屏幕上。采样速度的调节是利用鼠标点击左下角的"快"或"慢"按钮,使采样间隔调至 64~256ms,选择"压缩"按钮,调至"1:1"或"1:2"。

(4)标记将鼠标移至 abc←,点击鼠标左键,选择操作项目,然后将鼠标移到需要标记部位,点击左键,就完成了标记。

(5)实验过程中如果需要查看前面的结果,可按空格键,在停止采样的条件下,点击屏幕左下角的几个按钮,每个按钮的功能与录音机上的键相似。

3. 观察项目

(1)观察家兔正常呼吸运动曲线,分清吸气相与呼气相。

(2)增加吸入气中二氧化碳浓度:用一只小烧杯置于气管插管开口处,将装有二氧化碳气体的球囊开口平行于气管插管开口,打开球胆管上的弹簧夹,使气体冲入烧杯,二氧化碳气体随着吸气进入气管。观察吸入高浓度二氧化碳后呼吸运动有何变化?

(3)增加无效腔对呼吸运动的影响:把 50cm 长的橡皮管接在气管套管的一侧上,另一侧管的橡皮管可用止血钳夹闭,动物通过此橡皮管进行呼吸,此时呼吸运动将有何变化?呼吸发生明显变化后,去掉长橡皮管及止血钳。

(4)增大气道阻力对呼吸运动的影响:待呼吸平稳后,部分阻塞气管插管,观察呼吸有何变化?

(5)取 5ml 注射器,由耳缘静脉较快地注入

3% 乳酸溶液 2ml,观察呼吸运动的变化过程。

(6)降低吸入气中的氧分压:用一只小烧杯置于气管插管开口处,将装有氮气气体的球囊开口平行于气管插管开口,打开球胆管上的弹簧夹,使氮气气体冲入烧杯,氮气随着吸入气进入气管,使吸入气中氧分压降低。观察呼吸运动有何变化?

(7)肺牵张反射的过程分析:在气管插管的一个侧管上,用橡皮管连一 20ml 的注射器,里面先装好 20ml 空气,描记一段对照呼吸运动曲线,然后在吸气相迅速夹闭气管插管的另一侧管,并向肺内注入 20ml 左右的空气,使肺处于持续的扩张状态,观察呼吸运动的变化。之后开放夹闭之侧管,使动物呼吸恢复,以后在呼气相再次夹闭此一侧管,并立即用注射器从肺内抽出 20ml 气体,使肺处于萎陷状态,观察呼吸运动的变化。之后开放夹闭之气管插管的侧管,使动物呼吸恢复。以上实验可重复进行观察,待现象明确后,切断两侧迷走神经干,描记迷走神经切断后呼吸运动的变化。然后再依照上述方法重复上述实验,比较切断迷走神经前后的实验结果。

4. 图形编辑　用鼠标点击"剪贴"图标,用鼠标拖动(按住左键),选择需要的部分,经重构来重组记录曲线,如对结果不满意,可恢复而重新编辑。

5. 打印　用鼠标点击"打印"→"屏幕拷贝"→选"2-正常"打印。

【注意事项】

(1)分离膈小肌时不能向上分离过多,以免造成气胸。

(2)剪断剑突骨柄时要注意止血。

(3)注意区分腹白线与其旁侧的肌肉筋膜。

(董　榕)

实验6.18　离体肺顺应性的测定

【目的和原理】

学习测定离体肺顺应性的方法,同时观察肺顺应性和肺泡表面张力的关系。

肺顺应性是指肺在外力作用下的可扩张性,弹性阻力大者扩张性小亦即顺应性小;相反,顺应性大者则弹性阻力小,肺顺应性是度量肺弹性阻力的一个指标。肺顺应性可用单位跨肺压引起的肺容积变化来表达,考虑到肺容量背景不同其顺应性不同的特点,故以不同跨肺压所引起肺容积变化的关系曲线即顺应性曲线,可以更全面地反映肺顺应性或弹性阻力。

肺弹性阻力主要来源于肺泡内表面的气-液界面所形成的表面张力和肺内弹性纤维所造成的弹性回缩力,欲分析此两种作用,可向肺泡内充气或充水,分别测其压力-容积曲线。因为前者肺泡内有气-液界面而后者没有,故两者的压力-容积曲线不同。实验在离体肺上进行,模拟分段屏气下肺的压力-容积变化,并绘制成曲线。

【实验对象】

大鼠。

【器材与药品】

哺乳动物手术器械、肺顺应性实验装置(如图6-11,该装置的连接导管用一次性输液器连接而成)、10ml注射器连20cm长的细塑料管、玻璃平皿、滴管、棉线;20%氨基甲酸乙酯溶液、生理盐水。

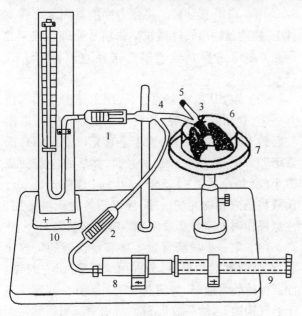

图6-11　肺顺应性测定装置
1、2. 调节器;3、4. Y形管;5. 顶盖;6. 平皿;7. 平台;
8. 注射器;9. 螺旋推进器;10. 水检压计

【方法和步骤】

1. 气管-肺标本的制备　取250g左右的大鼠,用过量氨基甲酸乙酯(2g/kg)麻醉致死,从颈部到胸骨剑突沿正中线切开皮肤,在剑突下剪开腹壁并向两侧扩大创口,在肋膈角处刺破膈肌使肺萎陷,然后向两侧剪断膈肌与胸壁的联系,再沿萎缩之肺缘剪断两侧胸壁直至锁骨,除去剪下的胸前壁,分离肺底部与膈肌相连的组织。在颈部分离气管,在甲状软骨下剪断气管,并向下分离与之联系的组织,直到气管-肺标本全部从胸腔中游离出来,最后剪掉附着的心脏。在整个操作过程中,所用金属器械不可与肺组织接触,以免造成肺或气管损伤而发生漏气。标本游离后放在一平皿内用生理盐水冲去血迹。在气管断缘处剪一小口,插入一Y形插管,用棉线结扎牢固,至此完成标本制备。

2. 向肺内注入空气作压力-容积曲线　按图6-11将标本连于肺顺应性测定装置上,肺组织放在有少量生理盐水的平皿内,打开调节器1、2及标本Y形插管3的顶盖5,注射器内吸入10ml空气,关闭Y形插管3的顶盖即可进行实验。通过螺旋推进器向监测系统内缓慢注入空气,在水检压计稳定于0、4、8……24cmH₂O各段水平时,分别记录该压力水平时的注入空气容积。每一压力水平的维持都需要进一步注入少量气体,越是高水平注入空气越多,达到稳定所需时间也越长,一般需4~5min。在压力达到24cmH₂O(2.35kPa)时可开始抽气,按24(2.35)、20(1.96)16(1.7)……0cmH₂O(0kPa)各阶段依次下降,待各压力稳定后记录该压力时的注射器内空气容积。每一压力水平的稳定也需进一步抽气才能获得,压力越低达到稳定所需时间越长。在整个实验过程中要不时在标本上滴洒生理盐水,保持标本湿润。将水平的空气容积,减去水检压计液柱升高的容积(预先测算好)即是进入肺内气体的容积。以压力(即跨肺压)为横坐标,肺容积为纵坐标,将各压力及其对应的肺容积记录在坐标纸上,并绘制成曲线,即为压力-容积曲线。

3. 向肺内注入生理盐水作压力-容积曲线　首先让检压系统内充满水并排出其中空气。方法是:用针头上连有塑料管的注射器从水检压计的开口处注入清水,待水流至Y形插管4处时,关闭调节器1,抽出检压计中零点以上的水,使其液面恰在零点处。把装置中的注射器充满生理盐水,打开Y形管3上的顶盖5,让管道内充满生理盐水并排出气泡,盖上顶盖,向肺内注入生理盐水,冲洗出气管中的分泌物和气泡,打开顶盖将冲洗液及气泡排出,并闭顶盖。在平皿内倾入生理盐水3cm深左右,调节平台使平皿中的液面与水检压计零点同高。开放调节器1使系统内为0cmH₂O。关闭调节器2,将注射器内注入生理盐水10ml后连入系统即可进行实验。实验步骤和方法与上述实验相似,不同的是向肺内分阶段注入和抽出生理盐水,且压力变化以0、1(98.1)、2(196.2)……6cmH₂O(588.6Pa)为宜,其最大容积变化最好接近上述实验的最大容积水平,记录每一压力及其对应的容积,并绘制曲线。

【注意事项】

(1)制备无损伤的气管-肺标本,是实验成败的关键,整个手术过程要非常细心,特别要与周围脂肪组织鉴别,因其颜色近似。如不慎造成一侧肺漏气时,可将该肺的支气管结扎,用单侧肺进行实验,但实验时抽、注容量应减半。

（2）注气或注盐水的速度不可太快,以免引起肺泡破裂。注入气量和盐水量不可太多,一般总容量不宜超过10ml(双侧肺),以免肺泡涨破。

（3）注射器与橡皮管的接口处不可漏气,每次注气或抽气、注盐水或抽盐水,要注意容量准确。

（4）读跨肺压时,一定要等水检压计内水柱波动停止后才可读数。

（5）放置肺的平皿要大些,以免悬浮着的肺与平皿壁接触而造成实验误差。

（6）整个实验中要保持肺组织的湿润。

（7）必须用新鲜标本。

【问题及解释】

1. 增加气体量时,水检压计读数不增加

（1）接口处漏气。

（2）制作标本时造成肺泡破裂。

2. 抽、注气时水检压计内水柱波动明显,不能稳定

（1）肺扩张不均匀。

（2）接口处漏气。

（彭聿平）

实验6.19　消化道平滑肌的生理特性

【目的和原理】

观察哺乳动物小肠平滑肌的一般生理特性,以及改变某些理化因素对小肠平滑肌的自律性活动和紧张性的影响。学习哺乳动物离体器官灌流的一种实验方法。

内环境的稳定是组织、器官保持正常生理功能的必要条件。因此,将离体的组织、器官放置于模拟的内环境中,在一定时间内可保持其功能。时间的长短与模拟内环境的准确性和稳定条件有关。

消化道平滑肌的活动受许多因素的影响,如:内环境中离子成分、晶体渗透压、酸碱度、温度、氧分压等的改变;自主神经的调节;胃肠激素的调节等。

【器材与药品】

小剪刀,小镊子,培养皿,麦氏浴槽或恒温平滑肌浴槽,胶管,通气钩,气泵,棉线,木槌;张力换能器,超级恒温器,MD2000生物信号采集处理系统;

台氏溶液;1mol/L HCl 溶液、1mol/L NaOH 溶液、乙酰胆碱溶液(1:100 000)、去甲肾上腺素溶液(1:10 000)、阿托品溶液(1:10 000)、酚妥拉明(1:10 000)(临用时新鲜配制)。

【实验对象】

大鼠或家兔。

【方法和步骤】

（1）离体肠管描记装置的准备(图6-12,图6-13)

1）浴槽中充以台氏液至固定水平面,调节超级恒温器的温度至37℃,保证浴槽内(37±0.5)℃恒温。

2）胶管的一端接气泵出口,胶管的另一端连接通气钩。

（2）MD2000 生物信号处理系统的设置:按图6-12,图6-13 连接装置。将张力换能器固定于铁支柱上,换能器输出线接微机生物信号处理系统第二通道(亦可选择其他通道),选择直流耦合方式(DC)。

（3）取 SD 鼠或家兔一只,用木槌击其头部使其昏迷,立即剖开腹腔,找到十二指肠,然后,取出空肠约10cm 左右一段,置于盛有充以空气的台氏液培养皿中,沿肠壁除去肠系膜,然后将空肠剪成数小段(每小段 1~1.5cm),用 5ml 注射器吸取台氏液将肠内容物冲洗干净,换以新鲜台氏液备用。注意操作时勿牵拉肠段以免影响收缩功能。

（4）取一小段肠管置于盛有台氏液的培养皿中,在其两端对角壁处,分别用缝针穿线,并打结。注意保持肠管通畅,勿使其封闭。肠管一端连线系于通气钩钩上,然后放入 37℃浴槽中。用螺丝夹调节气泵出气口的胶管,通气速度以浴槽中的气泡一个接一个逸出为宜。再将肠管的另一端连接张力换能器,并调节肌张力至适度(如图6-12,图6-13)。

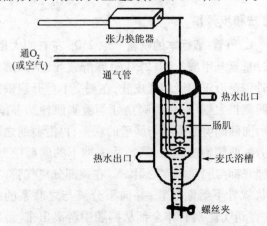

图6-12　离体肠管描记麦氏浴槽装置示意图

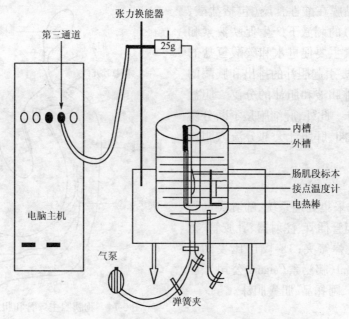

图6-13 离体肠管描记恒温平滑肌浴槽装置示意图

【观察项目】

（1）待离体十二指肠稳定 10 ~ 30min 后,记录一段正常收缩曲线后,依次于浴槽中滴加下列药物。加入一种药液后,接触 2min,并观察收缩幅度,然后用台氏液连续冲洗二次,待基线恢复到用药前的水平,随后记录一段基线。再加入第二种药液。浴槽液体的容量每次都应一致。

（2）温度的作用:将浴槽中的台氏液换以 25℃ 台氏液,观察平滑肌收缩有何改变。逐步加温至38℃和42℃,分别观察平滑肌收缩活动的变化,并比较不同温度下平滑肌的收缩情况。

（3）盐酸的作用:1mol/L HCl 溶液 0.2ml 滴加於溶液于浴槽内,观察肠管的收缩情况。

（4）氢氧化钠的作用:1mol/L NaOH 溶液 0.2ml 滴加於浴槽内,观察肠管的收缩情况。

（5）缺氧:将供氧管道关闭约3min,观察肠管的收缩情况。然后再通氧气,观察肠管的收缩情况,并进行前后比较。

（6）更换新的肠管,重新调试,待肠管收缩状态稳定后,加入 1∶10 000 乙酰胆碱溶液（ACh）0.1ml,观察并记录其收缩幅度（若肠段未达到痉挛收缩则适当增加药量）,2 ~ 3 分钟后换液。

（7）加入 1∶10 000 阿托品溶液 0.2ml（约 2 滴）,经过 2 ~ 3 分钟,再加入相同浓度的 Ach,观察肠管的收缩情况。并与之前结果相比较。

（8）加入 1∶10 000 肾上腺素溶液（0.1ml）,待作用明显时（1 ~ 2min）,迅速换液。使肠肌恢复正常。

【结果分析】

（1）记录各药物作用前后肠肌收缩曲线（包括正常对照曲线）。测量各药物作用前后肠肌的收缩张力并进行统计处理。

（2）分析和探讨各药物对肠肌收缩的影响及机制。

【注意事项】

（1）在加药时,先准备好每次更换用的 37℃ 左右的台氏液。

（2）每次加药出现反应后,必须立即更换浴槽内的台氏液 3 次;待肠段恢复稳后再进行下一项目。

（3）上述各药用量系参考剂量。若效果不明显可适当调整剂量。

（4）加药时,不要直接加在肠段上。

（寻庆英）

实验 6.20 胰液和胆汁分泌的调节

【目的和原理】

观察神经、体液因素对胰液和胆汁分泌的影响,学习引流胰液和胆汁的一种方法。

胰液和胆汁的分泌受神经和体液双重因素的调节。在消化期,可通过神经反射（包括条件和非条件反射）引起胰液和胆汁的分泌。反射的传出神经主要是迷走神经。切断迷走神经或注射阿托品阻断乙酰胆碱的作用,都可显著地减少胰液和胆汁的分泌。十二指肠黏膜在酸性食糜(包括盐酸、蛋白质分解产物、脂肪)的刺激下产生促胰液素和胆囊收缩素。促胰液素主要促进水和碳酸氢盐的分泌,而胆囊收缩素主要引起胆汁的排出和胰酶的分泌。胃泌素也能促进胰液和胆汁的分泌。胆盐也可促进肝脏分泌胆汁。此外,肝细胞是不断分泌胆汁的,但在非消化间期,肝胆汁大部分流入胆囊内储存。

【器材与药品】

MD2000生物信号采集处理系统、哺乳类动物手术器械、胰管插管、胆管插管、注射器、乳胶管、记滴器、电刺激器、棉线、弹簧夹;3%戊巴比妥钠溶液、0.5% HCl溶液150ml、胰泌素(sigma公司)、胆囊收缩素(sigma公司)、阿托品、胆囊胆汁。

【实验对象】

犬。

【方法和步骤】

1. 手术操作 以30mg/kg体重静脉注射3%戊巴比妥钠溶液麻醉动物,将其仰卧固定在犬手术台上。切开颈部进行气管插管后,分离右侧迷走神经,穿双线备用。剑突下沿正中线切开腹壁10cm。暴露腹腔,拉出胃,双结扎肝胃韧带。在结扎线中间剪断。将肝脏上翻找到胆囊及胆囊管(图6-14),将胆囊管结扎,然后用注射器抽取胆囊胆汁数毫升备用。通过胆囊及胆囊管的位置找到胆总管,插入胆管插管。结扎固定,同时将胆总管十二指肠端结扎。

从十二指肠末段找出胰尾,沿胰腺尾向上将附着于十二指肠的胰腺组织用盐水纱布轻轻剥离,约在尾部向上2～3cm处可找到一白色小管从胰腺穿入十二指肠。此为胰主导管(图6-14)。认定胰主导管后,分离胰主导管并在下方穿线,有尽量靠近十二指肠处切开,插入胰管插管,并结扎固定。如图6-14。

分别在十二指肠上端与空肠上端各穿一粗棉线备用。最后做股静脉插管,供输液与注射药物时用。

2. 实验装置的连接与使用 分别把充满生理盐水的乳胶管接到胆管插管和胰管插管上,通过二个受滴器分别与MD2000生物信号采集处理系统的3、4通道连接,记录液滴数。

【观察项目】

(1)观察胆汁和胰液的基础分泌。一般胆汁

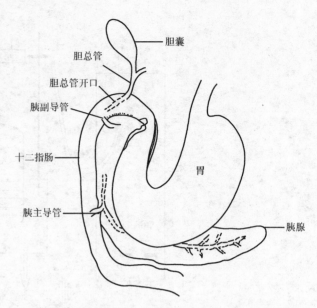

图6-14　狗胰腺主导管和胆总管解剖位置示意图

分泌持续不断,胰液分泌量少或无。

(2)将事先穿放在十二指肠上段和空肠上端的两根粗棉线扎紧,而后向十二指肠腔内注入37℃的0.5% HCl溶液25～40ml,观察胰液和胆汁有何变化(观察时间要长些)。

(3)股静脉注射胰泌素1ml(1pg/ml),观察胰液和胆汁的分泌量。

(4)股静脉注射胆囊收缩素1ml(1pg/ml),观察胰液和胆汁的分泌量。

(5)股静脉注射胆囊胆汁1ml(原胆囊胆汁稀释10倍),观察胰液和胆汁的变化。

(6)双结扎迷走神经,从中间剪断,以刺激强度为5～10mV刺激外周端2分钟,观察胰液和胆汁的分泌量。

(7)先股静脉注射1%硫酸阿托品溶液1ml,重复步骤(6),观察胰液和胆汁的分泌量。

【结果分析】

分析和探讨各因素对胰液和胆汁分泌影响的机制。

【注意事项】

(1)动物要保温,特别在开腹后更应注意。

(2)要注意结扎胆囊管,使胆汁的分泌量不受胆囊舒缩的影响。

(3)剥离胰腺管时要小心谨慎,要求辨认准确,操作应当轻巧仔细。

(4)收集胰液的插管尽量靠近十二指肠处插入。

(5)所有插管均应固定,静脉插管在非注射时期,外端应封闭,以防流血。

（6）观察项目，应在前一项反应基本恢复后，再进行下一项目的观察。

【问题及解释】

1. 胰液分泌量大于胆汁分泌量

（1）动物可能处于消化期。

（2）胆总管的插管插得过深或肝管断裂。

2. 胰液分泌量很少，即使十二指肠内注入盐酸也未见

（1）膜管插得太深。

（2）分离胰管时胰腺受损和胰腺小导管拉断过多。

3. 胰液和胆汁分泌均很少 可能是动物体温过低，或失水过多。

（寻庆英 彭聿平）

实验6.21 影响尿生成的因素

【目的和原理】

学习从输尿管和膀胱引流尿液的方法，观察影响尿生成的若干因素。

尿的生成包括肾小球的滤过、肾小管和集合管的重吸收及分泌排泄三个过程。肾小球滤过作用的动力是有效滤过压。有效滤过压的高低取决于三个因素：肾小球毛细血管血压、血浆胶体渗透压和肾小囊内压。凡能影响这些压力的因素都可影响肾脏的滤过功能。肾小管溶液中的溶质浓度与抗利尿激素等则是影响肾小管和集合管的重吸收及分泌功能的因素这些因素都会引起尿量的改变。

【器材与药品】

MD2000 生物信号采集处理系统、兔手术台、哺乳动物手术器械、气管插管、动脉插管、细塑料管（或膀胱插管）、血压换能器、记滴器、培养皿；20%氨基甲酸乙酯溶液、肝素、20% 葡萄糖液、班氏试剂、1：10 000 去甲肾上腺素溶液、呋塞米（速尿）、垂体后叶素。

【实验对象】

家兔。

【方法和步骤】

1. 手术操作

（1）耳缘静脉注射 20% 氨基甲酸乙酯溶液（5ml/kg）进行麻醉，仰卧位固定与兔手术台上。可保留静脉通路。

（2）颈部剪毛，做颈部正中切口，分离气管并

插入气管插管。

（3）分离左侧颈总动脉，按常规将充满肝素生理盐水的动脉插管插入颈总动脉内。将动脉插管与血压换能器连接

（4）分离右侧迷走神经，在其下方穿两条线备用。手术结束后，用浸有 38℃ 生理盐水的纱布覆盖创面。

（5）腹部剪毛，于耻骨联合上方正中做一 3～5cm 长的切口，沿腹白线切开腹壁，将膀胱向尾侧移出体外，暴露膀胱三角，确认输尿管后，将靠近膀胱处的输尿管用止血钳做钝性分离，穿线备用。将近膀胱端的输尿管穿线结扎，在靠近结扎处剪一斜向肾脏的小口，将充满生理盐水的细塑料管向肾脏上方插入输尿管，备用线结扎固定。此后，可看到尿液从细塑料管中慢慢流出。

也可经膀胱插管引流尿液。同样切开腹壁后，将膀胱向尾侧移至腹外。先辨认清楚膀胱和输尿管的解剖位置，用线结扎膀胱颈部，以阻断它同尿道的通路。然后，在膀胱顶部选择血管较少处剪一纵行小切口，插入膀胱插管，插管口最好正对着输尿管在膀胱的入口处，但不要紧贴膀胱后壁而堵塞输尿管。用线沿切口结扎两道，将切口边缘固定在管壁上。手术结束后，用浸有 38℃ 生理盐水的纱布覆盖创面。

2. 实验装置的连接与使用 将血压换能器连至 MD2000 生物信号采集处理系统的 3 通道，描记血压。将插入输尿管内的细塑料管或插入膀胱内的插管所引流出的尿液，滴在记滴器上，记滴器与系统的 4 通道连接，描记尿滴数。刺激电极与系统的刺激输出相连。

3. 观察项目

（1）观察家兔正常血压及尿量。收集尿液 2滴做尿糖定性试验的对照。

（2）由家兔耳缘静脉快速注射 37℃ 生理盐水20ml，观察血压及尿量的变化。

（3）由家兔耳缘静脉注射 1：10 000 去甲肾上腺素溶液 0.5ml，观察血压及尿量的变化。

（4）经家兔耳缘静脉注射 20% 葡萄糖溶液5ml，观察血压及尿量的变化。当尿量增多时，再取2 滴尿液做尿糖定性试验。

尿糖定性试验：试管中加入 1ml 班氏试剂，再加尿液 2 滴，在酒精灯上加热煮沸，观察试剂和沉淀的颜色，如试剂的颜色由蓝色转为绿色或黄色或砖红色，均表示尿中有糖，只是含糖量有所不同，都

称为尿糖实验阳性;如不变色则为阴性。

（5）结扎并剪断家兔右侧迷走神经,用中等强度的电流刺激迷走神经的外周端20～30s,使血压降至6.67kPa(50mmHg)左右,观察尿量的变化。

（6）自家兔耳缘静脉注射呋塞米(5mg/kg),观察血压和尿量的变化。

（7）自家兔耳缘静脉注射垂体后叶素2U,观察血压和尿量的变化。

【注意事项】

（1）为保护动物在实验时有充分的尿液排出,实验前给兔多食菜叶或在手术过程中在兔腹部皮下注射40ml生理盐水。

（2）手术操作应尽量轻柔。腹部切口不可过大,避免损伤性闭尿。剪开腹膜时,注意勿伤及内脏。

（3）实验中需多次静脉注射,故需保护好兔耳缘静脉。应尽量从静脉远端开始注射,逐步移向根部,以免反复注射时造成困难。

（4）输尿管插管时,应仔细辨认输尿管,要插入输尿管腔内,勿插在管壁与周围结缔组织间,插管应妥善固定,防止滑脱。同时,注意输尿管切勿扭曲,否则将会阻碍尿液排出。

（5）每项实验必须在一项实验作用消失、血压和尿量基本恢复到正常水平时再进行。做每一项实验时,要观察全过程,这样可以了解药物作用的潜伏期、最大作用期及恢复期等各个阶段。

（6）刺激迷走神经时,注意刺激的强度不要过强,时间不要过长,以免血压急剧下降,心脏停搏。

（7）分析结果时要注意血压和尿量之间的关系。

【非预期结果及可能原因】

开始实验尚未给药时,尿量很少或无尿。

（1）实验前给家兔饲喂菜叶少,家兔缺水。

（2）家兔本身机能状况欠佳。

（3）输尿管插管时,未插入输尿管内而插入管壁与周围结缔组织之间。

（4）输尿管或插管内有血凝块堵塞。

（5）输尿管扭曲或插管顶端抵住输尿管内壁,使尿液难以排出。

（6）腹部切口暴露太大或手术创伤等致使血压下降,并反射性引起ADH分泌,尿量减少。

（7）气温太低,动物未注意保温,血管收缩,尿量减少。

（董　榕　彭聿平）

实验6.22　家兔大脑皮层运动区机能定位

【目的与原理】

大脑皮层运动区是躯体运动功能的高级中枢,能引起特定肌肉或肌群的收缩运动。本实验的目的是观察电刺激家兔大脑皮层不同区域所引起的躯体运动效应,以了解皮层运动区功能定位特征。

【器材与药品】

哺乳动物常用手术器械、骨钻、小咬骨钳、骨蜡（或止血海绵）、电刺激器、同心刺激电极;液体石蜡、生理盐水、20% 氨基甲酸乙酯溶液。

【实验对象】

家兔。

【方法和步骤】

1. 手术操作

（1）将家兔称重,用20% 氨基甲酸乙酯溶液,按2.5～5ml/kg(0.5～1g/kg)耳缘静脉注射麻醉（注意麻醉不宜过深）,背位固定于手术台上。

（2）剪去颈部的毛,沿颈部正中线切开皮肤,分离皮下组织,暴露气管,安置气管插管,以防开颅术时窒息死亡。

（3）翻转动物,使动物改为腹位固定。剪去头部的毛,沿颅顶正中线切开头皮,并用刀柄刮去骨膜,暴露头顶骨缝标志。

（4）用骨钻在冠状缝后、矢状缝外某处钻孔。注意钻孔时不要伤及矢状缝。以免损伤矢状窦引起大出血。用咬骨钳扩大创口,咬骨时要保护好硬脑膜,术中注意随时止血。可暂时用动脉夹夹闭兔双侧颈总动脉,开颅术后即除去动脉夹以恢复血运。此助手可用拇指与食指在头骨与脊椎交界处第一颈椎横突后缘压迫椎动脉数分钟。以减少开颅时的出血。如遇颅骨出血,可用骨腊或止血海绵填塞止血。

（5）用眼科镊夹起硬脑膜并小心剪开,暴露大脑皮层。注意不要伤及大脑皮层及矢状窦,术面滴加少量温热(39～40℃)的液体石蜡或用温热生理盐水浸湿的棉花覆盖脑组织表面,以保持脑组织一定温度,并防止其干燥。

（6）手术完毕后,将固定动物的绳索放松,绘制一张皮层轮廓图作记录用。

2. 观察项目

用同心电极接触到皮层表面,逐点刺激一侧大脑皮层的不同部位,观察并记录刺激引起的骨骼肌反应情况。选用的刺激强度可先用同心电极刺激皮下肌肉,确定引起肌肉收缩的最小刺激强度,以该强度为参考值略调整即可。刺激波宽 0.1 ~ 0.2ms,刺激频率 20 ~ 100Hz,每次刺激应持续 5 ~ 10s,每次刺激后休息约 1 ~ 2min。

【注意事项】

(1) 动物麻醉既不宜过深,也不宜过浅,呈中等麻醉状态,即表现为动物瞳孔扩大(张),夹趾反应引起的屈肌反射减弱,肌肉张力中等度松弛而不是显著松弛,角膜反射明显减弱而不是完全消失。

(2) 刺激不宜过强,而且由于刺激大脑皮层引起的骨骼肌收缩往往有较长的潜伏期,故每次刺激应持续 5 ~ 10s 才能确实有无反应。

(董　榕　魏义全　张　敏)

实验 6.23　去大脑僵直

【目的与原理】

观察去大脑僵直现象,证明中枢神经系统有关部位对肌紧张的调节作用。中枢神经系统对肌紧张具有易化作用和抑制作用。在正常的情况下,通过这两种作用使骨骼肌保持适当的紧张度,以维生持机体的正常姿势。如果在动物的上、下丘之间横断脑部,则抑制肌紧张作用减弱而易化肌紧张作用就相对地加强,动物出现四肢伸直,头向后仰,尾向上翘。脊柱后挺,呈角弓反张现象。

【器材与药品】

哺乳动物手术器械、骨钻、咬骨钳、骨蜡或止血海绵、切脑刀片、液体石蜡、60℃角尺或 60℃框架;20% 氨基甲酸乙酯溶液。

【实验对象】

家兔。

【方法和步骤】

(1) 将家兔称重后,自耳缘静脉注射 20% 氨基甲酸乙酯溶液 4ml/kg 体重。

(2) 将家兔背位固定于手术台上,剪去颈前部的毛,在颈部正中线切开皮肤,暴露气管,插入气管插管,找出两侧颈总动脉,分别穿线结扎,以避免脑部手术时出血过多。

(3) 将家兔俯位固定,剪去头顶部毛,由两眼眶前缘连线中点至枕部将头皮纵行切开,暴露头骨及颞肌。将颞肌上缘附着在头骨的部分切开,用手术刀柄将颞肌自上而下地剥离扩大头骨暴露面,并刮去颅顶骨膜。

(4) 手术者位于家兔左侧,左手握住兔头前端,右手持颅骨钻(右手食指伸直稍顶住家兔头骨),在顶骨一侧缓慢钻开头骨。用镊子将骨钻下的圆形骨片剔除后,再用咬骨钳扩大开口,骨断面出血可用骨蜡止血。在接近人字缝和矢状缝时,尤要注意不要伤及下面的横窦与矢状窦。在一侧顶骨打开后,用切脑刀伸入颅骨下把横窦和矢状窦与颅骨内壁附着处小心剥离,再用咬骨钳向对侧顶骨扩大开口(咬过矢状缝)。直到两侧大脑半球表面基本暴露。用 8 号针头斜刺入硬脑膜,以眼科剪小心剪开硬脑膜,暴露出大脑皮层,滴少许温热液体石蜡防止脑表面干燥。最后咬去人字缝,以暴露大脑后缘(咬人字缝时可由助手自下面将家兔头托起抬高,并注意用拇指和食指按压在第一颈椎横突后缘处压迫椎动脉数分钟)。在仔细止血时可看到两下丘,而两上丘要将大脑两半球向前上托起才能看到。

【观察项目】

手术者位于家兔左侧,左手紧握家兔头前端,使家兔鼻骨前缘与桌面成 60°角(可 60°角尺或 60°框架帮助固定为 60°角,见图 6-15)。右手持切脑刀片,使刀片平面与冠状面平行,助手稍固定家兔身以防过度挣扎,然后切脑刀自两大脑后缘连线中间部,垂直向下果断切至颅底,并将切脑刀前端沿冠状面稍扩大切口后迅速取出刀片,以纱布轻压伤口,松绑四肢,让家兔侧卧位。数分钟后即可见家兔四肢伸直,头向后仰,尾向上翘,呈角弓反张现象(图 6-16)。

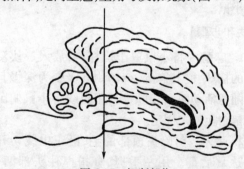

图 6-15　切断部位

图 6-16　去大脑僵直

【注意事项】

（1）动物麻醉不宜过深,以免去大脑僵直现象不易出现。

（2）手术时,注意勿损伤矢状窦与横窦,避免大出血。

（3）切断部位要准确,过低将伤及延髓,导致呼吸停止;过高则不出现去大脑僵直现象,动物表现为切脑5～10min后仍未见僵直现象,而呼吸尚平稳,此刻可将兔头重新固定(使鼻骨前缘与桌面成60°角),在原切断面再向后2mm处重新垂直切一刀,此时往往可出现僵直现象。

（董　榕　魏义全　张　敏）

实验6.24　毁损小脑动物的观察

【目的和原理】

观察小鼠小脑损伤后对肌紧张和身体平衡等躯体运动的影响。

小脑是调节躯体运动的重要中枢,它的主要功能是维持身体平衡、调节肌紧张和协调随意运动。小脑损伤后发生躯体运动障碍,主要表现为身体失衡、肌张力增强或减弱及共济失调。

【器材与药品】

哺乳动物手术器械、鼠手术台、9号注射针头、棉花、200ml烧杯;乙醚。

【实验对象】

小鼠。

【方法和步骤】

1. 麻醉　将小鼠罩于烧杯内,放入一块浸有乙醚的棉球,使其麻醉,待动物呼吸变为深慢且不再有随意活动时,将其取出,用粗线将小鼠俯卧位缚于鼠台上使之固定。

2. 手术　剪除头顶部的毛,沿正中线切开皮肤直达耳后部。用左手拇、食指捏住头部两侧,将头固定,右手用刀背刮剥骨膜和颈肌,分离顶间骨上的肌肉,充分暴露顶间骨,透过颅骨可见到下面的小脑。

参照图6-17所示位置,用针头垂直穿透一侧小脑上的顶间骨,进针深度约3mm,在一侧小脑范围内前后左右搅动,以破坏该侧小脑。取出针头,用棉球压迫止血。

3. 观察项目　将小鼠放在实验桌上,待其清醒后,观察动物姿势和肢体肌肉紧张度的变化,行

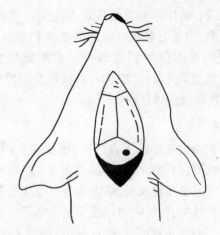

图6-17　破坏小鼠小脑位置示意图
小圆点为破坏进针处

走时有无不平衡现象,是否向一侧旋转或翻滚。

【注意事项】

（1）麻醉时要密切注意动物的呼吸变化,避免麻醉过深致动物死亡。手术过程中如动物苏醒挣扎,可随时用乙醚棉球追加麻醉。

（2）捣毁一侧小脑时不可刺入过深,以免伤及中脑、延髓或对侧小脑。

【问题及解释】

小鼠清醒后,表现出损伤侧肌张力增强,并在运动时向正常侧旋转针头刺入过浅,小脑未被损伤,反而成为刺激作用。

（彭聿平）

实验6.25　内耳迷路功能的观察

【目的和原理】

观察前庭器官的功能。

内耳迷路中的前庭器官是感受运动和头部空间位置的器官,通过它可反射性地影响肌紧张,从而调节机体的姿势和平衡。如果动物的一侧迷路被破坏,其肌紧张协调发生障碍,在静止和运动时,失去正常的姿势;由于眼外肌肌紧张障碍,还会发生眼球震颤。

【器材与药品】

手术器械、滴管、棉球、水盆;氯仿、乙醚。

【实验对象】

蟾蜍或豚鼠。

【方法和步骤】

1. 破坏蟾蜍一侧迷路　将蟾蜍放在水盆中观

察正常游泳姿势作为对照。

将蟾蜍腹部向上握于手掌,张开其口,在颅底口腔黏膜作一横切口,分开黏膜,可看到"十"字形的副蝶骨,其左右两旁的横突,即迷路所在部位。将一侧横突的骨质用刀削去一部分,可看到粟粒大的小白点,就是迷路(图6-18)。用尖头镊子刺入小白点,并捣毁之。静待数分钟后,观察静止和爬行时姿势的改变,若放入水盆内,可见蟾蜍的游泳姿势偏向破坏迷路的一侧。

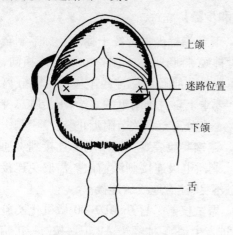

图6-18　蛙迷路位置示意图

2. 麻醉豚鼠一侧迷路　豚鼠侧卧,提起一侧耳郭,用滴管向外耳道深处滴入氯仿0.5ml。保持动物侧卧位,不让头部扭动,约10min左右,观察豚鼠的头部位置和姿态的改变及眼球震颤现象。

迷路麻醉10min左右,动物头开始偏向麻醉的一侧,随即出现眼球震颤,并可持续30min之久,若任其自由活动,可见动物偏向麻醉迷路侧做旋转运动。

【注意事项】

(1)蟾蜍颅骨板很薄,损伤迷路时,勿损伤脑组织。

(2)氯仿剂量要适度,过量会造成动物麻醉死亡。

【问题及解释】

实验效应不明显,如观察不到异常的姿势和眼震颤等,迷路前庭器官未被麻醉或麻醉程度浅。如氯仿未滴入外耳道深处,或在氯仿滴入耳内后,立即让动物自由活动,由于氯仿刺激的不适感,使动物不停地摇头,将氯仿甩出。

(彭聿平)

实验6.26　下丘脑的摄食中枢

【目的和原理】

学习埋藏刺激电极的方法,观察刺激兔下丘脑摄食中枢,动物摄食行为的改变。

下丘脑是调节内脏活动的较高级中枢。下丘脑的外侧区和腹内侧核是调节摄食活动的主要部位,前者称摄食中枢,后者称饱中枢。毁损摄食中枢,动物拒食、消瘦、甚至饥饿而死;电刺激摄食中枢,动物进一步进食。

【器材与药品】

单极深部刺激电极、脑立体定位仪、哺乳动物手术器械、牙科钻、牙托粉、刺激器;20%氨基甲酸乙酯溶液、青霉素。

【实验对象】

家兔。

【方法和步骤】

1. 埋藏刺激电极　选用约2kg重的家兔,用20%氨基甲酸乙酯静脉注射麻醉(5ml/kg)。剪去头顶部的毛。将家兔头固定于脑立体定位仪上,使前囟高于后囟约1.5mm。头皮涂以碘酒,于两眶后缘连线中点沿矢状缝切开皮肤和骨膜,用刀柄将骨膜推向两侧,暴露颅骨。

按Sawyer图谱,摄食中枢的坐标位置为:P1,L或R2.5,H4.5。即冠状线向后1mm,矢状线向左或右2.5mm,水平零平面之下4.5mm(前囟之下16.5mm)。按此坐标在颅骨左或右侧的相应点用牙科钻钻一直径约1mm的骨孔,通过骨孔将刺激电极插入脑内,使电极尖端抵达预定坐标。用牙托粉将电极牢固固定在颅骨上。待牙托粉硬固后方可将头皮缝合并露出电极插接片。

2. 术后处理　术后每日肌内注射青霉素20万单位,连续注射3日,防止感染,术后一周即可进行实验。

3. 实验装置的连接与使用　实验前将动物喂饱。实验时将动物置兔盒中,露出头部。刺激电极借接插片通过软导线与刺激器输出端连接。刺激参数为:电压3～5V,波宽0.1～0.5ms,频率20～40Hz。

4. 观察项目　先将青菜放在家兔的面前,观察动物有无进食行为。再将刺激器的输出电压幅度调至最低,然后逐渐增加输出电压,观察动物进食行为有何改变。反应出现后将刺激停止,再观察动物行为有何改变。

【注意事项】

（1）本实验为慢性实验，为减少动物感染，术者要认真洗手，手术器械和钻头等物品事先要用酒精浸泡，注意无菌操作。

（2）刺激输出不宜过强、过长，以免损伤核团。两次刺激之间要间隔 3 ~ 4min。

【问题及解释】

较强刺激时仍不能引起反应电极置入位置可能不准确，重新将电极置入另一侧再实验。

（彭聿平）

第3节　电生理实验

实验6.27　神经干动作电位的引导、兴奋传导速度及不应期的测定

【目的和原理】

神经组织是可兴奋组织，在一定强度的刺激作用下即可产生兴奋，即动作电位。动作电位可沿神经纤维传导。如将两个引导电极分别置于正常完整的神经干表面，神经干一端兴奋时，兴奋向另一端传播并依次通过两个记录电极，因此可记录到两个方向相反的电位偏转波形，称为双相动作电位。若两个引导电极之间的神经组织有损伤。兴奋波只到达第一个引导电极，不能传导至第二个引导电极。则只能记录到一个方向的电位偏转波形，称为单相动作电位。它是由许多神经纤维动作电位综合而成的复合性电位变化，其电位幅度在一定范围内可随刺激强度的变比而变化。这一电是和单根神经纤维的动作电位不同的。

测定神经冲动在神经干上传导的距离（d）与通过这些距离所需的时间（t）。即可根据 $v = d/t$ 求出神经冲动的传导速度。

可兴奋组织在接受一次刺激而被兴奋后，其兴奋性会发生规律性的时相变化，依次经过绝对不应期、相对不应期、超常期和低常期，然后再恢复到正常的兴奋性水平。利用双刺激可检查神经对第2个刺激的反应，了解其兴奋阈值以及所引起的动作电位的幅度的变化，从而判定神经组织的兴奋性的变化。

这是一项最基本的电生理实验，通过实验，学习电生理实验仪器的使用方法。并熟悉神经干动作电位的记录方法和兴奋传导速度及不应期的测定方法。

【器材与药品】

蛙类手术器械、MD2000 微机化实验教学系统（或示波器、刺激器、前置放大器）、标本屏蔽盒、带电极的接线若干；任氏液。

【实验对象】

蟾蜍或蛙。

【方法和步骤】

1. 制备蟾蜍坐骨神经干标本　标本制备方法与坐骨神经-腓肠肌标本制备方法大体相同，但无须保留股骨和腓肠肌。神经干应尽可能分离得长一些。要求上自脊椎附近的主干，下沿腓总神经与胫神经一直分离至踝关节附近止。

2. 连接实验装置　记录电极连接到1通道和2通道，刺激电极连接刺激输出。需避免连接错误或接触不良，注意地线的连接。

3. 调试仪器　打开 MD2000 微机化实验教学系统，进入生理->神经干 AP 记。按"i"-初始化参数，按"t"进行触发采样。用鼠标点连续，即可进行1 此/秒的刺激，同时触发采样。标本及装置正确，即可引导出神经干动作电位（参见第4章）。

4. 观察和测定动作电位

（1）观察神经干动作电位的幅度在一定范围内随刺激强度变化而变化的现象。精细调节刺激幅度可观察动作电位幅度与刺激间的关系，可找到阈刺激。

（2）改变刺激极性（刺激反向）可观察到刺激伪迹倒向，而动作电位不倒向。

（3）选择双刺激并逐步调节双刺激间隔，可观察不应期。

（4）测量传导速度：用两个通道同时记录时可以较准确地测量神经冲动在神经干上传导的速度。按"m"进入测量通过"<"">""-""="左右移动光标，使之定位在先出现的动作电位起点（或顶点）。再按"m"出现第二条光标，通过"<"">""-""="左右移动光标，使之定位在后出现的动作电位起点（或顶点）。此时，电脑即自动显示出动作电位到达两个电极的时间差。按"v"（在测量状态下）输入电极间距离即自动算出传导速度。

（5）观察单相动作电位：用镊子将两个记录电极之间的神经夹伤或用药物（如普鲁卡因）阻断，

荧光屏上呈现单相动作电位。

5. 按空格键退出触发扫描 通过相应的按键完成存盘、波形测量、打印等进一步的操作。

【注意事项】

（1）神经干分离过程中慎勿损伤神经组织。以免影响实验效果。

（2）屏蔽盒内不要放过多的任氏液，以免在电解质在刺激电极与记录电极之间形成"短路"，使刺激伪迹过大。

【分析与思考】

（1）复合动作电位的形态与细胞内记录的动作电位有何区别与联系？

（2）随着刺激强度的增加，神经干动作电位的幅度有何变化？为什么？

（3）两个记录电极之间的神经损伤后，动作电位有何变化？为什么？

（高兴亚）

实验6.28 降压神经放电

【目的和原理】

压力感受性反射是保持动脉血压稳定的重要调节机制，当动脉血压升高时，压力感受器发放冲动增加，通过中枢机制引起心率减慢、心肌收缩力减弱，心输出量减少，血管舒张和外周阻力降低，使动脉血压降低。反之，当动脉血压下降时，压力感受器发放冲动减少，调节过程又使血压回升。兔的主动脉弓压力感受器的传入神经在颈部自成一束，称为降压神经，其传入冲动随血压的变化而变化。通过本实验学习记录降压神经放电的基本方法，并观察放电与动脉血压间的相关关系。

【器材与药品】

MD2000微机化实验教学系统、引导电极（直径0.2mm银丝，两极间距为2mm左右）、电极固定架、哺乳动物手术器械、皮兜架、滴管、玻璃分针、注射器（20ml、10ml、2ml各一支）；20%氨基甲酸乙酯溶液、去甲肾上腺素、乙酰胆碱、液体石蜡。

【实验对象】

家兔。

【方法和步骤】

1. 麻醉和固定 按体重5ml/kg经耳缘静脉注射20%氨基甲酸乙酯溶液麻醉，保留注射针头于耳缘静脉内，将适当粗细长短的针灸针插入针头，备供注射药物之用。将家兔仰卧固定。

2. 手术操作 颈部剪毛，在颈部正中切开皮肤（约8cm），分离皮下组织及肌肉，暴露气管。沿气管两侧小心分离降压神经和颈总动脉（降压神经很细，如头发粗细），穿线备用。选择一侧，行颈总动脉插管（可选）。将颈部皮肤缝在皮兜架上，做成皮兜。向内滴入温热的液体石蜡，以防神经干燥并其绝缘作用。

3. 记录系统的连接与仪器调试

（1）记录电极通过屏蔽导线输入到MD2000第1通道上，记录降压神经放电，输出接监听器（可选）。地线接在动物手术切口处。仪器外壳均应接地。

（2）颈总动脉插管通过压力换能器输入到MD2000第3通道上，记录血压变化。

（3）进入MD2000，生理，减压神经放电，参数设置为：采样频率5000Hz，横向压缩1:8，通道1增益500～1000，滤波10K，时间常数0.01s。也可用"通用四道记录仪"，此时，2通道应设为对1通道进行直方图处理。

（4）安置引导电极：用银丝弓导电极将降压神经轻轻勾起。注意神经不可牵拉过紧，并使引导电极悬空，不要触及周围组织。

4. 观察项目

（1）记录血压正常时降压神经放电情况，观察放电与心搏、血压间的关系。

（2）从耳缘静脉注入1:10 000去甲肾上腺素溶液0.2～0.3ml，观察降压神经放电频率和幅度的变化及动脉血压的变化。尤其注意放电"占/空"比的变化。

（3）待恢复原先对照水平后，从耳缘静脉注0.1%乙酰胆碱溶液0.2ml，观察降压神经放电频率和幅度的变化及动脉血压的变化。

【注意事项】

（1）麻醉不浅宜过浅，以免动物躁动，产生肌电干扰。

（2）仪器和动物均要接地，并注意适当屏蔽。

（3）分离神经时动作要轻柔，不要牵拉。分离后及时滴加温热液体石蜡。以防止神经干燥，并可保温。

（4）保持神经与引导电极接触良好；引导电极不可触及周围组织，以免带来干扰。

【分析与思考】

（1）降压神经放电的基本波形有何特点？

（2）静脉注射去甲肾上腺素，降压神经放电频率和幅度和"占/空"比有何变化？与血压的关系如何？

（高兴亚）

实验6.29　膈神经放电

【目的和原理】

呼吸肌属于骨骼肌，其活动依赖膈神经和肋间神经的支配，呼吸运动的节律来源于呼吸中枢。本实验的目的是学习神经放电的记录方法，同时加深对呼吸运动调节的认识。

【器材与药品】

哺乳动物手术器械一套、兔台、气管插管、MD2000 微机化实验教学系统（或前置放大器、示波器、监听器）、引导电极、呼吸换能器（可选）、固定支架、注射器（30ml、20ml、1ml）、玻璃分针；20%氨基甲酸乙酯溶液、生理盐水、液体石蜡、CO_2 气体、尼可刹米注射液。

【实验对象】

家兔。

【方法和步骤】

1. 手术操作

（1）麻醉和固定：20% 的酸甲乙酯溶液（5ml/kg）自耳缘静脉注射麻醉后，取仰卧位固定在兔台上。

（2）剪去颈部兔毛，自胸骨上端向头部作一正中切口，约 10cm。分离皮下组织、肌肉及气管，做气管插管。分离颈部两侧的迷走神经，穿线备用。

（3）在一侧颈外静脉和胸锁乳突肌之间用止血钳向深处分离，可见到较粗的臂丛神经向后外方行走。在臂丛的内侧有一条较细的膈神经横过臂丛神经并和它交叉，向后内侧行走，从斜方肌的腹缘进入胸腔。用玻璃分针将膈神经分离 1~2cm，在神经的外周端穿线备用。做好皮兜，注入 38℃的液体石蜡，起保温、绝缘及防止神经干燥作用。将膈神经钩在悬空的引导电极上，避免触及周围组织，颈部皮肤接地，以减少干扰。

2. 仪器的连接与调试　膈神经放电信号接MD2000 通道 1，MD2000 输出接监听器（可选）。地线接在动物手术切口处。仪器外壳均应接地。

若同时记录呼吸曲线，则换能器接 MD2000 通道 4。

进入 MD2000，生理，膈神经放电，参数设置为：SR = 2~10ms（内部采样周期为 0.05ms），横向压缩1:4，通道 1 增益 500~1000，滤波 10 K，时间常数 0.01s。也可用"通用四道记录仪"，此时，2道应设为直方图处理。

3. 观察项目

（1）观察膈神经放电与呼吸运动的关系，注意膈神经的放电形式及其通过监听器研发出的声音与吸气相的关系。

（2）吸入气中 CO_2 浓度增加对膈神经放电的影响。将充有 CO_2 的球胆对准气管插管的开口，使动物吸入 CO_2，观察膈神经放电和呼吸运动的变化。

（3）于家兔耳缘静脉注入稀释的尼可刹米1ml（内含 50mg），观察膈神经放电和呼吸运动的变化。

（4）切断一侧迷走神经干后，观察呼吸及膈神经放电有何变化。再切断另一侧迷走神经，观察膈神经放电的变化。（图6-18）

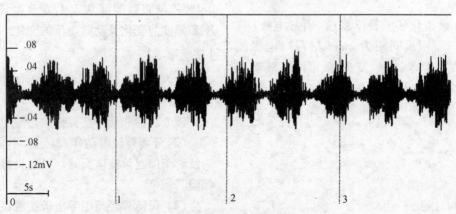

图6-18　膈神经放电图形

【注意事项】

（1）分离膈神经动作要仔细，此操作关系到实验的成败。

（2）也可不做皮兜，但要用温液体石蜡棉条覆盖在神经上。

（3）注意动物和仪器的接地要可靠。

（4）注意区别放电频率（密集程度）与呼吸频率。

【分析与思考】

（1）吸入 CO_2，膈神经的放电有何变化？是通过什么途径实现的？

（2）静脉注射尼可刹米以后，隔神经放电有何变化？为什么？

（3）切断两侧迷走神经干后，呼吸运动的频率、深度和隔神经放电各有何改变？为什么？

（高兴亚）

实验 6.30 膈 肌 放 电

【目的和原理】

利用针形电极插入的膈肌中，可以记录的膈肌收缩时的肌肉电活动，称为膈肌放电。膈肌放电与膈神经放电信号的基本形式是一致的但信号远比后者要强。通过实验学习膈肌放电的记录方法，同时加深对呼吸运动调节的认识。

【器材与药品】

哺乳动物手术器械一套、兔台、气管插管、MD2000 微机化实验教学系统（或前置放大器、示波器、监听器）、引导电极、呼吸换能器、固定支架、注射器（30ml、20ml、1ml）、玻璃分针；20% 氨基甲酸乙酯溶液、生理盐水、液体石蜡、CO_2 气体、尼可刹米注射液。

【实验对象】

家兔。

【方法和步骤】

1. 手术操作

（1）麻醉和固定：用 20% 的氨基甲酸乙酯溶液（5ml/kg）自耳缘静脉注射麻醉后，取仰卧位固定在兔台上。

（2）颈部正中切口，分离气管，行气管插管术。分离颈部两侧的迷走神经，穿线备用。

（3）在胸骨的下端正中作一切口，找到剑突并用止血钳向外拉，暴露与之相连的"小膈肌"。将

两根带有绝缘套的针形电极（用针灸针制作）插入小膈肌并用动脉夹固定在剑突上。

2. 仪器的连接与调试 膈肌放电信号接 MD2000 通道 1，MD2000 输出接监听器（可选）。地线接在动物手术切口处。若同时记录呼吸曲线，则换能器接 MD2000 通道 4。

进入 MD2000，生理，膈肌放电，参数设置为：SR = 2 ~ 10ms（内部采样周期为 0.05ms），横向压缩1:4，通道 1 增益 2000-10K，滤波 10K，时间常数 0.01s。也可用"通用四道记录仪"，此时，2 道应设为直方图处理。（图6-20）

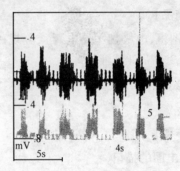

图6-20 膈肌放电图形

3. 观察项目

（1）观察膈肌放电的基本形态，电活动与机械活动间的关系。

（2）将充有 CO_2 的球胆对准气管插管的开口，使动物吸入 CO_2，观察膈肌放电和呼吸运动的变化。

（3）于兔耳缘静脉注入稀释的尼可刹米 1ml（内含 50mg），观察膈肌放电和呼吸运动的变化。

（4）切断一侧迷走神经干后，观察呼吸及膈肌放电有何变化。再切断另一侧迷走神经，观察膈神经放电的变化。

（5）刺激一次迷走神经中枢端，观察观察膈肌放电和呼吸运动的变化。

【注意事项】

（1）记录电极除尖端暴露外，其余部分要作绝缘处理。

（2）记录电极应妥善固定，防止脱落。

（高兴亚）

实验 6.31 人体心电图的描记

【目的和原理】

学习人体心电图的描记方法，了解正常心电图

的基本波形及其意义。学习心电图波形的辨认、测量与分析的基本方法。

心肌在兴奋时会出现电位变化。由于已兴奋部位与未兴奋部位的细胞膜表面所带电荷不同,因而心脏在兴奋时,不同部位之间存在着电位差。当兴奋在心脏上传导时,这个电位差的方向和大小也会作相应的规律性变化。这种电位的变化可通过组织和体液传导至全身。在体表按一定的引导方法,把这些电位变化记录下来即为心电图。心电图在对心律失常、房室肥大及心肌损伤的诊断方面,有参考意义。

【器材与药品】

心电图机、电极糊(导电膏)、分规;95% 乙醇溶液棉球、3% NaCl 溶液棉球。

【实验对象】

人。

【方法和步骤】

1. 心电图的描记

(1)接好心电图机的电源线、地线和导联线。接通电源,预热 3～5min。

(2)受试者静卧于检查床上,全身放松。在手腕、足踝和胸前安放好引导电极,V_1 在胸骨右缘第四肋间,V_3 在"胸骨左缘第四肋间"与"左锁中线第五肋间"连线的中点,V_5 在左腋前线第五肋间(图6-21),接上导联线。为了保证导电良好,可在放置引导电极部位涂少许电极糊。导联线的连接方法是:

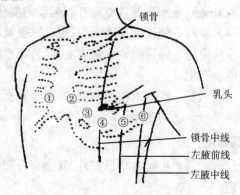

图6-21　胸导联电极安放部位

红色——右手,黄色——左手,绿色——左足,黑色——右足(接地),白色——V_1,蓝色——V_3,粉色——V_5。

(3)调整心电图机放大倍数,使 1mV 标准电压推动描笔向上移动 10mm。然后依次记录 Ⅰ、Ⅱ、Ⅲ、aVR、aVL、aVF、V_1、V_3、V_5 导联的心电图。

(4)取下心电图记录纸,进行分析。(图6-22)

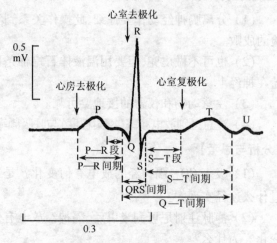

图6-22　正常体表心电图

2. 心电图的分析

(1)波幅和时间的测量

1)波幅:当 1mV 的标准电压使基线上移 10mm 时,纵坐标每一小格(1mm)代表 0.1mV。测量波幅时,凡向上的波形,其波幅自基线的上缘测量至波峰的顶点;凡向下的波形,其波幅应从基线的下缘测量至波峰的底点。

2)时间:心电图纸的走速由心电图机固定转速的马达所控制,一般分为 25mm/s 和 50mm/两档,常用的是 25mm/s。这时心电图纸上横坐标的每一小格(1mm)代表 0.04s。

(2)波形的辨认和分析

1)心电图各波形的分析:在心电图记录纸上辨认出各导联的 P 波、QRS 综合波和 T 波,并根据各波的起点确定 P—R 间期和 Q—T 间期。

2)心率的测定:首先测量相邻两个 P 波(或相邻两个 R 波)的间隔时间 T。T 代表心动周期的长短,可取五个心动周期的平均值来计算心率。

$$心率 = 60/T(次/分)$$

3)心电图各波段的分析测量:选择一段 1 导联基线平稳的心电图,测量 P 波、QRS 综合波和 T 波的时程、电压,以及 P—R 间期和 Q—T 间期的时程。

【注意事项】

记录时如出现干扰,应检查地线是否接好,导联电极是否松动,被检者肌肉是否放松。

【分析与思考】

(1)心电图 P 波、QRS 综合波和 T 波各有什么生理意义?

(2)为何不同导联所记录的心电图在波形上

有很大区别?

（钟晚华）

实验6.32　大脑皮层诱发电位

【目的和原理】

诱发电位一般是指感觉传入系统,包括感觉器官、感觉神经、感觉传导途径上的任何一点受到刺激时,在皮层上某一局限区域引出的电位变化。由于皮层随时在活动着并产生自发脑电波,因此诱发电位常出现在自发脑电背景上。利用计算机生物信号处理系统叠加运算,由于诱发电位与刺激有锁时关系,叠加可使其幅度逐渐加大,自发脑电背景和噪音是随机的,叠加可互相抵消,可将隐藏于自发脑电背景和噪音中的诱发电位分离出来。皮层诱发电位是用以寻找感觉投射部位的重要方法,在研究皮层功能定位方面起着重要的作用。

皮层诱发电位可分为两部分:主反应和后发放。主反应主要通过特异性投射系统投射到相应的皮层部位而诱发产生的电位变化,潜伏期一般为5~12ms,是一种先正后负的电位变化,正相波比较恒定。后发放主要通过非特异性投射系统所引起的电位变化,出现在主反应之后,为正相的周期性电位变化。

本实验通过短声刺激,在皮层听觉代表区记录听觉诱发电位。目的是观察大脑皮层诱发电位的一般特征,了解记录皮层诱发电位的方法及原理。

【器材与药品】

MD2000微机化教学系统、扬声器、不锈钢针形引导电极(离针尖2mm以上套一塑料管)、参考电极、接地电极、小动物手术器械一套;4%戊巴比妥钠溶液、骨蜡。

【实验对象】

幼年豚鼠,体重250~300g,耳郭反射阳性,雌

雄不限。

【方法和步骤】

1. 动物麻醉　4%戊巴比妥钠溶液按40mg/kg腹腔注射麻醉。

2. 手术　动物俯卧固定,剪去头部被毛,沿头顶正中线切开头皮,用刀柄钝性分离骨膜,暴露颅骨骨缝,找到顶颞缝和冠状缝。

3. 安置电极　豚鼠皮层声音诱发电位引导区域大致在冠状缝后3~4mm,顶颞缝上0~2mm处。对准皮层听区中央位置,用小锤将针形引导电极垂直地钉入头骨里,深度约1mm,以刚穿透头骨为宜。针钉进的深浅大致上以针能在头骨上立牢,在摇动针体时动物的头能跟着动为合适。注意勿损伤硬脑膜。将参考电极刺入手术伤口皮下,接地电极刺入前肢皮下。

4. 仪器连接　将引导电极、参考电极及接地电极通过信号输入线与微机电信号输入端1通道相连。微机刺激输出端与扬声器相连。

5. 设置参数　放大器:增益4000,高频滤波10K,时间常数0.01s;刺激器:波宽0.1ms,幅度10V;采样频率10 000Hz。

6. 观察项目　点击"记录"按钮,开始实验,扬声器发出短声刺激,经16~64次叠加后即可记录到听皮层诱发电位(图6-23)。

【注意事项】

(1)麻醉不能太浅,否则自发脑电较大,影响诱发脑电的记录。

(2)骨缝有出血时,及时用骨蜡止血。

(3)钉入记录电极时进针不能太深,以免破坏皮质。

(4)要使用相同材质的记录电极和参考电极。

【分析与思考】

(1)诱发电位代表的生理意义是什么?

(2)大脑皮层诱发电位的记录有何定位特征?

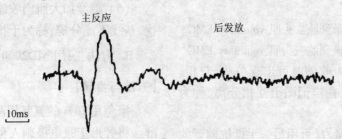

图6-23　家兔皮层诱发电位(叠加)

（周　红　董　榕）

实验 6.33   肌电图的描记

【目的和原理】

在人和动物肌肉内或体表记录到的肌肉动作电位称为肌电图（electromyography，EMG）。肌电图可作为运动功能的研究和辅助诊断的一种方法。描记方法有两种：一种是表面导出法，即把电极贴附在皮肤上导出电位；另一种是针电极法，即把针电极刺入肌肉导出局部电位的方法。

本实验的目的在于通过描记正常肌电图，初步了解肌电图的描记方法及正常肌电图波形。

【实验器材】

Power Lab 或 MD2000 微机化实验教学系统、同心型针电极、表面电极、导电糊、酒精棉球、胶布；20% 的氨基甲酸乙酯溶液。

【实验对象】

人或家兔。

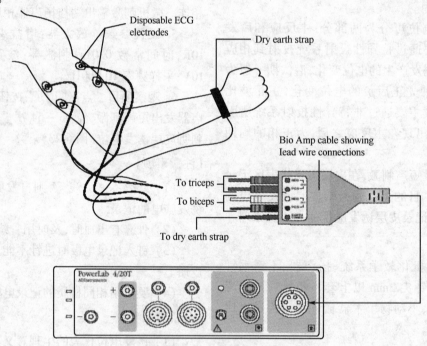

图 6-24   Power Lab 导线连接

A. 方法一：用 Power Lab 描记人的肌电图

【方法与步骤】

1. 导线的连接

（1）将 Patient cable 接在 Power Lab 的 BioAmp 插座。

（2）将 dry earth strap 接在 Patient cable 的 Earth common。

（3）dry earth strap 紧密圈在手掌或手腕上，注意要与皮肤密合。

（4）涂少许电极胶在盘电极的凹面，在上臂肱二头肌、肱三头肌上安装电极，距约 2～5cm，方向与手平。

（5）将二头肌上的电极线接在 Patient cable 的 Channal 1，三头肌的电极线接在 Channal 2，极性没有关系可对调。（图 6-24）

2. 观察项目

（1）屈肘时，可记录到肱二头肌 voluntary EMG。

（2）伸肘时，可记录到肱三头肌 voluntary EMG。

（3）当肌肉做小力收缩时可出现单相、双相、三相动作单位，各电位在描记图上互相分离，称为单纯相。

（4）加大肌肉收缩力（可用另一手抵抗前臂的伸曲），各电位在描记图上互相重叠，基线不完全清晰，但仍可以辨认，称为混合相。

（5）继续加大肌肉收缩力，各电位互相重叠干扰，基线不能分辨，称为干扰相。（图 6-25）

B. 方法二：用 MD2000 记录家兔的肌电图

【方法与步骤】

家兔用 20% 的氨基甲酸乙酯溶液按 4ml/kg 麻醉。将针形记录电极刺入兔后肢肌肉，参考电极刺入皮下，经导线输入 MD2000 的 1 或 2 通道。参数设置：增益 1000 倍；滤波为 1K；时间常数为 0.01s。

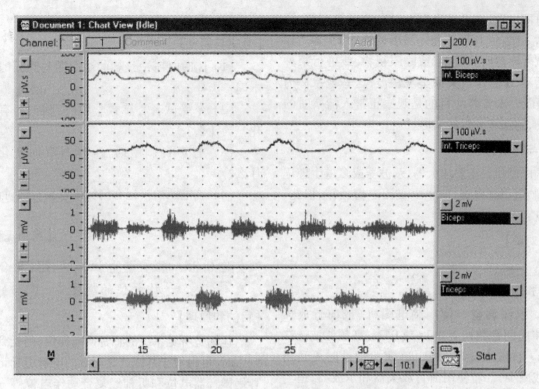

图 6-25 屈肘、伸肘时记录到的二头肌和三头肌的肌电图

【观察项目】

（1）当动物安静,肌肉在完全松弛状态时无动作电位出现,屏幕上呈现一直线,称为电静息状态。

（2）移动针电极,当针尖刺激肌纤维的瞬间屏幕上可见一持续时间在 100ms 以内、电压约 1 ~ 3mV 的电位,称为插入电位。

（3）牵拉动物肢体或钳夹其皮肤,令其肢体活动,肌肉收缩,观察肌电图的变化。（图 6-26）

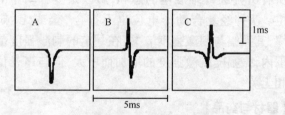

图 6-26 针电极引导的肌电图
A. 单相;B. 双相;C. 三相

【注意事项】

（1）受试者必须先将手表及首饰等物品自手腕取下。

（2）引导部位的皮肤要用 75% 乙醇溶液消毒、脱脂。

（3）引导电极要按肌肉纵行方向安置。

【分析与思考】

（1）采用针电极与表面电极引导出来的肌电图有何不同? 为什么?

（2）在肌肉收缩逐渐加强时,引导出的肌电图将出现什么变化? 为什么?

（周 红 董 榕）

实验 6.34 人体脑电图的描记

【目的和原理】

本实验利用双电极引导描记人的脑电图,借以学习记录脑电图的方法和辨认正常脑电图的波形。在大脑皮层存在着持续不断的电活动,借助于两个放在头皮上的电极,与放大器相连,通过示波器,便可显示出大脑的电活动,如通过脑电图机,可以把脑电波描记下来,此图形称为脑电图。

脑电图波形可按其频率划分为 δ 波（0.5 ~ 3Hz）、θ 波（4 ~ 7Hz）、α 波（8 ~ 13Hz）和 β 波（14Hz 以上）。关于脑电波产生的原理,目前认为,脑电活动是大脑皮层神经细胞兴奋性和抑制性突触后电位的综合电位变化。大脑皮层许多细胞进行同步性活动时,即可记录到高幅度缓慢的 α 波,由于某些原因使大脑皮层和丘脑内侧部的环路活动打乱时,引起去同步,使处于引导电极下的神经细胞的突触后电位不同时产生,就会出现波幅小、频率高的 β 波。

α 波是脑电图中的基本节律,停止思维活动及闭目时即出现,并可呈现时大时小的振幅变化,形成所谓 α 波的"梭形",每一梭形持续约 1~2s。如果受试者突然听到音响,或睁眼视物,或进行某种思考活动,α 波即消失而呈现快波,这一现象称为 α 波阻断。本实验的目的是观察正常人清醒时的脑电图,并初步分析其波形。

【器材与药品】

脑电图机或前置放大器、示波器或多道生理记录仪、脑电引导电极、脑电电极固定帽、脱脂棉花、电极膏;乙醇。

【实验对象】

人。

【方法和步骤】

1. 仪器调整 使用脑电图机(或前置放大器),将时间常数调至 0.1s 或 0.2s,高频滤波选在 100Hz。将增益设为 2000 倍(实验记录时可适当增加或减少)。若使用前置放大器和示波器,适当调节其增益使整机灵敏度为 100μV/cm,走纸速度为 1.5cm/s 或 3cm/s。

2. 安置引导电极 受试者静坐于舒适的靠背椅上,嘱受试者肌肉放松,以去除肌电干扰。用酒精棉球擦拭耳垂、额部和头顶部皮肤;并涂以电极膏或生理盐水。把两对引导电极分别放置在左额部、左顶部、右额部和右顶部,用电极固定帽加以固定。地线轻轻夹在耳垂上。两对电极分别和脑电图机面板上 1 道和 2 道输入接口相连(或经双边前置放大器与双线示波器相连接)。

3. 观察项目

(1)令受试者闭目静坐,肌肉放松,头靠在椅背上。记录闭眼时的脑电图。

(2)令受试者睁眼,观察脑电波的变化。

(3)令受试者心算一简单数学题,观察脑电波的变化。

(4)受试者在闭目安静情况下,接受一声音刺激,观察 α 波是否减弱或消失。

【注意事项】

(1)实验室应保持安静。室温应在 20℃ 左右。照明适度,避免强光直接照射受试者。

(2)受试者应精神放松、肌肉尽量处于松弛状态。

(3)如出现 50 周的交流干扰,应检查电极间的阻抗是否过高,电极与皮肤的接触是否良好。

(4)如脑电图中 α 波不明显,可将电极移

到枕叶。

【分析与思考】

(1)闭眼时所记录到的脑电图与睁眼时有何不同?为什么?

(2)令受试者心算数学题时,脑电图有何变化?为什么?

(3)有声音刺激时,脑电图有何变化?为什么?

(4)脑电图的描记有何实用意义?试讨论之。

(张小虎)

实验 6.35 微音器电位和听神经复合动作电位的观察

【目的和原理】

耳蜗是听觉系统的感音换能部位,当受到声音刺激时,可由置于耳蜗或其附近的电极引导记录到耳蜗微音器电位和听神经复合动作电位等一系列的电位波动。耳蜗微音器电位是毛细胞将声波刺激的机械能转换为听神经冲动过程中产生的感受器电位,是耳蜗对声音刺激所产生的交流性质的电位,能可靠地重复声波的频率特性。微音器电位不符合"全或无"定律,没有潜伏期和不应期,也不易产生疲劳和适应。在一定的刺激强度范围内,微音器电位的振幅随刺激强度的增加而增大。听神经复合动作电位是继微音器电位后出现的一组双相电位波动,是行波在从耳蜗底部向顶部运动过程中所有听神经纤维放电的总和,所以是复合动作电位。听神经复合动作电位也不符合"全或无"定律,其振幅与刺激强度有关,在一定的刺激强度范围内,振幅随刺激强度的增加而增大,但与声音位相无关。

【器材与药品】

MD2000 微机化教学系统、扬声器、引导电极(银丝-银球电极和涂有绝缘漆的针灸针)、参考电极(针灸针)、接地电极、砂纸、小动物手术器械一套、小骨转、10ml 注射器;4% 戊巴比妥钠溶液。

【实验对象】

幼年豚鼠,体重 250~300g,耳郭反射阳性,雌雄不限。

【方法和步骤】

1. 动物麻醉 4% 戊巴比妥钠溶液按 40mg/kg 腹腔注射麻醉。

2. 安置引导电极

（1）方法一：圆窗膜接触法

1）暴露圆窗：豚鼠取侧卧位，剪去耳后的毛，沿耳郭根部后缘剪开皮肤，分离皮下组织，充分暴露颞骨乳突部，在乳突上用小骨钻钻一小孔，再慢慢将孔径扩大至 3～4mm，孔内即为鼓室。由骨孔向前内下方观察，在相当于外耳道口内侧的深部可见尖端向下的耳蜗，圆窗在耳蜗底，窗口朝外上方。

2）安置电极：一手固定豚鼠头部，另一手持银丝-银球电极经骨孔向前深部插入，使电极的球端刚好与圆窗膜接触。注意切勿用力，以免损伤圆窗膜。

（2）方法二：经面神经管法

1）暴露面神经孔：豚鼠取侧卧位，剪去耳后的毛，沿耳郭根部后 1/3 处剪开皮肤，分离皮下组织和肌肉。找到外耳道口后方的颞骨乳突部，进一步稍向前分离软组织。在乳突听泡交界处可见面神经呈"人"字形穿出，沿两根神经分支的交点向深处分离 1～2mm 可见面神经总干及其面神经孔。

2）安置电极：取针形引导电极，用砂纸磨去电极尖端的绝缘层，然后按与水平面呈 15°～30°角、与矢状面呈 55°～70°角方向刺入面神经管（自后下向前上），直至电极插到面神经管尽头，深约 6mm，感觉电极拉出有阻力为止。注意勿用力过猛，以免骨管破裂、耳蜗损伤。

3. 安置参考电极和接地电极 将参考电极刺入手术伤口皮下，接地电极刺入前肢皮下。

4. 仪器连接和设置参数

（1）将引导电极、参考电极及接地电极通过信号输入线与微机电信号输入端 1 通道相连。微机刺激输出端与扬声器相连，提供声音刺激（图6-27）。

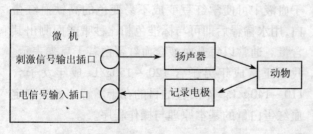

图6-27 微音器电位和听神经动作电位仪器连接示意图

（2）打开电脑，进入 MD2000 微机化教学系统，在"实验"菜单的下拉条目中选择"生理学实验"→"微音器电位"。

（3）放大器参数：增益 8000，高频滤波 10K，时间常数 0.01s；刺激器：波宽 0.1ms；采样频率10 000Hz。

【观察项目】

（1）观察短声刺激引起的耳蜗电位：给予动物适当强度的短声刺激。在屏幕上可记录到刺激伪迹后的微音器电位，以及在它后面的听神经动作电位。

（2）改变刺激器输出的极性，观察微音器电位和听神经动作电位的相位有没有变化。

（3）直接对着豚鼠外耳道说话或吹口哨，观察微音器电位能否起到麦克风的作用。

【注意事项】

（1）采用圆窗膜接触法时，必须刮净骨孔周围组织，以防产生的渗液进入鼓室，影响实验。

（2）安置引导电极时，需小心操作，先找好位置在安放，避免反复插入。

（3）条件允许可将动物置于屏蔽笼内，实验室环境要温暖、安静。

【分析与思考】

（1）微音器电位和听神经动作电位各有何特点？

（2）怎样区别微音器电位和听神经动作电位？

（周 红）

第4节 人体机能实验

实验 6.36 红细胞计数

【目的和原理】

掌握应用稀释法红细胞计数的方法。血液中红细胞很多，无法直接计数，需适当稀释，然后再利用红细胞计数板，在显微镜下计数小容积的稀释血液中红细胞数量。最后将之换算为每升血液中所含的红细胞数。

【器材与药品】

血细胞计数板、血红蛋白吸管、盖玻片、显微镜、一次性采血针、消毒棉球；75% 乙醇溶液、1% 氨水、蒸馏水、95% 乙醇溶液（洗吸管用）、乙醚、红细胞稀释液（其成分为：NaCl 0.5g、Na$_2$SO$_4$ 2.5g、HgCl$_2$ 0.25g，加蒸馏水至 100ml）。

【实验对象】

人。

【方法和步骤】

1. **血细胞计数板的构造**   血细胞计数板的种类很多，但其构造的基本原理是相同的。临床常用的为改良牛鲍尔（Neubauer）式。它是一块特制的长方形厚玻璃板，中央刻有两个相容的计数室，每室分为 9 个大方格，每格长宽各 1mm，面积为 1mm^2。四角的每个大方格又划分为 16 个中方格，为计数白细胞用。中央的一个大方格用双线分成 25 个中方格；每个中方格又用单线分成 16 个小方格，共计 400 个小方格，为计数红细胞用。如将盖玻片置于计数室两侧支柱上，盖玻片与计数室之间的高度为 0.1mm，故每个大方格的容积为 0.1mm^3。

2. **采血**   一般采取耳垂或环指端的毛细血管血液。指端出血较多，采血时不易凝固，但刺破时较痛。用手指按摩被试者耳垂（或指端）以增加其局部血流；其后，用 75% 乙醇溶液棉球消毒采血部位，待乙醇挥发后即可用针头刺血。刺的深度应使皮肤刺破后，不必用力挤压血液既能自然流出。出血后用干棉球将第一滴血拭去，待其后血液流出较多形成血滴时，再进行吸血。右手持血细胞吸血管，拇指和中指轻轻捏便吸管的乳头，示指轻轻堵在乳头上端的小圆孔；吸管与皮肤成 45° 位置，将吸管尖端置入血滴中，捏吸管乳头的拇指慢慢放松（以免血液流入乳头内），使血液缓缓吸进吸管。直到达到 10mm^2 刻度。如吸血超过刻度时，可用棉花在吸管口轻轻引出。

3. **稀释**   吸血完毕，用干棉球将吸管口周围的血液轻轻擦干净后，迅速将红细胞吸管插入盛有 1.99ml 红细胞稀释液的试管中。轻轻挤出血液并反复吸洗 2～3 次。然后，摇动或旋转试管 1～2min，使其混合均匀。

4. **计数**   取盖玻片平放在计数板的三个隆起上，用吸管吸取稀释后的混悬液；然后将吸管口轻轻斜置盖玻片的边缘，滴出少量混悬液，此时液体即因毛细现象而进入计数室内。将计数板静置 2～3min，然后在低倍显微镜下找到中央大方格。看清其划线后，即可用高倍镜计数。观察时应缩小光圈，降低聚光器，使视野较暗。这样红细胞轮廓可看得更清楚。

计数 5 个中格（即 80 个小格）内红细胞总数。通常选择计数室大方格四角的四个中方格和中央的一个中方格来计数。在每个中方格计数时，为防止重复和遗漏，应按一定的顺序即先自左向右数到

最后一格，下一行格子则自右向左，再下一行又自左向右。对于分布在划线上的红细胞，则可计数左侧和上方线上的红细胞，而不计数右侧和下方线上的红细胞，即"数上不数下，数左不数右"。按上述方法数得五个中方格的红细胞总数，乘上 10^{10} 即为 1L 血液中所含的红细胞数。

计数时应将每个中方格的红细胞数记下来。如发现各个中方格之间的红细胞数相差超过 15 个时。表示红细胞分布很不均匀，应将计数室洗净，重新摇匀试管内的混悬液再充液进行计数。

红细胞计数完毕，应将红细胞计数器洗净，干燥，放回匣内。

【注意事项】

（1）采血针要做到一人一针，不能重复使用，以免传染血液传播性疾病。采血部位的皮肤必须清洁健康，如有炎症或溃烂则不能采血。采血部位消毒后，应待皮肤干燥后再采血。

（2）针刺皮肤要稍深（约 2～3mm），以使血液能自然流出或轻轻挤压流出为度。同时，动作要快，避免血液在吸血管内凝固。血滴流出有绿豆大小时，方可开始采血。

【分析与思考】

检查红细胞计数有何临床意义？

（董　榕　石丽娟　魏义全）

实验 6.37   血红蛋白含量的测定

【目的和原理】

测定血红蛋白含量的方法很多，其中比较简便并常用的是比色法。血红蛋白本身的色泽，常随所结合氧量的多少而异，不便于比色。但是加稀盐酸于血液中可使学红豆变成不易变色的高铁血红蛋白，用水稀释后即可与标准色相比秒哦能而测出其含量。通常以每升血液含血红蛋白若干克来表示。我国正常成年男子含 120～150g/L，成年女子含 110～140g/L。本实验的目的在于了解比色法测定血红蛋白量的基本原理与操作程序。

【器材与药品】

沙里血红蛋白计、蛋白吸管、小玻璃棒、采血针、干消毒棉球；蒸馏水、95% 乙醇溶液、乙醚、75% 乙醇溶液、0.1mol/L HCl 溶液。

【实验对象】

人。

【步骤和方法】

（1）血红蛋白计：沙里血红蛋白计主要由具有标准褐色剥离比色座和1只方形刻度测定管组成。比色管的两侧，通常刻有两行刻度：一行为血红蛋白量的绝对值，以g/dl（每100ml血液中所含血红蛋白的克数）表示，由2～22为止；另一行为血红蛋白的相对值，以%（即相当于正常平均值的百分数）来表示，由10～160为止。为避免所用平均值的标准不一，一般采用绝对值来表示。

（2）用滴管加0.1mol/L HCl溶液5～6滴，到刻度比色管内，约加到管下端刻度"2"或"10%"处为止。

（3）用采血针在耳垂或指尖处采血，用干棉球拭去第1滴血；待第2滴自然流出一大滴时，用吸血管吸至20mm³刻度处。仔细将管尖端外面的血液拭去。

（4）将吸血管中血液轻轻地被吹到刻度比色管中盐酸的底部，在吸上清液洗吸管3次。操作时勿产生气泡影响比色。轻轻摇动比色管，使血液与盐酸充分混合。静置10～15min，使管内的盐酸和血红蛋白作用完全，形成棕褐色的高铁血红蛋白。

（5）把比色管插入标准比色架两色柱中央的空格中，使无刻度的两侧面位于空格的前后方，便于透光和比色。

（6）用滴管向比色管内逐滴加入蒸馏水，并不断搅拌均匀，边滴边观察比色管内的颜色，直至溶液的色度与标准玻璃色柱的色度相同位置。读出管内液面所在的克数，也就是100ml血液中所含血红蛋白的克数。比色前应将搅拌用的玻璃棒取出，其上溶液应在比色管内壁上沥净。读书应以与溶液凹面之最低点相一致的刻度为准。

【注意事项】

（1）吹血液如比色管及清洗吸血管时，宜缓慢。

（2）滴加蒸馏水时，宜逐滴加入混匀，以免稀释过度，得不到准确结果。

（3）酸化的时间不宜过短，必须符合规定；否则，血红蛋白不能充分转变成高铁血蛋白。

（4）比色应在自然光线下进行，避免在阴暗处或有色灯光下比色。应取比色管无刻度的一面进行比色。

【分析与思考】

（1）血红蛋白含量与红细胞数量有何关系？

（2）检查血红蛋白含量有何临床意义？

（董 榕 石丽娟）

实验6.38 红细胞渗透脆性的测定

【目的和原理】

通常将与血浆渗透压相等的溶液称为等渗溶液，0.9% NaCl溶液即为等渗溶液。红细胞在等渗溶液中其形态和容积可保持不变，而在低渗溶液中，则水分进入细胞使之膨胀甚至破裂溶解。正常情况下，红细胞对低渗有一定的抵御能力，如果红细胞抵御低渗溶液的能力下降被称为渗透脆性增高；反之，表示脆性低。开始出现溶血现象的低渗盐水溶液浓度，为该血液红细胞的最小抵抗力，即最大脆性值；出现完全溶血时的低渗盐水溶液的浓度，则为该红细胞的最大抵抗力，即最小脆性值。正常人红细胞最大脆性为0.40%～0.45% NaCl溶液，最小脆性为0.30%～0.35% NaCl溶液。本实验的目的是学习测定红细胞渗透脆性的方法，理解渗透压对维持细胞正常形态与功能的重要性。

【器材与药品】

试管架、8×25小试管10支、2ml注射器1个、8号针头、2ml吸管两支；1% NaCl溶液、蒸馏水。

【实验对象】

家兔或人。

【方法和步骤】

（1）制备各种浓度的低渗盐水溶液：取小试管10支，排列在试管架上，做好编号。按表6-1所示，向各试管内加入1% NaCl溶液和蒸馏水，并混匀。这样便制成不同浓度的低渗盐水溶液，从0.7%～0.25%共10种浓度，每管溶液均为2.0ml。（表6-1）

表6-1 低渗NaCl试剂的配制

试剂 \ 试管号	1	2	3	4	5	6	7	8	9	10
1% NaCl溶液（ml）	1.40	1.30	1.20	1.10	1.00	0.90	0.80	0.70	0.60	0.50
蒸馏水（ml）	0.60	0.70	0.80	0.90	1.00	1.10	1.20	1.30	1.40	1.50
NaCl溶液浓度（%）	0.70	0.65	0.60	0.55	0.50	0.45	0.40	0.35	0.30	0.25

（2）用干燥的 2ml 注射器，从家兔的耳缘静脉取血 1ml（如采人血则要按严格的无菌操作进行静脉采血）。向每试管内注入 1 滴血液，血滴的大小要尽量保持一致。将各试管中盐水溶液与血液充分混合，在室温下放置 1h，然后根据混合液的色调进行观察。所出现的现象可分为下列三种：

1）小试管内液体下层为混浊红色，上层为无色或极淡红的液体，说明红细胞没有溶解。

2）小试管内液体下层为混浊红色，而上层出现透明红色，表示部分红细胞破坏和溶解，称为不完全溶血，开始出现部分溶血的盐水溶液浓度，即为红细胞的最小抵抗力，也是红细胞的最大脆性。

3）小试管内液体完全变成透明红色，说明红细胞完全溶解，即完全溶血。引起红细胞完全溶解的最低盐水溶液浓度，即为红细胞的最大抵抗力，即红细胞的最小脆性。

（3）记录红细胞脆性范围，即开始溶血时的盐水溶液浓度与完全溶血时的盐水浓度。

【注意事项】

（1）注射器、针头、试管、吸管须清洁干燥。

（2）试管编号排列顺序切勿弄错。

（3）要求所吸 1% NaCl 溶液和蒸馏水的量要准确。

（4）静脉采血时速度要缓慢，滴加血液时要靠近液面，使血滴轻轻滴入溶液中，以免血滴冲击力太大，使红细胞破损而造成溶血的假象。

（5）加入血滴后，轻轻摇匀溶液，切勿剧烈振荡。

（6）应在光线明亮处观察结果，以日光灯管为背景，观察开始溶血管比自然光好。如对完全溶血有疑问，可用离心机离心后，取试管底部液体一滴，在显微镜下观察是否有红细胞存在。

【分析与思考】

（1）为什么红细胞会表现出渗透脆性？这一现象有何生理意义及临床价值？

（2）何谓红细胞的最小脆性和最大脆性？

（3）根据实验结果，写出实验小结。

（董　榕　石丽娟　魏义全）

实验 6.39　红细胞沉降率的测定

【目的和原理】

学习测定红细胞沉降率的方法。将加有抗凝剂的血液置于韦氏沉降管内，垂直放置，静置一小时后，观察红细胞下沉的 mm 数，称为红细胞沉降率（erythrocyte sedimentation rate，ESR）。它是以血浆层的高度来决定，血浆层越高，表示沉降率越快。红细胞的沉降率在某些疾病加快，这主要由于红细胞能较快地发生叠连，使其总外表面积与容积之比减小，因而与血浆的摩擦力减小，下沉加快。红细胞叠连的形成，主要取决于血浆性质的变化。ESR 的测定具有临床意义，有助于某些疾病的诊断。红细胞的沉降明显分成三个时期：形成缗钱状红细胞簇，迅速下沉及最后聚集。缗钱状是红细胞叠连成串，红细胞的形态未引起不正常。红细胞的大小和数目影响聚集期。红细胞沉降率的正常值，随测定方法而异。目前测定 ESR 的方法很多，本实验只介绍韦氏（Westergren）法，正常值：男 0～15mm/h、女 0～20mm/h。

【器材与药品】

韦氏沉降管、5ml 试管、试管架、血沉架、吸管、棉签、5ml 注射器、8 号注射针头；3.8% 枸橼酸钠溶液、75% 乙醇溶液、碘酒。

【实验对象】

人。

【方法和步骤】

（1）将 3.8% 枸橼酸钠溶液 0.4ml 加入到准备好的 5ml 的小试管中，然后用注射器从肘正中静脉抽取血液 2ml，准确地将 1.6ml 血液注入小试管内。随后颠倒试管 3～4 次，使血液与抗凝剂充分混匀，但需避免剧烈振荡，以免破坏红细胞。

（2）用韦氏沉降管吸取上层抗凝血液到刻度"0"处，不能有气泡混入。擦去尖端周围的血液，将血沉管垂直固定于血沉架上静置，并记录时间。

（3）1 小时末，观察沉降管内血浆层的高度，并记下 mm 数值，该值即为红细胞沉降率（mm/h）。

（4）小心取下沉降管，用水洗涤，并晾干。

（5）标明受试者姓名、性别、年龄及 ESR 值。

【注意事项】

（1）本实验血液与抗凝剂的容积比规定为 4:1，应用新配制的抗凝剂。

（2）自采血时起，本试验应在 2h 内完毕，否则会影响结果的准确性。

（3）小试管、注射器、针头、沉降管等实验用的器材应清洁、干燥。

（4）若红细胞上端成斜坡形或尖锋形时，应选择斜坡部分的中间位置计算。

（5）血沉的快、慢与温度有关。在一定范围内温度愈高，血沉愈快。故实验时室温以 18～25℃ 左右为宜。

【分析与思考】

（1）ESR 为什么可以保持相对稳定性？

（2）影响 ESR 的因素有哪些？

（石丽娟 董 榕）

实验 6.40 出血时间及凝血时间的测定

【目的和原理】

学习测定出血、凝血时间的方法。出血时间的测定能了解毛细血管及血小板功能是否正常；凝血时间测定可以了解血液凝固过程是否正常。出血时间是指从出血时起至血液在创口停止流出时止所需的时间。当毛细血管受损时，受伤血管立即引起收缩反应，从而使局部血流减慢，有利于血小板黏着并聚集于血管的损伤处，形成松软的止血栓，接着血小板释放出血管活性物质及 ADP，使局部小血管广泛而持久的收缩，局部迅速出现凝血块，有效堵住伤口，使出血停止。因此，出血时间可反映血小板和毛细血管的功能。凝血时间是指从血液流出体外时起至凝固时止所需的时间。凝血时间只反映血液本身的血凝过程的快慢，而与血小板数量及毛细血管的脆性关系较小。正常人出血时间约为 1～4min，出血时间延长常见于血小板数量减少或毛细血管功能受损的情况。正常人采用玻片法测定的凝血时间为 2～5min，凝血时间延长常见于凝血因子缺乏或减少的疾病。

【器材与药品】

消毒采血针、载玻片、滤纸条、秒表、酒精棉球、干棉球；75% 乙醇溶液。

【实验对象】

人。

【方法与步骤】

1. 出血时的测定

（1）用 75% 乙醇溶液将耳垂或无名指指尖皮肤消毒，待乙醇挥发皮肤自然晾干后，用消毒采血针迅速刺入皮肤约 2～3mm 深，让血液自然流出，勿用手挤压。自血液自然流出时起即开

始计时。

（2）从穿刺后开始每隔半分钟用滤纸吸去血滴一次（不要触及皮肤），直到血流停止。

（3）计数血滴可知出血时间。通常第一滴血血迹直径应在 1～2cm。此法正常值为 1～3min。

2. 凝血时的测定

（1）用 75% 乙醇溶液将耳垂或无名指指尖皮肤消毒，待乙醇挥发皮肤自然晾干后，用消毒采血针迅速刺入皮肤约 2～3mm 深，让血液自然流出，用干棉球轻轻擦去第一滴血，待血液重新自然流出，立即开始计时。

（2）以清洁干净的载玻片接取一大滴血液。2 min 后，每隔半分钟用采血针挑血一次，直至挑起纤维状的血丝为止，表示血液开始凝固，停止计时。

（3）此段时间即为凝血时间。正常值为 2～7min。

【注意事项】

（1）采血针和采血过程必须严格消毒，以防感染。

（2）采血针要做到一人一针，不能混用。

（3）采血针应锐利，让血自然流出，不可挤压。刺入深度要适宜，如果过深，组织受损过重，反而会使凝血时间缩短；如果过浅，血流量太少，切勿挤压，应从新刺针。

（4）测定凝血时间时，针尖挑血，应朝向一个方向横穿直挑，勿多方向挑动和挑动次数过多，以免破坏纤维蛋白网状结构，造成不凝血的假象。

【分析与思考】

（1）出血时间与凝血时间测定有什么临床意义？

（2）出血时间延长的患者凝血时间是否一定延长？为什么？

（石丽娟 董 榕）

实验 6.41 影响血液凝固的因素

【目的和原理】

通过测定不同条件下的血液凝固时间，了解血液凝固的一些影响因素。血液凝固是一种发生在血浆中由许多因子参与的复杂的生物化学连锁反应过程。其最终结果是血浆中的纤维蛋白原变成纤维蛋白，即血浆由流体状态变成冻胶状态。根据激发凝血反应的原因和凝血酶原复合物形成途径的不同，可将血液凝固分为内源性凝血系统和外源性凝血系统。内源性凝血系统是指参与凝血过程

的全部因子存在于血浆中,而外源性凝血系统指在组织因子的参与下的血凝过程,凝血时间较前者短。

本实验采用颈总动脉放血取血,血液几乎未与组织因子接触,其发生的凝血过程基本上可以看作是由血浆中凝血因子启动的内源性凝血。肺组织浸液含有丰富的组织因子,在血液中加入肺组织浸液时,可以观察外源性凝血系统的作用。

血液凝固过程受许多因素的影响,除凝血因子可直接参与血凝过程外,还受温度、接触面光滑度等的影响。

【器材与药品】

兔手术台、哺乳动物手术器械一套、动脉夹、秒表、动脉插管、20ml 注射器、试管 8 支、50ml 小烧杯 2 个、滴管、竹签(或小试管刷)1 支、冰块、棉花;液体石蜡、肝素、草酸钾、生理盐水、0.025mol/L CaCl₂ 溶液、20% 氨基甲酸乙酯溶液、肺组织浸液。

【实验对象】

家兔(本项实验由于常与人体血液系统的其他实验共同开设,故安排于此)。

【方法和步骤】

(1)麻醉和固定:用 20% 氨基甲酸乙酯溶液按 1g/kg 体重注入兔耳缘静脉,待动物麻醉后,仰卧固定在兔台上。

(2)手术:剪去颈前部兔毛,颈部正中切口,分离出一侧颈总动脉,头端用线结扎阻断血流,近心端用动脉夹夹闭动脉,在结扎线下方剪一斜形切口,向心方向插入动脉插管,予以结扎固定,备取血之用。

(3)观察纤维蛋白原在凝血过程中的作用:取动脉血 10ml 分别注入两小烧杯内,一杯静置,另一杯用竹签或小试管刷不断搅拌,2～3min 后,用水洗净竹签上的血,观察有无纤维蛋白产生,经过这样处理的血液是否再会发生凝固?

(4)将 8 支试管按下表准备好后,每管加入血液 2ml,即刻开始计时。每隔 15s,将试管倾斜一次,观察血液是否凝固,至血液成为凝胶状,试管倒立时血液不流出为止。记下所历全程时间,即为凝血时间。(表6-2)

表 6-2　内源性凝血与外源性凝血观察以及理化因素对血凝的影响

实验仪器	试管编号	实验条件		凝血时间
	1	对照管		
	2	粗糙面	放棉花少许	
	3		石蜡油润滑内表面	
10ml 试管,每管加血 2ml	4	温度	置于 37℃ 水浴槽中	
	5		置于盛有碎冰块的烧杯中	
	6	加肝素 8U(加血后摇匀)		
	7	加 1% 草酸钾溶液 2ml(加血后摇匀)		
	8	肺组织浸液 1ml(加血后摇匀)		

比较 2 管和 3 管,4 管和 5 管,1 管和 8 管的凝血时间,分析产生差别的原因。如果加入肝素及草酸钾管不出现血凝,两管各加 0.025mol/L CaCl₂ 溶液 2～3 滴,观察血液是否发生凝固?

【注意事项】

(1)记录凝血时间应力求准确。

(2)判断凝血的标准要力求一致。一般以倾斜试管达 45° 时,试管内血液不见流动为准。

(3)合理分工,对比实验的采血时间要紧接着进行。

(4)每支试管口径大小及采血量要相对一致,不可相差太大。

【附:肺组织浸液制备】

取新鲜家兔肺,剪成小块,洗净血液,磨成糊状。加入 3～4 倍量的生理盐水,摇匀。放冰箱中过夜,过滤后即可得肺组织浸液。保存冰箱备用。

【分析与思考】

将实验结果逐项填入表中,并解释每项结果产生的原因。

(钱　红　董　榕　魏义全)

实验6.42 ABO血型的鉴定

【目的和原理】

学习辨别血型的方法。观察红细胞凝集现象,掌握ABO血型鉴定的原理。通过实验认识血型鉴定在输血中的重要性。ABO血型以红细胞膜表面A、B抗原的有无及种类来分型,在ABO血型系统中还包括血浆中的抗体。当A抗原与A抗体相遇或B抗原与B抗体相遇时,将发生特异性红细胞凝集反应。因此,可用已知标准血清中的抗体(A型标准血清含B抗体,B型标准血清含A抗体),来测定受检者红细胞膜上未知的凝集原,根据是否发生红细胞凝集反应来确定血型。这种抗原和抗体是由遗传决定的。抗体存在于血清中,它与红细胞的不同抗原起反应,产生凝集,最后溶解,由于这种现象,临床上在输血前必须注意鉴定血型,以确保安全输血。

【器材与药品】

双凹玻片、消毒采血针、消毒牙签、消毒纸巾、玻璃蜡笔、抗A和抗B标准血清、75%乙醇溶液棉球、培养皿、托盘。

【实验对象】

人。

【方法与步骤】

(1)取干燥清洁双凹玻片一块,用玻璃蜡笔在两端分别标明A、B字样。

(2)在A端、B端凹面中央分别滴抗A标准血清和抗B标准血清各一滴。

(3)75%乙醇溶液棉球消毒采血部位(耳垂或左手无名指指尖),待乙醇挥发后,用采血针刺破皮肤,采血针弃入污物桶。

(4)捏住消毒牙签中部,用一端取血一滴放入玻片左侧,用另一端取血一滴放入玻片右侧,用牙签搅拌,使每侧抗血清和血液混合。牙签两端切勿混用。

(5)室温下放置1~2min后,用肉眼观察有无凝集现象,假如只是A侧发生凝集,则血型为A型;若只是B侧凝集,则为B型;若两边均凝集,则为AB型;若两边均未发生凝集,则为O型(图6-28)。

(6)清洗用过的玻片,弃掉用过的75%乙醇溶液棉球、采血针、牙签及消毒纸巾。

【注意事项】

(1)采血针和采血过程必须严格消毒,以防感染。

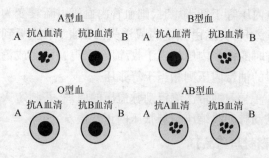

图6-28 血清鉴定示意图

(2)采血针要做到一人一针,不能混用。

(3)混匀用的竹签两端必须专用,且搅拌混匀后不可再取血用,两种标准血清绝对不能混淆。

(4)注意区别凝集现象与红细胞叠连现象。发生红细胞凝集时,肉眼观察呈红色颗粒,且液体变得清亮。未发生红细胞凝集时,肉眼观察呈云雾状且液体略混浊。

(5)取血不宜太少,一面影响实验结果。

【分析与思考】

(1)已知甲某的血型为A型(或B型),在无标准血清的情况下,能否测出乙某的血型?

(2)ABO血型系统中各种血型之间的输血关系是怎样的?

(3)假如一对父母的血型为A+B,那么其后代的血型可能是什么?并按示例写出其过程。

(4)根据自己的血型,说明你能接受和输血给何种血型的人,为什么?

(5)如何区别血液的凝集与凝固,其机制是否一样?

(石丽娟 董 榕)

实验6.43 人体动脉血压的测定

【目的和原理】

人体动脉血压测定的最常用方法是袖带法,测量部位通常为肱动脉。一般采用Korotkoff音听诊法。血液在血管内顺畅流动时通常是没有声音的,如果血流经过狭窄处形成涡流,则可发出声音。当缠缚于上臂的袖带内的压力超过收缩压时,完全阻断了肱动脉内的血流,从置于肱动脉远端的听诊器中听不到任何声音,也触不到桡动脉的脉搏,如慢慢降低袖带内压,当其压力低于肱动脉的收缩压而高于舒张压时,血液将陆续地流过受压迫的血管,形成涡流而发出声音,此时即可在肱动脉远端听到声音,亦可触到桡动脉搏。如果继续降压,以致袖带内压等于舒张压时,则血管内血流由断续变为连续,声音突然由强变弱或消失。因此,刚能听到声音时的袖带内压相当于收缩压;而声音突变或消失时的袖带内压则相当于舒张压。

学习袖带法测定动脉血压的原理,并测定人体肱动脉的收缩压与舒张压的正常值。

【器材与药品】

血压计、听诊器。

【实验对象】

人。

【方法和步骤】

1. 熟悉血压计结构　血压计由检压计、袖带和气球三部分组成。检压计是一个标有 mm(或 kPa)刻度的玻璃管,上端通大气,下端和水银储槽相通。袖带是一个外包布套的长方形橡皮囊,借橡皮管分别和检压计的水银储槽及气球相通。气球是一个带有螺丝帽的球状橡皮囊,供充气或放气之用。

2. 测量动脉血方法　(图 6-29)

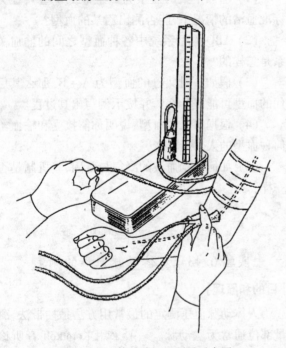

图 6-29　人体动脉血压测量示意图

(1) 让受试者脱去一臂衣袖,静坐桌旁 5min 以上。

(2) 旋松血压计上橡皮气球的螺丝帽,驱出袖带内的残余气体,然后将螺丝帽旋紧。

(3) 让受试者前臂平放于桌上,手掌向上,使上臂与心脏位置等高,将袖带缠在该上臂,袖带下缘至下位于肘关节上 2cm,松紧需适宜。

(4) 将听诊器两耳器塞入耳道,务必使耳器的弯曲方向,与外耳道一致。

(5) 在肘窝内侧先用手指触及肱动脉脉搏所在,将听诊器探头置于其上。

【观察项目】

1. 测量收缩压　用橡皮气球将空气打入袖带内,使血压表上银柱逐渐升到触不到桡动脉搏动为止,继续打气使水银柱再上升 2.67kPa(20mmHg),随即松开气球螺帽,徐徐放气,以降低袖带内压,在水银柱缓慢下降的同时仔细听诊,当突然出现"崩崩"样的第一声动脉音时,血压表示上所示水银柱刻度即代表收缩压。

2. 测量舒张压　使袖带继续缓慢放气,这时声音有一系列的变化,先由低而高,而后由高突然变低,最后则完全消失。在声音由强突然变弱这一瞬间,血压表上所示水银柱刻度即代表舒张压。血压记录常以收缩压/舒张压 kPa(mmHg)表示之。例如收缩压为 16kPa(120mmHg),舒张压为 10.1kPa(76mmHg)时,记为 16/10.1kPa(120/76mmHg)。

3. 触诊法　接触桡动脉脉搏来测定肱动脉的收缩压。操作与听诊法基本相同,所不同者系以手指先按触桡动脉脉搏,再用橡皮球打气使袖带充气,压迫肱动肪,直至桡动脉脉搏消失为止,再缓慢放气至开始出现脉搏时血压表上所示的刻度即代表收缩压。按触桡动脉脉搏测得的收缩压值比听诊法稍低,且此法仅能测出收缩压,不能测出舒张压。

【注意事项】

(1) 室内保持安静,以利听诊。

(2) 受测者必须静坐,上臂需与心脏处于同一水平。

(3) 袖带应平整地缠绕于上臂中部,松紧合适。

(4) 听诊器探头放在肱动脉搏动处,不可用力压迫动脉。

(5) 每次测量应在半分钟内完成,否则将影响实验结果且试者将有手臂麻木感。重复测定时压力必须降到零后休息片刻再打气。

(6) 发现血压超出正常范围时,应让被测者休息 10min 后复测。

【分析与思考】

(1) 如何判定收缩压和舒张压?

(2) 为什么不能在短期内反复多次测量血压?

(阎长栋)

实验6.44 人体心音听诊

【目的和原理】

学习心音听诊的方法,辨别第一心音与第二心音。每一心动周期中,心房和心室发生规律性的收缩和舒张,引起瓣膜的启闭和心脏射血以及血液充盈。心音主要是由心瓣膜关闭和心脏收缩、血液湍流引起的振动所发出的声音。用听诊器在胸壁前听诊,在每一心动周期内可以听到两个心音。第一心音音调较低(音频为25~40次/秒),而历时较长(0.12s),声音较响,是由房室瓣关闭和心室肌收缩振动所产生的。由于房室瓣的关闭与心室的收缩开始几乎同时发生,因此第一心音是心室收缩的标志,其响度和性质的变化常可反映心室肌收缩强弱和房室瓣的功能状态。第二心音音调较高(音频为50次/秒),而历时较短(0.08s),声音较清脆,主要是由于半月瓣关闭产生振动造成的。由于半月瓣关闭与心室舒张同时发生,因此,第二心音是心室舒张的标志,其响度常可反映动脉压的高低。

【器材与药品】

听诊器。

【实验对象】

人。

【方法和步骤】

1. 确定听诊部位

(1)受试者解开上衣,面向亮处坐好,检查者坐在其对面。

(2)认清心音听诊的各个部位。

注意:各瓣膜听诊部位与其解剖投影部位不尽相同,这是声音传导造成的变化。

2. 听心音

(1)检查者戴好听诊器,听诊器的耳端应与外耳道开口方向一致(斜向前方)。以右手的示指、拇指和中指轻持听诊器胸件紧贴于受试者胸部皮肤上,依次(二尖瓣听诊区→主动脉瓣听诊区→肺动脉瓣听诊区→三尖瓣听诊区)仔细听取心音。

(2)心音听诊内容包括

1)心率:正常成人心率为60~100次/分。

2)心律:正常成人心脏节律整齐。

3)心音:可听到第一心音与第二心音,根据两个心音在音调、响度、持续时间和时间间隔方面的差别,注意区分两心音。

(3)如难以区分两心音,可同时用手指触诊心尖搏动或颈动脉搏动,与此同时出现的心音即为第一心音。然后再从音调高低、历时长短鉴别两心音,直至准确识别为止。

【注意事项】

(1)实验室内必须保持安静,以利听诊。

(2)听诊器耳端应与外耳道方向一致,橡皮管不得交叉、扭结。橡皮管切勿与它物摩擦,以免发生摩擦音,影响听诊。

(3)如呼吸音影响听诊时,可令检查者屏气,以便听清心音。

(董 榕)

实验6.45 肺通气功能的测定

【目的和原理】

了解肺通气功能的测定方法与肺的正常通气量。肺的主要功能是进行气体交换,肺内气体与外界大气不断进行交换,吸入氧气、排出二氧化碳,以维持新陈代谢的正常进行。因此,肺通气功能测定可作为肺功能的衡量指标之一。

【实验对象】

人。

【器材与药品】

FJD-80型单筒肺量计、棉球、金属镊子、大烧杯、氧气、塑料盒、橡皮吹咀、鼻夹;75%乙醇溶液、钠石灰、墨水、0.1%高锰酸酸钾溶液。

【方法和步骤】

1. FJD-80型单筒肺量计(图6-30)**的使用方法**

(1)将仪器平置,支架插入支架座内,吊丝穿过两撑板空,经滑轮与浮筒顶螺丝拧好。

(2)调节"水平调节盘",使浮筒不与水筒内外筒接触,能自由升降。

(3)关紧"放溢出水开关"和"放水开关",向内外筒之间灌水,使水平面到达"水位表"的水线。

(4)安装好记录纸,装好钠石灰,接好螺纹管和三通管,描笔滴上墨水,整机接上电源。

(5)让三通管与大气相通,经"氧气接头"向浮筒内充气约6升,关闭"氧气接头"。

(6)在三通管上装上用75%乙醇溶液消毒的橡皮吹嘴,衔在被测者口中,用鼻夹夹住鼻子,用口呼吸。

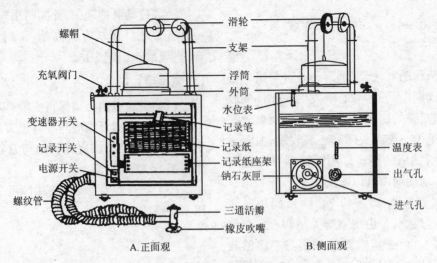

图 6-30　肺量计的构造示意图

（7）打开电源开关和记录开关，根据需要采取适当的记录速度，旋动三通管，使吹嘴与浮筒相通，被测者呼吸浮筒内氧气，即可描记呼吸曲线。

2. 潮气量，补吸气量，补呼气量和肺活量的测定

（1）以 0.83mm/s 的速度记录（走纸速度 1 格/30s）。

（2）被测者静坐，平静呼吸 3~4 次，描记出曲线的幅度即为潮气量（每一小格为 100ml）。

（3）在平静吸气之末，令被测者再尽力吸气，则此曲线的幅度即为补吸气量。

（4）在平静呼气之末，令被测者再尽力呼气，则此曲线的幅度即为补呼气量。

（5）令被测者尽最大力量吸气，然后尽最大力量呼气，则该呼气曲线幅度即为肺活量。

3. 用力呼气量（时间肺活量）的测定

（1）令受试者尽最大力量吸足气，并屏气数秒钟。

（2）迅速按动变速键，以 25m/s 速度记录（走纸速度 1 格/s），同时令受试者，以最快的速度呼气，直到不能再呼出为止。关上记录开关、去除鼻夹、取出橡皮吹嘴清洗后放入消毒液中。

（3）从记录纸上读出第一秒、第二秒和第三秒内所呼出的气量，并分别计算出它们占全部呼出气量的百分率。

【注意事项】

（1）每次测定前都应练习两次。

（2）测定时被测者不能看着描笔呼吸。

（3）钠石灰变为黄色即不宜使用。

【分析与思考】

什么叫肺活量和用力呼气量（时间肺活量）？其意义有何不同？

（阎长栋）

实验 6.46　视野测定

【目的和原理】

学习视野计的使用方法，测定正常人的无色视野与有色视野。视野是当一侧眼球固定注视正前方一点时所能看到的空间范围。测定视野使用视野计，所测的视野用视野图纸记录后即得视野图。测定视野可了解视网膜、视觉传导路和视觉中枢的机能。正常人的视野，鼻侧与上侧较窄小，颞侧与下侧较宽阔。有色视野较无色视野小。在同一光亮条件下，白色视野最大，其次是黄蓝色，再次为红色，绿色最小。

【器材与药品】

视野计、各色视标、视野图纸、铅笔。

【方法和步骤】

1. 熟悉视野计的构造　视野计的式样很多，常用的是弧形视野计（图 6-31）。这是一个半圆弧形金属板，安在支架上，可绕水平轴作 360° 的旋转，旋转的角度可从分度盘上读出。圆弧外面有刻度，表示由该点射向视网膜周边的光线与视轴所夹的角度，视野界限就是以此角度来表示。在圆弧内面中央装有一面小镜作为目标物，其对面的支架上附有托颌架与眼眶托。此外，还附有各色视标。

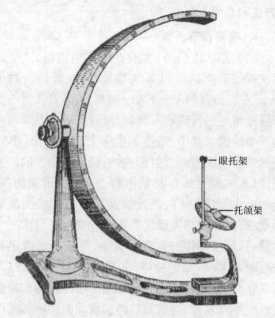

　　　　　　　——眼托架

　　　　　　　——托颌架

图 6-31　弧形视野计

2. 测定视野

（1）将视野计对着充足的光线放好,使受试者把下颌放在托颌架上,眼眶下缘靠在眼眶托上。调整托颌架的高度,使眼恰与弧架的中心点位于同一水平面上。先将弧架摆在水平位置,测试眼注视弧架的中心点,遮住另一眼。实验者首先选择白色视标,从周边向中央慢慢移动,随时询问受试者是否看见了视标。当受试者回答看见时,就将视标移回一些,然后再向前移动,重复试一次。待得出一致结果后,就将受试者刚能看到视标时的视标所在点标在视野图纸的相应经纬度上。用同样方法测出对侧刚能看见的视标点,亦标在视野图纸的相应经纬度上。

（2）将弧架转动 45°,重复上项操作。如此继续下去,共操作 4 次,得出 8 个点。将视野图纸上的 8 个点依次连接起来,就得出视野的范围。

（3）按照相同的操作方法,测出红、黄、绿各色视觉的视野,分别用红、黄、绿三色在视野图纸上标出。

（4）依同样方法,测定另一眼的视野。

（5）在视野图纸上记下测定所得的眼与注视点间距离和视标的直径。通常前者为 33cm,后者为 3mm。

（张日新）

实验 6.47　视敏度的测定

【目的和原理】

学习使用视力表测定视力的原理和方法。视敏度（视力）指眼辨别物体上微细结构的能力,测定视敏度可了解眼球屈光系统和视网膜的机能。视敏度是以眼能看清楚文字或图形所需的最小视角来表示的。一般规定,当视角为 1 分角时,能辨别两个可视点或看清细致形象的视力为正常视力。视力表就是根据视角的原理制定的。常用的“国际标准视力表”有 12 行。当我们在离视力表 5 米的距离上观看该表的第十行时,该行的“E”字上下两横线（相距 1.5mm）发出的光线在眼球恰好形成 1 分视角。因此,在离表 5 米处能辨认第十行即认为是正常视力,记为视力为 1.0。目前我国规定视力测定采用对数视力表,若采用对数视力表（5 分记录）记录该视力（1 分角）,应记为 5.0 其计算公式为:受试者视力 $= 5 - \log\alpha'$（视角）。

【器材与药品】

视力表、指示棒、遮眼板、米尺。

【方法和步骤】

（1）将视力表挂在光线充足而均匀的墙上,其高度与受试者头部平齐。

（2）受试者站在视力表前 5m 处,先用遮光板遮住左眼,主试者用指示棒从表的第一行开始,依次指向各行,让受试者说出各行符号缺口的方向,直到受试者完全不能辨认为止,此时即可从视力表上直接读出其视力值。

（3）用同样方法测定右眼视力。

（4）如受试者对最上一行符号（表上视力值0.1）,则需令受试者向前移动,直至能辨清最上一行为止。测量受试者与视力表的距离,再按下列公式推算出其视力:

$$受试者视力 = 0.1 \times \frac{受试者与视力表距离(m)}{5m}$$

【注意事项】

（1）受试者的距离应准确。

（2）视力表处的光线要符合要求。

（张日新）

实验 6.48　盲点的测定

【目的和原理】

学习测定盲点位置和范围的方法。视网膜的视神经乳头,由于没有感光细胞,故不能感光,称为生理盲点。某些视觉器官疾病,可在视野中检查出异常的病理性盲点。根据物体结象的规律,从盲点的投射区域,可以计算出盲点的所在位置和范围。

【器材与药品】

白纸、黑色小视标、笔、尺、遮眼板。

【方法和步骤】

1. 测定盲点投射区域 将白纸固定与墙上，与受试者头部等高。受试者立于纸前50cm处，在纸上与眼相平处划一"＋"字。受试者遮住一眼，受试眼始终注视"＋"字记号。检查者将小视标由"＋"字记号沿水平线慢慢地向外侧（受试眼的鼻侧视野）移动。当受试者刚刚看不到视标时，记下视标所在的位置；继续将目标物慢慢向外移动，当它刚又被看见时，再记下它的位置。由所记下的两个记号的中点起，沿着多个方向移动视标，找出并记下视标看不见和看见的交界点。将各点依次连接起来，形成一个大致呈圆形的圈，此圈所包括的区域，即称盲点投射区域。

2. 计算盲点的直径 根据相似三角形各对应边成正比的定理，根据盲点投射区直径可计算出视网膜上盲点的实际直径。

$$盲点直径 = 盲点投射区域直径$$

$$\times \frac{15（节点至视网膜的距离）}{500（节点至白纸的距离）}$$

（张日新）

实验6.49 视觉调节反射和瞳孔对光反射

【目的和原理】

观察视觉调节反射和瞳孔对光反射。

当人看近物时，可通过反射引起眼球发生视觉调节反射，使物体仍然能够清晰地成像在视网膜相称部位上。人的视觉调节是通过以下三方面来完成的，即晶状体变凸，增加眼折光系统的折光能力，使视网膜成像清晰（眼折光调节反射）；瞳孔缩小，减小球面像差与色像差，增强视觉的准确度（瞳孔近反射）和双眼球会聚，使视网膜成像相称（辐辏反射）。其中晶状体变凸是视近物时，视觉调节的主要因素。

随着照射到视网膜的光线强度的变化，反射性地引起瞳孔大小的变化，以控制射入眼内的光线量。当光线强时，瞳孔缩小；光线弱时，瞳孔扩大。这个反射，称为瞳孔对光反射。

【器材与药品】

蜡烛、火柴、手电筒。

【方法和步骤】

1. 视觉调节反射

（1）晶状体调节：实验在暗室里进行，让受试者注视眼前150cm以外的物体，再在受试者眼前30cm左右偏颞侧45°处放一烛光，检查者从另一侧以同样角度进行观察。此时，可看到受试者眼球内的三个烛像。其中，最亮的中等大小的正像（甲），是光线在角膜表面反射形成的；较暗的最大的一个正像（乙），是光线在晶状体前表面反射形成的；最小的一个倒像（丙），是光线在晶状体后表面反射形成的，后二像均需通过检查瞳孔观察。看清三个烛像后，记录各像的位置和大小，再让受试者迅速注视眼前15cm处的物体（如检查者的手指），这时可观察到甲像无变化，丙像变化不明显，而乙像变小且向甲像靠近，这是晶状体前表面曲度增加的结果。用这样的方法，可以间接观察到晶状体曲度的改变。

（2）瞳孔近反射和辐辏反射：令受试者注视正前方远处的物体，观察其瞳孔的大小。然后，将物体由远处迅速向受试者眼前移动（受试者的眼睛要紧紧盯住物体），在此过程中观察受试者瞳孔大小的变化和两眼瞳孔间距离的变化。

2. 瞳孔对光反射 在光线较暗处（或暗室里），用手电筒直接照射受试者的双眼，观察双眼瞳孔的变化。在鼻梁上用遮光板或用手隔离照射眼球的光线，再用手电筒照射一眼，观察另一眼瞳孔的变化。检查时，受试者两眼需直视远处，不可注视灯光。

（张日新）

实验6.50 人体听力检查和声音的 传导途径

【目的和原理】

学习听力检查法，比较空气传导和骨传导的听觉效果，了解听力检查在临床上的意义。声音由外界传入内耳可以通过气传导和骨传导两个途径完成。听觉感受器可以感受在一定距离的声音。从一方向传来的声音，两耳的感受随声音的强度和到达两耳的时相不同，从而可辨别音源的方向。学习听力检查法，比较空气传导和骨传导的听觉效果，了解听力检查在临床上的意义。

【器材与药品】

秒表、直尺、音叉、棉花、橡皮锤。

【方法和步骤】

（1）被试者闭目静坐，主持者手持音叉柄打击音叉臂的前 1/3 处，将震动之音叉先在被试者左侧、右侧及前面等方位给予声音刺激，请被试者判定音源的位置，然后再用棉花塞住一侧外耳道，重复进行试验，判断听力是否与前相同。

（2）以棉花塞紧左耳，取秒表置于受检耳 1m 远处，由远移近，反复测定刚能听见秒表声的距离，即为该耳的听距。

（3）韦伯试验（比较两耳的骨传导）：将已振动的音叉放在前额正中发际处，让被试者区别声响偏向何侧，如觉声响在中间，表明两耳骨传导听力相等。若不相同说明什么问题？

（4）任内试验（比较同耳的空气传导和骨传导）：将已振动之音叉柄置于颞骨乳突上，待听不到声音时立即将音叉移放于外耳道口 1cm 处，注意是否还能听到声音。反之，将振动音叉先置于外耳道口，待听不到声音后，再将音叉柄置于乳突上，被试者是否又听到声音？

（5）用棉花塞住被试者一侧外耳道，即在此侧重复任内试验结果如何？为什么？再重复韦伯试验，出现什么现象？为什么？

【分析与思考】

听力实验的结果如表 6-3，试分析之。

表 6-3 听力实验结果

	正常人	传导性耳聋	神经性耳聋
任内试验	气导＞骨导（阳性）	骨导＞气导（阴性）	均缩短，但气导＞骨导
韦伯试验	两耳相等	偏向患侧	偏向健侧

（阎长栋）

实验6.51 运动对心血管系统的影响

【目的和原理】

通过观察健康受试者心电图和手指脉搏在安静与运动后的差异，了解运动对心血管系统的影响及分析其机制。

心脏做功推动血液在心血管系统周而复始循环流动，输送氧气、营养物质等至各脏器、组织，并带走代谢废产物。各器官的血流量可以通过改变阻力血管的直径来调节，以适应不同内外环境下对氧和营养物质的不同需要。机体主要通过神经、体液调节以及局部因素对血管直径的调节，从而实现对各器官血流量的调节。

运动对人体器官、组织的血流分布有显著影响。运动时流往皮肤、胃肠道及泌尿系统等的血流会减少，而流往骨骼肌的血流量会增加，同时心率、心输出量也会增加。

【实验对象】

人。

【器材与药品】

心电图导联线、导电膏、95% 乙醇溶液棉球、手指脉搏换能器。

【方法和步骤】

（1）将手指脉搏换能器的 BNC 接头接于通道 2 并旋紧。

（2）将手指脉搏换能器以及尼龙黏托绑在中指尖端。

（3）将心电图导联线连接于生物放大器插座（图6-32）。

（4）三条导线一端分别接地线，负极和正极，另一端接上引导电极。

（5）引导电极依图 6-33 安装在受试者身上。其中连接正极的引导电极接在左手腕内侧，连接负极的引导电极接在右手腕内侧，连接地线的引导电极接在右脚踝内侧。

【观察项目】

1. 启动程序 用鼠标双击"设置文件：心电图和脉搏"，TChart 将启动，其中通道 1 显示的是脉搏图，通道 2 显示的是指尖脉搏的净血流，通道 3 显示的是心电图。

2. 静止状态下 ECG 和脉搏

（1）按［Start］钮开始记录大约 10s。

（2）按［Stop］钮停止记录。

（3）保存并测量静止状态下的 ECG 和脉搏。

3. 运动后的 ECG 和脉搏

（1）受试者将心电图导联线和手指脉搏换能器取下后，在跑步机上跑步，运动量要能明显提高心率。

（2）运动后立刻接回心电图导联线，受试者尽量保持放松及不动的姿势。

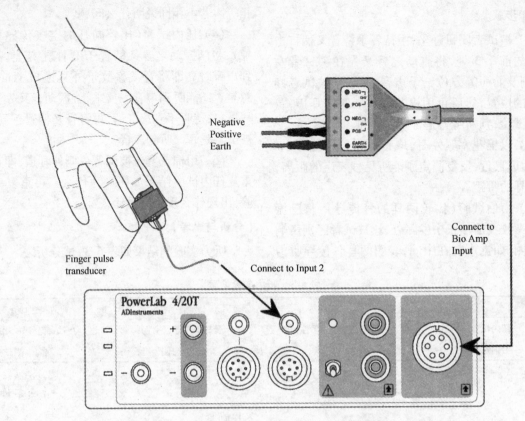

Negative
Positive
Earth

Finger pulse
transducer

Connect to Input 2

Connect to
Bio Amp
Input

PowerLab 4/20T
ADInstruments

图6-32　心电图导联线和手指脉搏换能器连接图

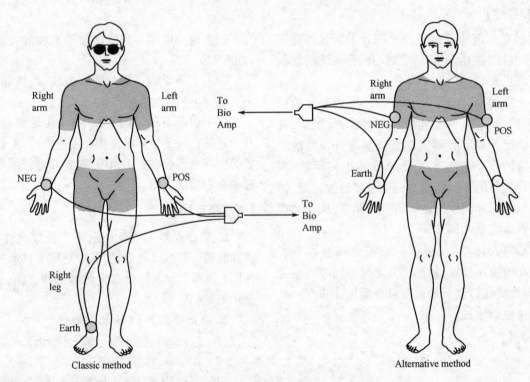

Right
arm

Left
arm

To
Bio
Amp

NEG

POS

To
Bio
Amp

Right
leg

Earth

Classic method

Right
arm

Left
arm

NEG

POS

Earth

Alternative method

图6-33　电极位置图

（3）按［Start］钮开始记录,直到心跳及呼吸速率恢复正常状态为止。记录完毕时,添加"运动后恢复"的注释。

（4）按［Stop］钮停止记录。

（5）保存并测量运动后 ECG 和脉搏,并比较静止状态和运动后的差异。

【实验结果】

（1）分别选取静止及运动后两种状态下一小段 ECG 波形,大约包含 2～3 个心动周期。

（2）开启放大视窗,其画面如图 6-33。

（3）使用标记钮和十字形游标测量以下各期的时间(图 6-34):

P—R 间期

QRS 间期

ST 段

T—P 间期

R—R 间期

用 R—R 间期推算心率。

（4）重复这样的测量,取得静止状态时、运动后 0s、30s、60s 的平均值,将结果填入表 6-4 中。

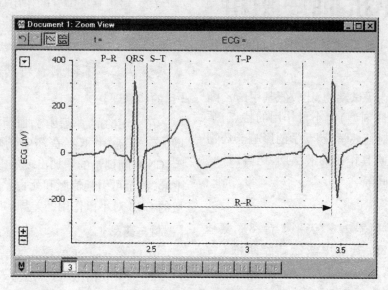

图 6-34　心电图各期区分图

表 6-4　心电图各期测量结果

数值	安静时 ECG	运动后 ECG		
		0s	30s	60s
P—R 间期				
QRS 间期				
ST 段				
T—P 间期				
R—R 间期				
心率				

【分析与思考】

（1）运动后 R—R 间期和心率有何改变? 并试分析其机制。

（2）刚运动后,脉搏的波幅较静止时有何变化? 为什么?

（3）在恢复过程中,脉搏的波幅有何变化? 为什么?

注意:有心血管疾病或呼吸系统疾病的人不适合当受试者。

第 7 章 药物的作用规律

第1节 药物作用的一般规律

实验7.1 不同剂型对药物作用的影响

【目的和原理】

该实验以小鼠为受试动物,比较氨基甲酸乙酯溶液剂、胶浆剂(不同剂型)对小鼠作用的特点,掌握药物的不同剂型对药效学、药动学的影响。药物的剂型不同主要影响其作用的潜伏期、达峰时间、作用强度及持续时间等。

【器材与药品】

小鼠笼、1ml 注射器 2 支、天平 1 台;8% 氨基甲酸乙酯水溶液、8% 氨基甲酸乙酯胶浆液(含2.5% 羧甲基纤维素)、苦味酸。

【实验对象】

小鼠,体重 18～22g。

【方法和步骤】

取体重接近、性别相同的小鼠 2 只,编号并称重。1 号鼠皮下注射 8% 氨基甲酸乙酯水溶液0.15ml/10g,2 号鼠皮下注射 8% 氨基甲酸乙酯胶浆液 0.15ml/10g,观察小鼠对所注射药物的反应,记录小鼠出现步态蹒跚、匍匐不动或卧倒、翻正反射消失等反应的时间,比较小鼠注射氨基甲酸乙酯不同剂型后对中枢抑制的程度、起效与持续时间的长短,填入表 7-1。

【实验结果】

表7-1 氨基甲酸乙酯不同剂型对小鼠作用的影响

组别	小鼠体重(g)	起效的时间(min)	翻正反射消失时间(min)	作用持续的时间(min)
水溶液组				
胶浆液组				

【注意事项】

提起小鼠尾巴,腹部向上放在台面上,小鼠立即翻正过来,称为翻正反射。

【分析与思考】

(1)试举例说明药物的不同剂型对药物作用的影响。

(2)羧甲基纤维素的作用是什么?

(仲伟珍 王春波)

实验7.2 不同剂量对药物作用的影响

【目的和原理】

在一定的剂量范围内,血药浓度随用药剂量的增加而升高,中枢兴奋药安钠咖(苯甲酸钠咖啡因,CNB)随剂量的增加出现焦虑烦躁、失眠、头痛、呕吐,甚至可引起惊厥和死亡。本实验观察不同剂量的 CNB 对小鼠作用的差异。

【器材与药品】

小鼠笼、1ml 注射器 3 支、天平 1 台;0.25%、1% 和 4% CNB 溶液,苦味酸。

【实验对象】

小鼠,体重 18～22g。

【方法和步骤】

小鼠三只,编号并称重。观察小鼠正常活动后,1、2、3 号小鼠分别腹腔注射 0.25%、1% 和 4%CNB 溶液 0.2ml/10g,观察并比较三只小鼠先后出现的中枢兴奋症状,如活动增加、呼吸急促、竖尾、震颤、惊厥及死亡等,并记录出现中枢兴奋的潜伏期。

【实验结果】

见表 7-2。

表7-2 不同剂量对药物作用的影响

鼠号	体重(g)	给药浓度(%)	中枢兴奋症状	中枢兴奋的潜伏期(min)
1 号				
2 号				
3 号				

【分析与思考】

(1)了解不同剂量对药物作用的影响,在临床用药中有何重要意义?

(2)CNB 的主要作用机制是什么?

(仲伟珍 王春波)

实验 7.3 不同给药途径对药物作用的影响

【目的和原理】

药物的给药途径不同,可影响药动学和药效学,使药物作用的快慢、强弱及效应维持时间等产生差异。本实验观察硫酸镁或戊巴比妥钠不同给药途径对药效学的影响。

【器材与药品】

小鼠笼、天平 1 台、1ml 注射器 2 支、灌胃针头 1 个;0.5% 戊巴比妥钠溶液、10% 硫酸镁镕液、苦味酸。

【实验对象】

小鼠,体重 18 ~ 22g,雌雄兼用。

A. 戊巴比妥钠不同给药途径对小鼠中枢镇静作用的影响

【方法和步骤】

取体重接近的小鼠 3 只,编号并称重。观察小鼠正常活动情况及翻正反射,然后用 0.5% 戊巴比妥钠溶液 0.1ml/10g,分别从不同途径(灌胃、皮下注射和腹腔注射)给药,观察小鼠反应,记录小鼠腹腔注射戊巴比妥钠的时间、翻正反射消失与恢复时间,计算睡眠潜伏期和睡眠持续时间,填入表 7-3。分析不同给药途径给戊巴比妥钠对小鼠中枢镇静作用的影响及机制。

【实验结果】

见表 7-3。

表 7-3 戊巴比妥钠不同给药途径对小鼠中枢镇静作用的影响

鼠号	给药途径	剂量(mg/kg)	睡眠潜伏期(min)	睡眠时间(min)
1 号				
2 号				
3 号				

【实验结果】

见表 7-5。

B. 硫酸镁不同给药途径对药物作用的影响(小鼠)

【方法和步骤】

将体重接近的小鼠 2 只,编号并称重,先观察动物的正常活动(呼吸、肌张力、粪便)。1 号小鼠腹腔注射 10% 硫酸镁溶液 0.3ml,2 号小鼠灌胃 10% 硫酸镁溶液 0.6ml。观察并比较两鼠有何不同现象发生? 填入表 7-4。

【实验结果】

表 7-4 硫酸镁不同给药途径对药物作用的影响

鼠号	给药途径	剂量(mg/只)	结果		
			呼吸	肌张力	粪便
1 号					
2 号					

C. 硫酸镁不同给药途径对药物作用的影响(家兔)

【器材与药品】

10ml 注射器 2 支、30ml 注射器 1 支、婴儿秤 1 台、导管、兔开口器、小烧杯、棉球;10% 硫酸镁溶液、2.5% 氯化钙溶液、苦味酸。

【实验对象】

家兔

【方法和步骤】

取家兔 2 只,标记,称重,观察其正常活动(呼吸、肌张力及大小便)。然后甲兔缓慢耳缘静脉注射硫酸镁 175mg/kg(1.75ml/kg),当出现肌肉松弛不能站立和呼吸抑制时,立即静脉注射氯化钙 50mg/kg(2ml/kg),观察肌张力和呼吸变化。乙兔灌胃硫酸镁 800mg/kg(8ml/kg),观察家兔有无上述反应,记录并比较两兔所出现的反应,分析给药途径不同对药物的作用有何影响,分析 Mg^{2+} 与 Ca^{2+} 的拮抗作用机制。

表 7-5 硫酸镁不同给药途径对药物作用的影响

兔号	体重(kg)	给药途径	剂量(mg/kg)	给药前		给药后		氯化钙解救结果
				肌张力	呼吸	肌张力	呼吸	
甲兔								
乙兔								

【注意事项】

(1)家兔耳缘静脉注射,要准确无误。

(2)缓慢耳缘静脉注射硫酸镁,否则中毒难以解救。

(3)为及时解救,宜备好氯化钙。

【分析与思考】

（1）分析静脉注射硫酸镁产生肌肉松弛、呼吸抑制的作用机制。

（2）口服硫酸镁的剂量较静脉注射硫酸镁的剂量大很多,为何没有产生静脉注射硫酸镁的药理作用?

（3）氯化钙为何能特异性的拮抗硫酸镁中毒?

（4）任何一种药物给药途径不同,药效学均有本质的区别吗?

（仲伟珍　王春波）

实验7.4　不同溶媒对药物作用的影响

【目的和原理】

观察药物在不同溶媒中作用的差异。

【器材与药品】

广口瓶3个、大头针及棉球若干;5%酚水溶液、5%酚醇溶液、5%酚油溶液。

【方法和步骤】

实验前观察测试者三个手指头(食指、中指、无名指)的皮肤颜色,并用大头针轻刺,试其感觉,然后将三手指分别插入5%酚水溶液、5%酚醇溶液和5%酚油溶液中,浸泡5min后,手指在溶液中有何异样感觉?取出手指后,用乙醇棉球将手指擦洗干净,观察皮肤颜色变化,再用大头针试其感觉有无变化?

【实验结果】

见表7-6。

表7-6　药物在不同溶媒中作用的差异

溶媒	手指感觉	皮肤颜色	痛觉
水			
醇			
油			

【分析与思考】

了解不同溶媒对苯酚作用的影响,在临床用药中有何意义?

（刘　磊）

实验7.5　溶液pH对药物吸收速率的影响

【目的和原理】

溶液pH可改变药物的解离度,从而影响药物的跨膜转运能力和药效。本实验通过观察不同pH的阿托品溶液滴眼后作用的快慢,了解溶液pH对弱碱(或弱酸)性药物穿透生物膜速率及药效的影响。

【器材与药品】

兔固定箱、瞳孔卡尺二支、1ml注射器。

缓冲液(pH=5及9):称取三羟甲基氨基甲烷(THAM)0.387g,以蒸馏水10ml溶解,分成等容积二份。一份加0.2mol/L HCl溶液1.23ml（A液）,另一份加0.2mol/L HCl溶液8.00ml（B液）,再各加蒸馏水至50ml。以pH计或pH试纸测试二种缓冲液的pH,必要时酌加HCl或NaOH溶液,使A液的pH为9.0,B液的pH为5.0。

1%硫酸阿托品溶液(pH=5及9):临用前称取硫酸阿托品100mg二份,分别以缓冲液A及缓冲液B 10ml溶解,即得pH为9.0和5.0的1%硫酸阿托品溶液。

【实验对象】

家兔。

【方法和步骤】

取家兔一只,置兔固定箱内固定,先观察两侧瞳孔大小(测量瞳孔直径),并测试对光反射是否存在。然后由两人协作同时拉开左右眼下眼睑,分别滴入pH为9.0和pH为5.0的1%硫酸阿托品溶液各3滴或0.2ml,让药液在结膜囊内保留2分钟后放手。立即观察两侧瞳孔大小的变化及对光反射,直至两侧瞳孔不再扩大,对光反射完全消失为止。比较两种阿托品溶液产生作用的快慢,并记录结果。

【注意事项】

（1）动物的瞳孔大小可因光照强度的不同而发生变化,比较瞳孔大小时需在同一光照强度下进行。

（2）测试对光反射的方法为:迅速以手电筒光照射兔眼,如瞳孔能随光照而缩小,即认为对光反射存在;如不能缩小,则认为对光反射消失。

（3）二种药液的作用差异在滴入后2~5min最为明显,应抓住这一时机进行比较。

（4）测量瞳孔时不能刺激角膜,否则会影响瞳孔大小。

【分析与思考】

已知弱碱性药物阿托品在25℃时的pK_a值为9.65,请根据Henderson-Hasselbalch公式$pK_a = pH + \log[解离]/[未解离]$,计算当溶液pH为5或9时以未解离形式存在于溶液中的阿托品分子占有百分率。

（李庆平）

实验7.6 磺胺嘧啶钠的血药浓度测定及药动学参数的计算

【目的和原理】

通过测定磺胺嘧啶钠的血药浓度绘出药-时曲线，掌握单剂量一次静脉给药后不同时间的血药浓度变化，学习常用药动学参数的计算方法。

为了制订最佳的给药方案，必须进行药动学参数的计算。首先将药物以单剂量（或多剂量）经某一给药途径投予受试者，然后定时采血，以适当方法测定血药浓度；其次，将血药浓度对数值作为纵坐标、时间作为横坐标作图，得到药-时曲线；最后，根据房室模型公式，计算该药物的各种药动学参数。

血液经三氯乙酸沉淀后去除蛋白质。在酸性条件下，上清液中的磺胺类药物可与亚硝酸钠发生重氮化反应，生成重氮化合物，该化合物在碱性条件下与显色剂麝香草酚作用，形成有颜色的偶氮化合物。用分光光度计比色，在525 nm波长下，其吸光度值与磺胺类药物浓度成正比。

标准曲线是直接用标准溶液制作的曲线，是用来描述被测物质的浓度（或含量）在分析仪器的响应值（本实验指吸光度值）之间定量关系的曲线。本实验标准曲线以不同浓度的磺胺嘧啶钠标准溶液为横坐标，以相应的吸光度值为纵坐标绘出。标准溶液配制的溶剂应与样品提取液一致，系列浓度之间为倍数关系，浓度点一般不少于5个，且涵盖待测样品中磺胺嘧啶钠的浓度。通过标准曲线，可方便快捷地从曲线上查出在相同检测条件下被测样品溶液吸光度值所对应的浓度。

【器材与药品】

10ml试管、离心管、注射器及针头、吸管、微量移液器、婴儿秤、兔盒、离心机、722型分光光度计；0.5%肝素溶液（用生理盐水配制）、蒸馏水、20%磺胺嘧啶钠溶液、0.01%磺胺嘧啶钠溶液、20%三氯乙酸溶液、0.5%亚硝酸钠溶液、0.5%麝香草酚溶液（用20%NaOH溶液新鲜配制）。

【实验对象】

家兔。

【方法和步骤】

（1）磺胺嘧啶钠标准曲线制作及回归方程的计算

取试管5支，按照表7-7步骤依次操作后，测定各管溶液的吸光度值。

表7-7 实验步骤表

步 骤	0号管(ml)	1号管(ml)	2号管(ml)	3号管(ml)	4号管(ml)	5号管(ml)
0.01%磺胺嘧啶钠溶液	0	0.05	0.10	0.15	0.20	0.25
蒸馏水	1.0	0.95	0.9	0.85	0.8	0.75
20%三氯乙酸溶液	0.50	0.50	0.50	0.50	0.50	0.50
混匀	混匀	混匀	混匀	混匀	混匀	混匀
0.5%亚硝酸钠溶液	0.5	0.5	0.5	0.5	0.5	0.5
0.5%麝香草酚溶液	1.0	1.0	1.0	1.0	1.0	1.0
X 磺胺嘧啶钠(μg)	0	10	20	30	40	50
Y 吸光度(525 nm)						

以吸光度值为纵坐标，磺胺嘧啶钠浓度为横坐标，直线回归法求直线方程：$Y = a + bX$ 即为标准曲线（具体方法参见实验7.7）。

（2）磺胺嘧啶钠血药浓度的测定

1）取家兔称重，盒式固定，耳缘静脉注射肝素（750U/kg），并取血0.3ml作为给药前的空白对照管。

2）耳缘静脉注射20%磺胺嘧啶钠溶液2ml/kg（400mg/kg），并立即记录给药时间，分别于给药后第5、10、15、30、60、90和120min，从对侧耳缘静脉取血0.3ml。

3）用微量移液器准确吸取各管血液0.1ml，分别加至盛有1.9ml蒸馏水的离心管内，然后加20%三氯乙酸溶液1.0ml，摇匀，2500r/min离心5min。准确吸取上清液1.5ml，加入0.5%亚硝酸钠溶液0.5ml，充分摇匀。再加入0.5%麝香草酚溶液1.0ml，摇匀。以给药前的空白管作对照，用分光光度计测定各管在波长525mm处的吸光度值。

4）将各管的吸光度值代入标准曲线的回归方程，计算出各管溶液的药物浓度 C。所得数值乘以10即为各时间点的血药浓度（μg/ml）。

【实验结果】

（1）将实验的结果填入表7-8，并计算血药浓度的相应对数值。

表7-8　实验结果记录表

时间(min)	$C(\mu g/ml)$	血药浓度($\mu g/ml$)
5		
10		
15		
30		
60		
90		
120		

（2）作图：以时间为横坐标，磺胺嘧啶钠血药浓度的对数值为纵坐标，在普通坐标纸上作图，观察血药浓度随时间改变的情况。

（3）计算药动学参数：应用残差法或CAPP软件（见实验7.7及实验7.8）计算出血浆半衰期（$t_{1/2}$）、表观分布容积（V_d）、药-时曲线下面积（AUC）、清除率（CL）等药动学参数。

【注意事项】

（1）掌握吸管和微量移液器的正确使用方法，取血及各种液体的量要准确。

（2）小心吸取上清液，勿吸入下层沉淀。

（3）试管加入三氯乙酸后应立即摇匀，否则易出现血凝块。

（4）每加一种试剂后必须立即摇匀，所加试剂的顺序不得颠倒。

【分析与思考】

（1）什么是药-时曲线？掌握药动学对于临床用药有何重要性？

（2）药动学参数主要包括哪些？有何意义？如何通过实验进行测定和计算？

（刘　磊）

实验7.7　氨茶碱的血药浓度测定及药动学研究

【目的和原理】

学习氨茶碱血药浓度的测定方法，了解氨茶碱在动物体内随时间变化的代谢规律，并掌握药动学参数的计算方法。

氨茶碱系茶碱和乙二胺缩合而成，在体液中可分离出茶碱。在酸性条件下，可用有机溶剂从血清中提出茶碱，并同时沉淀血清蛋白，再用碱液把茶碱从有机溶剂中提出。在λ_{274}和λ_{298}处测定碱性抽提液的吸光度（A），A_{298}为本底吸光度，A_{274}为茶碱和本底（溶剂、血清）的吸光度，则茶碱的吸光度为$\Delta A = A_{274} - A_{298}$。以吸光度值为纵坐标，茶碱浓度为横坐标得到标准曲线，可根据标准曲线进行吸光度值与药物浓度的换算。

氨茶碱经静脉进入血液，随血液循环进行组织分布，达到平衡后转入消除相。药-时曲线呈二房室动力学模型。

【器材与药品】

10ml试管、离心管、注射器及针头、吸管、微量移液器、婴儿秤、兔盒、离心机、752-C型紫外分光光度计、快速混匀器、数学坐标纸、半对数坐标纸各一张；氨茶碱标准液、0.1 mol/L HCl溶液、0.1 mol/L NaOH溶液、异丙醇：氯仿抽提液(5:95)。

【实验对象】

家兔。

【方法和步骤】

1. 茶碱标准曲线制作及数据处理　取试管5支，依次加入茶碱标准液20、40、60、80和100 μl，各加入0.1 mol/L NaOH溶液4ml，终浓度依次为0.5、1.0、1.5、2.0、2.5 $\mu g/ml$，测定各管溶液的A_{274}和A_{298}，并计算出ΔA，填入表7-9：

表7-9　实验数据记录表

试管号	1	2	3	4	5
$C(\mu g/ml)$	0.5	1.0	1.5	2.0	2.5
A_{274}					
A_{298}					
ΔA					

标准曲线的制作，可采用以下任一种方法：

（1）作图法：在半对数坐标纸上，以C为横坐标（X），ΔA为纵坐标（Y），描点，绘成直线，即为标准曲线，并用线性回归求出直线方程$Y = a + bX$。

（2）Excel软件法

1）打开Excel的一个工作表中，将茶碱浓度和相应吸光度值录入表格中，如$A1$到$E1$为茶碱浓度，$A2$到$E2$为吸光度值。

2）选取Excel表上任一格，点击菜单"插入"/"图表"，出现"图表指南"，选取"XY散点图"，进行下一步，"数据区域"选取茶碱浓度及吸光度相关数据，"系列产生在"选取行，然后点击完成。

3）右键点击图形中5个散点中任一点，出现对话框，选择"添加趋势线"选项。

4）在"趋势线"对话框中的曲线"类型"中选取"线性"曲线；在对话框的"选项"中选择"显示公式"和"显示 R 平方值"，然后点"确定"，XY 散点图形上就会自动加上你选定曲线的公式（经验公式）$Y = a + bX$ 和 R^2 值。

5）R（即相关系数）表示经验公式对原始数据拟合的程度，本实验要求 $R > 0.9$。

6）将下列待测样品的 ΔA 代入直线方程 $Y = a + bX$，即求得相应样品的茶碱浓度 C。

（3）CAPP 软件法

1）录入数据：运行 CAPP，点击"标准曲线"，出现"标准曲线数据录入"对话框，将相关数据填入相应表格中，包括横坐标、纵坐标名称，以及点的坐标（如：横坐标名称为"茶碱浓度"，纵坐标名称为"茶碱的吸收度"，点的坐标输入格式如点（2，3），则输入"2，3"然后按"回车键"输入下一个点的坐标，注意输入法一定要在英文状态下）。所有数据输完之后，点击"保存"按钮保存文件，也可以点击"打开"按钮打开已经保存的文件，需要输入新的数据点击"新建"。

2）处理数据：点击"标准曲线"界面中"拟合"按钮，即出现"直线回归"处理界面。在"点坐标的散点图"选取若干个绿色坐标点（鼠标左键选点，右键取消点），点击"直线回归"，得到所选点的直线回归的拟合曲线。所得直线的相关参数（包括斜率 k，截距 b，直线方程，相关系数 r）显示在相应表格中。在"数据"中输入相应的 x 或者 y，点击"求解"即可得到所要求的 y 或者 x。

r：即相关系数，表示经验公式对原始数据拟合的程度，本实验要求 r 的绝对值为 0.9～1。

2. 血药浓度测定方法　取体重 2.5～3kg 家兔一只，实验前用生理盐水 25ml/kg 灌胃。实验时将兔两耳耳缘静脉处兔毛摘除，用 75% 乙醇溶液涂擦后，一耳缘静脉注射氨茶碱 15mg/kg（2min 内注射完），另一耳缘静脉近根处用锐利刀片切割取血，分别在给氨茶碱后 5、10、20、30、60、120、180、300 和 420min 取血，每次取血 3ml，待血液凝固后分离出血清（全血置于室温 1 小时后 4℃ 过夜，1500r/min 离心 30min，吸取上层的血清）。各管均取血清 0.5ml 于 15ml 试管中，加 0.1 mol/L 盐酸溶液 0.2ml，抽提液 5ml，轻轻摇匀，2500r/min 离心 10min，吸取下层的氯仿溶液 4ml 置另一试管中，加入 0.1 mol/L NaOH 溶液 4ml，振摇混匀，2500r/min 离心 10min，吸取碱液（上层），以 0.1mol/L NaOH

溶液作参比，测定碱性提取液在 λ_{274} 和 λ_{298} 处的吸光度（A_{274} 和 A_{298}），计算 ΔA。然后可以在标准曲线上查得相应试管的茶碱浓度 C，$C \times 10$ 即为茶碱的血药浓度（μg/ml），也可以根据直线方程计算出茶碱的血药浓度。

【实验结果】

（1）将实验的结果填入表 7-10。

表 7-10　实验结果记录表

编号	t(min)	ΔA	C(μg/ml)	血药浓度(μg/ml)
1	5			
2	10			
3	20			
4	30			
5	60			
6	120			
7	180			
8	300			
9	420			

（2）作图：以时间为横坐标，氨茶碱血药浓度的对数值为纵坐标，在普通坐标纸上描点作图，得出血药浓度随时间改变的药-时曲线。

（3）计算药动学参数：应用残差法（见实验 7.8）或药动学 CAPP 软件计算出表观分布容积（V_d）、吸收半衰期（$t_{1/2\alpha}$）、消除半衰期（$t_{1/2e}$）、消除速率（CL）、曲线下面积（AUC）、中心室分布容积（V_1）、周围室分布容积（V_2）等药动学参数。CAPP 软件具体操作如下：

1）录入数据：运行 CAPP，点击"数据管理"，出现"实验数据录入"界面，将相关数据填入相应表格中（包括选择给药方式、剂量等，注意：软件中剂量的单位请依据血药浓度进行修订，本题血药浓度单位为微克，在输入剂量时需进行单位换算），给药时有延迟时间选择"有延迟时间"，没有则不选，并填写药动学或者药效学数据（格式如图 7-1 所示）和相关数据单位，点击"保存"按钮保存文件，也可以点击"打开"按钮打开已经保存的文件。点击"退出"按钮。

2）打开数据：点击第一行菜单栏"药动学模型识别与建立"。即出现"选择实验数据文件"对话框。点击"选择"按钮选取第一步保存的文件，点击确定。

3）处理数据：选取药物动力学模型"线性二室模型"，并选取数据点（左键选点，右键取消点）。（注意：程序运用残差法原理进行计算，需进行两次拟合）第一步：选取"消除相线性段有关数据"作回归分析（如图 7-1 所示选取后四个数据，黑颜色为已选择的点），点击"拟合"按钮，得到如图7-2所示；第二步：再选取分布相相应部分数据（如图7-3所示，黑颜色为已选择的点），点击"拟合"按钮得到药动学"时间-血药浓度"的拟合曲线，如图7-4所示。点击"查看参数"按钮，即可得到相关的药动学参数，点击"保存"按钮可保存数据。

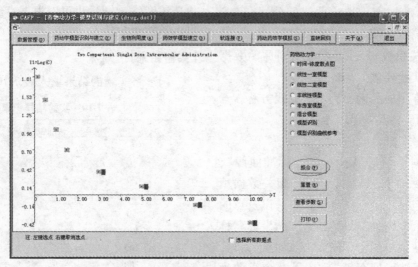

图7-1　选取"消除相线性段有关数据"

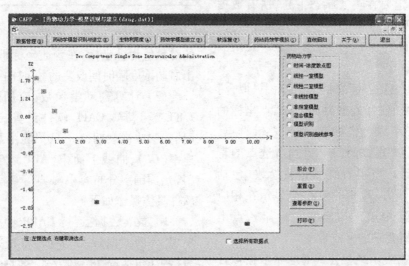

图7-2　"消除相线性段有关数据"回归分析结果

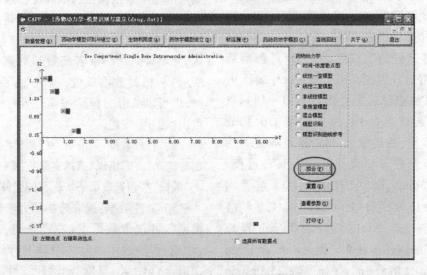

图7-3　选取分布相相应部分数据

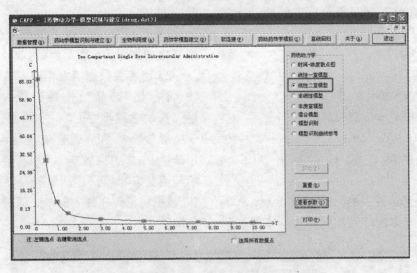

图7-4 药动学"时间-血药浓度"拟合曲线

【注意事项】

（1）不同时间点试管应标记清楚，避免混淆。

（2）每次使用比色皿时需洗净擦干，避免组间影响。

【分析与思考】

房室模型的含义是什么？

（刘　磊　李　珊）

实验7.8　药动学的计算机模拟及其参数计算

【目的和原理】

根据房室模型方程，通过计算机模拟药物体内过程的一般规律，学习和理解药动学的一般原理和参数计算方法。

【演示内容】

1. 单次静脉给药-室模型的时　量曲线及其参数计算

例：对一70kg的男性患者，静注2g的药物，测得不同时刻的血药浓度如下：

t(h)	1.0	2.0	3.0	4.0	5.0	6.0	8.0	10.0
血浓度(mg/ml)	0.28	0.24	0.21	0.18	0.16	0.14	0.10	0.08

运用 CAPP 软件求出相关药动学参数，具体操作过程参照如下：

（1）录入数据和打开数据参照7.7节实验2相关步骤。

（2）处理数据：选取药物动力学模型"线性一室模型"，并选取数据点（左键选点，右键取消点）本例全选。点击"拟合"，得到如图7-5所示：药动学"时间-血药浓度"的拟合曲线。

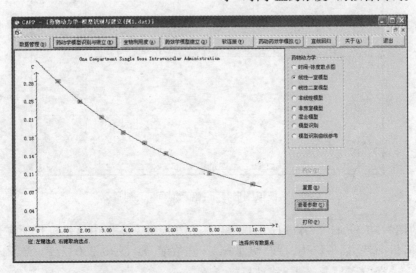

图7-5 药动学"时间-血药浓度"拟合曲线

点击"查看参数",即可得到相关的药动学参数如下,点击保存。

$K_e = 0.1405561/h$

$C_0 = 0.3197837 mg/ml$

半衰期 $t_{1/2} = 4.930414$

表观分布容积 $V_d = 6.254227L$

清除率 $CL = 0.8790669 L/h$

药物浓度-时间曲线下的面积 AUC = $2.275132 mg/ml \cdot h$

2. 连续多次静脉注射的时-量曲线

(1) 绘制连续多次静脉注射药物一室模型的时-量曲线

1) 运行 CAPP,点击菜单栏"药动药效学模拟",出现如图7-6所示界面。

2) 将相关数据填入相应表格中(包括输入"药物名称"如"药品",选择给药方式——"静脉注射",药动学模型——"一室模型",填写第一问例子所得参数 K_e 和表观分布容积 V_1,并选择药效作用部位——"中央效应室"和药效学"线形模型"。给药情况按"时间"、"剂量"输入后,点击"添加"按钮,数据将出现在列表框中。随后并填写模拟时间范围。

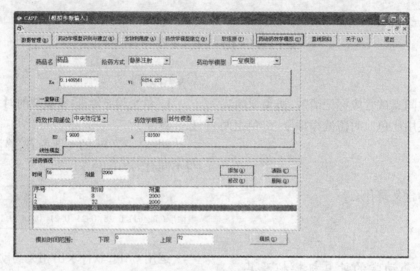

图 7-6 模拟参数输入

3) 点击"模拟",得到如图7-7所示模拟时-量曲线。

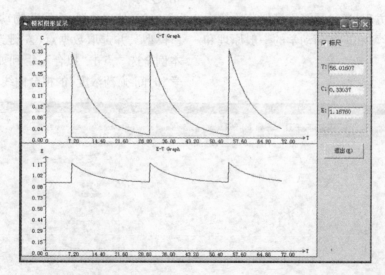

图 7-7 模拟图形显示:给药时间 qd,剂量 2g

4) 图7-7的图"C-T Graph"为每日 8:00 给药,剂量为2g的时量曲线,横坐标为时间,纵坐标为药物血药浓度。选择"标尺"复选框,移动鼠标,在相应的文本框中显示标尺所在位置的时间和血药浓度,如:$C = 0.33037$,$T = 56.01607$。

（2）不同药物剂量对上述曲线的影响

间隔5时（一个半衰期）给药，剂量为2g的时量曲线如图7-8A的图"C-T Graph"所示。间隔5时给药，剂量为1g的时量曲线如图7-8B的图"C-T Graph"所示。由图中可见给药间隔与给药剂量有一定的关系。当间隔1个半衰期给药一次，经4～6

个半衰期后可达C_{ss}（稳态浓度：在临床治疗中多数药物都是重复给药以期达到有效治疗浓度，并维持在一定水平，此时给药速率和消除速率达到平衡，其血药浓度称稳态浓度。）当改变每次剂量，不改变给药时间间隔，稳态浓度改变，达到稳态浓度的时间和波动幅度不变，波动范围改变，单位时间内给药总量不同。

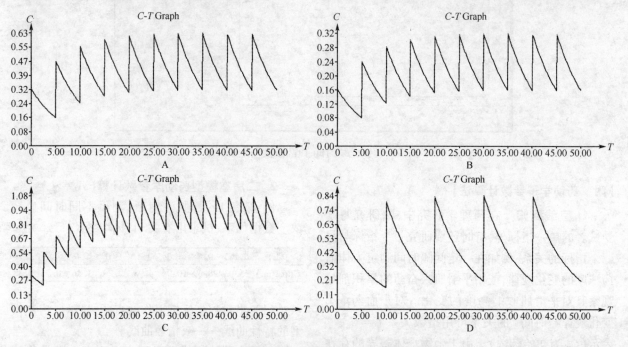

图7-8 不同药物剂量、给药间隔对上述曲线的影响

A. 间隔5时给药，剂量为2g的时量曲线；B. 间隔5时给药，剂量为1g的时量曲线；C. 间隔2.5时给药，剂量为2g的时量曲线；D. 间隔10时给药，剂量为4g的时量曲线

（3）不同给药间隔对上述曲线的影响

间隔2.5时给药，剂量为2g的时量曲线如图7-8C的图"C-T Graph"所示。与图7-8A相比，可得：当改变给药间隔，不改变每次剂量时，达到稳态浓度时间不变，波动幅度及稳态浓度改变，单位时间内给药总量不同。

（4）不同给药间隔及剂量对上述曲线的影响

间隔10时给药，剂量为4g的时量曲线如图

7-8D的图"C-T Graph"所示。与图7-8A相比，可得：如单位时间内给药总量无改变，当每次给药间隔和剂量都改变时，稳态浓度基本不变达到稳态浓度时间不变，波动幅度及波动范围改变。

3. 二室模型——运用 CAPP 软件演示

实例：静脉推注某药100mg，7小时内取样结果如下：

取样时间（h）	0.00	0.25	0.50	0.75	1.00	1.50	2.00	2.50	3.00	4.00	5.00	6.00	7.00
血浓度（μg/ml）	7.00	5.33	4.33	3.50	2.91	2.12	1.70	1.43	1.26	1.05	0.90	0.80	0.70

现用软件 CAPP 进行参数计算的过程参照实验7.7。

得到药动学"时间-血药浓度"的拟合曲线，如图7-9所示。点击"查看参数"按钮，即可得到相关的药动学参数。

计算结果：$K_e = 0.4217/h$

$K_{21} = 0.4536/h$

$K_{12} = 0.6919/h$

$C_0 = 0.3197837 \text{mg/ml}$

半衰期 $t_{1/2} = 4.930414$

表观分布容积 $V_d = 44L$

清除率 $CL = 5.844794$ L/h

药物浓度-时间曲线下的面积

$AUC = 17.1092 \text{mg/ml} \cdot h$

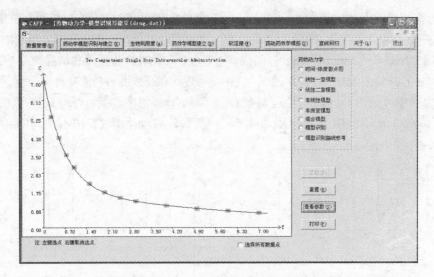

图 7-9　药动学"时间-血药浓度"拟合曲线

【附　药动学子参数计算法】

1. 直线回归　在药理学研究中,除研究每个受试者的单一指标外,有时还要研究一个指标与另一个指标的关系,例如在一定间隔时间测定人体血药浓度的变化规律,或用平滑肌兴奋药的累积剂量观察其对平滑肌收缩高度的变化。对于血药浓 C 变化规律与时间 t 的关系可用指数关系 $C = C_0 e^{-kt}$ 表示(C_0 为初始药浓)。由于生物个体差异的存在和许多随机因素的影响,如何在因变量有着随机性的条件下,用一最合适的时量关系来表示自变量关系,这就是曲线拟合的问题。曲线中最简单的是直线,因此试验者总希望把两指数间的关系用直线关系来处理,这就是曲线直线化的问题,即直线回归。

根据一系列选定的自变量 X 与对应的因变量 Y,用最适合的直线拟合,以便由一定的自变量来预估因变量的值,所求最合适的直线称为回归直线,所求直线的方法称为直线回归。

设自变量 X 与因变量 Y 的 n 对实验值为

X:	X_1	X_2	……	X_n
Y:	Y_1	Y_2	……	Y_n

我们把数据点 (X_1, Y_1), (X_2, Y_2), ……, (X_n, Y_n) 标在坐标纸上,如果数据点近似于一直线散布,于是可用一直线来表示 X 与 Y 的关系:

$$Y = a + bX$$

式中 b 为直线斜率,又称回归系数,是指 X 每增加一单位时,Y 所对应的增加量;a 为截距,是指 $X = 0$ 时 Y 在纵轴上的位置。式中 a 和 b 值可用统计学方法求得。

2. 二房室模型药动学参数计算(残差法)

例:某药 1g,静脉注射后,测得不同时间血药浓度数据如下,试求出有关动力学参数。

$t(h)$	0.165	0.5	1.0	1.5	3.0	5.0	7.5	10.0
$C(\mu g/ml)$	65.03	28.69	10.04	4.93	2.29	1.36	0.71	0.38

(1) 半对数坐标纸上作散点图,显示二房室模型的特性曲线——双指数曲线。

(2) 取消除相线性段列出方程有关数据作回归分析(手算)。

t	C	$\log C$	$t\log C$	t^2	$(\sum t)^2$
3.0	2.29	0.3598	1.0794	9.0	
5.0	1.36	0.1335	0.6675	25.0	
7.5	0.71	−0.1487	−1.1153	56.25	
10.0	0.38	−0.4202	−4.2020	100.00	
25.5		−0.0756	−3.5704	190.25	650.25

$$\log C = \log B - (\beta/2.303)t$$

$\log C = a + bt$,其中

$$b = \left[\sum t\log C - \left(\sum t\sum\log C\right)/n\right] / \left[\sum t^2 - \left(\sum t\right)^2/n\right]$$
$$= -0.1115$$

$$a = \left(\sum\log C - b\sum t\right)/n = 0.6919$$

则回归方程 $\log C = 0.6919 - 0.1115t$

(3) 外推值浓度计算

t	$\log C$	外推值 C
0.165	$\log C = 0.6919 - 0.1115 \times 0.165 = 0.6735$	4.715
0.500	$\log C = 0.6919 - 0.1115 \times 0.5 = 0.6362$	4.327
1.000	$\log C = 0.6919 - 0.1115 \times 1.0 = 0.5840$	3.805
1.500	$\log C = 0.6919 - 0.1115 \times 1.5 = 0.5246$	3.347

（4）剩余浓度计算

$t(h)$	$C(\mu g/ml)$	外推值 $C(\mu g/ml)$	剩余值 $Cr(\mu g/ml)$
0.165	65.03	4.72	60.31
0.5	28.69	4.32	24.36
1.0	10.04	3.81	6.23
1.5	4.93	3.35	1.58
3.0	2.29		
5.0	1.36		
7.5	0.71		
10.0	0.38		

（5）剩余浓度值作回归分析

$logCr = logA - (\alpha/2.303)t$

$logCr = a' + b't$

a' 和 b' 计算如上述得回归方程

$logCr = 1.9777 - 1.185t$

（6）求出参数 α、β、B 和 A

$-\beta/2.303 = b$

$-\beta/2.303 = -0.1115$

$\beta = 0.257h^{-1}$

$B = log^{-1} 0.6916 = 4.92 \ \mu g \cdot ml^{-1}$

$-a/2.303 = b'$

$-a/2.303 = -1.185$

$a = 2.729h^{-1}$

$A = log^{-1} 1.9777 = 94.99 \ \mu g \cdot ml^{-1}$

其他有关参数：

$K_{21} = (\beta A + aB)/(A + B) = 0.379h^{-1}$

$K_{10} = a \cdot \beta/K_{21} = 1.851h^{-1}$

$K_{12} = a + \beta - K_{21} - K_{10} = 0.756h^{-1}$

$T_{1/2a} = 0.693/a = 0.254h$

$T_{1/2\beta} = 0.693/\beta = 2.7h$

$V_1 = \chi_0/(A + B) = 10 \ L (\chi_0 = 体内药量)$

$Cl = V_1 \times K_{10} = 18.51 \ L \cdot h^{-1}$

$AUC = A/a + B/\beta = 53.95 \ \mu g \cdot h \cdot ml^{-1}$

$V_d = X_0/\beta(A/a + B/\beta) = 72.12 \ L$

（李 珊）

实验7.9 体外孵育的小鼠肝脏切片对戊巴比妥钠的代谢作用

【目的和原理】

肝组织内含有细胞色素 P450 混合功能氧化酶，是药物代谢的重要酶系。药酶活性的高低可影响其对药物代谢的速率，从而影响药效学。本实验将戊巴比妥钠分别与正常肝脏或损伤肝脏体外孵育不同时间，分析肝药酶活性和孵育时间长短对戊巴比妥钠镇静催眠药效的影响。

【器材与药品】

大剪刀、手术剪、无齿小镊、培养皿、试管（10ml）、离心管（10ml）、试管架、恒温水浴、离心机、天平、吸量管（10ml）、注射器（0.25ml）、玻璃棒；混合气体（95% 氧气和 5% 二氧化碳）、0.4% 戊巴比妥钠生理盐水溶液、1.8% 硫代乙酰胺（TAA）溶液、生理盐水。

【实验对象】

小鼠，20～24g；或大鼠，200～250g。

【方法和步骤】

（1）肝损伤模型制备：于实验前24小时1.8% TAA 溶液（1.8mg/kg，0.1ml/10g）腹腔注射，对照组给予等量生理盐水。

（2）取离心管及试管各5支，分别标记为A、B、C、D、E管。

（3）肝组织可取自大鼠或小鼠，方法分别如下：大鼠去头放血处死，置方盘内剖腹暴露肝脏，用镊子小心分离出肝脏，置于生理盐水中，用滤纸吸干水分，用手术剪分为数份，分别称重1g置于A、B离心管口剪碎。

或取小鼠用颈椎脱臼法处死、置方盘内剖腹暴露肝脏，用镊子小心分离出肝脏，置于生理盐水中，用滤纸吸干水分，去除胆囊，然后将肝脏置于培养皿中，分别称取 1g 置于A、B 离心管口剪碎。同法取 TAA 损伤肝脏小鼠，各取1g 置于C、D 离心管口剪碎。

（4）A、B、C、D、E 各管中准确加入 0.4% 戊巴比妥钠生理盐水溶液 5ml（每克肝组织加入 5ml），同时置于37℃恒温水浴中孵育。A、C 各 30 分钟，B、D、E 各 1 小时，培养期间每 10 分钟通入气体一次。

（5）将上述孵育液离心（3000r/min，5min），然后转移上清液于相应的 A'、B'、C'、D'、E'试管内。

（6）取小鼠 10 只，称重后均分为 A、B、C、D、E 五组，按 0.1ml/10g（40mg/kg）剂量分别腹腔注射相应 A'、B'、C'、D'、E'试管内的溶液。

【结果与处理】

（1）记录各鼠腹腔注射药物时间、翻正反射消失及恢复时间。

（2）计算戊巴比妥钠的催眠潜伏期及催眠持续时间，并比较正常/损坏肝组织孵育液对戊巴比妥钠催眠作用的影响，将结果填于表7-11 内。

表 7-11 实验结果记录表

组别	处理	给药时间(h:min)	翻正反射消失时间(h:min)	翻正反射恢复时间(h:min)	睡眠潜伏期(min)	睡眠持续时间(min)
A	正常肝孵育液 30′					
B	正常肝孵育液 60′					
C	TAA 损伤肝孵育液 30′					
D	TAA 损伤肝孵育液 60′					
E	对照(无肝孵育液)					

【注意事项】

(1) 肝组织分离操作应迅速,以免延误时间影响药酶活性。

(2) 肝组织孵育过程中应经常用玻璃棒搅动离心管中的内容物,以使肝组织与药物充分发挥作用。

(3) 通气时肝培养液内气泡需小而均匀,勿超过培养液的液面。

【分析与思考】

(1) 戊巴比妥钠经肝组织孵育后,对小鼠的睡眠发生什么影响?

(2) 正常与 TAA 损伤肝组织的孵育结果对睡眠的影响有何不同?为什么?

(3) 药物在肝内的转化有哪些类型?戊巴比妥属何种类型的转化?药物转化发生哪些后果?试举例说明之。

(4) 戊巴比妥在肝内代谢对药物相互作用有何影响?

(李庆平)

实验 7.10 肝药酶诱导剂和抑制剂对戊巴比妥钠作用的影响

【目的和原理】

观察肝药酶诱导剂和抑制剂对戊巴比妥钠催眠作用的影响,验证它们对肝药酶的诱导和抑制作用。

【器材与药品】

1ml 注射器、秒表、天平;生理盐水、0.75% 苯巴比妥钠溶液、0.5% 氯霉素溶液、0.4% 戊巴比妥钠溶液。

【实验对象】

小鼠。

【方法和步骤】

(1) 取体重相近小鼠 6 只,随机分为对照组、肝药酶诱导组和肝药酶抑制组,每组 2 只。

(2) 实验第 1、2 天,对照组、肝药酶诱导组和肝药酶抑制组小鼠分别给予腹腔注射生理盐水 0.1ml/10g、0.75% 苯巴比妥钠溶液 0.1ml/10g 和生理盐水 0.1ml/10g。

(3) 实验第 3 天,对照组、肝药酶诱导组和肝药酶抑制组小鼠分别给予腹腔注射生理盐水 0.1ml/10g、0.75% 苯巴比妥钠溶液 0.1ml/10g 和 0.5% 氯霉素溶液 0.1ml/10g。1h 后,三组小鼠分别给予腹腔注射 0.4% 戊巴比妥钠溶液 0.1ml/10g,记录各组小鼠腹腔注射戊巴比妥钠的时间、翻正反射消失及恢复时间,计算戊巴比妥钠催眠潜伏期和睡眠持续时间。根据结果说明苯巴比妥钠和氯霉素对戊巴比妥钠作用的影响。

【实验结果】

见表 7-12。

表 7-12 实验结果记录表

组 别	受试药物	睡眠潜伏期(min)	睡眠持续时间(min)
对照组	生理盐水		
肝药酶诱导组	苯巴比妥钠		
肝药酶抑制组	氯霉素		

【注意事项】

(1) 0.5% 氯霉素溶液配制:用干燥注射器吸取氯霉素注射液 (0.25g/2ml) 1ml,加入 24ml 蒸馏水中,充分混匀后即成。若稀释液有结晶析出,可在温热水浴中溶解后使用。亦可采用氯霉素琥珀酸粉针剂配制,每支 0.69g (相当于纯氯霉素 0.5g),加蒸馏水 100ml 溶解即成。

(2) 实验过程中,室温不低于 20℃,温度过低会减慢戊巴比妥钠代谢,使动物不易苏醒。

【分析与思考】

（1）根据实验结果,分析肝药酶有什么特点?

（2）试讨论肝药酶诱导和抑制剂与其他药物合用时,可能会产生的药物相互作用及临床用药时需注意的问题。

（刘　磊）

实验7.11　药物的安全性评价(半数致死量(LD_{50})和半数有效量(ED_{50}))的测定

【目的和原理】

了解药物半数致死量(LD_{50})和半数有效量(ED_{50})的概念、测定原理、方法、计算方法及意义。

LD_{50}是药物引起半数实验动物死亡的剂量,LD_{50}是衡量药物的急性毒性大小的重要指标,是评价药物优劣的重要参数,药物的LD_{50}越大表示药物毒性越小。ED_{50}是引起半数实验动物产生阳性效应的剂量,它是衡量药物效价强度的重要指标,药物的ED_{50}越小,效价强度越高。药物安全性评价中,常采用LD_{50}和ED_{50}来评价药物的毒性。LD_{50}与ED_{50}之比值(LD_{50}/ED_{50})称为治疗指数(TI),通常治疗指数大者药物的安全度就大,反之则小。

临床用药希望药物对病人能产生最高的疗效和最低的毒副反应。这就需要用可靠安全系数(CSF)来探讨。可靠安全系数指的是1%药物致死量与99%药物有效量的比值(LD_1/ED_{99})。若CSF大于1.0时表明药物的安全系数大,即在群体中对99%动物有效的剂量小于引起1%动物死亡的剂量。CSF小于1.0,说明药物的安全系数小,即达到对99%动物有效的药物剂量时已有少数动物出现死亡。

测定ED_{50}和LD_{50}的方法基本一致,只是所观察的指标不同,ED_{50}以药效为指标,LD_{50}以动物死亡为指标。常用的测定方法很多,有Bliss法(几率单位正规法)、Litchfield-Wilcoxon几率单位图解法、Kaerber面积法、Dixon-Mood法(序贯法)、孙氏改良Kaerber法(点斜法)等。

Bliss法最为严谨,结果最精密,称之为几率单位正规法。申报新药一般采用此方法,但步骤多,计算烦琐。

序贯法在计算LD_{50}时并不计算各组死亡率,而是从逻辑学判断,在序贯实验时动物分布应呈以LD_{50}为中心的常态分布。通过预试确定剂量分组,按等比数列安排剂量。本法优点是节省动物,缺点

是必须一只动物一只动物地实验,下一只动物用药剂量决定于上一只动物的反应情况,实验时间较长。本法只适用于起效快的药物。

孙氏改良的Kaerber法因其简捷精确性更为常用。其设计条件为:各组实验动物数相等,各组剂量呈等比数列,各组动物的反应率大致符合常态分布,X_m为最大反应率组剂量的对数,i为组间剂量比的对数,P为各组反应率,P_m为最高反应率,P_n为最低反应率,n为每组动物数,则:

$$LD_{50} = \log^{-1}[X_m - i(\sum P - 0.5) + i(1 - P_m - P_n)/4]$$

当含0%及100%反应率时,公式则变为:

$$LD_{50} = \log^{-1}[X_m - i(\sum P - 0.5)]$$

A. 改良Kaerber法计算硫喷妥钠LD_{50}

【器材与药品】

小鼠笼、1ml注射器6支、天平、硫喷妥钠溶液、函数计算器;苦味酸。

【实验对象】

小鼠,体重18～22g,雌雄各半。实验前禁食12小时,不禁水。

【方法和步骤】

1. 预实验　找出0%和100%的估计致死剂量(D_n,D_m),取小鼠若干,每4只为一组,按估计剂量给药,若出现全死时,下一组剂量降低,当出现3/4死亡时,则上一剂量为D_m,若降低一剂量出现2/4或1/4时,应考虑4/4死亡剂量组在正式实验时可能出现死亡率低于70%,为慎重起见可将4/4死亡剂量乘以1.4倍作为D_m。同法求出D_n。

2. 分组　以4～9组为宜,高低剂量比值(1:K)以1:0.75～0.8为宜,不宜超出0.6～0.9的范围。

3. 药液配制　用"低比稀释法"配药。

精确配制1.1%硫喷妥钠药液(0.5g硫喷妥钠溶解在45ml生理盐水中),从中吸出5ml为一号液,供第一组用药。配二号液,在余下40ml一号液中加生理盐水5ml,混匀后,吸出5ml为二号液。依此类推,配出了一系列比值1:0.8的硫喷妥钠药液1.1%、0.88%、0.704%、0.56%、0.45%、0.36%。

4. 正式实验　每个小组取小鼠8～10只,分为6组,称重标号,分别腹腔注射上述各个浓度的硫喷妥钠0.2ml/10g。给药后至少观察1个小时,记录动物的表现:如兴奋、惊厥、抑制、昏迷及呼吸或心跳停止、死亡情况等,综合全实验室结果记入下表。

实验时应记录的事项:实验日期、药物名称、规

格、批号、实验时的室温、动物性别、体重、给药方法、剂量,给药后出现症状的时间,死亡时间及症状、死亡率,并给予报告。测定 LD_{50} 时,通常给药后要观察 3~7 天。

【实验结果】

见表 7-13。

表 7-13　硫喷妥钠的 LD_{50} 统计表

分组	剂量 （mg/kg）	实验鼠数 （只）	死亡鼠数 （只）	死亡百分率(%)	P	P^2
1						
2						
3						
4						
5						
6						

计算公式:

$$\log LD_{50} = X_m - i(\sum p - 0.5)\ 或\ LD_{50} = \log^{-1}[X_m - i(\sum P - 0.5)]$$

标准误为:$S = i\sqrt{\dfrac{\sum P - \sum P^2}{n-1}}$

式中:X_m = 最大剂量组剂量的对数;

P = 各组死亡率(以小数表示);

i = 组间剂量比的对数;

n = 每组动物数。

LD_{50} 的 95% 可信限 = $\log^{-1}(\log LD_{50} \pm 1.96s)$

B. Bliss 法计算戊巴比妥钠 ED_{50} 和 LD_{50}

【器材与药品】

小鼠笼,1ml 注射器 6 支,天平,戊巴比妥钠溶液,带 Bliss 分析软件的电脑,苦味酸。

【方法和步骤】

(1) 小鼠随机分为 5 个剂量组,每组 10 只称重标记。

(2) 每组分别腹腔注射 49、39、31、25、20mg/kg 的戊巴比妥钠溶液 0.1ml/10g,以翻正反射消失为入睡指标,给药 15 分钟后,记录各组睡眠的个数。

(3) 将实验结果输入电脑。用 Bliss 法计算出 LD_{50}、LD_1、LD_5、ED_{50}、ED_{99}、ED_{95}。

(4) 计算治疗指数、安全范围、可靠安全系数。

【注意事项】

(1) 动物分组时,应严格按照随机方法进行。

(2) 给药剂量及药物浓度必须准确,以免影响结果。

(3) 药物现用现配,充分溶解、摇匀。

(4) 小鼠捉拿宜熟练掌握,避免被小鼠抓伤咬伤。

【分析与思考】

(1) 测定 ED_{50} 和 LD_{50} 的意义是什么? TI 评价药物的安全性有何不足之处?

(2) 为什么要选 LD_{50} 作为急性毒性评价的指标?

(3) 评价药物安全性的指标有哪些?

(4) 为什么要报告 LD_{50} 的可信限?

C. 药物急性毒性虚拟实验

【目的和原理】

学习药物急性毒性实验的测定方法(统计方法)及观察方法。培养学生科研设计能力,提高学生科研思维素质。掌握药物急性毒性虚拟实验软件操作。根据国家食品药品监督管理局规定:毒性实验是新药审评所必需的,急性毒性实验主要是探求药物的致死量,评估药物对人类的可能毒害。评价药物的毒性一般以整体动物为准,即以实验动物为研究对象,最终向药物毒害主体——人类推进,故学生在学习阶段学会 LD_{50} 的测定非常重要,但从动物保护和节约经费考虑,利用急性毒性虚拟实验软件学会 LD_{50} 的测定更显重要。

【仪器设备】

计算机,急性毒性虚拟实验软件。

【实验要求】

(1) 掌握药物急性毒性虚拟实验软件操作。

(2) 掌握急性毒性实验(小鼠半数致死量)方法及观察方法。

(3) 熟悉动物半数致死量的计算方法。

【方法和步骤】

(1) 首先进入急性毒性实验的主界面,进入实验虚拟实战,了解相关知识,如:实验目的原理,实验器械等。随后进入预实验:确定试剂、动物要求以及给药途径,根据给药剂量及每组动物给药后的死亡数找出 0% 和 100% 动物死亡的剂量。

(2) 正式实验:确定每组剂量及比例,分别给药,给药后观察各组动物的表现和死亡数及时间。

(3) 记录实验结果,计算 LD_{50}。并同时了解一些有毒药物的 LD_{50}。

(4) 本实验可重复操作,每位同学都可亲自操作。当同学学会虚拟操作后再进行动物实验,这样更有针对性,对原理能更好地理解。

（仲伟珍 王春波）

实验7.12 苯海拉明对组胺的竞争性拮抗作用及 pA_2 值的测定

【目的和原理】

利用离体豚鼠回肠制备,观察苯海拉明对组胺的竞争性拮抗作用,并了解 pA_2 值的测定方法及其意义。组胺作用于豚鼠回肠的 H_1 受体,引起肠平滑肌收缩。当加入 H_1 受体拮抗药苯海拉明后,若提高组胺浓度,仍能达到未加拮抗药前的收缩高度,则表示苯海拉明对组胺呈竞争性拮抗。pA_2 值是反映竞争性拮抗药作用强度的指标,其意义为:在竞争性拮抗药存在下,激动剂浓度需加倍才能达到原来浓度的效应,此时竞争性拮抗药摩尔浓度的负对数值即 pA_2,其值愈大,拮抗作用愈强。

【器材与药品】

离体器官恒温浴槽及微型电子计算机、剪刀、镊子、培养皿、注射器;2×10^{-7}、2×10^{-6}、2×10^{-5}、2×10^{-4}、2×10^{-3}、2×10^{-2} mol/L 磷酸组胺溶液（分子量 $= 307.1$）;2×10^{-8}、2×10^{-7}、2×10^{-6}、2×10^{-5}、2×10^{-4} mol/L 盐酸苯海拉明溶液（分子量 291.8）;台氏液。

【实验对象】

豚鼠。

【方法和步骤】

麦氏浴槽中加 20ml 台氏液,通氧,温度保持在 38 ± 0.5℃;取豚鼠回肠一小段,剪去肠系膜,用吸管吸取台氏液轻轻冲去肠腔内容物。然后用丝线将肠管两端对角结扎,一端系在标本钩上,放入麦氏浴槽,另一端与张力换能器相连,调节负荷张力峰值约为 1g。稳定 10 分钟后,描记一段基线,再按累加法加入待试药液。每加一种药液后,当肠管收缩达到顶点时,再加入下一种药液,直至肠管达最大收缩时为止。

（1）依次加入不同剂量的磷酸组胺,最初为 2×10^{-6} mol/L 组胺溶液 0.1ml,使浴槽内的浓度分别为 1×10^{-8},1×10^{-7},5×10^{-7},1×10^{-6},5×10^{-6},1×10^{-5},5×10^{-5},1×10^{-4},5×10^{-4} mol/L。实验中当肠管已达最大收缩时,放去浴槽中液体,用台氏液冲洗三次。使基线恢复到用药前水平,再进行下一组药物实验。

（2）加入 2×10^{-8} mol/L 盐酸苯海拉明溶液 0.1ml,使浴槽内浓度为 10^{-10} mol/L,然后按同法再分别加入不同浓度的磷酸组胺,记录当溶液中有 10^{-10} mol/L 的苯海拉明存在时,上述不同浓度组胺所致肠管收缩的高度。

（3）再测定浴槽中盐酸苯海拉明浓度分别为 10^{-9}、10^{-8}、10^{-7}、10^{-6} mol/L 时对磷酸组胺的对抗作用。

描记完毕,测量每次加入磷酸组胺后的收缩曲线高度,将加盐酸苯海拉明前磷酸组胺引起的肠段收缩极限高度作为 100%,计算不同浓度组胺（包括加入苯海拉明前后）引起的肠管收缩高度相当于极限高度的百分率。以磷酸组胺剂量（浓度）的对数值为横坐标,以收缩高度占极限高度的百分率为纵坐标,作剂量反应曲线图。

（4）计算盐酸苯海拉明对磷酸组胺竞争性拮抗作用的 pA_2（Schild 法）。

1）从剂量反应曲线上求出未加苯海拉明前组胺引起 50% 反应所需要的摩尔浓度,以 $[A_0]$ 表示。加入不同浓度苯海拉明后,组胺的剂量反应曲线右移。从曲线上求出苯海拉明存在时,组胺产生 50% 反应所需的摩尔浓度,以 $[A_B]$ 表示。

2）以 $\log(A_B/A_0 - 1)$ 为纵坐标,相应的苯海拉明摩尔浓度的负对数（$-\log[B]$）为横坐标,作图得一直线,此直线的方程式为:

$$pAx = -\log[B] + \log([A_B]/[A_0] - 1)$$

令 $[A_B]/[A_0] = X$,则 $pAx = -\log[B] + \log(X - 1)$,其中 $[B]$ 为拮抗药的摩尔浓度。

pAx 反映拮抗药的拮抗效能,表示在 $[B]$ 浓度的拮抗药存在时,激动剂需加大 X 倍浓度才能达到未加拮抗药时的效应。

pA_2 表示当某浓度拮抗药存在时,需将激动药的浓度加大一倍才能达到未加拮抗药时的效应,即当 $[A_B] = 2[A_0]$ 时,$\log(2[A_0]/[[A_0] - 1) = 0$,$pA_2 = -\log[B]$。

上式表示当 $\log(X - 1) = 0$ 时,$-\log[B]$ 轴的截距即为 pA_2 值。

例:用离体豚鼠回肠进行苯海拉明与组胺竞争性拮抗实验,所得实验结果如下,试计算 pA_2 值。

【计算步骤】

（1）以 $y = E/E_{max}$（各浓度效应与极限效应的比值）为纵坐标,激动药（磷酸组胺）的摩尔浓度的对数值为横坐标,作浓度反应曲线图（图 7-10A）。从曲线上算出 $y = 0.5$（即 50% 效应）时磷酸组胺的摩尔浓度,分别以[A₀]、[AB₁]、[AB₂]、[AB₃]来表示。

摩尔浓度为横坐标,作一直线图(图7-10B)。此直线通过横坐标的截距,即 log($X-1$) = 0 时,苯海拉明摩尔浓度的负对数值(log[B])即为 pA_2 值(表7-14)。

(2)分别算出 log($X-1$)值,即:log([AB₁]/[A₀]-1)、log([AB₂]/[A₀]-1)、log([AB₃]/[A₀]-1)值。

(3)以 log($X-1$)为纵坐标,拮抗药苯海拉明

表7-14 计算步骤操作表

盐酸苯海拉明浓度 磷酸组胺浓度(mol/L)	0（mol/L）		10^{-9}（mol/L）		10^{-8}（mol/L）		10^{-7}（mol/L）	
	E	(E/E_{max})	E	(E/E_{max})	E	(E/E_{max})	E	(E/E_{max})
2.5×10^{-7}	1.7	0.17						
5.0×10^{-7}	3.8	0.38	1.0	0.10				
1.0×10^{-6}	8.0	0.80	4.0	0.40	2.5	0.25		
5.0×10^{-6}	9.0	0.90	7.0	0.80	6.0	0.60	4.0	0.40
1.0×10^{-5}	10.0	1.0	9.0	0.90	8.0	0.80	6.5	0.65
5.0×10^{-5}			9.8	0.98	9.2	0.92	8.5	0.85
1.0×10^{-4}					10.0	1.00	9.5	0.95
5.0×10^{-4}							10.0	1.00

注:E 为磷酸组胺的效应,在本实验中即为回肠的收缩高度(cm),E_{max} 为未加苯海拉明时,磷酸组胺引起的最大效应。

本例由图可算出 [A₀] = 6×10^{-7} mol/L, [AB₁] = 2×10^{-6} mol/L, [AB₂] = 4×10^{-6} mol/L, [AB₃] = 7×10^{-6} mol/L,

log([AB₁]/[A₀]-1) = log($2 \times 10^{-6}/6 \times 10^{-7}-1$) = log(1/3×10-1) = log2.334 = 0.368

log([AB₂]/[A₀]-1) = log($4 \times 10^{-6}/6 \times 10^{-7}-1$) = log5.667 = 0.753

log([AB₃]/[A₀]-1) = log($7 \times 10^{-6}/6 \times 10^{-7}-1$) = log10.67 = 1.028

以上述各值为纵坐标,相应的 $-$log[B₁] = $-$log[10^{-9}] = 9.0, $-$log[B₂] = $-$log[10^{-8}] = 8.0, $-$log[B₃] = $-$log[10^{-7}] = 7.0 为横坐标,顺各点的分布趋势作直线。当 log($X-1$) = 0 时, $-$log[B] = 10.2,此即 pA_2 值。

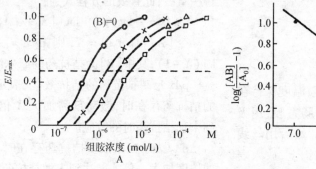
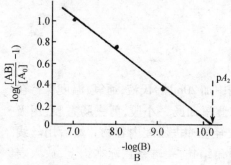

图7-10 苯海拉明对组胺的竞争性拮抗作用

(李庆平)

第2节 药物对各系统的作用

实验 7.13 烟碱的毒性作用

【目的和原理】

观察香烟毒物对小鼠的毒性作用。香烟中主要含有烟碱、焦油及苯并芘,其中烟碱可与中枢及传出神经系统中 N_N 和 N_M 受体结合而产生广泛的效应。过量的烟碱对机体具有明显的毒性作用。

【器材与药品】

自制水烟斗1个、洗耳球1个、注射器(1ml ×2)、250ml 烧杯2个、量筒1个、打火机1个;生理盐水、香烟。

【实验对象】

小鼠,♀ ♂ 兼用。

【方法和步骤】

量取生理盐水 5ml 倒入水烟斗中。将香烟插入烟斗点燃后,用洗耳球抽吸香烟并不断振荡水烟斗,使烟雾充分溶于生理盐水中。

取小鼠 4 只,称重、编号,分 2 组。将小鼠用烧杯罩上,观察其正常状态。实验组小鼠腹腔注射含烟碱生理盐水 0.4ml/10g,对照组小鼠腹腔注射等容量生理盐水,观察小鼠反应。将结果记录在表 7-15 中。

表 7-15　烟碱对小鼠的毒性作用

组　别	编号 (No)	含烟碱生理盐水 (ml)	生理盐水(ml)	小鼠反应
对照组				
实验组				

【注意事项】

(1) 小鼠烟碱中毒时可出现呼吸加快、竖尾、全身肌颤等表现。

(2) 烟碱对小鼠的最小致死量为 0.08mg/10g。

【分析与思考】

烟碱受体分哪几种? 主要分布于哪些部位? 兴奋时产生什么样的作用? 作用于这些受体的药物有哪些?

(汪红仪)

实验 7.14　有机磷酸酯类中毒及解救

【目的和原理】

观察有机磷酸酯类中毒的症状及阿托品和解磷定的解救作用,掌握有机磷酸酯类中毒药物解救的方法及原理,学习胆碱酯酶活力测定方法。

有机磷酸酯类通过与胆碱酯酶形成难逆性结合而抑制其活性,使乙酰胆碱在体内大量堆积,产生一系列中毒症状。胆碱受体阻断药阿托品能解除有机磷酸酯类中毒的 M 样症状,而解磷定可使胆碱酯酶复活,恢复其水解乙酰胆碱的能力。两药合用可提高解毒效果。

【器材与药品】

兔台秤、兔固定箱、250ml 烧杯 2 个、注射器(2ml、5ml、10ml)、试管、移液管、比色计、量瞳尺、滤纸、棉球;5% 美曲膦酯乙醇溶液溶液、0.2% 硫酸阿托品溶液、2.5% 磷酸碘解磷定溶液、1% 肝素溶液、pH 7.2 磷酸缓冲液、0.007 mol/L 乙酰胆碱

底物应用液、碱性羟胺溶液、10% 三氯化铁溶液。

【实验对象】

家兔,♀♂ 不限。

【方法和步骤】

(1) 取家兔 1 只,称重,观察其活动、呼吸、心跳、唾液分泌、大小便、瞳孔大小、肌张力及有无肌震颤情况后,分别记录下来并填入下表中。经耳缘静脉采血 0.3～0.5ml,置于经 1% 肝素溶液处理过的试管内,作为给药前血样。

(2) 将家兔置于固定箱中,经家兔耳缘静脉注射 5% 美曲膦酯溶液 2ml/kg。取出家兔,密切观察各项指标(一般在给药后 10～15min 出现症状,如无症状,可补加原量的 1/3 即 0.5ml/kg)并作详细记录。

(3) 待中毒症状明显时,按前法取血 0.3～0.5ml,为农药中毒血样。经耳缘静脉注射 0.2% 硫酸阿托品溶液 1ml/kg(1mg/kg),采取血样,并观察有哪些症状可被消除? 5min 后再从耳缘静脉注射 2.5% 磷酸碘解磷定溶液 2ml/kg(50mg/kg),观察症状是否全部消除? 并采取血样 0.3～0.5ml。将结果记入表 7-16 中。

表 7-16　家兔美曲膦酯中毒表现及药物的解毒作用

观察项目	给药前	美曲膦酯后	阿托品后	解磷定后
活动情况				
瞳孔直径(mm)				
呼吸频率(次/分)				
唾液分泌				
大小便				
肌张力				
心率(次/分)				
胆碱酯酶活力				

【注意事项】

(1) 静脉注射美曲膦酯后,应将阿托品溶液吸好,并做好随时注射的准备。

(2) 个别家兔静脉给解磷定后症状加重(药效慢),严重者可再给阿托品控制症状。

(3) 阿托品要快速注射,而解磷定要缓慢注射。

(4) 实验过程中如皮肤等接触到农药,应立即用自来水冲洗,不能用肥皂水冲洗。

【分析与思考】

(1) 有机磷酸酯类中毒的机制是什么? 可出

现哪些症状?

（2）有机磷酸酯类中毒时用何种药物解救？其解毒机制是什么？

【附　全血胆碱酯酶测定】

1. 目的和原理　血中胆碱酯酶能催化乙酰胆碱水解为乙酸和胆碱。在一定条件下（温度、pH、时间），乙酰胆碱水解的量和胆碱酯酶活力成正比。故在一定量的血液中加入一定量的乙酰胆碱，经过一定反应时间，测定剩余的乙酰胆碱量，即可算出水解乙酰胆碱的量，从而推算出胆碱酯酶的活力。

乙酰胆碱可与羟胺作用生成羟肟酸，后者在酸性条件下与 Fe^{3+} 形成红棕色络合物羟肟酸铁，通过比色测定即可算出乙酰胆碱的含量。

2. 器材与药品

（1）2.15 mol/L 磷酸氢二钠溶液（Na_2HPO_4）：称取 Na_2HPO_4 23.87g，用蒸馏水溶解并稀释至 500ml。

（2）2.15 mol/L 磷酸二氢钾溶液（KH_2PO_4）：称取 KH_2PO_4 9.08g，用蒸馏水溶解并稀释至 500ml。

（3）磷酸盐缓冲液（pH 7.2）：取 2.15 mol/L Na_2HPO_4 溶液 72ml 和 2.15 mol/L KH_2PO_4 溶液 28ml 混合即成。

（4）0.001 mol/L 乙酸缓冲液（pH 4.5）：先用每升含冰乙酸 5.78ml 的水溶液 28ml 和每升含乙酸钠（不含结晶水）8.2g 的水溶液 4.22ml 混合成为 0.1 mol/L pH 4.5 的乙酸盐缓冲液，再用蒸馏水稀释 100 倍。

（5）0.007 mol/L 乙酰胆碱底物用液：快速称取氯化乙酰胆碱 0.127g（或溴化乙酰胆碱 0.158g），溶于 0.001 mol/L（pH4.5）乙酸盐缓冲液 10ml 中，储于冰箱，临用时用 pH 7.2 磷盐缓冲液稀释 10 倍即成。

（6）碱性羟胺溶液：临用前 20 分钟取等量 14% NaOH 溶液和 14% 盐酸羟胺溶液混合即成。

（7）10% 三氯化铁（$FeCl_3$）溶液：称取 $FeCl_3$ 10g，用 0.1 mol/L 盐酸溶液溶解至 100ml。

3. 方法与步骤　取上述四次待测血液样本，测定方法按表 7-17 操作步骤进行，操作时每加一种试剂均需充分摇匀，并严格控制保温时间。

表 7-17　实验操作步骤

步骤	标准管（ml）	测定管（ml）	空白管（ml）
pH 7.2 磷酸盐缓冲液	1.0	1.0	1.0
血样	0.1	0.1	0.1
37℃水浴预热 3min			
碱性羟胺溶液		1.0	
37℃水浴保温 20min			
碱性羟胺溶液	4.0	4.0	4.0
乙酰胆碱底物应用液	1.0		
室温静置 2min			
33.3%（V/V）盐酸溶液	2.0	2.0	2.0
10% 三氯化铁溶液	2.0	2.0	2.0
乙酰胆碱底物应用液			1.0

混匀 2min 后，分别过滤，于 15min 内用分光光度计比色，波长 525 nm，以蒸馏水调零，读取各管光密度值。

（汪红仪）

实验 7.15　传出神经系统药物对家兔血压及肠平滑肌的作用

【目的和原理】

学习麻醉动物血压及肠平滑肌的记录方法，观察传出神经系统药物对家兔血压及肠平滑肌的作用，并根据血压和肠平滑肌张力的变化分析药物的作用机制。传出神经系统药物通过作用于心脏、血管平滑肌和肠平滑肌上相应的受体而产生效应，使血压和肠平滑肌张力发生相应变化，从而影响心血管系统和肠平滑肌的功能。

【器材与药品】

MD2000 或 MD2000 微机化实验教学系统、压力换能器 2 套、水囊橡皮套管 1 根、手术剪（直）1 把、眼科剪 1 把、眼科镊 2 把，大、小止血钳各 3 把，0.25ml、1ml、2ml、5ml、10ml 注射器，6 号针头、头皮针、动脉夹、纱布、手术缝线、兔台；生理盐水、20% 氨基甲酸乙酯溶液、100 U/ml 肝素溶液、0.01% 肾上腺素溶液、0.01% 去甲肾上腺素溶液、0.005% 异丙肾上腺素溶液、0.25% 酚妥拉明溶液、0.01% 毛果芸香碱（匹鲁卡品）溶液、0.25% 毒扁豆碱溶液、0.001% 和 0.005% 乙酰胆碱溶液、1% 阿托品溶液。

【实验对象】

家兔,♀♂不限。

【方法和步骤】

(1)用蒸馏水充盈2个压力换能器并排空气体。一个连接于已备好的动脉导管,另一个连接于水囊橡皮套管。

(2)取家兔1只,称重,用20%氨基甲酸乙酯溶液5ml/kg耳缘静脉缓慢注射麻醉。

(3)将麻醉后的家兔仰卧固定于手术台上,剪去颈腹部毛。于颈部正中纵向切开皮肤,用止血钳钝性分离出左侧颈总动脉。用头皮针从耳缘静脉注射肝素0.5~1ml后留针并固定以备给药。然后用线结扎左侧颈总动脉远心端,用动脉夹夹住近心端,在颈总动脉上用眼科剪朝向心方向做一V型切口,向心脏方向插入动脉导管(导管一端与压力换能器相连,换能器另一端与微机化实验教学系统相连,插管前先排除导管内气泡,系统调零),用线结扎固定,缓慢松开动脉夹,描记一段正常血压。

(4)腹部正中切口,找出小肠,作横形切口,插入橡皮导管水囊约6~8cm,在切口处结扎固定,然后充盈水囊(容量预先已测好)。用止血钳夹关闭腹腔,描记正常肠平滑肌张力。

(5)从耳缘静脉给药,观察下列药物对血压、肠平滑肌的作用。

1)0.01%肾上腺素溶液0.1ml/kg。

2)0.01%去甲肾上腺素溶液0.05ml/kg。

3)0.005%异丙肾上腺素溶液0.1ml/kg。

4)0.25%酚妥拉明溶液0.3ml/kg。

5)重复2)。

6)重复1)。

7)重复3)。

8)0.01%毛果芸香碱溶液0.15ml/kg。

9)0.001%乙酰胆碱溶液0.1ml/kg。

10)0.25%毒扁豆碱溶液0.15ml/kg。

11)0.005%乙酰胆碱溶液0.1ml/kg。

12)1%阿托品溶液0.15ml/kg。

13)0.005%乙酰胆碱溶液0.25ml/kg。

将实验结果自行设计成表格或复制曲线,二者均需标明各项指标的变化数值及所给药物的名称和剂量。

【注意事项】

(1)水囊不宜过大,容量约2ml。

(2)动脉导管用肝素生理盐水充盈。

(3)每次给药后,要注入适量生理盐水,以冲洗管内残留药物。

(4)待血压恢复到原水平或平稳后,再给下一药物。

【分析与思考】

(1)比较和分析三种拟肾上腺素药对血压影响,以及给予酚妥拉明后,三种药物作用的变化及其原理。

(2)哪些传出神经系统药物对肠平滑肌活动有明显影响?叙述其作用机制及临床意义。

(汪红仪)

实验7.16 拟胆碱药和抗胆碱药物对离体豚鼠回肠的作用

【目的和原理】

学习用离体豚鼠回肠实验方法,观察和分析拟胆碱药与抗胆碱药、组胺与抗组胺药的作用及其作用部位。

豚鼠回肠平滑肌分布有M胆碱受体及组胺受体。前者可为拟胆碱药兴奋,后者可为组胺药兴奋,两种兴奋药均可引起肠平滑肌收缩。用已知的M受体阻断剂阿托品和组胺受体阻断剂吡苄明作为工具,观察分析药物对肠平滑肌作用的原理。

本实验为最常用的离体研究方法。

【器材与药品】

手术剪、眼科剪、眼科镊、标本板、标本槽或培养皿、弹簧止血夹、2ml与10ml注射器、100ml烧杯、恒温灌流浴槽、25μl微量注射器、3L小氧气瓶、MD2000记录系统、肌力传感器、微调节器、超级恒温器、丝线。台氏液、0.1%乙酰胆碱溶液、1%组胺溶液、0.1%阿托品溶液、1%吡苄明溶液。

【实验对象】

豚鼠、雌雄不拘,体重250~350g。

【方法和步骤】

1. 豚鼠回肠标本制备 取禁食24h的豚鼠一只,击头致死,立即剖腹,在其左下腹找到盲肠,在离回盲瓣2~3cm处剪断肠管,取长约7~8cm的回肠一段,迅速放入盛有冷台氏液和培养皿巾,将肠系膜及脂肪组织分离掉,用镊子夹住肠缘,以2ml注射器(或吸管)吸取台氏液冲洗肠腔内食糜及残渣。然后将肠管剪成1.5~2cm长数段,放入盛有新鲜台氏液的培养皿中备用。

2. 操作步骤　取一段肠管,两端用丝线结扎,一端固定在标本板钩上,另一端与肌力传感器相接,置入盛有 10ml 台氏液(37℃)的恒温灌流浴槽中,通以 95% O_2 +5% CO_2 混合气体,调节通气量至气泡 1~2 个/s 为宜。调节微调节器,使静息张力为 1g,平衡 30~60min,其间更换台氏液 1~2 次,待稳定后,将肠平滑肌的运动信号经肌力传感器输至 MD2000 记录系统,记录一段正常运动曲线,开始给药,观察指标为收缩张力和幅度。

3. 给药顺序

(1) 加 0.1% 乙酰胆碱溶液 0.2ml,记录给药后肠平滑肌收缩幅度明显变化的曲线,然后用台氏液冲洗 2~3 次,待平滑肌张力恢复至基线后,再加下列药物。

(2) 0.1% 阿托品溶液 0.2ml。

(3) 0.1% 乙酰胆碱溶液 0.2ml。

(4) 1% 组胺溶液 0.2ml。

(5) 用台氏液冲洗 2~3 次,待张力恢复到基线后,再加下列药物。

(6) 1% 组胺溶液 0.2ml。

(7) 同(5)。

(8) 1% 吡苄明溶液 0.2ml。

(9) 1% 组胺溶液 0.2ml.

(10) 0.1% 乙酰胆碱溶液 0.2ml。

【实验结果】

将实验记录的曲线变化值列表,比较给药前、后豚鼠回肠平滑肌收缩幅度的变化情况,分析药物作用及其作用部位。

【注意事项】

(1) 制备肠段时,动作宜轻柔,勿用手捏。冲洗肠管不能用力过猛,以免使肠管过于肿胀,影响其功能。

(2) 悬挂肠段不宜在空气中暴露过久,以免影响其活性。

(3) 注意实验中机械性故障影响实验结果。

【分析与思考】

(1) 如何利用离体肠平滑肌实验,区别某药为拟胆碱还是抗胆碱药? 说明其理由?

(2) 从实验结果分析组织胺和吡苄明对豚鼠回肠平滑肌的作用及其作用机制?

(徐　立)

实验7.17　传出神经系统药物对家兔瞳孔的作用

【目的和原理】

观察拟胆碱药、抗胆碱药、拟肾上腺素药对家兔瞳孔的作用,分析其作用机制。

【器材与药品】

兔固定器、小剪刀、测瞳器、学生尺、手电筒、1ml 注射器;1% 阿托品溶液、1% 毛果芸香碱溶液、1% 去氧肾上腺素溶液、0.5% 毒扁豆碱溶液。

【实验对象】

家兔(无眼疾)

【方法和步骤】

取无眼疾家兔两只,在自然光下,分别测其左右两眼瞳孔的直径大小(mm),记录在表中。按下列顺序分别滴眼药水(各 2 滴):甲兔 左眼:1% 阿托品溶液;右眼:1% 毛果芸香碱溶液;乙兔 左眼:1% 去氧肾上腺素溶液;右眼:0.5% 毒扁豆碱溶液。甲兔和乙兔用药 15 分钟后,在同样强度的光线下,再测瞳孔大小。如果滴毛果芸香碱及毒扁豆碱的瞳孔明显缩小,再分别滴加阿托品和去氧肾上腺素各 2 滴;15 分钟后,再测瞳孔大小。

【实验结果】

见表7-18。

表7-18　药物对家兔瞳孔的影响

兔号	眼睛	药物	给药前瞳孔大小(mm)	给药后瞳孔大小(mm)
甲兔	左	1% 阿托品溶液		
	右	1% 毛果芸香碱溶液		
	右	1% 毛果芸香碱溶液后滴 1% 阿托品溶液		
乙兔	左	1% 去氧肾上腺素溶液		
	右	0.5% 毒扁豆碱溶液		
	右	0.5% 毒扁豆碱溶液后滴 1% 去氧肾上腺素溶液		

【注意事项】

(1) 要选择无眼疾家兔,测瞳时勿刺激角膜,否则会影响测瞳结果。

(2) 滴药时将下眼睑拉开,使成杯状,并用手指按住眼内眦,滴入药液 2 滴,使其在眼睑内保留 1 分钟后将手放开。

（3）动物瞳孔大小可因光照强度的不同而出现变化,故应在同一光照强度进行。测瞳条件要求一致,准确测量。

（4）观察对光反射时应快速以手电光照射,对光反射存在时,应随光照射而瞳孔缩小。

（5）泪液分泌影响家兔瞳孔对 pH 的变化,故需连续观察瞳孔的变化。

【分析与思考】

（1）讨论拟胆碱药、抗胆碱药、拟肾上腺素药对瞳孔的作用特点及机制。

（2）治疗青光眼的药物有哪些? 试分析其机制。

（仲伟珍 王春波）

实验7.18 巴比妥类药物抗惊厥作用

【目的和原理】

了解大剂量中枢兴奋药尼可刹米（或二甲弗林）的中毒表现——惊厥,观察巴比妥类药物的抗惊厥作用。

【器材与药品】

250ml 烧杯 3 个、铁丝笼 1 个、1ml 注射器 3 副、注射针头;1% 苯巴比妥钠溶液、0.5% 尼可刹米溶液（或 0.08% 二甲弗林溶液）、0.5% 戊巴比妥钠溶液。

【实验对象】

小鼠。

【方法和步骤】

取体重相近的小鼠 3 只,分别编号,1 号鼠腹腔注射 1% 苯巴比妥钠溶液 0.2ml/10g。15 分钟后,3 只鼠同时皮下注射 0.5% 尼可刹米溶液（或 0.08% 二甲弗林溶液）0.1ml/10g,待发生惊厥后,2 号鼠立即腹腔注射 0.5% 戊巴比妥钠溶液 0.1ml/10g,3 号鼠不再给药。观察 3 只鼠出现症状有何不同?

【注意事项】

急救用戊巴比妥钠必须预先吸好药备用,待惊厥发生时立即腹腔注射。

【分析与思考】

（1）尼可刹米过量易引起惊厥发生,为什么?

（2）苯巴比妥钠和戊巴比妥钠同属巴比妥类药物,为什么作用有快慢之分?

（张卫国）

实验7.19 氯丙嗪对小鼠激怒反应的影响

【目的和原理】

（1）学习电刺激使用方法。

（2）观察氯丙嗪的安定作用,联系其临床用途。

氯丙嗪通过阻断中脑-边缘系统通路和中脑-皮层通路的多巴胺受体,影响机体的精神情绪及行为活动,能在清醒状态下迅速控制兴奋、躁动症状。以弱电流或低电压刺激鼠足部,引起鼠间对峙、格斗和互咬等激怒反应。给予氯丙嗪后可抑制此类反应。

【器材与药品】

250ml 烧杯 2 个,铁丝笼 1 个,电生理刺激仪 1 台,电刺激板 1 个,铁支架 1 个,双凹夹、横杆各 1 个,1ml 注射器 2 副。0.1% 氯丙嗪溶液、生理盐水。

【实验对象】

雄性小鼠。

【方法和步骤】

选体重相近的雄性小鼠 4 只,分为甲、乙两组,每组 2 只。先观察小鼠正常活动情况,然后放在铁支架的横杆上观察其爬杆能力;接着甲、乙两组分别置于电刺激板上,用 250ml 烧杯罩住,将刺激电流由弱增强,测定引起小鼠格斗的激怒阈电压;将甲组小鼠腹腔 0.1% 盐酸氯丙嗪溶液 0.2ml/10g,乙组小鼠腹腔注射等容量生理盐水,20min 后,重复上述实验。

【注意事项】

（1）刺激电压应从小到大,过低不引起激怒,过高易致小鼠逃避,同组小鼠用药前后刺激电压应一致。

（2）每组小鼠体重不要相差太大。

【实验结果】

见表7-19。

表7-19 实验结果记录表

分组	药物	给药前		给药后	
		爬杆能力	激怒阈电压	爬杆能力	激怒阈电压
甲					
乙					

【分析与思考】

氯丙嗪的安定作用机制是什么? 与巴比妥类

药物的镇静作用有何区别?

（孙秀兰）

实验7.20 氯丙嗪对体温调节的影响

【目的和原理】

观察氯丙嗪对小鼠的降温作用并了解其作用特点。

【器材与药品】

口腔温度计、1ml 注射器、铁丝笼、冰箱。0.03% 氯丙嗪溶液、生理盐水、液体石蜡。

【实验对象】

小鼠。

【方法和步骤】

预先挑选体温在 36.5～37.5℃ 的小鼠 3 只。操作方法为将小鼠捉拿固定，然后将温度计甩到 35℃ 以下，末端涂少许液体石蜡，插入小鼠肛门（深度为 0.5cm，水银头端完全进入即可）。3 分钟后取出，记录体温读数。

将挑选好的小鼠分别称重、标号，观察其正常活动情况。1 号、2 号小鼠分别肌注 0.03% 氯丙嗪溶液 0.1ml/10g，3 号小鼠肌注生理盐水0.1ml/10g。给药后立即将 1 号、3 号小鼠放入冰箱（比室温低 10℃ 左右）达 30 分钟，比较给药前后各小鼠的体温变化。

【实验结果】

见表7-20。

表7-20 实验结果记录表

鼠号	药物	所处环境温度	给药前体温(℃)	给药后体温(℃)
1 号				
2 号				
3 号				

【分析与思考】

氯丙嗪的降温机制及特点是什么?

（孙秀兰）

实验7.21 镇痛药物实验

A. 热 板 法

【目的和原理】

观察镇痛药的镇痛作用，熟悉几种常用的镇痛实验方法。

【实验对象】

雌性小鼠。

【器材与药品】

恒温水浴器、秒表、注射器等；0.2% 盐酸吗啡溶液、0.4% 哌替啶溶液、3% 安乃近溶液、生理盐水。

【方法和步骤】

（1）准备工作：将恒温水浴器加水使水面触及铅皮小盒底部外侧（或 1000ml 烧杯），调节水浴温度恒定于（55±0.5）℃（必须准确）。小组进行分工：一人看表发令，一人拿鼠及观察，一人注意保持温度，一人担任记录。

（2）小鼠的选择及正常痛阈值的测定：当看表人发令时，立即将一雌性小鼠放置于水浴锅的铅皮小盒内，密切观察之。自小鼠放入铅皮小盒内开始到出现舔后足为止，此段时间作为该鼠的痛阈值。用此法选出反应在 30s 内的小鼠 4 只（凡在 30s 内不舔后足或逃避、跳跃者则不用），称重并编号，重复测定每只小鼠的正常痛阈值一次。将每只小鼠所测得之二次正常痛阈值平均后，作为给药前痛阈值。

（3）给药及给药后的痛阈测定：4 只鼠分别腹腔注射下列药物（每只给药时间相隔 3 分钟）

1）1 号鼠：0.2% 盐酸吗啡溶液 0.1ml/10g。

2）2 号鼠：0.4% 哌替啶溶液 0.1ml/10g。

3）3 号鼠：3% 安乃近溶液 0.1ml/10g。

4）4 号鼠：生理盐水 0.1ml/10g。

用药后第 15、30、60 和 90min 分别依次测定各鼠的痛阈（如 60s 内仍无反应，应把鼠取出作阴性记录，因时间太久会把脚烫坏）。

【注意事项】

（1）小鼠以雌性较好，因雄性小鼠遇热时睾丸易下垂，阴囊触及铅皮小盒底而致反应过敏。

（2）室温在 55℃ 左右为好，过低则小鼠反应迟钝，过高则敏感，易产生跳跃，不易得到正确的实验结果。

【实验结果】

见表7-21。

表7-21 实验结果记录表

鼠号	药物及剂量	用药前痛觉反应时间(s)			用药后痛觉反应时间(s)			
		第一次	第二次	平均	15min	30min	60min	90min
1								
2								
3								
4								

根据全实验室结果,按下列公式计算各药不同时间的痛阈提高百分率,并以痛阈提高百分率作纵坐标,时间作横坐标,画出曲线,以比较各药的镇痛程度、作用开始时间及维持时间。

痛阈提高百分率 =

$$\frac{用药后平均反应时间-用药前平均反应时间}{用药前平均反应时间}\times100\%$$

B. 扭 体 法

【器材与药品】

铁丝笼1个、250ml烧杯2个、1ml注射器2副、6号针头2个。0.3%吗啡溶液或0.5%哌替啶溶液、0.6%乙酸溶液、生理盐水。

【实验对象】

雌性小鼠。

【方法和步骤】

取小鼠4只,分甲、乙两组标号,各鼠用药前分别观察其步态、腰部及全身反应。然后均由腹腔注射0.6%乙酸溶液0.1ml/10g,记录出现扭体反应时间(扭体反应的表现为腹部收缩、躯体扭曲、后肢伸展及蠕行)。待扭体反应出现后,甲组动物腹腔注射0.3%吗啡溶液(或0.5%哌替啶溶液)0.1ml/10g,乙组动物腹腔注射等量生理盐水作对照,然后记录给药20分钟内各组小鼠出现扭体反应的次数。汇集全实验室的结果,评价两药的镇痛作用。

(钱东生)

实验7.22 抗高血压药物对动物血压的影响

【目的和原理】

学习抗高血压药的急性实验方法并观察药物对麻醉动物的降压作用。

【器材与药品】

手术器械1套、微机MD2000系统、测压装置1套,兔手术台,手术灯,磅秤,1ml、5ml和20ml注射器。20%氨基甲酸乙酯溶液,0.04mg/ml尼群地平注射液,0.006%可乐定注射液,去甲肾上腺素注射液,7%枸橼酸钠溶液,5%肝素溶液(用生理盐水配制),生理盐水。

【实验对象】

家兔或犬。

【方法和步骤】

取家兔1只,用20%氨基甲酸乙酯溶液5ml/kg静脉注射麻醉,背位固定于兔手术台。正中切开颈部皮肤,于气管两侧分离出左、右颈总动脉。在右颈总动脉下穿线,以备提起阻断血液测升压反射用。在左颈总动脉的远心端结扎,近心端夹上动脉夹以阻断血流,然后在靠近结扎线处用眼科剪刀剪一小口,朝心脏方向插入充满肝素的动脉插管,用线结扎固定(插管前应自耳缘静脉注射0.5%肝素溶液0.5~1ml)。打开动脉夹,使血液与抗凝剂充分混合。打开连接换能器的三通记录血压,待血压稳定后,在微机上描记一段正常血压曲线,然后按下列步骤操作:

(1)用线提起右侧颈总动脉,阻断血流15s,记录血压升高幅度。若升压作用不明显,2min后重复一次。

(2)静注0.01%去甲肾上腺素溶液0.05ml/kg(0.005mg/kg),记录升压幅度。

(3)静注0.004%尼群地平溶液0.5ml/kg(0.02mg/kg)。当降压作用明显时重复(1)与(2)两项,与给药前比较。

(4)静注0.006%可乐定溶液0.5ml/kg(0.03mg/kg),当降压作用明显时重复(1)与(2)项,与用可乐定前比较,有何不同,并注意可乐定对血压作用的特点。

【实验结果】

见表7-22。

表7-22 实验结果记录表

步骤	药物剂量 (mg/kg)	血压(mmHg)	
		给药前	给药后
(1)阻断颈总动脉血流			
(2)静注去甲肾上腺素			

续表

步骤	药物剂量（mg/kg）	血压（mmHg）	
		给药前	给药后
(3) 静注尼群地平			
(4) 重复(1)			
(5) 重复(2)			
(6) 静注可乐定			
(7) 重复(1)			
(8) 重复(2)			

【分析与思考】

比较以上药物对血压作用的差别，解释药物降压作用可能的机理。

（李庆平）

实验7.23　强心苷对在位兔心的作用

【目的和原理】

学习兔心衰模型的制作，观察治疗量和中毒量的强心苷对心衰的作用。

【器材与药品】

兔台、婴儿秤、人工呼吸器、电动双鼓、描笔、线团、气管插管、顾氏心动杠杆、万能滑车2根、描笔纤杆1根、双凹夹5个、铁支架2个、大小止血钳各4把、弯剪刀各1把、动脉夹1个、5ml和20ml注射器各1副。20%氨基甲酸乙酯溶液、10%巴比妥钠溶液、0.025%毒毛花苷K（毒K）溶液。

【实验对象】

家兔。

【方法和步骤】

取家兔一只，称重，用20%氨基甲酸乙酯溶液5ml/kg腹腔注射麻醉，麻醉后将动物仰卧固定于手术台上，剪去颈胸部毛，切开颈部皮肤，分离出气管，插入气管套管。沿正中线切开胸部皮肤至剑突，将二层肌肉分别逐层剥离。暴露肋骨后，在一侧第8肋剪一小孔（此时将气管插管连至人工呼吸器进行人工呼吸）由此沿肋骨向上剪至第3肋。对侧同样剪开。用两把止血钳夹住剑突下与横膈间的组织，从两把钳之间剪开，将胸骨上翻，迅速剪开心包膜。然后将心动描记杠杆穿线分别连于右心室肺动脉根部及左心室心尖处，固定角位于肺动脉根部，活动角位于心尖部，注意扎紧。调节心动描记杠杆，描记最大心活动振幅。记录一段曲线后，

每隔3~5分钟由耳缘静脉缓慢分次注入10%巴比妥钠溶液2~3ml伤害心脏，反复给药，直至出现心功能不全为止（即振幅缩小后不再恢复），立即缓慢静注0.025%毒K溶液3~5ml，可见心肌收缩振幅增大。继续给药观察收缩曲线，直到出现心脏中毒现象（颜色改变、颤动等）。

【实验结果】

见表7-23。

表7-23　实验结果记录表

步骤	心率（次/分）	振幅（cm）	心体积
给药前			
给巴比妥钠			
给毒K（治疗量）			
给毒K（中毒量）			

【分析与思考】

(1) 强心苷和肾上腺素都有增强心肌收缩力的作用，肾上腺素为什么不能用于治疗心衰？强心苷与肾上腺素比较，特点如何？

(2) 强心苷的治疗指数低，在使用强心苷前后应注意些什么问题？一旦有中毒症状出现，怎样进行处理？

（李庆平）

实验7.24　洋地黄中毒时的心电图变化

【目的和原理】

学习用心电图分析药物对心律的影响，观察洋地黄中毒时几种典型的心电图变化。

【器材与药品】

手术台、手术器械、静脉插管、铁架台、碱式滴定管、注射器、丝线、心电图机、针形记录电极。20%氨基甲酸乙酯溶液、0.1μmol/ml的洋地黄溶液（用生理盐水稀释）。

【实验对象】

猫或豚鼠。

【方法和步骤】

(1) 取猫或豚鼠1只（雌性动物应无孕），称重，用氨基甲酸乙酯1g/kg（20%氨基甲酸乙酯溶液5ml/kg）腹腔注射麻醉。背位固定于手术台上。切开一侧腹股沟皮肤，分离出股静脉，安插与滴定管相连的静脉插管，用线结扎固定，以备注入药液。

如用豚鼠,药液可由颈外静脉注入。

(2) 用标准Ⅱ导联,灵敏度1mV=10mm,纸速50mm/s,做描记心电图的准备。先描记一段正常心电图,然后按1ml/min左右的速度连续向股静脉内输入0.1 μmol/ml的洋地黄溶液,每隔2min记录心电图一次,直至心脏停搏。记录输入的洋地黄总量,计算使动物致死所需要的洋地黄量(μmol/kg)。

中小剂量的洋地黄制剂先引起心电图中T波压低或倒置、ST段压低,继而出现P—R间期延长(房室传导减慢)、Q—T间期缩短(心室不应期缩短)、P—P间距增大(心率变慢)等表现。大剂量引起P波与QRS波融合及室性早搏、三联律、二联律等种种异常波形,最后出现心室纤颤而使动物死亡。

【结果记录】

(1) 记录动物的种类、性别、体重和麻醉方法。

(2) 洋地黄制剂致死量。

(3) 从小量到大量静脉输入洋地黄制剂时所引起的各种心电图变化。

【注意事项】

本实验最好用猫进行,因猫对强心苷比较敏感,且心率较慢,心电图的波形容易辨认。豚鼠也可用。家兔对强心苷的敏感性较差,大鼠的敏感性是猫的1/100,不宜采用。

【分析与思考】

(1) 心电图检查对了解药物在心脏方面的药理和毒理作用有何价值?

(2) 给病人用强心苷类药物进行治疗时为何有时需做心电图检查?

【附　心电图的观察】

1. 正常心电图　见第6章图6-21。

2. 心率的测量　有以下两种方法(均按走纸速度25mm/s计算,如走纸速度为50mm/s,所得结果应乘以2)。

(1) 数30大格(一格为0.2s)中的R波或P波的数目,乘10即为心率(次/min)。

(2) 测定两个P波或两个R波间的时间t(s),代入下式:

$$心率(次/min)=60/t$$

(李庆平)

实验7.25　强心苷和高钾对兔心的毒性作用及利多卡因的抗心律失常作用

【目的和原理】

观察过量去乙酰毛花苷C(西地兰)致心律失常和利多卡因抗心律失常的作用;观察高钾血症对心律的影响。

【器材与药品】

微型电子计算机、针形电极3根、兔绑绳1副、5ml注射器1副、2ml注射器2副、5号针头3支;20%氨基甲酸乙酯溶液、0.02%毛花苷C溶液、5%氯化钾溶液、0.25%利多卡因溶液。

【实验对象】

家兔。

【方法和步骤】

(1) 取家兔1只,称重,腹腔注射氨基甲酸乙酯5ml/kg麻醉后,背位固定于兔手术台上,连接好针形电极和微机导联线。耳缘静脉注射0.02%毛花苷C溶液5ml/kg,于5~10s内注射完毕。用微机观察并记录给药后30s和1、3、5、7、9、10分钟时的心电图变化。

(2) 待心律失常出现明显时,即可缓慢静脉注射0.25%利多卡因溶液1~1.5ml/kg,同时观察并记录心电图变化。

(3) 待兔心电图恢复正常后,静脉注射5%氯化钾溶液1ml/kg,观察并记录心电图变化。待出现明显心律失常时,再次缓慢静脉注射0.25%利多卡因溶液1~1.5ml/kg,同时观察并记录心电图变化。

【注意事项】

(1) 毛花苷C所致心律失常按程度及出现的先后次序为室性期前收缩、室性心动过速、室颤、心脏停搏,利多卡因的应用指征为频发室性期前收缩或室性心动过速。

(2) 利多卡因宜缓慢静注,以免引起利多卡因毒性反应。

【分析与思考】

(1) 强心苷和高钾血症主要引起哪些类型的心律失常? 各自的心电图特征是什么?

(2) 利多卡因属哪一类抗心律失常药,主要用于对抗何种心律失常? 作用机制是什么?

(李庆平)

实验7.26　维拉帕米对大鼠血流动力学的影响

【目的和原理】

观察维拉帕米对麻醉大鼠心率、血压和心肌收缩性能等的影响,分析其血流动力学特点。

【器材与药品】

微电脑 MD-2000 系统、手术器械 1 套、大鼠手术台、5ml、1ml 注射器;20% 氨基甲酸乙酯溶液、1% 肝素溶液、生理盐水、0.25% 维拉帕米注射液。

【实验对象】

大鼠。

【方法和步骤】

用微机 MD2000 系统对大鼠左心室内压、左室内压变化速率及血压进行实时自动测量,实验结果打印输出。

取健康大鼠一只,体重约300g。用 20% 氨基甲酸乙酯溶液(5ml/kg)腹腔注射麻醉,背位固定于手术台上。在一侧股部内侧,用手指摸到股动脉搏动处,与动脉血管平行切开皮肤。向下分离,即可见股动脉和股静脉(前者是红色,时可见搏动)。分离股动脉,并穿两根丝线。结扎远心端,近心端用动脉夹夹住,然后在靠近结扎处剪一小口,向心方向插入与换能器相连的充满适量抗凝剂肝素的塑料插管,丝线结扎固定。做颈部正中切口,于气管旁分离出右颈动脉,在其远心端用丝线结扎,近心端用动脉夹夹住,向心方向插入与换能器相连的充满抗凝剂的塑料管至左心室,用丝线结扎固定。

打开动脉夹,用检测系统同步测取股动脉血压、左室内压和左室内压变化速率,并推算其他血流动力学参数。待稳定 10 ~ 20 分钟后,测定各项参数正常值,然后自股静脉缓缓注射 0.25% 维拉帕米溶液 0.04ml/100g (1mg/kg)。分别测定给药后1、2、3、5、10、15 和 20 分钟时的各项参数值,比较给药前后各项参数的变化,分析其血流动力学特点。

血流动力学参数及测定原理

(1) 心率(HR)。

(2) 动脉血压(BP):包括收缩压(SBP)、舒张压(DBP)和平均动脉压(MBP)。

(3) 左室内压(LVP)。

(4) 左室内压变化速率(dP/dt):将 LVP 电信号经微分处理而得。

(5) 心肌收缩性能指标

1) 左室内压最大上升速率(dP/d$t_{\max}$)。

2) 等容收缩期心肌收缩成分最大缩短速率(V_{pm})。

3) 零负荷时心肌收缩成分最大缩短速率($V_{\max}$)。

在心脏等容收缩期,心肌收缩表现为等长收缩,故室壁张力的变化速率反映了心肌收缩成分的缩短速率。但在完整心脏直接测定室壁张力比较困难,而且等容收缩期左室内压变化速率(dP/dt)在一定程度上可反映室壁张力变化速率,因此可用等容收缩期 dP/dt 作为间接反映心肌收缩成分缩短速率即心肌收缩性能的指标。dP/d$t_{\max}$ 一般在等容收缩期末,主动脉瓣即将开放前达到,在 dP/dt 曲线上相当于从零点至峰顶的数值,是较为常用的评定收缩性的指标,但受负荷状态影响较大。

据推导,等容收缩过程中,心肌收缩成分缩短速率(V_{ce})与左室压有下列关系:

$$V_{\mathrm{ce}}(\mathrm{s}^{-1}) = \mathrm{d}p/(\mathrm{d}t \cdot P)$$

式中 dP/dt 为左室内压变化速率,P 为左室内压。

直接从 LVP 和 dP/dt 曲线上分别测定等容收缩期若干瞬间的 LVP 和 dp/dt 值,依上式计算得到数个 V_{ce} 值,将 V_{ce} 对应左室内压绘制压力-速度曲线(图 7-11)。V_{pm} 为曲线上实测的 V_{ce} 峰值,即生理范围内所能达到的最大缩短速率。沿曲线外推至纵轴(即左室压为零)上,即可读出 $V_{\max}$ 值,即零负荷条件下所能达到的最大缩短速率,为一理论推导值。V_{pm} 和 $V_{\max}$ 是反映心肌收缩性能更为直接的指标,对前、后负荷的依赖性较小。

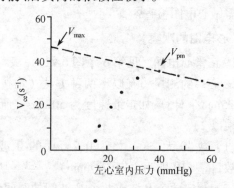

图 7-11　等容收缩期左室内压-速度关系

(李庆平)

实验 7.27 药物的抗心律失常作用

A. 普萘洛尔对氯仿所致小鼠心律失常的对抗作用

【目的和原理】

观察普萘洛尔的抗心律失常作用。

【器材与药品】

心电图机及心电示波器、600ml 大烧杯 2 只、泡沫塑料板、大剪刀、大镊子、1ml 注射器、棉球等；氯仿、0.1% 普萘洛尔溶液、生理盐水。

【实验对象】

小鼠（体重 >35g）。

【方法和步骤】

取小鼠 4 只，称重，编号。2 只小鼠腹腔注射普萘洛尔 20mg/kg，另外 2 只小鼠腹腔注射等容积生理盐水。给药后 20~30 分钟将小鼠放入倒置的大烧杯内，烧杯内预先放有一含 3ml 氯仿的棉球，随时观察小鼠的呼吸情况，直至呼吸停止，继续观察 10s。

取出小鼠立即用心电示波器观察 II 导联心电图，或剖开胸腔直接观察心脏跳动情况，判断有无心室纤颤出现，观察普萘洛尔对氯仿所致心室纤颤的保护作用。

【注意事项】

（1）小鼠对氯仿的敏感性与年龄（用体重反映）成正比，2 组小鼠体重应一致。

（2）小鼠呼吸停止后切不可在烧杯内停留过久。

（3）若剖开胸腔直接观察心脏切不可将心脏剪破。

B. 钙拮抗药对大鼠心肌缺血-再灌注所致心律失常的影响

【目的和原理】

了解心肌缺血-再灌注模型的制备和再灌注心律失常的表现，观察钙拮抗药对心肌缺血再灌注心律失常的影响。

【器材与药品】

大鼠手术台、2ml、5ml 注射器，6 号针头、气管插管、小动物呼吸机、心电图机、手术器械、医用无损伤缝合线等；20% 氨基甲酸乙酯溶液、0.25% 维拉帕米溶液、生理盐水。

【实验对象】

雄性大鼠。

【方法和步骤】

取雄性大鼠 2 只，体重 200~250g，编为甲、乙两组，分别腹腔注射 20% 氨基甲酸乙酯溶液 1.2g/kg 麻醉，仰卧位固定，插入针型电极于四肢皮下，记录 II 导联心电图。

分离气管，做气管插管。在胸骨左侧偏开 0.5cm 处纵行切开第 3~5 肋，立即开始正压人工呼吸（潮气量为 1ml/g·min，频率 50 次/分），剪开心包，暴露心脏。甲鼠舌下静脉注射 0.25% 维拉帕米 1mg/kg，乙鼠注射等容量生理盐水。10min 后分别用 0000 号医用无损伤缝合针在左心耳根部下方 2mm 处进针，穿过心肌表层，在肺动脉圆锥旁出针，观察心电图变化。待心电图恢复稳定后，将一直径约 3mm 的硅胶管垫于结扎线下，结扎冠状动脉，观察心电图变化。硅胶管可压迫冠脉造成管腔闭塞，引起灌流区心肌缺血。以心电图 ST 段明显抬高表明结扎成功。结扎 5min 后，小心剪开结扎线，恢复冠脉血流，记录再灌后 15min 内心律失常发生情况。

【实验结果】

分析比较甲、乙两鼠心电图的差异，记录下列指标（表 7-24）：

表 7-24 实验结果记录表

分组	心律失常	心律失常持续时间	室颤	死亡
甲				
乙				

【注意事项】

（1）冠脉结扎部位务必准确，两鼠的结扎部位、深浅及用力均应一致。

（2）再灌注心律失常发生与缺血-再灌注时间有关，故缺血时间应准确。

（李庆平）

实验 7.28 呋塞米对家兔的利尿作用

【目的和原理】

学习利尿药的实验方法，观察呋塞米强效、速效的利尿效果。呋塞米为强效、速效利尿药，作用于肾小管的髓袢升支的髓质部和皮质部，影响肾脏对尿液的稀释和浓缩功能。

【器材与药品】

2ml、20ml 注射器各 1 副、50ml 烧杯 1 个、导尿管 1 根、10ml 量筒 1 个;2.5% 戊巴比妥钠溶液、1% 呋塞米溶液、50% 葡萄糖溶液、生理盐水。

【实验对象】

雄性家兔。

【方法和步骤】

取雄性家兔一只(体重 2kg 以上),称重,用 2.5% 戊巴比妥钠溶液 1.2ml/kg 经耳缘静脉注射麻醉,然后将之腹部朝上固定于兔台上,插导尿管。将最初 5 分钟排出的尿液弃之不计,然后收集和记录每 5 分钟的尿液滴数、尿量,共观察 30 分钟。

经耳缘静脉依次注入下列各药:生理盐水 2.5ml/kg,50% 葡萄糖溶液 2.5ml/kg,呋塞米 0.5ml/kg,分别收集和记录给药后每 5 分钟的尿液滴数、尿量以及 30 分钟总尿量。将给药前后收集的尿液用比浊法测定 Na^+ 含量,用滴定法测定 Cl^- 含量。比较给药前后尿量和电解质排出的情况,以及各组间尿量及电解质排出量的变化,绘图或制表总结实验结果。

【附1 比浊法测定尿 Na^+】

1. 目的和原理 用无水乙醇沉淀尿蛋白得无蛋白尿滤液,其中 Na^+ 与焦性锑酸钾作用生成焦性锑酸钠沉淀。与标准管比较,求其 Na^+ 含量。化学反应式如下:

$$NaCl + K[Sb(OH)_6] \longrightarrow Na[Sb(OH)_6] \downarrow + KCl$$

2. 器材与药品 试管架 1 个、5ml 刻度离心管、10ml 试管,1ml、2ml、5ml 吸管各 1 支。

(1)钠标准液(0.15mg/ml):取氯化钠置于 110~150℃ 烘箱中干燥 15h 以上,取 0.3815g 加水 50ml 溶解,再以无水乙醇加至 100ml,充分混匀后备用。

(2)2% 焦性锑酸钾溶液:取焦性锑酸钾 10g,溶于 500ml 蒸馏水中,煮沸 3~5min,用冷水冷却,加 10% 氢氧化钾溶液 15ml,过滤后保存于塑料或涂有液体石蜡的棕色玻璃瓶中备用。

(3)无水乙醇。

3. 方法和步骤 取尿 0.1ml、无水乙醇 1.9ml 置于离心管中,用力振摇后放置 10min,2500r/min 离心 5min,取上清液按表 7-25 程序操作。

表 7-25 实验步骤表

试剂	标准管	测定管	空白管
尿上清液		0.5ml	
钠标准管(0.15mg/ml)	0.5ml		
蒸馏水			0.5ml
2% 焦性锑酸钾溶液	5.0ml	5.0ml	5.0ml

混匀,即用 721 型分光光度计在波长 520 nm 比色,以空白管调零,读其光密度值。

计算:

钠(mg/ml) = (测定管光密度 × 0.075)/(标准管光密度 × 0.025)

总钠量(mg) = 钠(mg/ml) × 30 分钟总尿量

其中 0.075 为标准液中实际所含钠的毫克数,0.025 为测定液中所含尿量。

4. 注意事项

(1)加无水乙醇后应用力振摇,使快速沉淀,致蛋白颗粒均匀。

(2)标准液需临用前现配。

(3)操作完毕立即比色,久置颗粒变粗,影响测定结果。

【附2 滴定法测定尿 Cl^-】

1. 目的和原理 用硝酸银试剂将尿液中氯离子沉淀为氯化银。如硝酸银稍有过量,便与铬酸钾作用,形成橘红色的铬酸银,以所消耗的硝酸银量计算氯离子含量。

化学反应式如下:

$$NaCl + AgNO_3 \longrightarrow AgCl \downarrow + NaNO_3$$
$$2AgNO_3 + K_2CrO_4 \longrightarrow AgCrO_4 \downarrow + 2KNO_3$$

2. 器材与药品 滴定管、1ml 吸管各 1 支,白瓷蒸发皿 1 只。

(1)硝酸银标准液(1ml 相当于氯化钠 1mg 或氯离子 0.606mg):称取纯硝酸银 2.9063g,置于 1000ml 容量瓶内,加蒸馏水少许使之溶解,再用蒸馏水稀释至刻度。

(2)20% 铬酸钾溶液:称取铬酸钾(K_2CrO_4)20g,用蒸馏水溶解并稀释至 100ml。

3. 方法和步骤 用吸管吸取 1ml 尿液,置于白瓷蒸发皿中,加蒸馏水 10ml 和 20% 铬酸钾溶液 2 滴,慢慢滴入硝酸银标准液,随滴随摇,至呈现不褪色橘红色为止,记录硝酸银消耗的毫升数。

计算：

氯(mg/ml) = 滴定所消耗的硝酸银标准液 ml 数 × 0.606

【分析与思考】

(1) 根据实验现象说明呋塞米的利尿作用特点。

(2) 解释呋塞米的强效利尿原理。

(孙秀兰)

实验7.29 药物对豚鼠离体气管条的作用

【目的和原理】

观察药物对气管平滑肌的作用,了解离体气管条的实验方法。

【实验对象】

豚鼠。

【器材与药品】

MD2000 微机化实验教学系统、木槌、剪刀、镊子、张力换能器、氧气瓶。1:1000 异丙肾上腺素溶液、1:1000 氨茶碱溶液、1:1000 乙酰胆碱溶液、1:1000组胺溶液、克亨液。

【方法和步骤】

取体重 400~500g 豚鼠 1 只,木槌击头致死。从颈正中切开,轻剥周围组织,取出气管,置于盛有饱和氧气的保养液平皿中。沿软骨环间横切气管为 5~6 段,用棉线将各段结扎成链状(图 7-12A);也可沿气管腹面纵向切开,再于每两个软骨环间切断,平分成 5 段,将 5 段沿纵向切口用棉线缝合成一串(图 7-12B)。将此标本置于盛有 37℃克亨氏溶液的浴槽中,一端固定在浴槽基部,游离端用丝线悬吊于张力换能器上,负荷 1~2g,静置 30min,当基线稳定后进行实验。因气管平滑肌纤维短,要靠多数纤维收缩的累加作用才表现出效应,故反应较慢,无明显的自发运动可见。气管平滑肌大部分集中于软骨后壁,成环状排列,部分成斜行或纵行排列。环形肌收缩引起气管内径缩小,纵行和斜行肌收缩引起气管略为缩短,能影响上述平滑肌的药物都能改变气管的容积或长度。

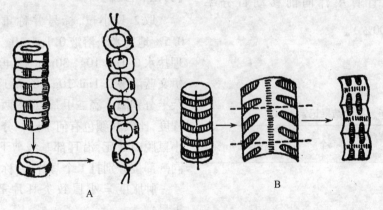

图 7-12 豚鼠气管环制备步骤

实验可参照下列顺序进行(浴槽容量为 10ml):

(1) 1:1000 异丙肾上腺素溶液 0.5ml。

(2) 1:1000 氨茶碱溶液 0.5~1ml。

(3) 1:1000 乙酰胆碱溶液 0.1~0.3ml,待作用达高峰后加入 1:10000 异丙肾上腺素溶液 0.5ml。

(4) 1:1000 乙酰胆碱溶液 0.1~0.3ml,待作用达高峰后加入1:1000 氨茶碱溶液 0.5~1ml。

(5) 1:1000 组胺溶液 0.1~0.3ml,待作用达高峰后加入1:1000 异丙肾上腺溶液 0.5ml。

(6) 1:1000 组胺溶液 0.1~0.3ml,待作用达高峰后加入1:1000 氨茶碱溶液 0.5~1ml。

每加入一药物后观察 5min,记录药物反应后换液。待前一药物充分洗去,描记笔回至基线后再加下一药物,依此类推。根据反应可适当调整上述药物浓度和剂量。

(钱东生)

实验7.30 药物对小鼠胃肠道蠕动的影响

【目的和原理】

肠蠕动的意义在于把食糜向前推进。本实验在灌胃的药物中加入一定量墨汁,作为药物对肠蠕动产生影响的检测标识物。通过测定墨汁在胃肠内的移动速度，观察药物对胃肠道蠕动功能的影响。

【器材与药品】

灌胃针头、剪刀、镊子、短尺，2ml 注射器；0.01% 甲基硫酸新斯的明溶液、200g/L 硫酸镁溶液、生理盐水，以上药物每 100ml 药液中加墨汁 2ml。

【实验对象】

小鼠。

【方法和步骤】

取禁食 12 小时小鼠 6 只，雌雄不拘，称重标记。分对照组、硫酸镁实验组、新斯的明实验组。各鼠分别按下列药量灌胃：1 号、2 号小鼠生理盐水 0.2ml/10g；3 号、4 号小鼠 200g/L 硫酸镁溶液 0.2ml/10g；5 号、6 号小鼠 0.3g/L 新斯的明溶液 0.2ml/10。给药 30min 后将小鼠颈椎脱臼处死。剖开腹腔，将小肠从幽门至回盲部全段剪下，去除肠系膜，将肠管拉成直线，放于实验台上，先测小肠的全长，再测肠内墨汁向前移动的最远距离，对 2 个长度进行比较，计算墨汁向前移动百分率（$\frac{墨汁移动距离}{小肠全长} \times 100\%$）。

【实验结果】

见表 7-26。

表 7-26　实验结果记录表

组别	墨汁移动距离（cm）	小肠全长(cm)	移动百分率(%)
对照组			
硫酸镁实验组			
新斯的明实验组			

【注意事项】

（1）给药量应准确，各鼠灌药与处死时间必须一致。

（2）测量肠管长度应避免过度牵拉。

（3）墨汁向前可有中断现象，应以移动最远处为测量终点。

【分析与思考】

硫酸镁与新斯的明促进肠蠕动作用机制的区别及临床用途。

（孙秀兰）

实验7.31　糖皮质激素对炎症的影响

A. 地塞米松对二甲苯致耳部急性渗出性炎症的影响

【目的和原理】

将二甲苯涂于小鼠耳郭部，可致局部细胞损伤，使某些炎性物质释放，局部毛细血管通透性增强，炎症细胞浸润，造成耳部急性渗出型炎性水肿模型，伊文蓝可渗出并使局部组织显示蓝色。根据小鼠耳郭染色时间与程度大小及小鼠耳肿胀度观察糖皮质激素的抗炎症性渗出作用，分析其抗炎机制。

【器材与药品】

小鼠笼或大烧杯、1ml 注射器 3 支、天平 1 台、精密天平 1 台、剪刀、镊子、打孔器；0.5% 地塞米松注射液、生理盐水、1% 伊文蓝溶液、二甲苯、苦味酸。

【实验对象】

小鼠，体重 18～22g。

【方法和步骤】

取 2 只小鼠，标号并称重，1 号鼠腹腔注射 0.5% 地塞米松溶液 0.1ml/10g，2 号鼠腹腔注射生理盐水 0.1ml/10g，30min 后，再分别腹腔注射 1% 伊文蓝溶液 0.1ml/10g，10min 后，在 2 只小鼠右耳朵上分别滴 2 滴二甲苯，观察两鼠耳郭变蓝时间与程度，比较其颜色有何不同？分析其原因。然后将小鼠脱臼处死，沿耳部基线剪下两耳，用打孔器于同一部位分别打 1 个耳片，并称重。

肿胀度 = 小鼠致炎耳片重量 - 对照侧耳片重量。

小鼠耳郭蓝染度用"+"表示。

汇总全班实验结果，进行统计学处理。

【实验结果】

见表 7-27。

表 7-27　实验结果记录表

组别	小鼠体重（g）	给药剂量（mg/10g）	耳郭蓝染度	耳郭肿胀度
0.5% 地塞米松溶液				
生理盐水				

【注意事项】

伊文蓝的注射剂量要准确，否则影响小鼠耳郭的蓝染度。

【分析与思考】

（1）引起炎症的因素有哪些？怎样建立炎症动物模型？

（2）哪些药物有抗炎作用？抗炎机制和临床应用有何不同？

（仲伟珍 王春波）

B. 地塞米松的抗炎症渗出作用
（大鼠后足容积法）

【目的和原理】

利用异体蛋白蛋清导致大鼠踝关节周围急性渗出性炎症，用排水法测量大鼠后足容积，观察地塞米松的抗炎作用。

【器材与药品】

容积法测量装置、注射器、滴管等。0.5% 地塞米松溶液、生理盐水、新鲜鸡蛋清。

【实验对象】

大鼠。

【方法和步骤】

取体重相近大鼠两只，称重，以下述排水法（仪器装置如图 7-13）测量两鼠左或右后足正常容积值（以 ml 表示）。然后甲鼠腹腔注射 0.5% 地塞米松溶液 0.5ml/kg（2.5mg/kg），乙鼠腹腔注射等容积生理盐水作对照。30min 后，由两鼠左或右足掌腱膜下向踝关节周围注入新鲜鸡蛋清 0.1ml。以后每隔 10min 测量两鼠左或右后足之容积，共测 6 次。以致肿前后左或右后足容积之差，作为踝关节肿胀程度。

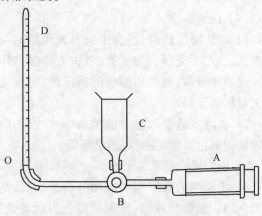

图 7-13 大鼠后足容积法装置

A. 5ml 注射器；B. 三通活塞；C. 内径 1.5~2.0cm、长 6~8cm 的玻管（用 10ml 注射器外筒）；D. 2ml 吸管

A、C、D 的末端均以胶管分别与 B 紧联。将玻管 C 盛水至刻度处。然后将水抽入注射器备用。转动三通活塞关闭 C，使 A 与 D 相通。将水推到吸管的"O"点；接着关闭 D，使 A 与 C 相通。将注射器内的水推完，使玻管内液面与玻管上刻度平齐（玻管内水量可用滴管直接调节）。

为使每次测量位置相同，可先用防水颜料在实验大鼠左（或右）后足划一标记。然后将此左后肢置入玻管中。使标记处与玻管上的刻度圈相平，同时抽动注射器针芯，待玻管内液面与刻度相平，立即关闭 C，使 A 与 D 相通，随即取出大鼠后足。将注射器内剩余液体全部推入吸管内，记录水柱高度。此时吸管内显示的水柱高度即为大鼠后足的容积。

实验时要注意，在每一次测量前，都要调节 C 和 D 的 O 点；若因大鼠肢体带走部分水分，则必须把水补充到玻管的刻度处。再按上列顺序测量。

【实验结果】

见表 7-28。

表 7-28 实验结果记录表

组别	踝关节正常容积（ml）	关节肿胀差值（ml）					
		10min	20min	30min	40min	50min	60min

将各小组实验结果汇总，算出平均值。以横坐标表示时间，纵坐标表示关节肿胀差值，绘图。

（钱东生）

实验 7.32 胰岛素的降血糖作用

【目的和原理】

观察胰岛素对小鼠血糖含量的影响。

【器材与药品】

注射器；2 U/10g 胰岛素注射液。

【实验对象】

小鼠。

【方法和步骤】

取禁食 12 小时的小鼠 1 只，称重，自眼眶后静脉丛取血 40 μl，供测定空腹血糖含量。给小鼠皮下注射胰岛素溶液 0.05ml/10g（2U/10g）。给药后 5min 和 15min 分别取血 40 μl（5min 时可取另一眼眶，15min 断头取血），测定血糖浓度。根据所测得结果,以横坐标为时间(min),纵坐标为血糖含量(mg/100ml),汇制血糖变化曲线图。

【实验结果】

见表7-29。

表7-29 实验结果记录表

药物	血糖值(mg/100ml)		
	给药前	给药后5min	给药后15min

邻甲苯胺　　　　葡萄糖　　　　　　　　　　　西夫氏碱(蓝色)

与同样处理的标准液进行比色,计算出糖的含量。

(2)器材与药品

1)饱和硼酸溶液:取硼酸6g,加水至100ml,室温过夜,取上清液备用。

2)显色剂:取邻甲苯胺6ml,饱和硼酸溶液4ml及硫脲0.15g,加冰乙酸至100ml,保存于棕色瓶中。

3)葡萄糖标准储存液(10mg/ml):将少量无水葡萄糖置于干燥器中过夜。精确称取葡萄糖1g,置于100ml量瓶中,以饱和苯甲酸溶液溶解并加至刻度。

4)葡萄糖标准应用液(1mg/ml、2mg/ml、3mg/ml):取葡萄糖标准储存液10、20、30ml,分别加入100ml量瓶中,以饱和苯甲酸溶液加至刻度。

(3)方法和步骤

1)血糖标准曲线制作:按表7-30操作。

表7-30 血糖标准曲线制作操作记录表(单位:ml)

步　骤	管　号			
	1	2	3	4
葡萄糖标准应用液(1mg/ml)		0.1		
葡萄糖标准应用液(2mg/ml)			0.1	
葡萄糖标准应用液(3mg/ml)				0.1
蒸馏水	0.1			
显色剂	6.0	6.0	6.0	6.0
以下步骤同血糖测定操作,以1号管作空白,读取各管光密度				
相当于血糖浓度 mg/100ml)	0	100	200	300

将以上各管所得光密度与其相应浓度作图,绘制标准曲线。

【分析与思考】

联系所学理论知识,对实验结果加以讨论。

【附　血糖的测定——邻甲苯胺法】

1. 直接测定法

(1)目的和原理:血清(浆)中的葡萄糖在热乙酸溶液中与邻甲苯胺缩合成青蓝色西夫碱(Schiff base),其反应式如下:

2)血糖测定:取试管3支,按表7-31操作。

表7-31 血糖测定操作表(单位:ml)

步　骤	空白管	标准管	测定管
葡萄糖标准应用液(1mg/ml)		0.1	
血浆(或血清)			0.1
蒸馏水	0.1		
显色剂	6.0	6.0	6.0

混合后,于沸水浴中准确煮沸8min,取出后移至冷水中冷却,用640 nm或红色滤光板比色,以空白管调零,分别读取各管光密度值。

a. 计算公式

$$血糖(mg/100ml) = \frac{测定管光密度}{标准管光密度} \times 100$$

b. 正常血糖值:正常血糖范围为70~100mg/100ml。

(4)注意事项

1)本法操作简易,在血中只有葡萄糖能与显色剂起反应,不受蛋白质干扰,省去去除蛋白质步骤。灵敏度较高,显色后颜色的稳定性良好,适用于大量标本检验。

2)本法不适于较显著的溶血标本检验,因溶血可妨碍显色反应,使测定结果降低。

3)所用操作器皿应干燥。

4)实验用的邻甲苯胺应用分析级,纯品是透明无色的。如质量较差,试剂呈棕色表示有杂质,可用蒸馏器蒸馏,保存于棕色瓶中。

5)本方法试剂用冰乙酸作溶剂,酸度很大,对人的身体及仪器均有损害。

2. 超微量法

（1）目的和原理：同直接测定法。

（2）器材与药品

1）显色剂：取冰乙酸 62ml，硫脲 0.15g，邻甲苯胺 8ml，混合后存于棕色瓶中。

2）30% 三氯乙酸溶液。

3）标准液配制：同直接测定法。

4）饱和硼酸溶液：同直接测定法。

（3）方法和步骤

1）血糖标准曲线制作：按表 7-32 操作。

表 7-32　血糖标准曲线制作操作记录表（单位：ml）

步　骤	1	2	3	4
饱和硼酸溶液	0.2	0.2	0.2	0.2
葡萄糖标准应用液（1mg/ml）		0.04		
葡萄糖标准应用液（2mg/ml）			0.04	
葡萄糖标准应用液（3mg/ml）				0.04
蒸馏水	0.04			
30% 三氯乙酸溶液	0.1	0.1	0.1	0.1
充分混匀				
取混合液	0.2	0.2	0.2	0.2
显色剂	3.0	3.0	3.0	3.0
以下步骤同血糖测定操作，以 1 号管作空白，读取各管光密度				
相当于血糖浓度（mg/100ml）	0	100	200	300

将以上各管所得光密度与其相应浓度作图，绘成标准曲线。

2）血糖测定：取试管 3 支，按表 7-33 操作。

表 7-33　血糖测定操作表（单位：ml）

步　骤	空白管	标准管	测定管
饱和硼酸溶液	0.2	0.2	0.2
葡萄糖标准应用液（1mg/ml）		0.04	
全血			0.04
蒸馏水	0.04		
30% 三氯乙酸溶液	0.1	0.1	0.1
测定管混合后放置 2 分钟，4000r/min 离心，取上清液，标准管取混合液操作			
吸取上清液（混合液）	0.2	0.2	0.2
显色剂	3.0	3.0	3.0

混合后于沸水浴中准确煮沸 8min，取出后移至冷水中冷却，用 635nm 或红色滤光板比色，以空白管校正光密度至 0 点，分别读取各管光密度。

计算公式

$$血糖（mg/100ml）= \frac{测定管光密度}{标准管光密度} \times 100$$

（钱东生）

第 3 节　病 例 讨 论

病例讨论（一）

患者：杨××，女，34 岁。

主诉：劳累后心悸、气短已 7 年，咳嗽、痰中带血 1 个月，下肢水肿 4 天。

现病史：1994 年起于过劳或登楼时则有心悸、气短，休息后即减轻。1996 年因"感冒"咳嗽加剧，休息时亦心悸、气短，经滴注青霉素等药物，症状减轻。近两年来自觉腹部逐渐肿大，但从无下肢水肿。1 个月前因劳累过度，又受风寒，当晚出现咳嗽咽痛，痰中带血，心悸、气短、不能平卧，且近 3~4 天来下肢出现水肿，尿少色深，食欲不振，有恶心感。

体检：体温 38℃，慢性病容，半坐位，呼吸短促，呼吸 30 次/分，两肺有散在的干性啰音，于肺底部可听到湿性啰音，心率 100 次/分，与脉搏不一致，心律不齐，肺动脉第二音亢进，心尖部可听到 5~6 级吹风性收缩期及隆隆样舒张期杂音，血压 100/70mmHg，腹部稍隆起，腹壁静脉怒张，肝脏肿大在右侧肋缘下锁骨中线上 5cm，有轻度压痛，脾未触及。

实验室检查：血象：红细胞 3.96×10^{12}/L、血红蛋白 108g/L、白细胞 13.65×10^9/L、中性粒细胞 0.82、嗜酸粒细胞 0.01、淋巴细胞 0.16、大单核细胞 0.01。尿常规：深黄色，微浊，酸性，比重 1.019，蛋白阳性，糖阴性，透明管型阳性。

诊断：风湿性心脏病

二尖瓣狭窄兼关闭不全

慢性心功能不全三度

心房颤动

讨论：对此患者应选用哪些药物治疗？为什么？

病例讨论（二）

患者：李××，女，23 岁。

主诉：心悸、多汗、颈粗近 1 年。

现病史：1 年来自觉汗多，怕热、心悸、无力、食欲增加由每餐 250g 增至 400g，但仍有饥饿感，而体重反见下降。患病以来,自觉性情急躁、易激动、多梦,半年来双侧眼球逐渐突出,颈渐增粗。

体检:消瘦、皮肤灼热、多汗、双眼稍突出,甲状腺弥漫性肿大,双侧可听到血管杂音,心率 104 次/分,心尖呈轻度收缩期杂音,腹部检查无特殊,双手有细小震颤,血压 130/70mmHg,基础代谢率为 +34%,3 小时 ^{131}I 吸收率达 40%。

诊断:甲状腺功能亢进症

讨论:应选用哪些药物治疗?为什么?

病例讨论(三)

患者:王××,男,15 岁,病史家长代述。

主诉:发热、头痛、呕吐 1 天,神志不清 6h。

现病史:患者于住院前 1 天突然出现寒战、高热、头痛,当天下午在村保健站就诊。当时体温为 40℃,注射青霉素一针,回家后病情未见改善,头痛剧增,伴有呕吐,呈喷射状,同时有烦躁不安,渐陷入神志不清,即就诊入院。

体检:体温 40℃,呼吸 28 次/分,脉搏 104 次/分,血压 80/50mmHg,神志不清,呈躁动状态,两颊潮红,在胸腹部及下肢可见散在性出血皮疹,瞳孔等大,对光反射存在,口唇有疱疹,颈项强直,克匿格征阳性。心、肺、腹无特殊发现。

实验室检查:血象:白细胞 18.4×10^9/L,中性粒细胞 0.91,淋巴细胞 0.06,单核细胞 0.03。脑脊液:压力 400cmH$_2$O,外观混浊,常规潘氏反应,白细胞计数 6×10^9/L,中性粒细胞 0.82,淋巴细胞 0.18,涂片可见到革兰阴性球菌。

诊断:流行性脑脊髓膜炎

讨论:对该患者如何处理?应选用哪些药物治疗?为什么?

病例讨论(四)

患者:张××,男,50 岁。

主诉:5 天来畏寒发热、胸痛、咳嗽。

现病史:5 天前参加修水利工程,劳动中脱衣受凉,次晨有鼻塞、打喷嚏、咳嗽,下午畏寒发热,在卫生所治疗时,曾打针吃药。第二、三日起,咳嗽加重,痰多、黏稠,呈铁锈色,有呼吸困难,并伴左下胸疼痛,咳嗽时胸痛加剧。

既往史:无慢性咳嗽及结核病史。

体检:体温 39.8℃,脉搏 120 次/分,呼吸 32 次/分,血压 90/60mmHg,急性病容,面颊潮红,神志清楚,烦躁不安,呼吸急促,浅快,口唇有疱疹,皮

肤、黏膜未见出血点,颈软,心界不大,律齐,未闻及杂音。腹软平坦,肝脾未触及,四肢未见异常。

实验室检查:血象:白细胞 22×10^9/L,中性粒细胞 0.88,淋巴细胞 0.12。胸透:左下肺大叶均匀模糊阴影。

诊断:中毒性肺炎

讨论:对该患者可选用哪些药物治疗?为什么?

病例讨论(五)

患者:刘××,女,52 岁。

主诉:发热、腹痛、腹泻黏胨便 3 天。

现病史:患者于入院前 3 天有脐周腹痛,以后伴有腹泻,初为稀便,后转为黏胨便,次日发热,体温 39℃,腹泻次数增至 20 次/日左右,每次量很少,主要为黏胨,伴有明显里急后重现象。

体检:体温 40℃,脉搏 120 次/分,血压 60/50mmHg,呼吸 30 次/分,呈急性病史,有失水现象,四肢厥冷,心肺无特殊,脐下及左下腹有压痛。神经系统检查正常。

实验室检查:血象:白细胞 15×10^9/L,中性粒细胞 0.83,淋巴细胞 0.14,单核细胞 0.01,嗜酸粒细胞 0.02。

诊断:急性细菌性痢疾中度失水合并酸中毒

讨论:制订治疗方案,并说明选药理由。

病例讨论(六)

患者:谢××,男,36 岁。

主诉:4 天来隔日发寒热 1 次。

现病史:于 4 天前 14:00 时许,突然出现寒战,约 1h 后出现高热,至当晚出大汗后,体温逐渐降至正常,以后每隔 1 日于同一时间类似发作 1 次,发作时伴有头晕眼花、口干烦渴、恶心呕吐。

既往史:近两年有疟疾史。

体检:体温 39.3℃,脉搏 102 次/分,呼吸 31 次/分,血压 100/60mmHg,神志清楚,急性病容,眼结膜充血,巩膜不黄,颈软,心、肺正常,腹平软,肝肋下 1cm,质软,脾肋下 2.5cm,中等硬度。

实验室检查:血象:白细胞 4.2×10^9/L,中性粒细胞 0.6,淋巴细胞 0.31,嗜酸粒细胞 0.03,血玻片有间日疟原虫。

诊断:间日疟

讨论:对此患者选用何种药物治疗?为什么?用药时应注意什么?

附　实验室检查正常参考值

血红蛋白		男性	$120 \sim 160 g/L$		女性	$110 \sim 150 g/L$

血红蛋白　　　　　　　　男性　120～160g/L　　　　　女性　110～150g/L

红细胞数　　　　　　　　男性　$(4.0 \sim 5.5) \times 10^{12}/L$　　女性　$(3.5 \sim 5.0) \times 10^{12}/L$

白细胞数　　　　　　　　$(4 \sim 10) \times 10^{9}/L$

白细胞分类计数　　　　　中性粒细胞　　　0.55～0.75

　　　　　　　　　　　　淋巴细胞　　　　0.20～0.40

　　　　　　　　　　　　嗜酸粒细胞　　　0.005～0.05

　　　　　　　　　　　　嗜碱粒细胞　　　0～0.01

　　　　　　　　　　　　单核细胞　　　　0.03～0.08

尿常规　　　　　　　　　颜色　　　　　　淡黄或黄色

　　　　　　　　　　　　透明度　　　　　新鲜尿多为透明

　　　　　　　　　　　　酸碱反应　　　　新鲜尿多为弱酸性反应

　　　　　　　　　　　　比重　　　　　　1.003～1.030

　　　　　　　　　　　　尿蛋白　　　　　阴性

　　　　　　　　　　　　尿糖　　　　　　阴性

　　　　　　　　　　　　管型　　　　　　0～偶见管型

脑脊液　　　　　　　　　压力　　　　　　侧卧位70～180mmH$_2$O

　　　　　　　　　　　　外观　　　　　　无色透明

　　　　　　　　　　　　蛋白定性　　　　阴性

　　　　　　　　　　　　细胞　　　　　　0～8 个/mm^3，大多为淋巴细胞

　　　　　　　　　　　　细菌　　　　　　无

　　　　　　　　　　　　潘氏反应　　　　阴性

甲状腺功能　　　　　　　基础代谢率　　　－10%～＋15%

　　　　　　　　　　　　3h^{131}I 率　　　5%～25%

（张卫国　汪　晖）

第 8 章 疾病的模型及机制

第1节 疾病模型

实验8.1 酸碱平衡紊乱

【目的和原理】

生理情况下，人体和哺乳动物的体液酸碱度维持相对稳定。但在病理情况下，酸碱超负荷、严重不足或调节机制障碍，导致体液酸碱稳定性破坏，形成酸碱平衡紊乱，对机体危害很大。酸碱平衡紊乱可分为单纯型和混合型，单纯型又包括代谢性酸、碱中毒和呼吸性酸、碱中毒四种类型，而混合型则表示两种或两种以上单纯型酸碱紊乱同时存在。

本实验采用直接输入酸或碱的方法复制单纯型代谢性酸、碱中毒动物模型，采用不完全窒息法复制单纯型呼吸性酸中毒动物模型，观察这些酸碱紊乱时动物的呼吸和血气指标改变，分析这些变化的发生机制，并进行纠治，以初步了解临床处理原则。

【器材与药品】

MD2000 微机化实验教学系统、兔手术台、兔手术器械 1 套、气管插管、动脉插管、细塑料管、压力换能器、张力换能器、血气分析仪、注射器(2ml、5ml、10ml)、7 号和 9 号针头、小软木塞 5 个、输液架、输液装置 1 套、纱布、丝线；1% 肝素溶液、20% 氨基甲酸乙酯溶液、4% 乳酸溶液、5% NaHCO$_3$ 溶液、生理盐水。

【实验对象】

家兔。

【方法和步骤】

(1) 麻醉被毛：取家兔称重。由耳缘静脉缓慢注射20% 氨基甲酸乙酯溶液5ml/kg 进行全身麻醉后，将家兔仰卧固定在兔台上，剪去手术部位(颈部、一侧腹股沟部)被毛。

(2) 描记呼吸运动：沿颈部正中切开皮肤，常规操作，分离气管并插管固定，通过张力换能器连接 MD2000 四通道，描记呼吸运动。

(3) 颈部动静脉插管：分离左侧颈总动脉和右侧颈外静脉，2～4cm 长，各穿入两根丝线备用。由耳缘静脉注射1% 肝素溶液 0.5ml，使家兔全身肝素化。动脉夹夹闭右侧颈外静脉的近心端，待血管充分充盈后结扎颈外静脉远心端，用眼科剪在靠近远心端结扎处剪一斜口，向心插入充满生理盐水的静脉插管，并结扎固定，连接输液装置，放开动脉夹，缓慢静滴生理盐水维持静脉通畅，以备输液。结扎左侧颈总动脉远心端，动脉夹夹闭近心端，用眼科剪在靠近颈总动脉远心端结扎处剪一斜口，向心插入充满肝素的动脉导管，结扎固定，打开动脉夹，通过压力换能器连接 MD2000 三通道，描记血压。

(4) 股动脉插管：分离一侧股动脉2～4cm 长，穿入两根丝线备用。结扎远心端，近心端夹上动脉夹，用眼科剪靠近远心端结扎线处，剪一斜口，插入充满肝素的股动脉插管，结扎固定，备测血气。

(5) 观察项目：描记一段正常的血压及呼吸曲线，计数正常的呼吸频率，记录实验前兔的血压、呼吸。抽取 0.5ml 股动脉血，做血气分析。

抽血方法：用 2ml 注射器吸取肝素少许，湿润注射器管壁后针尖向上，缓慢排出空气和多余肝素，插入股动脉插管，打开动脉夹，取血 0.5ml(注意切勿让气泡进入注射器)，立即关闭动脉夹。迅速拔出针头，插入小软木塞内，隔绝空气，用手搓动，以防凝血，进行实验前的血液 pH、PaO$_2$、PaCO$_2$、HCO$_3^-$ 和 BE 的测定。

(6) 复制病理模型

1) 单纯型呼吸性酸中毒：在气管插管的橡皮管上插入 2 个 9 号针头(检查针头，保证通畅)，用止血钳完全夹闭橡皮管末端，使家兔仅通过 2 个 9 号针头通气，形成上呼吸道不完全阻塞，维持 10min，观察并记录呼吸和血压变化，并做血气分析(方法同上)。开放橡皮管，待家兔呼吸、血压恢复正常(一般 10min 左右)，再取血测血气，描记呼吸和血压。

2) 单纯型代谢性酸中毒(甲兔)：静脉滴注 4% 乳酸溶液 10ml/kg，20～30 滴/分钟，滴完 5min 内，描记呼吸和血压变化，并由股动脉取血测血气。

根据测得的 BE 值进行补碱治疗,公式如下:

所需补充 5% $NaHCO_3$ 溶液量(ml) = $\triangle BE \times$ 体重(kg)/2

补碱治疗后 10min,再取血测血气,观察是否恢复到接近正常,并描记呼吸和血压。

3)单纯型代谢性碱中毒(乙兔):静脉滴注 5% $NaHCO_3$ 溶液 5ml/kg,20~30 滴/分钟,滴完 5 分钟内,描记呼吸和血压变化,并做血气测定。继

之通过持续静脉滴注生理盐水进行治疗(也可用 0.1mol/L 稀盐酸溶液 3ml/kg,< 10 滴/分钟进行治疗),20~30min 后,再取血测血气,观察指标是否恢复,并描记呼吸和血压。

【实验结果】

不同类型酸碱紊乱及纠治处理对家兔血气和呼吸的影响见表 8-1。

表 8-1　实验结果记录表

	正常对照	单纯型呼吸性酸中毒		单纯型代谢性酸中毒		单纯型代谢性碱中毒	
		阻塞气道	开放气道	乳酸静滴	补碱	$NaHCO_3$ 静滴	生理盐水静滴
呼吸(频率,幅度)							
pH							
PaO_2(mmHg)							
$PaCO_2$(mmHg)							
HCO_3^-							
BE							

【注意事项】

(1)动物的营养状况要好。长期半饥饿状态引起的酮体增多可使血液 pH 下降。

(2)注意控制麻醉深度,麻醉过深 pH 偏高,过浅则使 pH 偏低。

(3)取血时注意使血液与空气隔绝,否则 pH 偏高。

【思考题】

(1)以上酸碱平衡紊乱时的血气变化如何?对家兔呼吸运动产生什么影响?为什么?

(2)以上酸碱平衡紊乱治疗措施的理论依据是什么?

(乐　珅)

实验 8.2　水　　肿

【目的和原理】

血管内外液体交换失衡导致组织液增多是水肿发生的基本机制之一。组织液在组织间隙的积聚受毛细血管血压、血浆胶体渗透压、微血管壁通透性以及淋巴回流等诸多因素的影响。上述因素的失常,均可使血管内外液体交换失衡,导致水肿的发生。本实验通过制备蟾蜍整体灌注标本来复制蟾蜍水肿模型,观察毛细血管血压、血浆胶体渗透压和微血管壁通透性的改变,以及淋巴回流受阻等因素在水肿发生中的意义。

【器材与药品】

(1)手术器械:大剪刀、眼科剪、眼科镊、蛙板、蛙心夹、金属探针,丝线数根,固定钉 4 只。

(2)灌流装置:滴定架、测定管夹各 1;50ml 输液瓶、莫非氏管各 1;细塑料管、橡皮管(15cm)各 2 根;5ml、1ml 注射器各 1 付,10ml 量杯 2 只,输液调节器 1 个,9 号针头 2 个,4 号针头 1 个,干棉球若干。

(3)试剂:1% 肝素液,0.1% 组胺液,中分子右旋糖酐液,任氏液。

【实验对象】

蟾蜍。

【方法和步骤】

(1)安装蟾蜍血管灌流装置:如图 8-1 所示,将 50ml 输液瓶挂在输液架上,输液瓶高度距蟾蜍约 25cm。向输液瓶中加入 20~30ml 任氏液,待其充满输液管道,并驱尽莫非氏管以下部分的气泡后,旋紧调节器。

(2)蟾蜍动-静脉灌流系统的制备

1)用金属探针自蟾蜍枕骨大孔处刺入,捣毁脑、脊髓,使其前、后肢呈软瘫状。

2)将蟾蜍仰卧固定于蛙板上,用大剪刀沿胸骨正中线剪开胸腔,并将胸锁关节剪开,再用眼科剪剪开心包,辨认心脏各部和进出心脏的主要血管(图 8-2)。

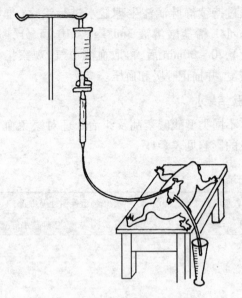

图 8-1　蟾蜍动-静脉灌流装置

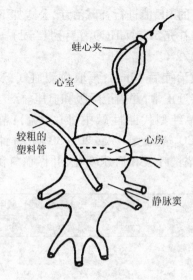

图 8-3　向头侧翻转心室

3）分离左侧主动脉,在其下方穿 2 根丝线,将近心端结扎。用 1ml 注射器向结扎的主动脉上方注射 1% 肝素液 0.2ml,然后在注射部位用眼科剪剪一小口,将充满任氏液的细塑料管向头端方向插入 0.5 ~ 0.8cm,结扎固定,检查任氏液是否顺利滴入(图 8-2)。插管成功后调慢滴速(<10 滴/分)。

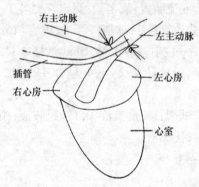

图 8-2　蟾蜍心脏(腹侧面)和主动脉插管

4）在心脏收缩时,用蛙心夹夹住心尖部,上翻心脏。在房室交界处剪一小口,待流出一些血液后,将另一根细塑料管插入至静脉窦。当塑料管内有液体连续流出时(如无液体流出可用 5ml 注射器抽吸),用一丝线在切口下方环绕心房结扎固定(图 8-3),此时心室搏动即停止。塑料管另一端垂于蛙板下,使流出的回心液体全部收集在量杯中。打开调节器,使主动脉灌流速度达最快,待回心液体流出量等于或接近主动脉灌入量,输液瓶内任氏液液面降至 2ml 刻度线时开始灌流实验。另在蟾蜍背部穿过一根丝线,作为阻断淋巴和浅表静脉之用。

(3)灌流

1）量取 6ml 任氏液加入输液瓶中,同时用另一量筒接取心房导管流出液。当输液瓶内任氏液液面降至 2ml 处,记录收集量。

2）将背部的丝线在切口下方结扎躯干,并迅速向输液瓶内加入 6ml 任氏液,待液面降至 2ml 处,记录流出量。结扎时不宜过紧,也不宜过松。记录流出量后将丝线松开。

3）将已备好的 6ml 中分子右旋糖酐加入输液瓶中,用同法记录收集量。

4）向输液瓶中加入 4ml 0.1% 组胺液,待其流至 2ml 处,加入已备好的 6ml 任氏液,记录液面降至 2ml 处的流出量。

最后分析每次灌入量和流出量有何不同,写出实验报告。

【实验结果】

不同因素对组织间液生成量的影响见表 8-2。

表 8-2　实验结果记录表

	灌入量 ml	流出量 ml
任氏液	6	
任氏液 + 结扎躯干	6	
右旋糖酐	6	
组胺液	4	—
任氏液	6	

【注意事项】

(1)安装灌流装置时,排空莫非氏管以下部分液体中的气泡,避免气泡进入蟾蜍循环。

(2)手术切口不宜过大,以能充分暴露心脏为宜,防止过多液体自切口流失。

（3）导管头部不要剪得太锐利,以避免损害血管;插管时导管不能插得过深,否则极易戳穿血管。

（4）要始终保持进出管通畅,保持滴速最快状态。当滴速过慢或不滴时,可调整插管位置。

（5）每次需用的试剂都应事先用量筒取好,盛装不同试剂的量筒,需先用清水洗净,避免影响下一步骤灌流的效果。注意观察,防止液体流过 2ml 刻度线。

（黄 艳）

实验 8.3 缺 氧

A. 缺氧模型的复制

【目的和原理】

机体组织细胞氧的供应不足或利用氧的能力发生障碍均可导致缺氧。本实验通过复制小鼠乏氧性缺氧、血液性缺氧和组织中毒性缺氧等模型,观察不同类型的缺氧对呼吸功能、全身状态及皮肤、口唇黏膜、肝脏颜色改变的影响,并解释其发生机制。

【器材与药品】

有橡皮塞 125ml 广口瓶 1 只（内装钠石灰,吸收二氧化碳用）、250ml 广口瓶（装有管道瓶塞）1 只、粗天平 1 副、5ml 注射器 1 副、1ml 注射器 6 副、手术剪 1 把、有齿镊 1 把、眼科镊 2 把、一氧化碳球胆 1 个;1% 和 5% 亚硝酸钠溶液（$NaNO_2$）各 10ml、1% 亚甲蓝溶液 10ml、10% 硫代硫酸钠溶液（$Na_2S_2O_3$）10ml、0.1% 氰化钾溶液（KCN）5ml、生理盐水 10ml。

【实验对象】

小鼠。

【方法和步骤】

1. 乏氧性缺氧

（1）取小鼠 1 只置于 125ml 广口瓶内（内装少许钠石灰）,先不加瓶塞,观察和记录其一般情况（活动度）、口唇和尾部皮肤颜色、呼吸次数（次/10s）和深度等。

（2）将瓶塞塞紧（必要时可用水封于瓶塞周围）,同时计时。每隔 3min 观测上述指标一次（如有其他变化随时记录）。

（3）当小鼠出现跌倒、抽搐或呼吸次数减至 10 次/10s 时,记录各项指标变化,同时立即打开瓶

塞进行抢救,观察其变化。

（4）当救活的小鼠呼吸和肤色基本恢复正常后,重新将其放入上述广口瓶中,塞紧瓶塞,不予救治,直至死亡。

（5）将小鼠进行解剖,打开腹腔,观察肝脏颜色,将结果填入下表,并与以下各项实验小鼠肝脏颜色作比较。

2. 一氧化碳中毒性缺氧

（1）取小鼠 1 只置于 250ml 广口瓶内,观察并记录其正常表现。

（2）将瓶塞塞紧,同时注入 5ml 一氧化碳并计时,随时观测上述指标。当小鼠呼吸明显减慢减弱或痉挛跌倒时,立即打开瓶塞,取出小鼠,置通风处,观察恢复情况。

（3）当救活的小鼠基本恢复正常后,重复上述一氧化碳中毒实验,直至动物死亡。

（4）解剖小鼠,观察指标与方法同乏氧性缺氧。

3. 亚硝酸钠中毒性缺氧

（1）取体重相近的小鼠 2 只,观察正常表现。预先用注射器分别抽取 1% 亚甲蓝溶液 0.3ml 和生理盐水 0.3ml 备用。

（2）分别向上述小鼠腹腔注射 5% 亚硝酸钠溶液 0.3ml,其中一只注入亚硝酸钠后,立即再向腹腔注入 1% 亚甲蓝溶液 0.3ml,另一只注入生理盐水 0.3ml,同时计时。

（3）观察比较 2 只小鼠各项指标的改变,直至亚硝酸钠中毒小鼠死亡。

（4）将救活的小鼠处死,与亚硝酸钠中毒致死的小鼠一起解剖,观察比较 2 只小鼠肝脏颜色变化,并与其他各项实验小鼠肝脏颜色进行比较。

4. 氰化钾中毒性缺氧

（1）取小鼠 2 只,称重后观察上述指标。预先用注射器抽取 1% $NaNO_2$ 溶液、10% $Na_2S_2O_3$ 溶液和生理盐水各 0.1ml/10g,备用。

（2）由腹腔注射 0.1% KCN 溶液 0.1ml/10g,立即观察上述指标变化。

（3）当小鼠出现共济失调或竖尾时,其中一只立即先后快速腹腔注入准备好的 $NaNO_2$ 和 $Na_2S_2O_3$,另一只注入生理盐水,观察其变化。

（4）将救活的小鼠处死,然后与氰化钾中毒致死的小鼠一起解剖,观察比较 2 只小鼠肝脏颜色,并与上述各项实验小鼠肝脏作比较。

【实验结果】

不同类型缺氧对小鼠活动情况、呼吸频率及肤

色等的影响见表 8-3。

表 8-3　实验结果记录表

类型	呼吸频率（次/10s）	活动情况	皮肤、黏膜颜色	肝脏颜色	备注
乏氧性缺氧					
CO 中毒					
NaNO_2 中毒					
KCN 中毒					

B. 神经系统功能状态对动物耗氧量的影响

【目的和原理】

许多因素都可影响机体对缺氧的耐受性，其中主要因素之一是机体代谢耗氧率的改变。本实验通过观察不同中枢神经系统功能状态对耗氧量的影响，了解条件因素在缺氧发生中的重要性和临床应用冬眠疗法的意义。

【器材与药品】

测定耗氧量装置 1 个、粗天平 1 副、1ml 注射器 3 副、滴管 1 支；1% 安钠咖溶液 10ml、氯丙嗪、异丙嗪混合液（浓度均为 0.1%）10ml、生理盐水 10ml。

【实验对象】

小鼠。

【方法和步骤】

（1）选择 3 只体重相仿的小鼠（20g 左右），其中一只腹腔注射氯丙嗪、异丙嗪混合液0.1ml/10g，15min 后进行耗氧时间测定；另一只腹腔注射安钠咖 0.1ml/10g，5min 后进行耗氧时间测定；最后一只腹腔注射生理盐水 0.1ml/10g，然后进行耗氧时间测定。

（2）将注射安钠咖的小鼠装入耗氧瓶内（图8-4），塞紧瓶塞，然后将玻璃管插入水中（切勿暴露出水面）。严禁漏气（可用滴管将水封于瓶塞周围，以达到密封瓶口的目的），同时准确记录时间。在观察小鼠状态的同时，记录水柱上升到达标记线的准确时间（水柱高 20cm 处耗氧量约 13ml），随后打开瓶塞进行通气。

（3）用上法测定注射生理盐水小鼠的耗氧时间。

（4）注射氯丙嗪、异丙嗪混合液的小鼠 15min 后同上法进行耗氧时间测定。

【实验结果】

不同神经系统功能状态对小鼠耗氧量的影响见表 8-4。

表 8-4　实验结果记录表

注射药品	耗氧量	耗氧时间（min）	耗氧速度（ml/min）	缺氧耐受性
安钠咖	13ml			
生理盐水	13ml			
氯丙嗪、异丙嗪	13ml			

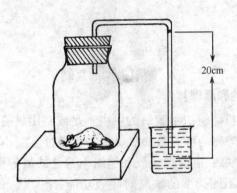

图 8-4　耗氧量测定简易装置

（李　皓）

实验 8.4　失血性休克

【目的和原理】

失血性休克是由于血容量急剧减少，使组织器官血液灌流不足，特别是微循环功能障碍，导致机体机能、代谢严重障碍的一种全身性病理过程。本实验采用股动脉快速放血法复制兔失血性休克模型，观察急性失血前后血压、心率、呼吸的变化，并探讨失血性休克的发病机理。

【器材与药品】

MD2000 微机化实验教学系统、兔台和兔头固定器 1 套、压力换能器、气管插管、兔手术器械 1 套、动脉夹、细塑料管、烧杯、注射器（20ml、5ml、2ml各 1 副）、针头（7 号 2 个，9 号 1 个）、纱布、丝线、磅秤 1 台；20% 氨基甲酸乙酯溶液、0.9% 氯化钠溶液、0.5% 肝素溶液。

【实验对象】

家兔。

【方法和步骤】

（1）取成年兔一只，称重后耳缘静脉缓慢注射20% 氨基甲酸乙酯溶液（5ml/kg）进行全身麻醉。

（2）将兔仰卧位固定于兔台上,剪去手术部位（颈部、腹股沟）被毛,在颈部正中切开皮肤6cm左右。

（3）分离气管、左侧颈总动脉和股动脉。用血管钳分离气管周围的肌肉和筋膜,游离气管约7cm,并穿线备用。左侧颈总动脉位于气管左缘深部,用弯血管钳钝性分离并尽可能长地游离该血管（不短于2cm）,于其下方穿2条丝线备用。在股三角区域触及有血管搏动的地方寻找股动脉,常规钝性分离股动脉表面的股神经和股静脉,游离出2～4cm长的动脉血管,并在其下穿2根丝线备用。

（4）打开计算机进入MD2000微机化实验教学系统,连接血压呼吸描记装置,用三通道记录血压,四通道记录呼吸。

（5）气管插管:用手术刀或手术剪在喉头下2～3cm处的两气管软骨环之间作一倒"T"形切口,气管切口不大于气管直径的1/3。将气管插管由切口处向胸腔方向插入气管腔,丝线结扎并固定于侧管分叉处。

（6）从耳缘静脉注射0.5%肝素溶液1ml/kg后,结扎左侧颈总动脉远心端,并在近心端用动脉夹夹住动脉,然后在靠近结扎线处用眼科剪剪一"V"字形切口,朝心脏方向插入充满肝素的动脉导管,用丝线结扎固定,打开动脉夹连通血压测定装置。

（7）结扎股动脉远心端,并在近心端用动脉夹夹住动脉,用眼科剪剪一小口,然后将充满肝素的细塑料管向近心方向插入动脉并结扎固定。

（8）在上述各项操作均完成后,观察放血前的各项生理指标,包括血压、呼吸、心率。待血压稳定后用计算机描记一段正常血压曲线。

（9）用20ml注射器连接股动脉插管,打开插管近端的动脉夹,使血液从股动脉流入注射器内。第一次放血量为家兔总血量的10%（兔总血量按体重（kg）×70ml计算）。放血后立即夹住股动脉,分别观察记录放血后即刻和放血后5min动物的血压、呼吸、心率等指标变化,同时于股动脉插管内注入肝素少许。

第二次放血,将血放入烧杯内,使血压降至30mmHg左右并持续一段时间,观察记录动物的血压、呼吸、心率等各项指标变化。

（10）停止放血后,治疗组将注射器内的血液和烧杯内的血液合并,从耳缘静脉快速输回原血或与失血量等量的生理盐水进行抢救;对照组停止放血后不给予输液治疗。

（11）治疗组血压基本恢复正常时,观察记录

上述各项指标,并将实验结果填入表8-5。

【实验结果】

家兔失血性休克的血液动力学指标变化和输液治疗的疗效观察见表8-5。

表8-5 实验结果记录表

	血压 （mmHg）	呼吸 （次/分）	心率 （次/分）
失血前			
第一次放血即刻			
第一次放血5min后			
第二次放血			
输血治疗组			
对照组			

【实验分组】

实验分为A、B两组,A组（治疗组）抢救时用输血方法（或输生理盐水）,B组（对照组）则不抢救,其余实验内容两组均相同。

【注意事项】

（1）耳缘静脉麻醉后将针头用动脉夹固定留置在血管内,用于休克后的输液治疗。

（2）本实验手术多,而且全身血液肝素抗凝,应注意将切口处的小血管结扎止血。

（3）股动脉插管前一定要将管内充满肝素,否则管内易发生凝血,影响放血效果。

（蒋 莉）

实验8.5 急性右心衰竭

【目的和原理】

心力衰竭是由于心肌收缩和（或）舒张功能障碍使心脏泵血功能障碍,导致心输出量降低,不能满足机体组织代谢需要的一种病理生理过程或综合征。心力衰竭可由于心脏本身舒缩功能障碍,也可因心脏负荷过重所致。本实验通过急性肺小血管栓塞,造成右心压力负荷（后负荷）增加;通过大量输液引起右心容量负荷（前负荷）增加,复制家兔急性右心衰动物模型,同时观察右心衰的病理过程,讨论右心衰的病因及发病机制。

【器材与药品】

兔手术台、生物信号采集系统、张力换能器、压力换能器、中心静脉压测压装置、哺乳动物手术器械1套、输液装置、颈总动脉插管、静脉插管、动脉

夹、气管套管、听诊器、注射器（1ml、2ml、5ml、20ml）、恒温水浴；20% 氨基甲酸乙酯溶液、液体石蜡、0.3% 肝素生理盐水（体内抗凝）、0.03% 肝素生理盐水（体外及插管抗凝）、生理盐水。

【实验对象】

家兔，2 ~ 3kg，雌雄不限。

【步骤和方法】

（1）取兔 1 只，称重后，用 20% 氨基甲酸乙酯溶液 5ml/kg 自耳缘静脉缓慢注入。麻醉后仰卧位固定于兔手术台上。颈部剪毛备用。

（2）颈部手术：在甲状软骨下缘沿颈正中线纵向切开皮肤约 5 ~ 7cm，钝性分离颈部筋膜和肌肉，分离右侧颈外静脉、左侧颈总动脉和气管，穿线备用。自耳缘静脉注入 0.3% 肝素生理盐水 1ml/kg，全身肝素化。

1）气管插管：插管侧管连接张力换能器，记录呼吸。

2）左侧颈外静脉插管：建立输液通道以及测量中心静脉压。将事先充满抗凝液的静脉插管向心方向小心插入颈外静脉，深约 6 ~ 8cm，接近右心房入口，并结扎固定。通过三通管一端连接到中心静脉压测压装置，记录中心静脉压，另一端连接输液装置。

3）左侧颈总动脉插管：用来测量动脉血压。将事先充满抗凝液的动脉插管向心方向插入颈总动脉，通过三通管一端连接到压力换能器，记录动脉血压。

（3）观察并记录动物的心率、血压、呼吸、中心静脉压变化，听诊心音强度以及胸背部有无水泡音，做肝-中心静脉压反流试验（用手轻推压右肋弓下 3s，以中心静脉压上升的数值表示）。

（4）复制急性右心衰竭模型

1）观察记录正常血压、中心静脉压和呼吸运动的变化。

2）自耳缘静脉缓慢注射（0.1ml/min）恒温水浴中加热至 38℃ 的液体石蜡 0.5 ~ 1.0ml（不超过 0.5ml/kg），同时观察上述指标的变化。如有血压下降和（或）中心静脉压升高，即停止注射。待血压和中心静脉压又恢复到对照水平时，再缓慢注入少量液体石蜡，直至血压下降 10 ~ 20mmHg 和（或）中心静脉压有轻度升高为止。

3）待呼吸、血压平稳后以每分钟约 5 ~ 8ml/kg 的速度（相当于每千克体重 70 ~ 120 滴/分）快速输入生理盐水。输液过程中，每注入 100ml 液体，即测定和记录各项指标一次，直至动物死亡。

（5）尸检：动物死亡后，挤压胸壁，观察气管内有无泡沫状分泌物溢出，并注意其颜色。剖开胸、腹腔，进行观察。

1）腹腔：观察有无腹水、肝脏有无淤血肿大以及肠系膜血管有无淤血、肠壁是否水肿等。

2）胸腔：观察有无胸水、肺脏的外形、颜色以及有无淤血等，观察心脏各腔室体积有无变化。

最后剪破腔静脉，让血液流出，此时注意观察肝脏和心脏体积的变化。

【实验结果】

急性心力衰竭前后循环指标的变化见表 8-6。

表 8-6　实验结果记录表

观察指标	实验前	注射液体石蜡总量 ml	注射生理盐水			
			50ml	100ml	200ml	300ml
呼吸（次/min）						
心率（次/min）						
血压（mmHg）						
中心静脉压（cmH$_2$O）						
肝-中心静脉压反流试验						

尸检所见：

【注意事项】

（1）颈外静脉插管须小心谨慎，当有阻力时不能强行插入，可将插管稍微后退，略微旋转后再插入，切勿刺破血管。插好后可见中心静脉压测压装置中的液面随呼吸明显波动。

（2）本实验的关键是注射栓塞剂——液体石

蜡。注入过少,则因肺小血管栓塞范围小,不能有效提高后负荷,而需大量输液增加前负荷,致使实验费时、费液体。注入过多、过快,则会造成大范围的肺小动脉栓塞,动物因心源性休克很快死亡,不能全面进行实验项目的观察。所以,一定要缓慢注入液体石蜡,并在注入过程中仔细观察血压和中心静脉压的变化。

(3)若输液量超过200ml/kg,而各项指标变化仍不显著时,可再补充液体石蜡。

(4)尸检时注意不要损伤胸腹腔的血管。

【思考题】

(1)本实验急性心力衰竭的发生机制是什么?

(2)本实验有无肺水肿的发生?如果有,其发生机制如何?

(3)本实验可能存在哪些缺氧类型?

(陈雪红 韩彦弢)

实验8.6 呼吸功能不全

【目的和原理】

通气障碍、气体弥散障碍和肺泡通气/血流比例失调是呼吸功能不全的主要发生机制。本实验通过急性上呼吸道不完全阻塞复制通气障碍所致的急性呼吸功能不全;通过开放性气胸和肺水肿复制肺泡通气/血流比例失调和气体弥散障碍所致的急性呼吸功能不全,同时观察动物呼吸、血压及血气分析指标的变化,进一步认识呼吸功能不全的基本发病机制和对机体的影响。

【器材与药品】

兔手术台、生物信号采集系统、哺乳动物手术器械1套、气管插管(两侧套有橡皮管)、血气分析仪、张力换能器、颈总动脉插管、动脉夹、静脉插管、股动脉细塑料插管、注射器(1ml、2ml、5ml、10ml和20ml)、针头(7号、9号、16号)、橡皮塞头、听诊器;生理盐水、20%氨基甲酸乙酯溶液、0.3%肝素生理盐水(体内抗凝)、0.03%肝素生理盐水(体外及插管抗凝)、0.1%肾上腺素溶液。

【实验对象】

家兔,2~3kg,雌雄不限。

【方法和步骤】

(1)取兔1只,称重后自耳缘静脉缓慢注射20%氨基甲酸乙酯溶液5ml/kg。麻醉后仰卧位固定于兔手术台上。颈部、右侧胸部及一侧腹股沟部

剪毛备用。

(2)颈部手术:在甲状软骨下缘沿颈正中线纵向切开皮肤约5~7cm,钝性分离颈部筋膜和肌肉。分离右侧颈外静脉、左侧颈总动脉和气管,穿线备用。自耳缘静脉注入0.3%肝素生理盐水1ml/kg,全身肝素化。

1)气管插管:插管侧管连接张力换能器,记录呼吸。

2)右侧颈外静脉插管:建立输液通道。将事先充满抗凝液的静脉插管向心方向插入颈外静脉,结扎固定。

3)左侧颈总动脉插管:用于测量动脉血压。将事先充满抗凝液的动脉插管向心方向插入颈总动脉,通过三通管一端连至压力换能器,记录动脉血压。

(3)股部手术:沿股动脉走行方向在皮肤上做3~5cm长的切口,小心分离出股动脉2cm,穿线备用。将事先充满抗凝液的细塑料管向心方向插入股动脉,结扎固定(此导管供取血做血气分析用)。

(4)描记一段正常的呼吸和血压曲线,用听诊器听心音强度、肺部呼吸音后,用2ml注射器抽取股动脉血0.5ml进行血气分析。抽血后在股动脉插管内注入抗凝液少许。

抽血方法:取2ml注射器,预先吸取少量抗凝液湿润管腔并排出空气及多余抗凝液,插入股动脉插管,注意切勿漏进空气,打开动脉夹,从股动脉内抽取0.5ml血液,夹闭动脉夹,迅速将针头插入橡皮塞头以隔绝空气。随即旋搓片刻,使血液与肝素充分混匀以防血凝,做血气分析。

(5)病理模型复制

1)急性上呼吸道不完全阻塞:在气管插管的橡皮管内插入2个9号针头,然后用止血钳夹闭与大气相通的橡皮管末端,使家兔仅通过2个针孔通气,维持10min,取血做血气分析并观察呼吸、血压等变化。

2)开放性气胸:完成上述实验,待家兔呼吸、血压稳定后,于家兔右胸第4、5肋间隙与腋前线交界处,用16号针头垂直刺入胸膜腔1~1.5cm,当有落空感且动物呼吸幅度开始变小时,说明针头已刺入胸膜腔造成家兔开放性气胸,然用胶布固定穿刺针的位置。开放性气胸持续10min后,取血做血气分析,同时观察呼吸、血压等变化。用20ml注射器将胸膜腔内空气抽尽(至胸膜腔内形成负压无法再抽出气体为止),并立即拨出针头,观察约10min,待家兔呼吸恢复正常。

3）肺水肿：记录一段正常呼吸、血压曲线，用听诊器听诊呼吸音。以 150～200 滴/分速度输入生理盐水（100ml/kg），输完后将 0.1% 肾上腺素溶液（1ml/kg）从静脉插管三通管缓慢推注。然后用生理盐水以 10～15 滴/分速度维持静脉通路，以便必要时重复给药。

静脉给药时，要密切观察：①呼吸曲线有否变化，是否出现呼吸困难、急促。②气管插管口是否有粉红色泡沫样液体溢出。③听诊肺部是否出现湿啰音。如上述变化不明显可以同样方法重复使用肾上腺素，直至出现肺水肿表现。

当动物出现明显肺水肿表现（即出现呼吸困难、躁动、湿性啰音、吐粉红色泡沫液体等）时，取血进行血气分析。处死动物，打开胸腔，在气管分叉处上方 2cm 处结扎气管以防肺水肿液流出，在结扎处以上切断气管，小心分离心脏及血管，将肺取出。肺称重，计算肺系数。切开肺脏，观察有无泡沫样液体流出。

肺系数计算公式：肺系数＝肺重量（g）/体重（kg）

正常兔肺系数为 4～5。

【实验结果】

家兔呼吸功能不全时各项观察指标的变化见表 8-7。

表 8-7　实验结果记录表

	呼　　吸		血压（mmHg）	血气分析			备注
	频率（次/分）	幅度		PaO$_2$（mmHg）	PaCO$_2$（mmHg）	pH	
实验前							
不完全阻塞							
开放性气胸							
肺水肿							

【注意事项】

（1）人工气胸后胸腔内空气一定要抽尽，待呼吸频率和幅度恢复到气胸前水平后再复制下一模型。

（2）取血做血气分析时，切忌接触空气，如针管内有小气泡要立即排出。

（3）静推肾上腺素速度不宜太快。

【思考题】

（1）本实验中三种模型分别引起了哪一类型的呼吸功能不全？为什么？

（2）本实验中各个模型都发生了哪些酸碱平衡紊乱？为什么？

（3）在复制肺水肿时为什么先快速大量输液，然后静脉推注肾上腺素？

（陈雪红　韩彦弢）

实验 8.7　氨在肝性脑病发生中的作用

【目的和原理】

肝性脑病是在排除其他已知脑病前提下，继发于肝功能紊乱的一系列严重神经精神综合征。肝性脑病的发病机制有很多学说，其中之一是氨中毒学说。该学说认为由于肝细胞严重受损，使血氨生成增多而清除不足，增多的血氨通过血脑屏障进入脑组织，通过干扰脑的能量代谢、使脑内神经递质改变及抑制神经细胞膜等作用，引起脑功能障碍，从而出现相应的症状。本实验采用肝大部分切除术，复制急性肝功能不全动物模型，使肝解毒功能急剧降低，在此基础上经十二指肠插管注射复方氯化铵溶液，使家兔血氨迅速升高，出现震颤、抽搐、昏迷等类似肝性脑病症状，通过与对照组家兔比较，观察氨在肝性脑病发病机制中的作用，并通过谷氨酸钠的治疗，探讨其疗效的病理生理机制。

【器材与药品】

兔手术台 1 个、兔急性手术器械 1 套、粗棉线、导尿管 1 根、纱布、丝线、头皮针、眼科剪、持针器、小圆针、5ml、10ml、30ml 注射器各 1 副；1% 普鲁卡因溶液、2.5% 复方氯化铵溶液、2.5% 复方氯化钠溶液、2.5% 复方谷氨酸钠溶液。

【实验动物】

家兔，2～2.5kg。

【方法和步骤】

取体重相近的家兔 4 只，称重，分为实验组，对照组和治疗组。

1. 实验组（肝叶大部分切除＋肠道注射复方氯化铵）

（1）将兔仰卧位固定于兔台上，剪去上腹部正中被毛，1%普鲁卡因溶液腹正中局部浸润麻醉。

（2）从胸骨剑突下沿腹正中线做长约6～8cm切口，自腹白线打开腹腔，暴露肝脏。

（3）肝叶大部分切除术：术者食指和中指伸至肝膈面，在镰状韧带两侧下压肝脏，暴露并剪断此韧带，用手指剥离肝胃韧带，使肝脏游离。将肝腹面上翻、辨明各肝叶。用棉线结扎左外叶、左中叶、右中叶和方形叶根部，待肝叶由红变褐后沿结扎线上方切除肝脏，保留右外叶和尾状叶（图8-5）。

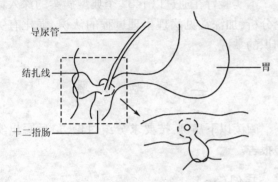

图8-5 十二指肠插管荷包缝合示意图

（4）十二指肠插管术：沿胃幽门向下找到十二指肠，在其表面作一荷包缝合，然用眼科剪剪一小口，将导尿管插入肠腔约5cm，收缩荷包结扎固定，将肠管回纳腹腔，皮钳对合夹住腹壁切口，关闭腹腔（图8-6）。

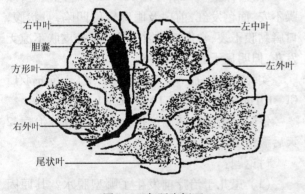

图8-6 兔肝腹侧面

（5）观察家兔的一般状况如呼吸（频率、幅度）、角膜反射、对疼痛刺激的反应、是否出现肌肉痉挛、抽搐及强直等。

（6）通过导尿管，每隔5min向十二指肠肠腔内快速推注2.5%复方氯化铵溶液5ml，注意观察家兔上述各项指标变化。当兔出现肌肉痉挛、全身抽搐时停止推注，记录从开始注射到出现症状所需

的时间和复方氯化铵的总用量，再计算出单位体重用量。同时观察家兔10min内抽搐次数，将结果记录在表8-8中。

2. 对照Ⅰ组（肝叶假切除＋肠道注射复方氯化铵） 游离肝脏，穿线后不结扎、不切除，其余操作同实验组家兔。

3. 对照Ⅱ组（肝叶大部分切除＋肠道注射复方氯化钠） 手术操作同实验组家兔，只是每隔5min向十二指肠肠腔内快速推注2.5%复方氯化钠溶液5ml，待用量（ml/kg体重）超过实验组家兔相应的复方氯化铵用量时，停止注射。观察动物有无异常，并与以上两组家兔进行比较。

4. 治疗组（肝叶大部分切除＋肠道注射复方氯化铵＋静注复方谷氨酸钠） 手术操作同实验组家兔，肠道内推注2.5%复方氯化铵溶液后待动物出现抽搐症状后立即从耳缘静脉推注2.5%复方谷氨酸钠溶液（20ml/kg），观察并记录治疗后症状有无缓解。

【实验结果】

肝性脑病症状及疗效观察见表8-8

表8-8 实验结果记录表

	给药名称	给药剂量（ml/kg）	抽搐出现时间（min）	10min内抽搐次数
实验组				
对照Ⅰ组				
对照Ⅱ组				
治疗组				

【注意事项】

（1）剪镰状韧带时谨防刺破横膈，以免造成气胸。游离肝脏时，动作宜轻柔，以免损伤肝脏。结扎线应扎于肝叶根部，避免拦腰勒破肝脏。

（2）复方氯化铵溶液勿滴入腹腔。

（3）所用药物要在实验前配制，以免药效减退。

【思考题】

（1）注射复方氯化铵溶液后，造成家兔昏迷、抽搐等症状的原因是什么？

（2）谷氨酸钠治疗肝性脑病的机制是什么？

【附】

复方氯化铵溶液配制：NH$_4$Cl 25g，NaHCO$_3$ 15g，以5%葡萄糖盐水稀释至1000ml。

复方氯化钠溶液配制：NaCl 25g，NaHCO$_3$ 15g，

以 5% 葡萄糖盐水稀释至 1000ml。

复方谷氨酸钠溶液配制：谷氨酸钠 25g，NaHCO₃ 15g，以 5% 葡萄糖盐水稀释至 1000ml。

（吴晓燕）

实验8.8　摘除小鼠肾上腺及应激试验

【目的和原理】

肾上腺分皮质和髓质两部分。皮质分泌的激素与水盐代谢、物质代谢和应激功能密切相关，对维持机体生命活动有重要的作用。动物摘除肾上腺后，在一定条件下，尚能存活，但其应激功能异常低下，易于死亡。

【器材与药品】

小动物手术器械1套、乙醚、棉球、大烧杯（大标本缸）、冰水。

【实验动物】

小鼠或大鼠。

【方法和步骤】

选择体重30g（大鼠体重150～200g）的小鼠，乙醚麻醉。取俯卧位，剪毛，用碘酒及75% 乙醇溶液局部消毒。沿小鼠背部正中胸腰椎交界处，剪开皮肤1cm，用小剪刀在左侧最后一根肋骨与脊柱交界处，分离肌肉，直至腹腔内，用小镊子撑开创口，在肾脏上方靠脊柱侧，看到一灰色的腺体，即肾上腺。用眼科镊取出并摘除，同样方法摘除对侧肾上腺。然后缝合背部皮肤，伤口涂上碘酒。取另一只同性别、同体重的小鼠，做同样手术，但不摘除肾上腺，作为对照。术后在同样条件下饲养一周，注意环境温度需保持相对恒定（20℃左右），食物、水分供应必须充足（去肾上腺动物供应盐水饮料）。于观察前2日将供盐水饮料的实验组改为饮清水，两组动物均停止供食。实验时，把摘除肾上腺的小鼠和对照小鼠，同时分别放入盛有冰水的两只大烧杯中，小鼠在冰水中游泳开始计时，观察小鼠在应激状态下的表现，约2～4min后，取出动物，用干布擦干动物身上的水。比较两只动物在应激后的姿势、活动及恢复情况。

【注意事项】

（1）注意掌握麻醉的深浅程度。

（2）防止手术过程中动物失血过多。

（3）根据动物在冰水中运动的情况，酌量提前或延缓把动物取出。

【分析与思考】

根据实验结果分析讨论肾上腺皮质激素的作用。

（李晓宇）

第2节　病案分析

一、实验目的

本实验旨在通过以下32个典型病案的深入讨论分析，加深常见病理生理过程的认识，强化有关知识的掌握。

二、实验步骤

阅读以下病例，按要求分组讨论，最后写出实验报告。

病例（一）

患儿，3个月女婴，因呕吐、腹泻伴发热2天入院。两天前患儿出现腹泻，每天10余次，为稀水样便。呕吐，每天2～4次，为胃内容物。病后发热，体温最高39.8℃，尿量减少，末次尿于4小时前。病后曾自服加盐米汤，量不详。

体检：体重7.8kg，体温38.9℃。神志清楚，烦躁不安，面色发红，前囟及眼窝轻度凹陷，舟状腹，口唇黏膜干裂，常作口渴欲饮状。全身皮肤不凉无发花，但明显干燥，弹性稍差。

实验室检查：血 Na^+ 158mmol/L，K^+ 4.6mmol/L，Cl^- 101mmol/L，HCO_3^- 19.8mmol/L。

住院后给予静脉滴注抗生素和补液等治疗，2天后病情明显好转。

讨论题：

（1）患儿于治疗前发生了哪型脱水？其原因和机制是什么？

（2）对患儿应采取怎样的补液措施？为什么？

（3）患儿为什么会有发热？阐述其发生机制。

病例（二）

一名成年男性患者，因呕吐、腹泻伴发热4天而住院。患者自诉虽口渴厉害但饮水即吐。体检：体温38.2℃，呼吸、脉搏正常，血压110/80mmHg，有烦躁不安，口唇干裂。血清 Na^+ 150mmol/L，尿

Na^+ 25mmol/L,尿量约700ml/d。立即给予静脉滴注5% 葡萄糖溶液3000ml/d 和抗生素等。两天后情况不见好转,反而面容憔悴,软弱无力,嗜睡,浅表静脉萎陷,脉搏加快,尿量较前更少,血压72/50mmHg,血清 Na^+ 122mmol/L,尿 Na^+ 8mmol/L。

讨论题:

(1) 该患者治疗前发生了哪型脱水?阐述其发生的原因和机制。

(2) 为什么该患者治疗后不见好转?说明其理由。应如何正确补液?

(3) 阐述该患者治疗前后临床表现与检查结果变化的发生机制。

病例(三)

患者,9 岁女孩,严重腹泻4 天,表情淡漠,皮肤弹性下降,眼眶凹陷。脉搏114 次/分,血压98/60mmHg,呼吸深快,26 次/分,血细胞比容53%,两肺(−),腹软无压痛,血液 pH 7.15, HCO_3^- 10mmol/L, $PaCO_2$ 3.0 kPa (23mmHg), K^+ 5.8mmol/L,入院后静脉输注5% 葡萄糖溶液700ml,内含10mmol $KHCO_3$ 和110mmol $NaHCO_3$,1 小时后呼吸停止,脉搏消失,心前区可闻及弱而快的心音,复苏未成功。

讨论题:

(1) 该患儿发生了哪些水、电解质和酸碱平衡紊乱,为什么?

(2) 患儿死亡原因是什么?为什么?

病例(四)

患儿,男,7 岁,全身水肿1 周住院。发病前曾反复上呼吸道感染,咽痛、咳嗽、发热,体温最高达38.5℃。水肿开始于眼睑、面部,晨起最明显。以后逐渐遍及上下肢及躯干,伴尿少。患儿既往体健,无癫痫、先心、肝脏疾患及慢性胃肠道病史。

入院后常规激素治疗。第13 周患儿突然停止说话,眼睑、面肌及四肢肌肉阵阵抽动,随即意识丧失,口唇发绀。呼吸浅而不均。

体检:血压112/70mmHg,脸色较苍白,精神委靡,面部及下肢皮肤凹陷性水肿,腹部移动性浊音(+)。双肺可闻及中、细湿啰音,以右下肺为重。心音低钝,律齐,112 次/分,未闻及杂音。颈无抵抗,膝、跟腱反射均未引出。

实验室检查:血沉43mm/h,血浆总蛋白45g/L,白蛋白19g/L,血胆固醇9.8mmol/L。血细胞比容低于正常。尿常规检查,蛋白(+++),红细胞偶见。水肿液蛋白含量14g/L(正常 <25g/L)。

讨论题:

(1) 该患儿出现何种类型水肿?其特点及主要发生机制是什么?

(2) 患儿是否出现了肺水肿和脑水肿?如果存在,其发生原因和机制是什么?

(3) 患儿口唇发绀的原因是什么?

病例(五)

某患者因外伤行断手再植手术,在接通主要动、静脉各两条以后,血液循环恢复良好,但不久局部(缝合部及断手)发生水肿,而且越来越重,几乎影响了所接断手的存活。

讨论题:

(1) 该患者发生了什么类型的水肿?

(2) 水种是如何形成的?

病例(六)

患者,男性,20 岁,因结核性腹膜炎和肠梗阻住院手术治疗。术后禁食,连续7 天胃肠减压,共抽吸液体2200ml。平均每天输注5% 葡萄糖盐水2500ml,排尿2000ml。术后2 周,患者出现精神委靡不振、面无表情、全身软弱无力、嗜睡、腹胀、食欲减退等症状,遂转内科治疗。

体检:脉搏75 次/分,呼吸18 次/分,血压120/76mmHg,腹膨隆,肠鸣音消失,上下肢肌张力减退,腱反射迟钝。

实验室检查:血钾1.9mmol/L,血浆 HCO_3^- 30.5mmol/L,尿酸性。ECG 显示窦性心律,各导联 T 波低平,部分导联有 U 波。立即开始每日给予10% KCl 溶液15ml 加入5% 葡萄糖液中静脉滴注,并口服 KCl 3g。4 天后血钾升至4.02mmol/L,一般情况显著好转,食欲增加,面带笑容,能自行下床活动,腱反射恢复,ECG 正常。

讨论题:

(1) 患者出现以上神经、肌肉症状和 ECG 改变的原因及机制是什么?

(2) 患者血浆 HCO_3^- 增高,为什么尿液仍呈酸性?简述其理由。

(3) 患者补钾4 天后病情才见好转?这是为什么?可否直接静脉推注 KCl?

病例(七)

患者,女性,16 岁,因心慌、气短1 年,咳嗽、咯血、腹胀和尿少 2 周入院。

入院后经各种检查诊断为：风湿性心脏瓣膜病、心功能Ⅳ级、肺部感染。实验室检查：血 K^+ 4.6mmol/L，Na^+ 144mmol/L；Cl^- 90mmol/L，HCO_3^- 29mmol/L。住院后给予强心、利尿（双氢克尿噻 25mg/次，3 次/日）、抗感染治疗，并进低盐食物。治疗 7 天后，腹胀、下肢水肿基本消失，心衰明显改善。

治疗 18 天后，心衰基本控制，但一般状况无明显改善，且出现精神委靡不振、嗜睡、全身软弱无力、腹胀、恶心、呕吐、不思进食及尿少等，并有脱水现象；血 K^+ 2.9mmol/L，Na^+ 112mmol/L，Cl^- 50.9mmol/L，HCO_3^- 35.7mmol/L。立即给予静脉补充含氯化钾的葡萄糖盐水。5 天后，一般状况明显好转，食欲增加，肌张力恢复，尿量亦逐渐正常；血 K^+ 4.4mmol/L，Na^+ 135mmol/L，Cl^- 91mmol/L，HCO_3^- 30mmol/L。

讨论题：

（1）引起患者出现低血钾、低血钠的原因有哪些？

（2）哪些症状与低血钾有关？说明其理由。

（3）患者是否合并酸碱平衡紊乱？是何原因引起？为何种类型？

病例（八）

（1）某糖尿病患者呈昏迷状态，未曾用胰岛素治疗。

实验室检查结果：pH 7.10，HCO_3^- 16mmol/L，$PaCO_2$ 20mmHg，Na^+ 140mmol/L，K^+ 5.0mmol/L，Cl^- 105mmol/L，血浆酮体明显升高。

（2）某溺水窒息患者，经抢救后血气分析结果：pH 7.15，$PaCO_2$ 10.7 kPa（80mmHg），HCO_3^- 27mmol/L，AB 40mmol/L。

（3）某癔症患者发病 1 小时，出现呼吸浅慢。

血气结果：pH 7.59，$PaCO_2$ 3.3 kPa（25mmHg），SB 25mmol/L，AB 20mmol/L，BB 46.5mmol/L。

（4）出生后 3 天一女性患儿，发绀，诊断为婴儿呼吸窘迫综合征。

血气结果：pH 7.38，$PaCO_2$ 3.4 kPa（26mmHg），PaO_2 7.34 kPa（55mmHg），HCO_3^- 18mmol/L，BE -8.1mmol/L。

（5）某患者既往有十二指肠球部溃疡史，近 1 个月经常呕吐，钡餐检查发现幽门梗阻。患者表现为烦躁不安、手足搐搦，血气分析及电解质检查结果如下：pH 7.52，$PaCO_2$ 6.7 kPa（50mmHg），

BB 63mmol/L，BE + 13mmol/L，Cl^- 88mmol/L，K^+ 3.2mmol/L。

（6）某患者手术麻醉时因呼吸抑制而出现：血 pH 7.20，$PaCO_2$ 10.7 kPa（80mmHg），SB 24mmol/L，AB 28.5mmol/L，BB 46mmol/L，BE +2.5mmol/L。

（7）某男性患者被诊断为慢性肾衰竭、尿毒症，实验室检查：pH 7.21，$PaCO_2$ 3.2 kPa（24mmHg），BB 36.5mmol/L，BE -13.1mmol/L，SB 13.3mmol/L，AB 9.9mmol/L，。

讨论题：

（1）上述病例各为何种类型酸碱平衡紊乱，依据是什么？代偿程度如何？

（2）原发性和继发性变化的指标是什么？这些变化是如何发生的？

（3）上述酸碱平衡紊乱主要有哪些功能代谢变化？这些变化是怎样发生的？

病例（九）

某慢性阻塞性肺气肿患者，血气分析与电解质测定结果如下：血 pH 7.36，$PaCO_2$ 9.6 kPa（72mmHg），HCO_3^- 36.8mmol/L，BE +8mmol/L，Cl^- 88mmol/L，Na^+ 140mmol/L。

讨论题：

（1）该患者发生了何种类型酸碱平衡紊乱？为什么？

（2）为什么血 pH 在正常范围？

病例（十）

患者，男性，65 岁，因慢性阻塞性肺气肿合并肺心病 5 年，急性发作 2 天，神志恍惚 10 小时入院。

入院时实验室检查：Hb 150g/L，血 pH 7.10，$PaCO_2$ 12.4 kPa（93mmHg），PaO_2 10.3 kPa（77mmHg），血 HCO_3^- 28mmol/L，BE -1.2mmol/L。入院后立即给予吸痰、持续低流量吸氧、输入抗生素及 $NaHCO_3$ 等治疗。15 小时后，病情未见明显好转。实验室复查：Hb 150g/L，血 pH 7.35，$PaCO_2$ 10.7 kPa（80mmHg），PaO_2 7.3 kPa（55mmHg），血 HCO_3^- 44mmol/L，BE 16.4mmol/L。

讨论题：

（1）患者入院时发生了何种类型酸碱平衡紊乱？其原因和发生机制如何？

（2）为什么入院治疗 15 小时后病情未见明显好转？此时是否存在酸碱平衡紊乱，如果存在，为

何种类型,为什么?

(3)患者入院时及入院15小时后是否存在缺氧?为什么?

病例(十一)

男性农民患者,35岁。于当日清晨4时在蔬菜温室内为火炉添煤时,昏倒在温室台阶上,4小时后被发现急送入院。病人以往身体健康。

体检:体温37.5℃,呼吸24次/分,脉搏110次/分,BP 14.0/9.6 kPa(105/72mmHg)。神志不清,口唇呈樱桃红色,唇边有呕吐物,余无异常。

实验室检查:PaO_2 95mmHg,HbCO 30%,血浆HCO_3^- 13.5mmol/L。

入院后立即吸氧,不久清醒。给予纠酸、补液等处理后,病情迅速好转。

讨论题:

(1)患者为何出现昏倒和神志不清等症状?

(2)患者血浆HCO_3^-含量为何降低?呼吸、心跳有何变化?

病例(十二)

患者,女,13岁。1天前于游泳后出现发热,伴头痛、全身酸痛、纳差,呕吐1次,轻咳无痰,尿少色黄。

体检:体温39.7℃,脉搏112次/分,呼吸28次/分,血压120/70mmHg。神清疲乏,急性重病容。咽部明显充血,双侧扁桃体(++),双侧颈部淋巴结肿大。两肺呼吸音稍粗糙,心律齐,腹软,肝脾未触及。

实验室检查:白细胞14.7×10^9/L(正常$4 \sim 10 \times 10^9$/L),杆状细胞0.02,分叶细胞0.8,淋巴细胞0.16,嗜酸粒细胞0.02。

入院后立即输液及抗生素等治疗。在输液过程中患儿突然出现畏寒、寒战、烦躁不安,一度体温升至41℃,脉搏128次/分,呼吸急促。立即停止输液,肌注异丙嗪1支,并给予酒精擦浴,头置冰袋。次日,体温渐降,出汗,继续输液及抗生素治疗。3天后体温降至37℃,除稍感乏力外,余无不适。住院6天痊愈出院。

讨论题:

(1)试分析患儿入院时发热的原因及机制。

(2)输液过程中为何出现畏寒、寒战、体温增高?

(3)如若患儿不入院治疗,体温是否继续升

高?为什么?

(4)患儿的治疗措施是否正确?

病例(十三)

患者,女,29岁。因胎盘早期剥离急诊入院。妊娠8个多月,昏迷,牙关紧闭,手足强直,腹部变硬、胎动消失;眼球结膜有出血斑,身体多处有瘀点、瘀斑,便血,血尿;血压95/60mmHg,脉搏95次/分,细速;尿量不足400ml。

实验室检查:血红蛋白70g/L,红细胞2.7×10^{12}/L,外周血见裂体细胞;血小板85×10^9/L,纤维蛋白原1.78g/L,凝血酶原时间28.9s,鱼精蛋白副凝试验(3P试验)阴性。尿蛋白++,RBC++。

入院后立即终止妊娠,但阴道流血不止,即时采取压迫腹主动脉、快速输液、注射宫缩剂及止血药等措施,4h后血压降至70/50mmHg,复查血小板75×10^9/L,纤维蛋白原0.6g/L,凝血酶原时间42s,3P试验阳性。经多种措施抢救无效后死亡。

讨论题:

(1)该患者的主要病理过程是什么,发生的原因和临床分期如何,诊断依据和发病机制如何?

(2)患者出血的原因和机制是什么?

病例(十四)

患者,男,40岁。因血便、晕厥2h急诊入院。10年前因饥饿时上腹痛,经胃镜检查诊断为十二指肠球部溃疡,经"胃药"治疗好转。此后10年间时有复发,病情逐渐加重。半月前因劳累上腹痛再次发作,7h前头晕、心慌卧床休息,2h前被家人发现晕倒在厕所,并排出大量暗红色血便。

体检:脉搏细弱,110次/分,血压70/50mmHg,神志模糊,面色苍白,四肢湿冷。

实验室检查:血红蛋白70g/L,红细胞3.0×10^{12}/L,血小板100×10^9/L,白细胞11×10^9/L。

入院后肌注地西泮10mg,快速静滴低分子右旋糖酐500ml,库存血1000ml,肢端开始回暖,血压回升到90/60mmHg,随后静脉滴注平衡盐液1500ml。次日又输新鲜血400ml,平衡盐液2000ml,血压逐渐平稳。

讨论题:

(1)该病例的临床诊断是什么?依据是什么?如何发生的?

(2)治疗该病时为何先输入右旋糖酐?如何发挥作用?能否完全取代血浆?

病例(十五)

(1)患者,男,24岁。因石块砸伤右下肢3h急诊入院。急性痛苦病容。脸色苍白,前额、四肢湿冷,血压96/70mmHg,脉搏96次/分,呼吸28次/分,急促。神志清楚、烦躁不安、呻吟。尿少、尿蛋白++、RBC+。右下肢小腿部肿胀,有骨折体征。

(2)患者,男,28岁。因血吸虫病脾功能亢进而进行脾切除术,手术进行良好。术后12h突发高热,水样腹泻、粪质少,继而神志不清、昏迷。脸色灰暗、发绀,皮肤绛紫色,呈花纹状,弹性降低,眼窝深陷。血压0 kPa,心音低钝,心率120次/分。呼吸深速,尿量极少。pH 7.36,HCO₃⁻ 19mmol/L,PaCO₂ 4.4 kPa(33mmHg)。

讨论题:

上述休克各处于哪一期?为什么?

病例(十六)

患者,男,19岁。因网吧失火被烧伤而入院。入院时神清,血压11.0/8.3 kPa(83/62mmHg),心率98次/分,烧伤面积45%,大部分为Ⅱ度。

入院后6小时,血压降至65/45mmHg,经大量输液(300~400ml/h)后,血压上升不显。其后输入冻干血浆,血压回升至90/70mmHg,此时全身水肿,胸片清晰。7天后患者出现呼吸困难、意识障碍,即用人工呼吸。第9天,病情不见好转,又出现发绀、气急加重,咳出淡红色泡沫状分泌物,胸片示弥漫性肺浸润。

血气分析:PaO₂ 50mmHg,PaCO₂ 53mmHg,给予面罩吸氧后PaO₂升高仍不显。

讨论题:

(1)本病例的诊断是什么?血压下降、心率加快的机制是什么?

(2)患者为何会出现全身水肿?

(3)7天后出现的呼吸困难和意识障碍,说明患者发生了什么病理过程,其机制可能是什么?9天后呢,结合血气变化说明患者又合并了什么病理过程?

病例(十七)

一名女性患者,以往注射青霉素不过敏。因牙龈肿痛发热来医院就诊。接受青霉素皮试时,突然出现全身发痒,四肢发麻,1min后皮试处有红斑伪

足,面部及两臂呈橘皮样肿胀。很快口唇发绀,痉挛性咳嗽,有哮鸣音,并迅速发展为神志不清,四肢厥冷,呼吸浅快,脉搏摸不到,血压40/0mmHg,心音弱而快速。经多方抢救,患者逐渐恢复,痊愈出院。

讨论题:

该病例属于何种类型休克?其发病机制和临床变化如何?

病例(十八)

患者,男性,21岁,因咳嗽求治于某乡医院诊为"急性肺炎"。当时血压97/60mmHg,立即静脉滴注5%葡萄糖溶液,并加入氢化可的松100mg,去甲肾上腺素10mg,每天补液量1000ml。其间又肌注3次甲氧明,每次20mg,用药后血压回升,不久又逐渐下降,尿量每天250ml,2天后,无好转而转入本院。

入院时体检:精神委靡,血压60/40mmHg,心率126次/分,脉细弱。立即静脉滴注低分子右旋糖酐500ml,加入5%碳酸氢钠溶液500ml。另一根静脉快速输注平衡盐液,并将酚妥拉明10mg、异丙肾上腺素1mg分别加入5%葡萄糖溶液中,红霉素每天1.5g静脉滴注。以上治疗开始2h后,患者肢端逐渐转红,脉搏增强,血压回升到90/60mmHg。第一天,共输入液体4.5 L,血压恢复到110/60mmHg,全天尿量共800ml。3天后,症状好转,胸透右下肺纹理增粗,5天后痊愈出院。

讨论题:

(1)你对本病的初步印象是什么?有哪些诊断依据?发生机制如何?

(2)患者为何有尿量减少和精神委靡?

(3)治疗中有何经验与教训?

病例(十九)

患儿,女,6岁。因发热、腹泻2天入院。入院时体温39℃,呼吸深快,32次/分,血压90/72mmHg,脉搏98次/分。烦躁,出冷汗,尿少,腹痛,解灰白色胶状黏液性稀便,夹杂少许血丝,7~8次/天。血象检查:白细胞11.8×10⁹/L,多核细胞0.5,杆状细胞0.4,淋巴细胞0.1,大便镜检多数脓球及RBC。遂用阿米卡星静脉滴注进行治疗。

住院第2天病人体温高达41.2℃,神志不清,皮肤发绀,呼吸表浅,47次/分,心率120次/分,血压50/30mmHg,pH 7.33,HCO₃⁻ 18.1mmol/L,

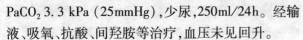

$PaCO_2$ 3.3 kPa（25mmHg），少尿，250ml/24h。经输液、吸氧、抗酸、间羟胺等治疗，血压未见回升。

住院第 3 天，患儿体温 35.5℃，皮肤出现淤斑，穿刺针孔不断渗血，呕出大量咖啡色液体，出现柏油样稀便，无尿，从导尿管导出血尿40ml。血象检查：白细胞 4.8×10^9/L，多核细胞 0.67，杆状细胞 0.04，淋巴细胞 0.29，红细胞 3.0×10^{12}/L，血小板 13.0×10^9/L。血涂片见大量裂体细胞，占 RBC 总数的 15%。凝血酶原时间 3.5min，纤维蛋白原 1.5μmol/L，FDP 250μg/L。经输液、输血、肝素等治疗未见好转。血压测不到，患儿昏迷，抢救 12h 无效死亡。大便培养有痢疾杆菌生长。

讨论题：

（1）对该患儿的诊断及依据是什么？本病发展过程如何？

（2）入院时、住院第 2 天、第 3 天微循环变化特点及发生机制怎样？

（3）本病例多部位出血的机制是什么？

病例（二十）

患者，男，54 岁，因胸闷、大汗 1h 急诊入院。患者于当日上午 7 时 30 分突然心慌、胸闷伴大汗，含服硝酸甘油不缓解，上午 9 时来诊。体检：血压 0，意识淡漠，双肺（－），心率 37 次/分，律齐。既往有高血压病史 10 年，否认冠心病史。心电图示 Ⅲ度房室传导阻滞，Ⅱ、Ⅲ、aVF 导联 ST 段抬高 10.0mV，$V_3R \sim V_5R$ 导联 ST 段抬高 3.5～4.5mV，$V_1 \sim V_6$ 导联 ST 段下移 6.0mV。立即给予阿托品、多巴胺、低分子右旋糖酐等治疗，并用尿激酶静脉溶栓。40 分钟后病人出现阵发性室颤、室性心动过速、阿-斯综合征等，且反复发作，持续约 1h。在用电除颤的同时给予利多卡因、小剂量异丙肾上腺素等，心律渐转为窦性，血压平稳，意识清楚，症状消失，治疗 22 天后康复出院。

讨论题：

（1）本例患者入院后的诊断是什么？有何依据？

（2）后期出现室速、室颤的原因是什么？其发病机制可能有哪些？

病例（二十一）

患者，女，45 岁，农民。因发热，呼吸急促及心悸 2 周入院。9 年前患者开始于劳动时自觉心悸，近半年来症状加重，做家务时气短、咳嗽，同时出现下肢水肿。1 个月前，曾在晚间睡梦中惊醒，气喘不止，经急诊抢救好转而回家。近 2 周来，出现怕冷发热、咳嗽、咳痰、痰中时有血丝、心悸气短加重。早年曾因常患咽喉肿痛而行扁桃体摘除术，16 岁后屡有膝关节肿痛史。

体检：体温 39.8℃，脉搏 160 次/分，呼吸 32 次/分，血压 110/80mmHg。重病容，口唇青紫，半卧位，嗜睡，颈静脉怒张。心界向左右两侧扩大，心尖区可闻及Ⅲ级收缩期吹风样杂音及舒张期雷鸣样杂音，肺动脉第二心音亢进。两肺底有广泛的湿性啰音。腹膨隆，有移动性浊音。肝在肋下 6cm，有压痛，脾在肋下 3cm。指端呈杵状。骶部及下肢明显凹陷性水肿。

实验室检查：红细胞 3.0×10^{12}/L，白细胞 18×10^9/L，中性粒细胞 0.90，淋巴细胞 0.10。每日尿量 300～500ml，有少量蛋白和红细胞，尿胆红素（＋＋），血胆红素 31μmol/L，凡登白试验呈双相阳性反应，血浆白蛋白 22g/L，球蛋白 5g/L，非蛋白氮 25mmol/L。

入院后即给予抗生素、洋地黄和利尿剂等治疗，症状略有好转。但第 3 日晚患者病情突然加重，出现胸痛，极度呼吸困难，咳出大量粉红色泡沫样痰，两肺中下部有密集的小水泡音，全肺可闻及哮鸣音，心律呈奔马律，血压 40/10mmHg，并从口鼻涌出泡沫样液体，经抢救无效死亡。

讨论题：

（1）该患者的原发疾病是什么？引起心力衰竭的直接原因和诱因有哪些？

（2）你认为该患者发生了哪种类型的心力衰竭？有何根据？

（3）该患者先后出现了哪些形式的呼吸困难？最后的死亡原因是什么？

（4）根据该患者的病情，请找出水肿的发病机制及其依据。

（5）患者心界扩大，脉搏 160 次/分，血压正常，这是为什么？

病例（二十二）

患者，男性，64 岁，因咳嗽、心悸、气喘，下肢水肿，发热，神志恍惚 1 天急诊入院。患者近 30 年来常于受凉后咳嗽，咳痰，多在冬季及气候转变时发作。近 5 年咳嗽频繁，走平路时渐觉气促，不能参加体力劳动。近 1 个月咳嗽加重，下肢水肿，曾数次去医院诊治，症状无好转。3 天来发热，进食少，痰黄,不易咳出,嗜睡,入院前晚家属发现患者神志恍惚。既往无高血压、肾炎、肝炎史。

体检:体温 38.5℃,脉搏 130 次/分,呼吸 30 次/分,血压 130/70mmHg。神萎淡漠,半卧位,嗜睡,呼之能应,巩膜无黄染,球结膜充血、水肿明显,双侧瞳孔等大同圆,对光反射正常。颈软,颈静脉怒张,唇指发绀。胸廓前后径增宽,肋间隙较宽,叩诊均为清音。双肺有散在干湿啰音。心律齐,无杂音,腹稍膨隆,肝在肋下 2cm,质中,肝颈静脉回流征阳性,脾未扪及,腹部有移动性浊音,双下肢凹陷性水肿。无脑神经病理性反射征象。

实验室检查:红细胞 4.2×10^{12}/L,血红蛋白 120g/L,白细胞 11.0×10^9/L,中性粒细胞 0.9,淋巴细胞 0.1,尿素氮 5.7mmol/L,pH 7.19,PaO_2 7.7 kPa(58mmHg),$PaCO_2$ 11.7 kPa(88mmHg),HCO_3^- 34mmol/L,BE – 4mmol/L,血清钾 5.8mmol/L,钠 137mmol/L。入院后立即给予鼻导管低浓度(29%)、低流量(2 升/分)持续吸氧,10% 葡萄糖溶液加入尼可刹米、洛贝林、氨茶碱、地塞米松、青霉素静脉输注,另肌注链霉素。口服螺内酯、氢氯噻嗪,静脉推注 5% 碳酸氢钠溶液,尿量增至 2300ml/24h。次日,患者神志清楚,水肿稍减,复查动脉血 pH 7.4,$PaCO_2$ 3.6 kPa(27mmHg),PaO_2 9.3 kPa(70mmHg),BE +8.5mmol/L。第三天,球结膜及下肢水肿消退,呼吸平稳,体温 37.5℃,再次复查血 pH 7.42,$PaCO_2$ 6.7 kPa(50mmHg),BE +4mmol/L,血清钾 3.9mmol/L,钠 134mmol/L,继续治疗至体温正常,呼吸平稳,水肿消退,20 日后好转出院。

讨论题:

(1) 本患者的初步诊断是什么,依据有哪些?为什么会发生?

(2) 患者存在哪些水、电解质、酸减平衡紊乱?经过治疗后有何变化?

(3) 治疗过程中应注意什么?为什么?

病例(二十三)

患者,男性,70 岁。因反复咳嗽、咳痰 30 年,心悸、气急、水肿 2 年,近 10 日"受凉"症状加重,发热、咳黄脓痰而住院。

体检:体温 37.5℃,脉搏 104 次/分,呼吸 32 次/分,血压 90/60mmHg。慢性病容,神志清楚,呼吸困难,烦躁。唇发绀,咽部充血,颈静脉怒张。桶状胸,肋间隙增宽,两侧呼吸运动对称,未触及胸膜

摩擦感及握雪感,叩诊两肺呈过清音,呼吸音较弱,呼气音延长,两肺上部可闻及干性啰音,两肩胛下区可闻及细湿啰音。剑突下可见搏动,范围较弥散。心界叩不出,心音遥远,心率 104 次/分,律整,未闻及病理性杂音,$P_2 > A_2$。腹平软,肝肋缘下 3cm,剑突下 5cm,质中,肝颈反流征阳性,脾未触及。足背及骶部凹陷性水肿明显。

实验室检查:红细胞 4.8×10^{12}/L,血红蛋白 156g/L,白细胞 11×10^9/L,中性粒细胞 0.83,淋巴细胞 0.17。pH 7.31,PaO_2 6.7 kPa(50mmHg),$PaCO_2$ 8.6 kPa(64.5mmHg),BE – 2.8mmol/L。胸片示:两肺透亮度增加,纹理增多,肋间隙增宽,右肺下动脉干横径18mm(正常值:<15mm),心影大小正常。心电图:肺性 P 波,电轴右偏,右心室肥大。

讨论题:

(1) 此患者能否诊断为呼吸衰竭?

(2) 此患者引起血气异常的可能机制有哪些?

(3) 此患者为什么会出现右心肥大的征象?简述其发生机制。

(4) 此患者酸碱平衡紊乱属哪一类型?为什么?

(5) 此患者能否吸入高浓度氧?为什么?

病例(二十四)

患者,女,65 岁,因发热伴咳嗽 8 天、意识不清 3h 急诊入院。患者于 20 多年前一次感冒后出现咳嗽、流涕、气喘,经抗生素治疗后好转。此后每逢天气变冷及感冒,咳喘加重。咳嗽以夜间为主,严重时剧咳不能平卧,开始少量白色黏痰,后变为大量黄痰。无胸痛、咯血。8 天前,突然出现发热、剧烈咳嗽、全身乏力,在外院给予青霉素治疗,效果欠佳。入院前 3h,患者突感胸闷气憋,呼吸困难,口唇发绀,随即意识不清,四肢抽搐。

体检:体温 39.1℃,呼吸 50 次/分,脉搏 110 次/分,血压 135/75mmHg。浅昏迷状态,慢性重病容,口唇、甲床发绀,瞳孔等大等圆,对光反射灵敏。颈软,颈静脉无怒张。两肺叩诊稍浊,听诊满布细湿啰音。心音减弱,心率 110 次/分,律齐无杂音。肝脾触诊不满意。

实验室检查:Hb 85g/L,WBC 19×10^9/L,中性粒细胞 0.90,嗜酸粒细胞 0.10。动脉血气分析:pH 7.20,PaO_2 4.7 kPa(35mmHg),$PaCO_2$ 11.0 kPa(83mmHg),HCO_3^- 30mmol/L。胸片示两肺纹增

粗、紊乱,边缘模糊。痰培养:流感嗜血杆菌(+)。

入院后,给予抗感染、吸氧、镇咳、祛痰、解痉、平喘、强心、利尿及纠正水、电解质和酸碱平衡紊乱等治疗,病情稍缓解,神志转清。

讨论题

(1)本病例主要的病理过程是什么?有何根据?

(2)患者为何出现呼吸、心跳加快?血气变化的机制是什么?

(3)患者的昏迷是如何引起的?简述其发生机制。

(4)本例可能会出现哪些水、电解质和酸碱平衡紊乱?

病例(二十五)

一名 59 岁木匠来到急诊室,主诉气短。

体检:脉搏 112 次/分,血压 138/88mmHg,呼吸 35 次/分。极度呼吸困难,两肺听到响亮的呼吸音,并夹杂一些细捻发音,患者面色灰暗,甲床明显发绀。

动脉血化验后作胸透,并将患者放氧帐中治疗。半小时后,护士发现经上述处理的患者未见显效,遂叫医生,此时患者面色已变成粉红色,发绀消失,呼吸平稳,频率 10 次/分,心率 140 次/分,血压 85/50mmHg,处于深度昏迷状态。

实验室检查:血红蛋白 190g/L,血细胞比容 0.52,PaO$_2$ 6.4 kPa(48mmHg),PaCO$_2$ 12.0 kPa(90mmHg),pH 7.35,HCO$_3^-$ 48mmol/L。

讨论题:

(1)维持该患者呼吸运动的机制有哪些?

(2)如何解释该患者入院后的病情变化?

(3)对这样的患者在治疗时应注意什么?

病例(二十六)

患者,男性,52 岁。主诉 3 天前进食牛肉 0.25kg,食后出现恶心、呕吐、神志恍惚、烦躁不安而急诊入院。患者患慢性肝炎已十余年,常有上腹不适,食欲不振症状,检查肝大 1cm。4 年前上腹隐痛加重伴有反复皮肤、巩膜黄染,大便稀烂。近 4 个月来,进行性消瘦,四肢无力,面色憔悴、皮肤粗糙,皮肤、巩膜黄疸加深,鼻和齿龈易出血,间有血便。

既往嗜酒,日饮酒量半斤以上,常年不断。无疟疾史、无血吸虫疫水接触史。

体检:神志恍惚,步履失衡,烦躁不安,皮肤巩膜深度黄染,腹稍隆起,肝右肋下恰可触及,质硬,边钝,脾左肋下 3 横指,质硬,有腹水征,心肺无特殊发现,食管吞钡 X 线显示食管下静脉曲张。

实验室检查:胆红素 34.2μmol/L,SGPT 120U,血氨 88μmol/L。

入院后经静脉输注葡萄糖,谷氨酸钠,酸性溶液灌肠,控制蛋白饮食,补充维生素和抗感染治疗措施,病情好转,神志转清醒。入院后第 5 天,患者大便时突觉头晕、虚汗、心跳乏力,继之昏厥于厕所内,被发现时面色苍白,脉细速,四肢湿冷,血压 60/40mmHg,经输血补液抢救血压回升,病情好转。第 6 天,患者再度神志恍惚,烦躁不安,尖叫,有扑翼样震颤,肌张力亢进,解柏油样大便,继而昏迷。此时血压 150/60mmHg,皮肤巩膜深度黄染,胆红素 85μmol/L,SGPT 160 U,血氨 104μmol/L。经降氨处理后血氨降至 62μmol/L,但昏迷等症状无改善,乃静滴左旋多巴约近 1 周,病人神志转清醒,住院第 47 天,症状基本消失出院休养。

讨论题:

(1)你对本病的初步印象是什么,有哪些诊断依据?

(2)患者两次昏迷的原因是什么?有无诱因?其可能的发病机制有哪些?

(3)针对患者主要临床表现所采用治疗措施的理论依据何在?

病例(二十七)

患者,女性,35 岁,腹胀一周,皮肤、巩膜黄染 4 天入院。患者于一周前感中上腹胀满不适,无返酸、嗳气,无厌油、纳差,无恶心、呕吐,未予重视,自服胃药,症状无缓解。4 天前,皮肤、巩膜突然出现黄染,伴嗜睡,且症状逐渐加重,出现反应迟钝,牙龈出血、少尿等症,遂入院。即往体检 HBsAg 阳性。

查体:体温 36.5℃,呼吸 18 次/分,脉搏 74 次/分,血压 118/94mmHg。神情委靡,全身皮肤重度黄染,未见肝掌及蜘蛛痣,无皮下瘀点、瘀斑。巩膜重度黄染,牙龈有少量出血。心肺(-)。腹软,无压痛,肝脾未及,移动性浊音(-)。病理反射未引出,扑翼样震颤(+)。

实验室检查:红细胞 3.0×10^{12}/L,血红蛋白 100g/L,白细胞 7.0×10^9/L,血小板 91×10^9/L,SGPT 345U,血清凡登白试验呈双相反应阳性,总胆红素 251.8μmol/L,血浆白蛋白 32g/L,A/G 1.5,凝血酶原时间 29.4s。尿胆原(+),尿蛋白(++)。

入院后即给予补液、足够热量及维生素等支持疗法,输注肝细胞生长素,改善微循环等措施,症状改善不显,次日患者陷入昏迷状态,并出现腹水、呕血、便血、血尿、无尿等,经抢救无效死亡。

讨论题:

(1)该病例的诊断是什么?(属何类型)

(2)分析本病例昏迷的发生机制。

(3)分析本病例肾功能和凝血功能变化的机制。

(4)针对本病例的治疗,你有何好建议?

病例(二十八)

患者,男,40岁,因黑便、呕血2天,神志模糊1天而入院。

患者于10多年前曾患"急性黄疸型肝炎",经"保肝"治疗后,黄疸消退,SGPT 转为正常。此后每当劳累时,感觉乏力、纳差,但未引起重视。近几天来因劳累过度,突然解出柏油样大便,并呕出咖啡色胃内容物约400ml,伴头昏、心慌、上腹不适,继之出现烦躁不安、神志恍惚和昏迷。

体检:体温37.8℃,呼吸24次/分,脉搏96次/分,血压75/60mmHg。神志不清,面色苍白,巩膜黄染,有蜘蛛痣及肝掌。腹软,腹壁静脉轻度显露。肝上界第5肋间,肋下触诊不满意。脾在肋下4cm。腹水征(+)。

实验室检查:血红蛋白60g/L,红细胞 2.5×10^{12}/L,白细胞 10×10^9/L,中性粒细胞0.86,血小板 100×10^9/L。大便隐血试验(+++),尿胆红素(+)。肝功能:SGPT 124U,血清白蛋白26g/L,球蛋白36g/L,HBsAg、抗HBc、抗HBe 均(+),AFP(-)。血清总胆红素200 μmol/L(11.7mg/dl),凡登白定性试验双相(+)。血 K^+ 3.5mmol/L,血氨100 μmol/L(170.3 μg/dl)。B超:肝脏表面欠光滑,实质光点增多,回声强,分布不均,未见异常光团。

入院后,经止血、输血、降氨,给予支链氨基酸、氨苄西林及多种维生素等处理后,神志转清,出血逐渐停止。2周后,因会客疲劳,感觉上腹部不适,遂自口内喷出大量鲜红色血液(约1500ml),使用三腔气囊管压迫止血无效,血压急剧下降,因呼吸心跳停止而死亡。

讨论题:

(1)本病例引起肝性脑病的原因和诱因是什么?属于哪一种类型?根据是什么?

(2)简述本病例肝性脑病的发生机制。

(3)患者发生的是哪一种类型的黄疸?有何根据?

病例(二十九)

患者,女,35岁,诉呕吐、腹泻、肾区疼痛伴无尿3天入院。患者于入院前3天自服5只鲩鱼胆治病,服后不久即出现腹痛,2h 内水样便5次,呕吐血丝内容物4次。发病8h后畏寒、低热,血压76/40mmHg,3天来肾区疼痛,每天尿量 $30 \sim 50$ml,经利尿剂治疗无效。

体检:体温37℃,脉搏90次/分,血压148/82mmHg,神清,皮肤、巩膜无黄染,心音低钝,心率90次/分,双肺未闻及干湿啰音。腹胀,肝脾未及,两肾区叩击痛阳性,四肢水肿。

实验室检查:红细胞 3.35×10^{12}/L,白细胞 7.4×10^9/L,中性粒细胞0.77,淋巴细胞0.22,嗜酸粒细胞0.01。尿蛋白(++),尿沉渣镜检有红细胞、白细胞和颗粒管型。BUN 12.4mmol/L,钾 11.8mmol/L,pH 7.23,$PaCO_2$ 6.0 kPa(45mm Hg),PaO_2 13.7 kPa(102.8mmHg),BE -8mmol/L,HCO_3^- 19.3mmol/L。心电图检查:右束支传导阻滞。

入院后经输液3000ml等治疗后,呕吐、腹泻停止,血压至110/78mmHg,但尿量不增加。继续使用利尿剂,并加用低分子右旋糖酐和甘露醇,尿量仍少。入院后第6天,BUN 上升至35.6mmol/L(100mg/dl),血压进行性下降,逐渐出现昏迷后死亡。

讨论题:

(1)本病例服食鲩鱼胆汁中毒后出现什么病理过程?是功能性还是器质性,通过什么机制产生这一病理过程?

(2)本病例尿量变化反映病人处在病情的什么阶段?在此阶段病人出现什么机能代谢变化?病人死亡的主要原因是什么?

(3)患者血压为何回升后又进行性下降?

病例(三十)

患者,男,19岁,在一次拖拉机事故中,右腿发生严重挤压伤。

体检：脉搏 150 次/分，呼吸 25 次/分，血压 65/40mmHg。被挤压的腿自腹股沟以下冰冷，发绀、肿胀。入院后给予输液、甘露醇等措施处理，很快血流动力学指标得到一定改善，血压恢复至 110/75mmHg，且从临床上看，右腿的循环似乎亦恢复良好。但病人仍然无尿，血 K^+ 从 5.5mmol/L 升至 8.6mmol/L，遂决定切除患肢，静脉滴注胰岛素及葡萄糖，使血 K^+ 暂时下降。应用葡萄糖酸钙后高血钾对心脏影响也减轻。受伤后 24h，病人排出 200ml 咖啡色尿，在以后 22 天中，患者一直无尿，腹膜透析持续控制血 K^+，最后终因合并腹膜炎于入院后第 41 天死亡。

讨论题：

（1）该患者在血压恢复前后的无尿，就其性质而言是否是一回事？分别简述其发生机制。

（2）患者血 K^+ 为何会升高？简述其发生机制。

（3）静脉滴注胰岛素和葡萄糖后为什么能促使病人血 K^+ 下降？简述其机制。

病例（三十一）

患者，男性，30 岁，因头晕 3 年近 1 个月加重，伴恶心、呕吐、全身水肿、气急而来我院诊治。患者于 3 年前曾因着凉患"急性肾炎"，在某院治疗 2 个月余，基本恢复正常。1 年前，又发生少尿、颜面和下肢水肿，并有恶心、呕吐和血压升高，仍在该院治疗。好转出院后血压一直波动在 190~200/100~130mmHg 之间，需服降压药，偶尔出现腰痛，尿中有蛋白、红细胞和管型。

体检：体温 37.8℃，脉搏 92 次/分，呼吸 24 次/分，血压 150/100mmHg。急性病容，脸色苍白，眼睑轻度水肿，全身凹陷性水肿，心浊音界稍向左下扩大，肝在肋缘下 1cm。

实验室检查：24h 尿量 450ml，比重 1.010~1.012，蛋白（++），尿沉渣镜检发现白细胞、红细胞和颗粒管型。红细胞 2.14×10^{12}/L，血红蛋白 64g/L，血小板 100×10^9/L；血浆蛋白 50g/L，其中白蛋白 28g/L，球蛋白 22g/L，血 K^+ 3.5mmol/L，血 Ca^{2+} 1.82mmol/L，血磷 4.42mmol/L，血 Na^+ 130mmol/L，NPN 71.4mmol/L，肌酐 1100μmol/L，HCO_3^- 11.22mmol/L。

患者在住院 5 个月期间内采用抗感染、降血压、利尿、低盐和低蛋白饮食等治疗，病情未见好转。在最后几天内，血 NPN 150mmol/L，血压 170/110mmHg，出现左侧胸痛，可听到心包摩擦音。经常呕吐、呼出气有尿味、精神极差，终于在住院后第 164 天出现昏迷、抽搐、呼吸心搏骤停、呕出咖啡样胃内容物，抢救无效而死亡。

讨论题：

（1）病史中 3 年和 1 年前的两次发作与本次患病有无关系？试描述从急性到慢性肾衰竭整个发病过程的大致情景。

（2）就肾功能而言，本次入院时，应作何诊断，有何根据，住院后病情又如何发展？

（3）整个病程中继发了哪些病理生理变化，这些变化是如何引起的？

（4）患者的死因是什么？临终前为何呕出咖啡样液体？

病例（三十二）

患者，女性，35 岁。反复水肿 20 年，尿闭 1 日急诊入院。

患者 20 年前患急性肾小球肾炎，此后经常反复出现眼睑水肿，服中药后水肿可暂时缓解。六年来排尿次数增多，每昼夜 10 余次，其中夜间 4~5 次，24h 尿量约 2000ml，每因劳累则感头晕眼花、心悸、气促，但无畏寒、低热、盗汗、咳嗽、腰酸痛、尿频、尿急和尿痛等病史。曾到某院检查，血压 145/100mmHg，血红蛋白 40~70g/L，红细胞 1.3~1.76×10^{12}/L，尿蛋白（+），红细胞、白细胞、上皮细胞 0~2 个/高倍视野，经间断治疗，三年来夜尿更加明显，每天尿量达 2500~3500ml，尿比重固定在 1.010 左右，夜晚常感全身骨骼隐痛，症状与日俱增。半个月来不能自由活动，不能站立，连翻身也感疼痛，但无关节红肿，更无游走性关节痛史，经"抗风湿"及针灸等治疗无效，近十日来尿少，水肿加重，食欲锐减，恶心，有时呕吐，腹部隐痛，大便日一次，质稍稀，色正常。全身皮肤瘙痒，四肢麻木，偶有轻微抽搐，一日来尿闭头晕恶心加重乃急诊入院。

体检：体温 37℃，呼吸 20 次/分，脉搏 96 次/分，血压 150/100mmHg。

实验室检查：红细胞 1.49×10^{12}/L，血红蛋白 47g/L，白细胞 9.6×10^9/L，血磷 1.9mmol/L，血 Ca^{2+} 1.3mmol/L，BUN 24mmol/L，HCO_3^- 12.8mmol/L；尿蛋白（+），尿 RBC 10~15/高倍视野，尿 WBC 0~2/高倍视野，上皮细胞 0~2 个/高倍视野，颗粒管型 2~3 个/高倍视野。X 线检查：双肺正常，心

界略扩大,手骨质普遍性稀疏及质变薄。

讨论题:

(1)该患者的基本病理过程是什么?其依据有哪些?为什么会发生?

(2)患者出现了哪些主要机能代谢变化,其发生机制是什么?

附 临床检验正常参考值

血常规检查

血红蛋白(Hb)	$110 \sim 160 g/L$
红细胞(RBC)	$3.5 \sim 5.5 \times 10^{12}/L$
红细胞比积(HCT)	$35\% \sim 55\%$
白细胞(WBC)	$4.0 \sim 10.0 \times 10^9/L$
中性粒细胞	$40\% \sim 75\%$
淋巴细胞	$20\% \sim 40\%$
单核细胞	$2\% \sim 8\%$
嗜酸粒细胞	$0\% \sim 5\%$
嗜碱粒细胞	$0\% \sim 2\%$
血小板(PLT)	$100.0 \sim 300.0 \times 10^9/L$

肝功能检查

血浆总蛋白	$60.0 \sim 80.0 g/L$
白蛋白	$35.0 \sim 55.0 g/L$
球蛋白	$25.0 \sim 35.0 g/L$
白/球蛋白比值(A/G)	$1.5 \sim 2.5$
谷丙转氨酶(SGPT)	$<45U$
血总胆红素	$1.7 \sim 17.1 \mu mol/L$
凡登白定性试验	(－)

肾功能检查

尿素氮(BUN)	$3.2 \sim 7.1 mmol/L$
肌酐(Cr)	$36.0 \sim 144.0 \mu mol/L$
非蛋白氮(NPN)	$14.3 \sim 25.0 mmol/L$

凝血功能检查

纤维蛋白原	$2.0 \sim 4.0 g/L$
凝血酶原时间	$12.0 \sim 14.0 s$
鱼精蛋白副凝试验 　(3P试验)	(－)
纤维蛋白降解产 　物(FDP)	$4.7 \pm 1.8 \mu g/ml$ 血清

尿液检查

尿钠	$20.0 \sim 40.0 mmol/L$
尿胆红素	(－)
尿胆原	(－)或 ±

其他检查

血沉	$0.0 \sim 20.0 mm/h$
血胆固醇	$3.2 \sim 6.2 mmol/L$

（倪秀雄　戚晓红　黄　艳）

第 9 章 综合实验

实验9.1 缺氧与影响缺氧耐受性的因素

【目的和原理】

由于供氧减少或用氧障碍导致细胞功能、代谢，甚至形态结构等发生异常变化的病理过程，称为缺氧。根据原因和发病机制，缺氧可分为低张性、血液性、循环性和组织性缺氧，表现出相应的机能代谢变化。而且，机体对缺氧的耐受性受到诸多因素影响，这些因素包括中枢神经系统功能状态、外界环境温度、机体的代谢情况、器官功能状况以及年龄、锻炼、缺氧的程度及时间等。

本实验通过复制低张性缺氧、血液性缺氧和组织性缺氧的动物模型，观察缺氧对呼吸功能的影响，以及皮肤黏膜和血液颜色改变的特点。通过观察环境温度、中枢神经系统功能状态对低张性缺氧小鼠耗氧量的影响，理解条件因素在疾病发生中的作用，了解临床应用冬眠疗法的意义。

【器材与药品】

缺氧瓶、测定耗氧量装置（量筒及移液管）、一氧化碳发生装置、恒温水浴、手术器械1套、试管、500ml烧杯、1ml及5ml注射器；钠石灰、CO、5%亚硝酸钠溶液、1%亚甲蓝溶液、0.125%氰化钾溶液、10%硫代硫酸钠溶液、1%咖啡因溶液、0.25%氯丙嗪溶液、蒸馏水、生理盐水、碎冰块。

【实验对象】

体重20g左右的健康小鼠。

【方法和步骤】

1. 低张性缺氧

（1）取钠石灰少许（约5g）与小鼠1只置于缺氧瓶（图9-1）中，观察动物的正常表现。观察指标包括：小鼠的一般情况，呼吸频率、幅度，皮肤及口唇黏膜颜色。将瓶塞塞紧瓶口，记录时间，每隔3min观察上述指标一次（如有其他变化随时记录），直到动物死亡为止。

（2）动物死亡后，立即摘眼球取血，取2滴于

装有5ml蒸馏水的试管内混匀，观察颜色改变。同时打开胸腹腔，观察肝脏颜色，并与其他缺氧组小鼠进行比较。

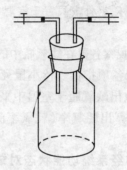

图9-1 小鼠缺氧瓶示意图

2. 一氧化碳中毒性缺氧

（1）将小鼠1只置于缺氧瓶内，观察其正常表现。

（2）塞紧瓶塞，将缺氧瓶通过橡皮管与一氧化碳发生装置（见附注）相连，随时观察上述指标。

（3）待动物死亡后，观察指标与方法同低张性缺氧。

3. 亚硝酸盐中毒性缺氧

（1）取体重相近的2只小鼠，观察其正常表现。

（2）向小鼠腹腔注入5%亚硝酸钠溶液10ml/kg，其中1只注入亚硝酸钠后立即注入1%亚甲蓝溶液20ml/kg，另一只注入生理盐水。观察指标变化，记录存活时间。

（3）待小鼠死亡后观察指标与方法同低张性缺氧。若注射亚甲蓝的小鼠一直未死亡，则可先将其处死，再观察血液及肝脏颜色变化。

4. 氰化钾中毒性缺氧

（1）取1只小鼠，称重，观察其正常表现。

（2）在小鼠腹腔注射0.125%氰化钾溶液0.1ml/10g，立即计时并观察上述指标。

（3）待小鼠出现共济失调或竖尾时，迅速腹腔注射10%硫代硫酸钠溶液0.2ml/10g，继续观察。若小鼠活动恢复，重复注射加倍量0.125%氰化钾溶液，直到死亡。

（4）待小鼠死亡后观察指标与方法同低张性缺氧。

5. 环境温度变化对缺氧耐受性的影响

（1）取 3 只缺氧瓶，各放入钠石灰少许（约 5g）。取 2 只 500ml 烧杯，其中 1 只预先置于 40℃恒温水浴中，另 1 只在放入缺氧瓶前以冰块及凉水将水温调至 0～4℃。

（2）取 3 只体重相近的小鼠，分别放入 3 只缺氧瓶中。然后将其中 2 只缺氧瓶分别放入装有冰水及热水的烧杯，另外 1 只置于室温中。塞紧瓶塞开始计时。

（3）动态观察各鼠在缺氧瓶中的情况变化，每 3min 观察记录各项指标。待小鼠死亡后，计算存活时间，立即取出缺氧瓶于室温中平衡 15min。测定耗氧量并计算出耗氧率（耗氧率测定方法见附注），比较差别。

6. 中枢神经系统功能状态对缺氧耐受性的影响

（1）取 3 只体重相近的小鼠，其中 1 只腹腔注射 0.25% 氯丙嗪溶液 0.1ml/10g，15min 后放入有钠石灰的缺氧瓶，另 1 只腹腔注射 1% 咖啡因溶液 0.1ml/10g，5min 后放入有钠石灰的缺氧瓶，最后一只腹腔注射生理盐水 0.1ml/10g，动物安静后放入有钠石灰的缺氧瓶。分别塞紧瓶塞后开始计时。

（2）动态观察各鼠在缺氧瓶中的情况变化，每 3min 观察记录各项指标。待小鼠死亡后，计算存活时间（t）。测定耗氧量并计算出耗氧率，比较差别。

【实验结果】

不同类型缺氧小鼠观察指标的结果比较填入表 9-1。

表 9-1　不同类型缺氧小鼠观察指标结果比较表

观察指标	低张性缺氧	CO 中毒	NaNO₂中毒 中毒组	NaNO₂中毒 治疗组	KCN 中毒
呼吸频率					
呼吸幅度					
功能状态					
皮肤、黏膜或血液颜色					

将环境温度对小鼠缺氧耐受性的影响填入表 9-2。

表 9-2　环境温度对小鼠缺氧耐受表

环境温度	耗氧量（ml）	存活时间（min）	耗氧率[ml/(g·min)]	缺氧耐受性	备注
室温					
冰水					
热水					

将咖啡因、氯丙嗪、生理盐水对小鼠缺氧耐受性的影响填入表 9-3。

表 9-3　咖啡因、氯丙嗪、生理盐水对小鼠缺氧耐受性的影响表

组别	耗氧量（ml）	存活时间（min）	耗氧率[ml/(g·min)]	缺氧耐受性	备注
咖啡因					
生理盐水					
氯丙嗪					

【注意事项】

（1）实验所用缺氧瓶的瓶口需能密闭不漏气，必要时用凡士林涂在瓶塞与瓶口连接处。

（2）氰化物有剧毒，勿沾染皮肤、黏膜，特别是有破损处。

（3）一氧化碳有毒，防止其过度溢出。

【分析与思考】

（1）本实验中各种类型缺氧的原因和发病机制是什么？

（2）各种缺氧时，小鼠皮肤黏膜、血液及肝脏颜色的改变为何不同？

（3）当外界环境温度降低时，小鼠对缺氧的耐受性如何变化？

（4）神经系统处于兴奋或抑制状态时，小鼠对缺氧的耐受性有何变化？

【附：小鼠耗氧率的测定及 CO_2 发生装置】

1. 小鼠耗氧率的测定

（1）原理：小鼠在密闭的耗氧瓶中消耗氧气，呼出 CO_2，CO_2 被钠石灰所吸收。瓶内氧分压逐渐降低而产生负压，当缺氧瓶与测耗氧量装置（图 9-2）相连时，移液管内液面因瓶内负压而上升，量筒内液面下降的体积数即为耗氧量。

（2）方法和步骤：向量筒内加水至刻度，然后将玻璃管接头与缺氧瓶的一个橡胶管接头相连。打开橡胶管上的螺旋夹使相通，待移液管的液面稳定后读出量筒液面下降的体积数，即为小鼠的耗氧

体积(V)。结合小鼠体重(m)及存活时间(t),按公式可计算出小鼠耗氧率(R)。

$$R = V/m \cdot t^{-1}$$

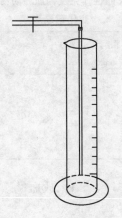

图9-2 测耗氧量装置

2. CO 发生装置 CO 发生装置(图9-3)利用化学反应得到 CO。向 CO 发生器内加入甲酸10ml,再缓慢滴入浓硫酸 1 ~ 2ml,若 CO 产生不足,可用酒精灯加热。其反应原理如下:

$$HCOOH \xrightarrow[\triangle]{H_2SO_4} H_2O + CO\uparrow$$

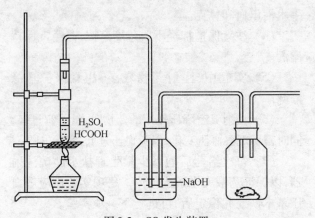

图9-3 CO 发生装置

(陈雪红 韩彦弢)

实验9.2 影响动脉血压的因素

【目的和原理】

动脉血压的形成和稳定取决于心脏泵血、外周阻力和循环血量三个方面。凡能影响上述过程的因素,都可影响动脉血压。本实验通过动脉插管法直接记录动脉血压,观察神经、体液因素对血压的调节,抗高血压药对麻醉动物的降压作用。通过急性失血性休克动物模型的复制,观察休克前后动物血压和呼吸的变化规律。

根据实验结果,讨论和分析正常机体心血管活动的调节、药物对血压的作用机制及失血性休克的发病机制。

【器材与药品】

MD 2000 微机化实验教学系统一套、压力换能器、张力换能器、兔手术台、手术灯、手术器械一套、气管插管、动脉夹、刺激器、保护电极、三通管、注射器(2ml、5ml、20ml)、纱布、丝线;20% 氨基甲酸乙酯溶液、0.5% 肝素溶液、0.01% 去甲肾上腺素溶液(NA)、0.01% 盐酸肾上腺素溶液(Adr)、0.25% 酚妥拉明溶液、0.1% 普萘洛尔溶液、0.005% 异丙肾上腺素溶液、0.1% 乙酰胆碱溶液(ACh)、0.1% 阿托品溶液、生理盐水。

【实验对象】

家兔。

【方法和步骤】

1. 手术操作

(1)动物的麻醉与固定:取兔、称重。由耳缘静脉缓慢注入20% 氨基甲酸乙酯溶液(5ml/kg),待家兔角膜反射或脚趾疼痛反射完全消失、呼吸减慢后,将其仰卧固定于兔台上,拉直颈部,剪去被毛。

(2)分离颈部神经、气管和血管:于颈部正中作 5 ~ 7cm 切口,按常规方法分离气管(可选)、右侧迷走神经(最粗)、降压神经(最细)和左侧颈总动脉,穿线插管,结扎固定,连接张力和压力换能器(动脉插管前应自耳缘静脉注射 0.5% 肝素溶液0.5ml)。注意分离气管时,勿损伤位于气管两侧的甲状腺动脉;分离神经时,不要过度牵拉,并随时用生理盐水湿润;分离动脉时,勿损伤其小分支。

2. 观察项目

(1)观察正常血压曲线:正常血压曲线可以看到三级波。一级波(心搏波)是由心室舒缩所引起的血压波动。心收缩时上升、心舒张时下降,其频率与心跳频率一致。二级波(呼吸波)是由呼吸运动所引起的血压波动,其频率与呼吸频率保持一致。三级波不常出现,可能与心血管中枢的紧张性有关。

(2)夹闭颈总动脉:用动脉夹夹闭右侧颈总动脉15s,观察血压的变化。

(3)电刺激降压神经和迷走神经:先将保护电极与刺激输出线(最右端通道)连接,再将降压神经或迷走神经轻轻搭在保护电极上,选择刺激参数:刺激强度6V,刺激频率(即周期)20 ~ 25ms,用鼠标点开关,刺激 15 ~ 20s,观察血压的变化。

(4)药物对血压的影响:待血压稳定后,依次自耳缘静脉注射下列药物,观察血压变化(可根据课时情况选择其中部分项目)。

1)0.01% NA 溶液 0.1ml/kg。

2)0.01% Adr 溶液 0.1ml/kg。

3)0.25% 酚妥拉明溶液 0.3ml/kg。

4)Adr 同 2)。

5)NA 同 1)。

6)0.005% 异丙肾上腺素溶液 0.05ml/kg。

7)0.1% 普萘洛尔溶液 0.5ml/kg。

8)异丙肾上腺素同 6)。

9)0.1% ACh 溶液 0.05ml/kg。

10)0.1% 阿托品溶液 2ml/kg。

(5)第一次放血:待动物血压稳定后,经右侧颈总动脉插入充满肝素的细塑料管(方法同前),结扎固定。从右颈总动脉放血于注射器内,放血量约占全血量的 10%(全血量以约占体重的 7%(ml/g)计算),放血后立即夹住颈总动脉。观察并记录血压、呼吸的变化。

(6)第二次放血:于第一次放血后 5 分钟,再打开右侧颈动脉夹放血,使血压降至 30mmHg 左右,于塑料插管内注入适量肝素,记录血压、呼吸的变化。

(7)回输血液:于第二次放血后 5 分钟,自右侧颈总动脉加压将放出之血液全部回输入兔体内,再记录各项指标。

【实验结果】

将刺激或给药前后动物血压的变化填入表 9-4。

表 9-4　刺激或给药前后动物血压的变化

步　骤	实验因素或药物剂量	血压(mmHg)	
		前	后
(1)夹闭一侧颈总动脉			
(2)刺激兔降压神经			
(3)刺激兔迷走神经			
(4)静注去甲肾上腺素			
(5)静注肾上腺素			
(6)静注酚妥拉明			
(7)静注肾上腺素			
(8)静注去甲肾上腺素			
(9)静注异丙肾上腺素			
(10)静注普萘洛尔			
(11)异丙肾上腺素			
(12)静注乙酰胆碱			
(13)静注阿托品			

将急性失血性休克及输血后动物血压及呼吸的变化填入表 9-5。

表 9-5　急性失血性休克及输血后动物血压及呼吸的变化记录表

	血　压 (mmHg)	呼　吸 (次/分)
放血前		
第一次放血		
第二次放血		
回输血液		

动物体重＿＿＿＿＿kg,放血量:第一次＿＿＿＿ml,第二次＿＿＿＿　ml。

【注意事项】

(1)麻醉药注射量要准,速度要慢,同时注意呼吸变化,以免过量引起动物死亡。如实验时间过长,动物苏醒挣扎,可适量补充麻醉药。

(2)在整个实验过程中,要保持动脉插管与动脉方向一致,防止刺破血管或引起压力传递障碍。

(3)手术操作时,动作要轻,以减少不必要的手术性出血和休克。

(4)注意保护神经不要过度牵拉,并经常保持湿润。

(5)实验中,注射药物较多,注意保护耳缘静脉。

(6)注射具有降压作用的药物时,量不宜过多,同时密切观察血压变化,以免血压过低,实验失败。

(7)每次给药后均以少量生理盐水冲洗注射器,以保证药液完全进入体内。每项实验后应等血压基本恢复并稳定后,再进行下一项实验。

(戚晓红)

实验9.3　缺血预适应对心肌缺血-再灌注损伤的影响

【目的和原理】

心肌缺血或梗死后恢复血液灌注,可使原有缺血性心肌损伤进一步加重,称为缺血-再灌注损伤。而经历短暂缺血再灌注的心脏,可使其后发生的长时间缺血-再灌注损伤减轻,这种现象称为缺血预适应。本实验通过开胸结扎左冠状动脉前降支并间隙松解的方法,建立心肌缺血预适应和心肌缺血-再灌注损伤动物模型,观察再灌注损伤时心律失常的表现及缺血预适应对其的影响,探讨再灌注损伤发病机制及缺血预适应的可能保护机制。

【器材与药品】

MD 2000 微机化实验教学系统、小动物呼吸机、兔手术台、手术器械 1 套、持针器、小圆针、开胸器、气管插管、小硅胶管、张力传感器、有齿镊各 1 个、针形记录电极、2ml、5ml、10ml 注射器各 1 具、纱布、医用无损伤缝合线;20% 氨基甲酸乙酯溶液、1% 肝素生理盐水、碳素墨水。

【实验对象】

家兔。

【方法和步骤】

(1) 麻醉及固定:取家兔 3 只,称重,分为甲、乙、丙三组,分别 20% 氨基甲酸乙酯溶液 5ml/kg 耳缘静脉麻醉,仰卧固定于兔手术台上。

(2) 记录正常心电图:将针形电极向心方向插入家兔四肢皮下,导线按右前肢(红)、左前肢(黄)、左后肢(蓝)、右后肢(黑)顺序连接,适当调节增益,选择 Ⅱ 导联描记一段正常心电图,纸长以实验组学生每人分到 3~4 个心动周期的心电波型为宜。

(3) 气管插管:颈部剪毛,沿正中线作 2~4cm 长纵切口,钝性分离肌肉,暴露气管并行气管插管,接小动物呼吸机,呼气末正压通气,频率 55~60 次/min,潮气量 3~4ml/100g 体重。

(4) 心肌缺血-再灌注(甲兔):剪去左侧胸部被毛,在胸骨左缘第 2 肋到第 5 肋间部位,纵行切开胸壁,钝性分离肌肉。用有齿镊在距胸骨左侧约 0.5cm 处夹持并提起肋软骨,紧贴胸骨左缘剪断左侧 2、3、4、5 肋软骨。用开胸器撑开第四肋间隙,剪开心包,暴露心脏。用包裹湿纱布的左手食指,将心脏向右拨使其外旋,显露左室外侧面,可见一穿行于浅层心肌下、纵行到心尖的血管,即为左冠状动脉主干。用小圆针穿医用无损伤缝合线,在距左心耳根部下方 2mm 处进针,穿过左冠状动脉前降支下方的心肌表层,自肺动脉圆锥旁出针,暂不结扎,观察心电图变化。待心电图恢复稳定后,将一直径约 3mm 的硅胶管垫于结扎线与血管之间,结扎冠状动脉,使硅胶管压迫左冠状动脉前降支造成灌流区心肌缺血,心电图显示 ST 段明显抬高,结扎线下心肌颜色由鲜红转为暗紫色,示心肌缺血成功。结扎 30 分后,小心剪开结扎线,恢复冠脉血流即再灌注。动态观察记录血流再通后 15min、30min、60min 时心电图变化及心律失常发生情况。

若结扎 20min 后,各项指标变化不显著,可在更高位置再次结扎或于原结扎线下约 0.5cm 处再穿线结扎,继续观察各项指标的变化。

(5) 心肌缺血-预适应(乙兔):按上述方法暴露心脏,分离左冠状动脉前降支并穿线,先行 3 次 5min 缺血/5min 再灌注,再行结扎 30min、再灌注 60min 的缺血-再灌注实验。

(6) 假手术组(丙兔):按缺血-再灌注模型进行胸部手术,分离左冠状动脉前降支后,仅穿线不结扎。

(7) 实验结束后,可在离升主动脉根部 1.5cm 处,剪断升主动脉,插入塑料管,结扎,并结扎左房。由塑料管向升主动脉内注入碳素墨水 2ml,观察心室壁黑染范围,验证左冠状动脉结扎是否准确,同时估测未黑染(缺血部分)面积约占左室游离壁面积百分比。

【实验结果】

将甲、乙、丙三兔心电图等指标变化填入表 9-6。

表 9-6 三兔心电图等指标变化表

分组	心律失常	室颤	缺血面积	死亡
甲				
乙				
丙				

【注意事项】

(1) 动物的麻醉不易过深,否则易引起呼吸抑制而死亡。

(2) 开胸时一定要紧贴胸骨左缘;放置拉钩时,在胸壁切口左缘垫湿盐水纱布,注意不要损伤胸膜,以防造成气胸。

(3) 冠脉结扎部位一定要准确,各组家兔结扎的部位、深浅及用力均应一致。

(4) 严格掌握心肌缺血时间,过长或过短都不易诱发再灌注性心律失常。

(5) 作冠脉穿线时,动作要轻,进针宜浅,否则易引起传导阻滞而致动物死亡。

(咸晓红)

实验9.4 呼吸运动的影响因素与急性呼吸功能不全

【目的和原理】

呼吸运动靠机体的呼吸中枢调节,一些因素可以直接作用于呼吸中枢或通过外周化学感受器反射性地刺激呼吸中枢,从而调节呼吸运动。严重的气道阻塞、弥散障碍、肺泡通气与血流比例失调,均可引起外呼吸功能障碍而导致呼吸衰竭。本实验目的是观察人工吸入低浓度 O_2、高浓度 CO_2、改变血液酸碱度及注入吗啡、尼可刹米等对呼吸运动的影响,分析这些因素在呼吸调节中的作用;并采用直接窒息和注射油酸诱发肺泡毛细血管膜损伤分别复制急性 II 型和 I 型呼吸衰竭,观察两种呼吸衰竭时血气与呼吸的变化,分析其发生机制。

【器材与药品】

MD 2000 微机化实验教学系统、兔手术台、兔手术器械一套、气管插管、注射器(20ml、10ml、2ml、1ml)、动脉插管、细塑料管、球囊、装有钠石灰的广口瓶、血气分析仪、银针、纱布、丝线少许;1% 肝素生理盐水溶液、20% 氨基甲酸乙酯溶液、3% 乳酸溶液、5% 碳酸氢钠溶液、CO_2 气体、钠石灰、油酸、1% 盐酸吗啡溶液、25% 尼可刹米溶液。

【实验对象】

家兔。

【步骤和方法】

(1)取兔称重。以 20% 氨基甲酸乙酯溶液 5ml/kg 由耳缘静脉缓慢注入进行全身麻醉,然后将兔仰卧固定于兔台上,颈部、剑突部位及一侧腹股沟部位剪毛。

(2)沿颈部正中切开皮肤,分离气管并插入气管插管,固定;或直接通过夹子夹住剑突,并通过张力换能器连接 MD 2000 上的第4通道,描记呼吸。

(3)分离左侧颈总动脉,穿入两条缝合线备用。由耳缘静脉注射 1% 肝素生理盐水 1ml,然后结扎远心端,近心端夹上动脉夹,用眼科剪在靠近动脉远心端结扎处剪一斜口,向心插入充满肝素的动脉插管,结扎固定,连接压力换能器,描记血压。分离一侧股动脉,近心端夹上动脉夹,远心端结扎,用眼科剪靠近远心端结扎线处,剪一斜口,插入充满生理盐水的细塑料管,结扎固定(此导管供取血做血气分析用,抽血方法见第八章呼吸功能不全)。

(4)观察项目

1)吸入高浓度 CO_2:将装有 CO_2 的球囊通过一细塑料管插入气管套管一侧管中,让家兔吸入球囊内高浓度的 CO_2 气体若干毫升,观察 CO_2 对呼吸运动的影响,记录各项指标。待呼吸恢复正常后进行下一项观察。

2)吸入低浓度氧:将气管插管一侧管与装有钠石灰的广口瓶相连,广口瓶上的另一开口与盛有一定容量空气的气囊相连,此时动物呼出的 CO_2 可被钠石灰吸收。随着呼吸的进行,气囊里的 O_2 逐渐减少,这样便可观察低浓度氧对呼吸运动的影响。

3)血液酸碱度对呼吸运动的影响:由耳缘静脉较快地注入 3% 乳酸溶液 2ml,观察 H^+ 增多对呼吸运动的影响。然后由耳缘静脉注入 5% 碳酸氢钠溶液 6ml,观察呼吸运动的变化。

4)注入吗啡及尼可刹米:由耳缘静脉注入 1% 盐酸吗啡溶液 0.5 ~ 0.6ml/kg(5 ~ 6mg/kg),3 ~ 5min 后待呼吸抑制明显时,耳缘静脉注射 20% 尼可刹米溶液 0.2ml/kg(50mg/kg),注意呼吸频率和深度有何改变。等呼吸恢复正常后,抽股动脉血测血气指标作为呼衰前对照。

5)观察直接窒息及注入油酸引起的呼吸衰竭

a. 窒息引起的呼吸衰竭:夹闭气管插管,使动物处于完全窒息 25s,立即取动脉血 0.5ml 作血气分析,并观察呼吸、血压的变化,至 30s 时松开夹闭的气管插管。待动物呼吸恢复正常后记录各指标。

b. 注入油酸引起的呼吸衰竭:由耳缘静脉缓慢注入油酸(0.1ml/kg 体重),于注射后 30min、60min 取动脉血 0.5ml 作血气分析,并观察记录各项指标的变化。

6)肺病变观察:处死家兔,开胸取出双肺,肉眼观察肺形态变化,称重,计算肺系数。并剪开肺组织,观察有无泡沫样液体流出。

肺系数 = 肺重(g)/体重(kg),正常家兔肺系数为 4 ~ 5。

【实验结果】

将不同刺激因素对家兔呼吸运动的影响填入表 9-7。

表 9-7　不同刺激因素对家兔呼吸运动的影响的记录表

	呼吸		血压(mmHg)
	频率(次/分)	幅度	
实验前			
吸入 CO_2			
吸入低氧			
输入乳酸			
输入碳酸氢钠			
输入吗啡			
输入尼可刹米			

家兔呼吸衰竭前、后呼吸、血气及血压的变化:见表 9-8。

表9-8 兔呼吸衰竭前、后呼吸、血气及血压的变化

	血 气			呼 吸		血压（mmHg）
	pH	PaCO$_2$（mmHg）	PaO$_2$（mmHg）	频率（次/min）	幅度	
实验前						
窒息						
注油酸30min						
注油酸60min						

【注意事项】

（1）取血切忌与空气接触，如针管内有小气泡要即时排除。

（2）注入吗啡后呼吸明显抑制时，要及时解救，以免动物死亡。

（李 菁）

实验9.5 促肾上腺皮质释放激素对大鼠胃运动的影响

【目的和原理】

应激时胃肠道运动的改变是许多消化道疾病如反流性胃炎、消化性溃疡、功能性消化不良、炎性肠病（inflammatory bowel disease，IBD）、肠易惹综合征发生的重要原因，下丘脑-腺垂体-肾上腺皮质轴是机体应激的主要应答机制，促肾上腺皮质释放激素（CRF）是调节应激反应的关键因子，提示下丘脑室旁核和CRF在调控胃肠道动力方面具重要作用。本实验拟观察侧脑室注射CRF和CRF受体阻断剂后胃肠运动的改变，探讨中枢CRF对胃肠运动的作用。

【器材与药品】

PowerLab或MD2000记录系统、包括主机、数据分析处理软件、桥式放大器和胃肠运动换能器、计算机、立体定位仪、实验手术台，常用哺乳类动物小型手术器械1套、微量注射器；生理盐水、20%氨基甲酸乙酯溶液、CRF、α-Hel-CRF9-41（CRFα$_2$受体阻断剂）、二甲基亚砜（DMSO）。

【实验对象】

雄性SD大鼠，体重300~350g。

【方法和步骤】

（1）用20%氨基甲酸乙酯溶液按1ml/kg

给大鼠腹腔注射麻醉，麻醉大鼠头部固定于立体定位仪上，沿矢状缝做皮肤切口，暴露颅骨，按Paxions和Walson图谱，于前囟后1mm，旁开颅中线1.5mm处钻一直径约1mm的小孔，用微操纵器将不锈钢管（外径0.5mm）沿小孔垂直向下插入4.2mm进入侧脑室，固定插管用于脑室内给药。

（2）腹部剪毛，从胸骨剑突下沿腹中线剖开腹壁，将胃肠运动换能器缝合在胃大弯壁上，固定并关腹。

（3）将换能器连接于PowerLab或MD2000记录系统，打开计算机，启动生物信号处理系统。

（4）观察项目

1）实验分组：侧脑室注射生理盐水组、侧脑室注射CRF组、侧脑室注射拮抗剂（α-Hel-CRF9-41）组和先注射拮抗剂再注射CRF组。

2）先观察未受刺激情况下胃蠕动的频率和张力曲线，再观察侧脑室注射2μl生理盐水后胃蠕动的变化。

3）先观察未受刺激情况下胃蠕动的频率和张力曲线，再观察侧脑室注射CRF（10nmol溶于2μl生理盐水）后胃蠕动的变化。

4）先观察未受刺激情况下胃蠕动的频率和张力曲线，再观察侧脑室注射α-Hel-CRF9-41（溶于DMSO中，生理盐水稀释，总量100nmol，体积2μl）后胃蠕动的变化。

5）先观察未受刺激情况下，胃蠕动的频率和张力曲线，再观察侧脑室注射α-Hel-CRF9-41（溶于DMSO中，生理盐水稀释，总量100nmol，体积2μl）后，再注射CRF（10nmol溶于2μl生理盐水）后胃蠕动的变化。

【实验结果】

侧脑室注射不同试剂对胃动力的影响：见表9-9。

表 9-9　侧脑室注射不同试剂对胃动力影响记录表

实验分组	注射前		注射后	
	收缩幅度(g)	收缩频率(次/分)	收缩幅度(g)	收缩频率(次/分)
生理盐水组				
CRF 组				
拮抗剂组				
拮抗剂 + CRF 组				

侧脑室注射 CRF 后,胃蠕动频率降低,肌张力减弱。α-Hel-CRF9-41 可以翻转 CRF 的作用,但单纯注射 α-Hel-CRF9-41 对胃蠕动影响不明显。提示 CRF 是调节应激引起消化道动力改变的重要因子,CRF 受体阻断剂可以逆转各种物理和心理应激刺激造成的胃排空减弱。

【注意事项】

(1) 注意前后对照。

(2) 麻醉动物要保温,手术操作要轻巧,注意保持适当的麻醉深度。

(3) 为避免胃肠暴露时间过长,腹腔内温度下降,关腹时可用一些温热盐水湿润胃肠。

(戈应滨)

实验9.6　尿生成的调节及药物对尿生成的影响

A. 动物实验部分

【目的和原理】

尿生成的过程包括肾小球的滤过、肾小管和集合管的选择性重吸收与排泌三个环节。凡能影响上述过程的因素,都可影响尿的生成,从而引起尿量的改变。

本实验的目的即为观察影响尿生成的若干生理、药理因素,并分析其作用机制。

【器材与药品】

MD 2000 微机化实验教学系统、压力换能器、刺激电极、记滴器、兔手术台、兔手术器械、气管插管、动脉插管、膀胱插管(或细塑料管)、注射器(1ml、20ml)及针头、培养皿、试管。

20% 氨基甲酸乙酯溶液、生理盐水、0.5% 肝素溶液(100U/ml)、20% 葡萄糖注射液、1∶10 000 去甲肾上腺素溶液、呋塞米(速尿)、垂体后叶素(内含 ADH)。

【实验对象】

家兔。

【方法和步骤】

1. 手术与实验装置

(1) 麻醉与固定:耳缘静脉注射 20% 氨基甲酸乙酯溶液(5ml/kg 体重)行全身麻醉,仰卧固定,颈部及下腹部剪毛。

(2) 颈部手术:颈部正中切开皮肤,分离气管、右侧迷走神经及左侧颈总动脉,按常规插入气管插管(可选)、动脉插管,并妥善固定,再通过相应血压、张力换能器连至 MD2000 相应通道上,描记血压、呼吸(插管前仪器调零)。

(3) 腹部手术:于下腹部耻骨联合上方正中做一 2~3cm 的纵行皮肤切口,沿腹白线切开腹壁,将膀胱移至腹外。先辨认清楚膀胱和输尿管的解剖部位,再在两侧输尿管下穿线,结扎膀胱的颈部,以阻断它同尿道的通路,避免刺激膀胱时膀胱收缩而使尿液流失(图 9-4)。选择膀胱顶部血管较少的部位,沿纵向做一小切口,插入膀胱插管,插管口最好正对输尿管在膀胱的入口处(但不要太深,不要紧贴膀胱后壁而堵塞输尿管),用线结扎固定。将插管的另一端连至记滴器上,引出来的尿液应恰好滴在记滴器的接触点上,将记滴器连接至 MD2000 的 4 通道上。注意使膀胱插管的出口低于膀胱的水平,使膀胱内保持负压,以免尿液在膀胱内蓄积,造成计量误差。

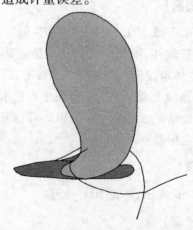

图 9-4　膀胱颈部结扎操作示意图

手术操作结束后,用 38℃ 生理盐水纱布盖好手术切口。手术和实验装置完成后,开始记录动脉血压和尿量。

2. 观察项目 待实验动物血压、呼吸和尿量基本稳定后开始实验,并用塑料小试管(带盖)留取尿液 1ml,以备生化分析用。注意膀胱插管本身有一定容积,每个实验项目实施后,新产生的尿液需经过一定的时间才能流出,请在收集尿液标本时注意。

(1)盐水负荷对尿量的影响:经耳缘静脉注射 38℃ 生理盐水 20ml,1min 内注射完,描记注射生理盐水前后血压及尿量的变化。

(2)去甲肾上腺素对尿量的影响:待前一项实验效应基本消失,尿量基本稳定后,经耳缘静脉注射 1:10 000 去甲肾上腺素溶液 0.5ml,记录注射后每分钟尿滴数,连续观察 5min;同时观察注射去甲肾上腺素前后血压的变化。

(3)静脉注射葡萄糖对尿量的影响:待尿量基本稳定后,经耳缘静脉注射 20% 葡萄糖溶液 5ml,注射后再记录每分钟尿滴数,持续观察 5min,并收集尿液以备进行尿糖定性实验。比较注射前后尿量及血压的变化。

(4)刺激迷走神经外周端对尿量的影响:用中等强度(周期 50ms,电压 3～4V)电刺激右侧迷走神经 20～30s,使血压降至约 50mmHg 左右,再观测 5min 尿量的变化。刺激过程中注意观察血压变化,如血压过低,应减小刺激强度或停止刺激。对比刺激前后尿量和血压的变化及两者之间的对应关系。

(5)利尿药对尿量的影响:待前一项实验影响基本消失,尿量基本稳定后,经耳缘静脉注射呋塞米(5mg/kg),注射后收集尿液 15min 以备分析。对比静脉注射呋塞米前后尿量和血压有何变化。

(6)ADH 对尿量的影响:在利尿药作用的背景上,静脉注射垂体后叶素 0.1U,观察尿量及血压的变化并分析原因。

【实验结果】

将实验前后动物尿量及血压的变化填入表 9-10。

表 9-10　实验前后动物尿量及血压的变化记录表

实验因素	尿量(滴/分)			血压(mmHg)		
	前	后	增减	前	后	升降
静注生理盐水(20ml)						
静注去甲肾上腺素						
静注高渗葡萄糖						
刺激迷走神经外周端						
静注呋塞米(速尿)						
静注垂体后叶素(ADH)						

【注意事项】

(1)要重视实验对照,在尿量基本稳定的基础上才可进行实验观察,以排除其他因素对实验结果的影响。

(2)要注意观察刺激因素对尿量影响的全过程,包括变化的峰值和持续时间。

(3)每次给药后均以少量生理盐水冲洗注射器,以保证药液完全进入体内。

(4)分析结果时要注意血压和尿量之间的对应关系。

(5)刺激迷走神经时,注意刺激的强度不要过强,时间不要过长,以免血压急剧下降,心脏停搏。

(6)不同的实验项目,刺激反应的时程不同,因而记录尿量的单位时间也不同。刺激反应时间短的,采用每分钟尿滴数来观察尿量的变化;刺激反应时间长的,采用每 5min、10min 或更长时间的尿量来观察尿量的变化。

(咸晓红)

B. 尿钠、尿糖测定部分

Ⅰ. 尿钠的测定

【目的和原理】

尿中的钠离子与乙酸铀镁试剂作用,生成乙酸铀镁钠的沉淀,消耗了一部分乙酸铀镁试剂。

$$NaCl + 3(UO_2)(CH_3COO)_2 + Mg(CH_3COO)_2 + CH_3COOH \rightarrow (UO_2)_3 MgNa(CH_3COO)_9 + HCl$$

试剂中剩余的乙酸铀与亚铁氰化钾作用,生成棕红色的亚铁氰化铀。标准液与检测样品同时处理,可以求得样品中的钠含量。

$$2(UO_2)(CH_3COO)_2 + K_4[Fe(CN)_6] \rightarrow$$
$$(UO_2)_2[Fe(CN)_6] + 4CH_3COOK$$

棕红色

即钠的含量愈多,剩余的乙酸铀愈少,显色愈浅,相反,钠的含量愈少,剩余的乙酸铀愈多,则显色深。故自剩余的乙酸铀量,可以间接计算出钠的含量。

【试剂】

(1) 乙酸铀镁试剂:乙酸铀($UO_2(CH_3COO)_2 \cdot 2H_2O$)4g;乙酸镁($Mg(CH_3COO)_2 \cdot 4H_2O$)15g;冰乙酸15ml;蒸馏水75ml。

将以上试剂搅匀,在电炉上加热溶解,煮沸2分钟,加蒸馏水至100ml,然后移入500ml容量瓶中,加入无水乙醇至500ml,摇匀过滤,存冰箱过夜,备用。

(2) 1%乙酸溶液:取冰乙酸2.5毫升,加入蒸馏水至250ml。

(3) 10%亚铁氰化钾溶液:取亚铁氰化钾10g,加蒸馏水溶解使全量至100ml。

(4) 钠标准储存液(1000mmol/L):取氯化钠(GR或AR)约30~40g于称量瓶中,置于110~120℃烤箱中烤15小时左右,取出置干燥器内待冷却后,精确称取29.225g,加少量蒸馏水溶解,移入500ml容量瓶内,加蒸馏水至刻度。

(5) 钠标准应用液:准确吸取钠标准储存液15ml、25ml分别置于两个100ml容量瓶内,加蒸馏水至刻度,而成150mmol/L、250mmol/L的钠标准应用液。

【方法和步骤】

(1) 分别吸取用药前和用药后的兔尿液5ml(若混浊,需先离心去除沉淀),各加入氢氧化钙0.2g去磷,摇匀,15min后过滤。取去磷后的尿液与200mmol/L钠标准液等量混合,即为尿样1和2,供下述实验备用。

(2) 取试管4支,按表9-11操作:

表9-11　实验步骤记录表1

试剂(ml)	空白管	标准管	测定管1	测定管2
尿样1			0.05	
尿样2				0.05
150mmol/L钠标准液		0.05		
250mmol/L钠标准液	0.05			
乙酸铀镁试剂	2.5	2.5	2.5	2.5

要将乙酸铀镁试剂猛力吹入,充分混匀,置冰水浴中20分钟,中间摇动2~3次,取出后2000r/min,离心5min。

(3) 取试管4支,按表9-12加入试剂:

表9-12　实验步骤记录表2

试剂(ml)	空白管	标准管	测定管1	测定管2
分别取上清液	0.1	0.1	0.1	0.1
1%乙酸溶液	4	4	4	4
10%亚铁氰化钾溶液	0.2	0.2	0.2	0.2

将以上各管摇匀,5min后在光电比色计上用530nm比色,以空白管调零点,读取各管光密度。

【计算和结果】

$$尿钠(mmol/L) = (250 - \frac{测定管光密度}{标准管光密度} \times 100 - 100) \times 2$$

【注意事项】

(1) 正常人尿钠测定需收集24小时尿液,充分混匀测其总量,吸取混合液再按兔尿钠测定同样操作。

(2) 试管、吸管必须十分清洁,无钠离子污染。

(3) 此法系剩余量测定,因此乙酸铀镁试剂的加入量必须准确,否则影响结果。

(4) 在放置冰水浴期间应摇动2~3次,以便钠离子与试剂充分作用。

(5) 亚铁氰化钾与乙酸铀的颜色反应很灵敏,故取上清液时要十分准确,显色后5min渐趋稳定,30min后开始褪色,故应在30min内比色完毕。

(6) 钠的(mmol/L)与(mg/dl)的换算关系如下:

$$\frac{mmol/L \times 23}{10} = mg/dl$$

$$\frac{mg/dl \times 10}{23} = mmol/L$$

正常人尿钠正常值:130~217mmol/24小时尿。

Ⅱ. 尿糖的测定(试纸法)

【目的和原理】

通过尿糖试纸来检测尿糖的浓度。试剂由浅蓝色→棕色变化指示尿糖含量的多少。浅蓝色为阴性,表示无尿糖,用"－"表示,棕色表示阳性,用"＋"表示,棕色愈深,"＋"号愈多,表示尿糖值愈高。

【试剂】

市售尿糖试纸。

【方法和步骤】

（1）取洁净的试管 2 支，分别放入适量的新鲜待测的兔尿样 1 和兔尿样 2。

（2）取试纸条 2 张，分别将有蓝颜色的末端浸入尿样中，2s 左右后顺试管边缘将试纸取出，以除去多余的尿液。

（3）在 1 分钟内与标准色板对照观察颜色，试纸与标准色板相同颜色即为该尿样的尿糖值，用"－，＋，＋＋，＋＋＋，＋＋＋＋"表示尿糖浓度的高低。

（丁国英）

第 10 章 创新性实验

创新性实验是以学生为主体,教师为指导,充分体现自主性、设计性和研究性的一类新型开放式实验,即针对某项与医学有关的未知或未全知的问题(研究目标或问题),采用科学的思维方法,进行大胆设计、探索研究的一种教学实验。实验实施的程序与科学研究的过程基本一致,整个过程从选题到实验内容、方法的确定和结果分析,均由学生自己独立完成,所以创新性实验一般实行开放式管理,实验项目开放、设备和环境开放、时间开放等。通过创新性实验,可使学生初步掌握医学科学研究的基本程序和方法,培养学生的自学能力、科学的创造性思维能力及综合素质。

创新性实验可以完全由学生自发组队、自主完成,但一般都在指导老师的带领下完成。教师主要指导选题过程,实验依然由学生独立完成。首先由教师以专题讲座的形式介绍实验设计的目的与意义、如何选题、设计的步骤、注意事项、教研室现有的仪器设备、实验设计书的书写格式及如何进行课堂答辩等。再以班级为单位,由 4 或 5 名学生组成一个实验小组,经过查阅文献资料,调研,选择实验项目,写出实验设计方案即"实验设计书",交老师审阅修改后再在小组会上进行开题论证,其方案经指导教师审查同意后进行预实验,继而转入正式实验,实验结束后写出总结论文并以班级为单位组织论文总结与答辩。答辩时,每个实验小组推选一名主讲人,讲解 10 分钟,答辩 10 分钟,师生提问,最后综合评分。

如果受人力物力限制,没有条件把同学所设计的实验付诸实施,则可对预计结果进行分析、讨论和总结,也能起到拓展知识、活跃思维的作用。

第 1 节　创新性实验的选题、设计与实施

创新性实验的实施过程包括:①明确实验目的,查阅文献,拟订立题报告;②设计实验方法和实验步骤,包括实验材料和对象、实验的例数和分组、技术路线和观察指标等;③进行预实验,根据预试结果,调整或修改设计方案,然后进行正式实验;④收集、整理实验资料并进行统计分析;⑤总结和完成论文,进行论文答辩。

(一) 立题

立题即选题。选题是科研中首要的问题,选题正确与否决定着实验的成败,故学生选题时一定要注意选题的基本原则和要求,即课题要具有科学性、创新性、可行性和实用性,特别是创新性和可行性的辩证统一。

(1) 科学性是指选题应建立在前人的科学理论和实验基础之上,符合科学规律,而不是毫无根据的胡思乱想。

(2) 创新性是指选题具有自己的独到之处,或提出新规律、新见解、新技术、新方法,或是对旧有的规律、技术、方法有所修改、补充。

(3) 可行性是指选题切合研究者的学术水平、技术水平和实验室条件,使实验能够顺利得以实施。

(4) 实用性是指选题具有明确的理论意义和实践意义。

选题的过程是一个创造性思维过程。它需要查阅大量的文献资料及实践资料,了解本课题近年来已取得的成果和存在问题;找出要探索的课题关键所在,提出新的构思或假说,从而确定研究的课题。但对在校学生而言,由于各种条件的限制,其选题范围不宜太宽,条件要求不宜太高。主要应围绕生理、病理生理和药理学所学的理论知识与相关文献,按照上述原则,在指导教师指导下进行。比如对原有实验方法进行改进、建立一种新的动物模型、探讨体液因子的作用、研究某种药物的作用机制等。

(二) 确定实验方法

根据实验目的和要求设计实验方法。当处理因素只有一个(可为多个水平)时,可用完全随机设计。当实验因素按一定条件配成对或伍时,可用配对设计或配伍设计。当实验因素 >2,且因素间存在交互作用时,可用析因试验设计。当实验因素为三个,各因素间无交互作用且水平数相等时,可用

拉丁方设计。当实验因素较多时(>3 个),各因素间存在交互作用,水平数相等或不等时,可用正交设计,它可以用较少的处理组合数研究较多的实验因素,因而可以大量节约人力物力(详见统计学)。

(三)选择实验对象

机能实验的主要对象包括正常动物、麻醉动物及病理模型等整体动物,以及离体器官、组织、细胞等。选择何种对象应考虑实验的目的、方法和指标以及各种动物或标本的特点。但实验的主要对象还是动物,具体选择方法见附录。

(四)确定样本例数

一般情况下,动物实验每组所需的样本数见表 10-1:

表 10-1 动物实验每组需样本数

动 物	计量资料	计数资料
小(小鼠、大鼠、蛙)	≥10	≥30
中(兔、豚鼠)	≥6	≥20
大(犬、猫)	≥5	≥10

也可根据以往资料估算实验例数。

(五)随机抽样分组

方法有下列几种:

(1)简化分层随机法:常用于单因素小样本的一般实验。即将同一性别的动物按体重大小顺序排列,分组时由体重小的到大的按次序随机分到各组。在一个实验中体重不宜相差过大。一种性别的动物分配完后,再分配另一性别的动物。各组雌雄性别数目应一致。

(2)完全随机法:主要用于单因素大样本的实验。先将样本编号后,按统计专著所附的随机数字表,任取一段数字,依次排配各样本。然后按这些新号码的奇偶(分两组时)或除以组数后的余数(分两组以上时)作为分配归入的组次。最后仍同前再随机调整,以使各组样本数达到均衡。

(3)均衡随机法:对重要因素进行均衡,使各组基本一致;对次要因素则按随机处理。例如对小鼠的体重及性别均衡,先按雌雄分层放置 2 笼,再按体重分成"雌重、雌轻、雄重、雄轻"4 层,每层小鼠再按随机法分到 A、B、C 三组,此时各组中的雌雄轻重均基本一致,而其他因素亦得到随机处理。

另外还要考虑实验设计的三大基本原则(见附录)。

(六)确定观察指标

观察指标首先要能反映被研究问题的本质,具专一性。其次是指标必须可用客观的方法取得准确数据,如血压、血糖、体重等,而愉快、麻木、头昏等则属主观感觉,即难定性,更不宜定量。

另外还需明确指标测定的具体步骤,包括标本采集(时间、样本量)、样本处理、测定方法和使用仪器等。

(七)进行预实验

初试实验,也称预备实验,是在实验准备完成以后对实验的"预演"。其目的在于检查各项准备工作是否完美,实验方法和步骤是否切实可行,测试指标是否稳定可靠,而且初步了解实验结果与预期结果的距离,从而为正式实验提供补充、修正的意见和经验,是实验必不可少的重要环节。

(八)实验结果的观察和记录

观察是对客观事物或现象有意识的、仔细的知觉。观察不仅通过人的感官,而且广泛借助仪器设备去进行。观察时应注意系统、客观和精确。观察到的结果也应注意做系统、客观和准确的记录。记录可通过文字、数字、表格、图像、照片、录音、录像、影片等方式。在进行实验设计时,实验记录的格式也同时要设计好,以便保证实验有条不紊地进行,不至遗漏重要的观察项目,同时便于整理统计分析结果。实验记录一般应包括:

(1)实验样本的条件:如动物的种类、标记、编号、体重、性别等。

(2)实验药物的条件:如药物的出处、批号、剂型、浓度、剂量,给药途径等。

(3)实验环境的条件:如时间、温度等。

(4)实验日程步骤及方法。

(5)观察指标变化的数据或原始描记图等。

(九)数据统计分析。

略。

(十)论文和报告的撰写。

略。

(戚晓红)

第2节　创新性实验的分析与总结

分析与总结的总原则为侧重观察学生是否通过这一教学过程受到智力的开拓,将重点放在设计思路与通过实际操作将书面设计转化为实际结果的可行性,及综合应用理论知识解释实验结果的能力。具体总结方法如下:

设总分满分为40分,分数安排如下:

(一) 实验的选题与实验设计

根据选题是否符合科学性,有无新意,是否可行及设计方案的明确目的性和方法的简便性综合评定,分优、良、中、一般4个档次,得分分别为7、6、5、4分。

(二) 实验过程与结果

根据实验操作是否熟练规范,观察与记录的实验结果是否客观、是否准确可靠,实验技术的难度大小进行综合评定,分优、良、中、一般4个档次,得分分别为10、8、6、4分。

(三) 实验论文的质量

根据论文的论点是否突出,条理是否清楚,文字是否精练,分析讨论是否科学,逻辑推理是否准确,作出的结论是否恰当、合理,参考文献是否规范等方面进行综合评定,用优、良、中、一般4个等级予以记分,分别记8、7、6、5分。以上3项为小组共同得分,由指导教师评定。

(四) 答辩表现

由指导老师或其他组学生对其报告的论文提出问题,被评组学生均有机会回答问题,提问内容包括:文献准备与背景知识,设计思路与技术手段,操作环节与实验结果,分析讨论与存在问题等,同时根据报告者表达的条理性、艺术性,按优、良、中3个等级记分,分别记5、4、3分,论文报告者加1分,此项评分仍由指导教师评定。

(五) 小组互评

各小组成员在其他组进行论文报告和答辩时对其实验设计质量、实验结果的合理性、论文质量及论文报告答辩情况予以综合评定,现场按优、良、中3个等级分别给出4、3、2分,各组评分的平均值即为被评小组学生的共同得分。

(六) 在实验设计和论文中的排名得分

学生在实验设计和论文中排名由小组根据个人贡献大小(包括文献调研、实验选题、方案设计、资料整理、结果分析及论文撰写等方面)民主评议确定并上报指导教师审定。实验设计和实验论文的第一作者、第二作者及第三以后作者分别得6、4、2分。

(戚晓红)

第3节　创新性实验举例

一、DNA 鉴定技术

DNA,即脱氧核糖核酸,是位于生命有机体细胞内的生物大分子,它携带有遗传密码信息,能够控制各种遗传特征。DNA 分子由两条双螺旋结构相互缠绕的多核苷酸长链组成,由于各核苷酸中的碱基有差异,这种排列次序构成了特定的遗传密码。除了同卵双胞胎之外,世界上不可能出现两个人的 DNA 完全一模一样的情形。DNA 具有多态性,包括长度多态性和序列多态性,由此决定了个体间的差异,通过有关生物科学技术检测人类基因组的多态性,就可以进行个体识别。

20 世纪 90 年代初,微卫星标记物(microsatellite markers)被大量发现和建立,它们表现为2、3或4个核苷酸的串联重复,也称之为短串联重复序列(short tandem repeats, STR),广泛地分布于人类基因组中,数目丰富。主要由于核心重复单位数目的变化构成了 STR 基因座的遗传多态性。人类基因组中,平均每15kb 就有 1 个 STR 基因座,提供了丰富的遗传标记来源。符合孟德尔遗传规则,为连锁分析提供足够的遗传信息;利用 PCR 及电泳检测相对容易,成为目前基因定位和法医个体识别方面应用较多的遗传标记,是大规模基因组扫描的基础。随着人类基因组计划研究的进展,又一类新的遗传标记系统——单核苷酸多态性(single nucleotidepolymorphisms, SNPs)被分离和应用。SNP 即基因组中同一基因座单一碱基的变化,是人类基因组分化的主要形式,以 SNP 为代表的 DNA 序列多态性,构成了不同个体之间表型的遗传学基础,也是导致功能蛋白质多态性的基本原理之一。

DNA 鉴定由三部分组成,分别是 DNA 提取、PCR 扩增以及扩增产物的电泳与分析。

第一部分：真核细胞 DNA 的提取与定量

（一）实验原理

制备基因组 DNA 是进行基因结构和功能研究的重要步骤，通常要求得到的片段长度不小于 100～200kb。在 DNA 提取过程中应尽量避免使 DNA 断裂和降解的各种因素，以保证 DNA 的完整性，为后续的实验打下基础。一般真核细胞基因组 DNA 有 $10^{7\sim9}$ bp，可以从新鲜组织、培养细胞或低温保存的组织细胞中提取，常是采用在 EDTA 以及 SDS 等试剂存在下用蛋白酶 K 消化细胞，随后用酚抽提而实现的。这一方法获得的 DNA 不仅经酶切后可用于 Southern 分析，还可用于 PCR 的模板、文库构建等实验。酚/氯仿法，消化液经过酚/氯仿/异戊醇的处理，可以较好的祛除蛋白质及色素等物质，使 DNA 达到较高的纯度。酚抽提时如果两相分离不好，需加入细胞核裂解液重新离心，若白色中间层较厚，重复酚抽提一次，将上清吸入一较大离心管中。用酚/氯仿/异戊醇代替纯酚，还可以减少有机相中水分的滞留，增加产率。加入异戊醇是为了减少混合时起泡沫，同时可促使两相的分离。沉淀 DNA 时需要一价阳离子的参与，如乙酸铵、乙酸钠、氯化钾，否则 RNA 也会同 DNA 一起沉淀下来。

根据材料来源不同，采取不同的材料处理方法，而后的 DNA 提取方法大体类似，但都应考虑以下两个原则：①防止和抑制 DNase 对 DNA 的降解；②尽量减少对溶液中 DNA 的机械剪切破坏。

（二）实验方法

A. 血液 DNA 提取

操作步骤

（1）有核细胞分离，获取白细胞沉淀

1）1ml 全血酸性柠檬酸葡萄糖溶液 B 抗凝后，加 2.0～3.0ml 无菌水，混匀，4℃ 放置至上清为透明红色；

2）室温下 12 000r/min 离心 1min 去上清；

3）重复一次至沉淀为白色，离心去上清，得到白细胞沉淀物。

（2）DNA 提取

1）白细胞沉淀物加入细胞核裂解液（含 10mmol/L Tris，1mmol/L 乙二胺四乙酸溶液，0.1mol/L NaCl 溶液，pH 8.0）600μl ＋100g/L 的 SDS 50μl＋20g/L 的蛋白酶 K 6μl，37℃ 过夜或 56℃ 3h，加入 200μl 乙酸钾溶液，剧烈震荡 20s 充分混合；

2）加等体积酚-氯仿（体积比为 25：24），颠倒混匀，4℃ 12 000r/min 离心 3min 取上清。

3）重复一次。

4）加等体积氯仿-异戊醇（体积比为 24：1），颠倒混匀，4℃ 12 000r/min 离心 3min 取上清。

5）加 2 倍体积预冷无水乙醇，颠倒混匀至出现白色絮状物，室温 12 000r/min 离心 3min 弃上清。

6）75% 乙醇溶液 600μl 漂洗沉淀 2 次（室温 12000r/min 离心 3min，2 次，弃上清），空气中干燥 10～15min，加灭菌双蒸水 50μl 溶解，4℃ 保存。

B. 试剂准备

（1）酸性枸橼酸葡萄糖溶液 B 抗凝剂。

（2）灭菌双蒸水。

（3）细胞核裂解液（含 10mmol/L Tris，1mmol/L 乙二胺四乙酸溶液，0.1mol/L NaCl 溶液，pH 8.0）

（4）100g/L SDS 溶液。

（5）20g/L 的蛋白酶 K 溶液。

（6）乙酸钾溶液

　　5mol/L 乙酸钾溶液 60ml。

　　冰乙酸 11.5ml。

　　水 28.5ml。

（7）酚-氯仿（体积比为 25：24）。

（8）氯仿-异戊醇（体积比为 24：1）。

（9）无水乙醇、75% 乙醇溶液。

C. 器材准备

（1）高速离心机。

（2）水浴或干浴。

（3）移液器。

（4）eppendorf 管。

D. 组织和细胞 DNA 提取

1. 操作步骤

（1）材料处理

1）新鲜或冷冻组织处理

a. 取组织块 0.3～0.5cm³，剪碎，加 TE 0.5ml，转移到匀浆器中匀浆。

b. 将匀浆液转移到 1.5ml 离心管中。

c. 加 20% SDS 溶液 25ml，蛋白酶 K 溶液（2mg/ml）25ml，混匀。

d. 60℃ 水浴 1～3h。

2）培养细胞处理

a. 将培养细胞悬浮后，用 TBS 洗涤一次。

b. 4000g 离心 5min，去除上清液。

c. 加 10 倍体积的裂解缓冲液。

d. 50～55℃ 水浴 1～2h。

2. DNA 提取

（1）加等体积饱和酚至上述样品处理液中，温和、充分混匀 3min。

（2）5000g 离心 10min，取上层水相到另一 1.5ml 离心管中。

（3）加等体积饱和酚，混匀，5000g 离心 10min，取上层水相到另一管中。

（4）加等体积酚/氯仿，轻轻混匀，5000g 离心 10min，取上层水相到另一管中。如水相仍不澄清,可重复此步骤数次。

（5）加等体积氯仿,轻轻混匀,5000g 离心 10min,取上层水相到另一管中。

（6）加 1/10 体积的 3mol/L 乙酸钠溶液（pH 5.2）和 2.5 倍体积的无水乙醇,轻轻倒置混匀。

（7）待絮状物出现后,5000g 离心 5min,弃上清液。

（8）沉淀用 75% 乙醇洗涤,5000g 离心 3min,弃上清液。

（9）室温下挥发乙醇,待沉淀将近透明后加 50 ~ 100ml TE 溶解过夜。

3. 试剂准备

（1）TE:10mmol/L Tris-HCl 溶液（pH 7.8）;1mmol/L EDTA 溶液（pH 8.0）。

（2）TBS:25mmol/L Tris-HCl 溶液（pH 7.4）;200mmol/L NaCl;5mmol/L KCl。

（3）裂解缓冲液:250mM SDS;使用前加入蛋白酶 K 至 100mg/ml。

（4）20% SDS 溶液。

（5）2mg/ml 蛋白酶 K 溶液。

（6）Tris 饱和酚（pH 8.0）、酚/氯仿（酚:氯仿 = 1:1）、氯仿。

（7）无水乙醇、75% 乙醇溶液。

4. 器材准备

（1）高速离心机。

（2）水浴或干浴。

（3）移液器。

（三）DNA 定量和电泳检测

1. DNA 定量　DNA 在 260nm 处有最大的吸收峰,蛋白质在 280nm 处有最大的吸收峰,盐和小分子则集中在 230nm 处。因此,可以用 260nm 波长进行分光测定 DNA 浓度,OD 值为 1 相当于大约 50μg/ml 双链 DNA。如用 1cm 光径,用 H_2O 稀释 DNA 样品 n 倍并以 H_2O 为空白对照,根据此时读出的 OD_{260} 值即可计算出样品稀释前的浓度:DNA（mg/ml） = 50 × OD_{260}读数 × 稀释倍数/1000。

DNA 纯品的 OD_{260}/OD_{280} 为 1.8,故根据 OD_{260}/OD_{280} 的值可以估计 DNA 的纯度。若比值较高说明含有 RNA,比值较低说明有残余蛋白质存在。OD_{230}/OD_{260} 的比值应在 0.4 ~ 0.5 之间,若比值较高说明有残余的盐存在。

2. 电泳检测　取 1μg 基因组 DNA 用行 0.8% 琼脂糖凝胶上电泳,检测 DNA 的完整性,或多个样品的浓度是否相同。电泳结束后在点样孔附近应有单一的高分子量条带。

（四）注意事项

（1）所有用品均需要高温高压,以灭活残余的 DNA 酶。

（2）所有试剂均用高压灭菌双蒸水配制。

（3）用大口滴管或吸头操作,以尽量减少打断 DNA 的可能性。

（4）用上述方法提取的 DNA 纯度可以满足一般实验（如 Southern 杂交、PCR 等）目的。如要求更高,可进行 DNA 纯化。

第二部分:STR-PCR 扩增

（一）实验原理

聚合酶链式反应（polymerase chain reaction）,简称 PCR,是一种分子生物学技术,用于放大特定的 DNA 片段。可看作生物体外的特殊 DNA 复制。双链 DNA 在多种酶的作用下可以变性解链成单链,在 DNA 聚合酶与启动子的参与下,根据碱基互补配对原则复制成同样的两分子拷贝。在实验中发现,DNA 在高温时也可以发生变性解链,当温度降低后又可以复性成为双链。因此,通过温度变化控制 DNA 的变性和复性,并设计引物做启动子,加入 DNA 聚合酶、dNTP 就可以完成特定基因的体外复制。但是,DNA 聚合酶在高温时会失活,因此,每次循环都得加入新的 DNA 聚合酶,不仅操作烦琐,而且价格昂贵,制约了 PCR 技术的应用和发展。发现耐热 DNA 聚合同酶——Taq 酶对于 PCR 的应用有里程碑的意义,该酶可以耐受 90℃ 以上的高温而不失活,不需要每个循环加酶,使 PCR 技术变得非常简捷、同时也大大降低了成本,PCR 技术得以大量应用,并逐步应用于临床。

PCR 反应五要素:参加 PCR 反应的物质主要有五种即引物、酶、dNTP、模板和 Mg^{2+}。标准的 PCR 过程分为三步:

（1）DNA 变性（90 ~ 96℃）:双链 DNA 模板在热作用下,氢键断裂,形成单链 DNA。

（2）退火（25 ~ 65℃）:系统温度降低,引物与 DNA 模板结合,形成局部双链。

（3）延伸（70 ~ 75℃）:在 Taq 酶（在 72℃ 左右最佳的活性）的作用下,以 dNTP 为原料,从引物的 5′端→3′端延伸,合成与模板互补的 DNA 链。

每一循环经过变性、退火和延伸,DNA 含量既增加一倍。

（二）操作步骤

1. PCR 扩增反应体系配制　10 × 扩增缓冲液 10μl;4 种 dNTP 混合物 各 200μmol/L;引物 各 10 ~ 100pmol;模板 DNA 0.1 ~ 2μg;Taq DNA 聚合酶 2.5U;Mg^{2+} 1.5mmol/L;双蒸水或三蒸水补充体积至 100μl。

2. PCR 扩增

DNA 变性（90 ~ 96℃）　　30s 至 1m ⎫

退火（25 ~ 65℃）　　　　30s 至 1m ⎬ n 个循环

延伸（70 ~ 75℃）　　　　30s 至 2m ⎭

（三）实验试剂

标准的 PCR 反应体系：10×扩增缓冲液 10μl；4 种 dNTP 混合物 各 200μmol/L；引物 各 10～100pmol；模板 DNA 0.1～2μg；Taq DNA 聚合酶 2.5U；Mg^{2+} 1.5mmol/L；双蒸水或三蒸水。

STR 基因座建议在以下范围内选择：D1S80、D2S1338、D3S1358、D5S818、D7S820、D8S1179、D13S317、D16S539、D18S51、D19S433、D21S11、CSF1PO、TPOX、TH01、vWA、FGA、Penta E、Penta D、F13A01、FESFPS、Amelogenin。从而设计引物如表 10-2 所示。

表 10-2　设计引物表

Locus	GenBank	Primers(5'·3')
DIOS1248	AI391869	For [6FAM]-TTAATGAATTGAACAAATGAGTGAG
		Rev GCAACTCTGGTTGTATTGTCTTCAT
DI4S1434	AL121612	For [PET]-TGTAATAACTCTACGACTGTCTGTCTG
		Rev GAATAGGAGGTGGATGGATGG
D22S1045	AL022314	For [NED]-ATTTTCCCCGATGATAGTAGTCT
		Rev GCGAATGTATGATTGGCAATATTTTT
D7S820	AC004848	For [VIC]-GAACACTTGTCATAGTTTAGAACG
		Rev TCATTGACAGAATTGCACCAC
D16S539	AC024591	For [VIC]-CTCTTCCCTAGATCAATACAGAC
		Rev GCATGTATCTATCATCCATCTCTG
D18S51	X91254	For [NED]-TCTGAGTGACAAATTGAGACCTT
		Rev CTTCTCTGGTGTGTGGAGATG
CSF1PO	X14720	For [NED]-ACAGTAACTGCCTTCATAGATAG
		Rev GTGTCAGACCCTGTTCTAAGTA
TH01	D00269	For [6FAM]-CCTGTTCCTCCCTTATTTCCC
		Rev GGGAACACAGACTCCATGGTG
FGA	M64982	For [6FAM]-GGCATATTTACAAGCTAGTTTCT
		Rev ATTTGTCTGTAATTGCCAGC
Amel	M55418	For [6FAM]-CCCTGGGCTCTGTAAAGAATAGTG
		Rev ATCAGAGCTTAAACTGGGAAGCTG

（四）实验仪器

PCR 扩增仪。

第三部分：扩增产物的电泳与分析（银染检测）

（一）操作步骤

1. 制胶

（1）可使用 4% 或 6% 聚丙烯酰胺凝胶。

（2）灌胶，聚合 1h。

2. 预电泳　预电泳 30min。

3. 扩增产物电泳分离　扩增产物与载样缓冲液混匀，95℃变性，冰浴中迅速降温后加样，同时根据电泳样品数加样适量的 Ladder，电泳 1～1.5h。

4. 银染检测

（1）凝胶于固定液中固定 20min。再用去离子水洗涤 3 次，每次 2min。

（2）凝胶于银染溶液中染色 30min，去离子水冲洗 10s。

（3）凝胶于显色液中显色，条带清晰后，用 10% 乙酸溶液停显，干燥。

5. 分型

（1）根据同时电泳的 Ladder 确定样品的 DNA 等位基因型。

（2）电泳结果用照相或扫描仪固定。

（二）实验试剂

（1）尿素。

（2）40% Acr 溶液：bis（19:1）。

（3）TEMED。

（4）10×TBE 缓冲液。

（5）10% 过硫酸铵溶液。

（6）硅化剂：二甲基硅烷、氯仿。

（7）黏胶剂：bind silane、乙酸、乙醇。

（8）固定液和终止液：10% 乙酸溶液。

（9）银染溶液：硝酸银 、甲醛（0.1% 硝酸银溶液和

0.1% 甲醛溶液)。

(10) 显色液:无水碳酸钠、甲醛、硫代硫酸钠(3ml 37% 甲醛溶液,60 mg 碳酸钠加水至2L)。

(11) DNA Ladder。

(三) 实验仪器

(1) 电泳仪器及制备凝胶板套具。

(2) 移液器。

(郭　静)

二、GFP 基因在哺乳动物细胞中的表达

实现绿色荧光蛋白(GFP)报告基因在哺乳动物细胞中的表达,让学生掌握细胞生物学的实验技术。

第一部分:CaCl₂ 法大肠埃希菌感受态的制备和转化

(一) 实验目的

通过本实验学习氯化钙法制备大肠埃希菌感受态细胞和外源质粒 DNA 转入受体菌细胞的技术。了解细胞转化的概念及其在遗传学分子生物学研究中的意义。

(二) 实验原理

体外连接的重组 DNA 分子导入合适的受体细胞才能进行大量复制,增殖和表达,其首要目的是获得大量的克隆基因。重组质粒导入宿主细胞最常用的方法之一就是转化(transformation)。细菌细胞由于吸收外源 DNA 发生可遗传的改变叫转化。很多细菌可以通过人工诱导使其处在易于接受外源 DNA 分子的状态即感受态(competence),从而使转化得以高效率地进行。在自然条件下,很多质粒都可通过细菌接合作用转移到新的宿主内,但在人工构建的质粒载体中,一般缺乏此种转移所必需的 mob 基因,因此不能自行完成从一个细胞到另一个细胞的接合转移。如需将质粒载体转移进受体细菌,需诱导受体细菌产生一种短暂的感受态以摄取外源 DNA。重组 DNA 转化细菌的技术操作关键就是通过化学方法,人工诱导细菌细胞进入一个敏感的感受态,以便外源 DNA 进入细菌内。

本实验以 E. coli DH5a 菌株为受体细胞,并用 CaCl₂ 处理,使其处于感受态,然后与 GFP 质粒共保温,实现转化。由于 GFP 质粒带有氨苄西林抗性基因(Ampʳ),可通过 Amp 抗性来筛选转化子。如受体细胞没有转入 GFP,则在含 Amp 的培养基上不能生长。能在 Amp 培养基上生长的受体细胞(转化子)肯定已导入了 GFP。转化子扩增后,可将转化的质粒提取出,进行电泳、酶切等进一步鉴定。

(三) 操作过程

1. 受体菌的培养　从 LB 平板上挑取新活化的 E. coli DH5α 单菌落,接种于 3 ~ 5ml LB 液体培养基中,37℃下振荡培养 12h 左右,直至对数生长后期。将该菌悬液以 1:100 ~ 1:50 的比例接种于 30ml LB 液体培养基中,37℃,200r/min,振荡培养 2 ~ 3h 至 OD_{600} = 0.2 ~ 0.4,取出置于冰上 10 ~ 15min。

2. 感受态细胞的制备(CaCl₂ 法)

(1) 取 1ml 菌液于灭菌的 1.5ml 离心管中。4℃,5000r/min 离心 5min 回收细胞。

(2) 弃上清,吸干残存培养基,加 500μl 冰预冷的 0.1mol/L CaCl₂,重悬菌体,置冰浴 15 ~ 30min。4℃,5000r/min 离心 5min 回收细胞。

(3) 弃上清,吸干水,加 100μl 冰预冷的 0.1mol/L CaCl₂ 重悬菌体,轻轻悬浮细胞冰上放置几分钟,即成感受态细胞悬液。放置于 4℃用于转化,若不用则加 30% 甘油置 -70℃备存。

3. 转化

(1) 加入 10μl GFP 质粒 DNA 溶液到 100μl 感受态细胞中,轻旋以混和内含物,置于冰上 30min。

(2) 42℃热休克 90s,不要摇动试管。置冰上 1 ~ 2min。

(3) 加 400μl 液体培养基,37℃ 150r/min 摇培 45 ~ 60min。

(4) 微波炉融化 LB 固体培养基,待冷却至 50℃左右时,根据载体的抗性加入相应的抗生素,如 K_m 母液至终浓度 50μg/ml 或 Amp 母液至终浓度 60μg/ml,摇匀。趁热倒平板,每板 20ml 左右,室温下凝胶 10 ~ 15min。

(5) 取适量菌液(体积别超过 200μl,一般 100μl,如果想多涂菌可以先室温下 5000r/min 离心 5min 回收细胞,弃去一部分培养基后,重悬细菌后再涂),混匀,加到抗性平板上,用烧过灭菌的涂布器涂布器涂匀,涂布器应凉下来用,否则容易烫死细菌。

(6) 培养皿用保鲜膜封好后,正面向上放置半小时,待菌液完全被培养基吸收后倒置培养皿,37℃培养 16 ~ 24h。37℃倒置培养过夜。

同时做两个对照:对照组1:以同体积的无菌双蒸水代替 DNA 溶液,其他操作与上面相同。此组正常情况下在含抗生素的 LB 平板上应没有菌落出现。

对照组2:以同体积的无菌双蒸水代替 DNA 溶液,但涂板时只取 5μl 菌液涂布于不含抗生素的 LB 平板上,此组正常情况下应产生大量菌落。

4. 质粒 DNA 的扩增　从转化平板挑选单个菌落,转种于含适当抗生素(Amp、Kana)的 LB 培养基中,对照平板挑 1 ~ 2 个菌落培养于不含抗生素的 LB 培养基管,37℃振摇过夜,将菌液编号,一部分用于保种,另一部分用小量法提取质粒 DNA。

(四) 实验结果

若抗性平板上出现菌落,说明连接的重组质粒被转化。

转化是一定设不加质粒只含感受态宿主菌的负对照和加入已知抗性的质粒的正对照,以便分析结果。如果负对照长出菌落说明感受态宿主菌具有抗性或抗生素失活,而正对照没出来,说明感受态细胞有问题或加错抗生素或操作过程中造成细菌死亡(如涂布时烫死)。

(五)实验仪器

恒温摇床,电热恒温培养箱,台式高速离心机,无菌工作台,低温冰箱,恒温水浴锅,制冰机,分光光度计,微量移液枪。

(六)实验耗材

E. coli DH5α 菌株:R⁻,M⁻,Amp⁻,GFP 质粒 DNA:购买或实验室自制,eppendorf,胰蛋白胨,酵母提取物,NaCl,琼脂,Amp 母液,$CaCl_2$(分析纯)

(七)试剂配制

1. LB 培养基(1L 溶液中) 胰蛋白胨 10g,酵母提取物 5g,NaCl 10g,用 ddH_2O 配制,再用 10mol/L NaOH 溶液调至 pH7.4(100ml 一般加 450μl),高温高压蒸汽灭菌 15min 冷却后使用。若配制固体培养基,则再加入 15g Agar(琼脂)。

2. 10mol/L NaOH 溶液 称 200g NaOH 加 300ml ddH_2O,搅拌充分溶解后定容至 500ml。

3. 含 Amp 的 LB 固体培养基 将配好的 LB 固体培养基高压灭菌后冷却至 60℃左右,加入 Amp 储存液,使终浓度为 50μg/ml,摇匀后铺板。

4. 0.1mol/L $CaCl_2$ 溶液 称取 1.1g $CaCl_2$(无水,分析纯),溶于 50ml 重蒸水中,定容至 100ml,高压灭菌。

5. 含 30% 甘油的 0.1mol/L $CaCl_2$ 溶液 称取 1.1g $CaCl_2$(无水,分析纯),溶于 50ml 重蒸水中,加入 30ml 甘油,定容至 100ml,高压灭菌。

6. 青、链霉素溶液 所用纯净水(双蒸水)需要 15 磅高压 20 分钟灭菌。具体操作均在超净台内完成。青霉素是 80 万单位/瓶,用注射器加 4ml 灭菌双蒸水。链霉素是 100 万单位/瓶,加 5ml 灭菌双蒸水,即每毫升各为 20 万单位。分装于 -20℃保存。使用时溶入培养液中,使青链霉素的浓度最终为 100 单位/ml。

(八)注意事项

(1)为了获得高感受性细胞,在整个实验过程中均需将细胞置于冰上。

(2)为了获得高感受性细胞,应选用处于对数期生长的细胞,因此 OD_{600} 不应高于 0.6。一般,受体细菌的 $OD_{600nm} = 0.3 \sim 0.4$。

(3)重组质粒的体积小于转化菌液体积的 1/10。

(4)转化用器皿要清洁,玻璃器皿、微量吸管以及 Eppendorf 管等,应彻底洗净并进行高压消毒,表面去污剂及其他化学试剂的污染往往大幅度降低转化率。

(5)本实验方法也适用于其他 E. coli 受体菌株的不同的质粒 DNA 的转化。但它们的转化效率并不一定一样。有的转化效率高,需将转化液进行多梯度稀释涂板才能得到单菌落平板,而有的转化效率低,涂板时必须将菌液浓缩(如离心),才能较准确的计算转化率。

第二部分:质粒扩增、抽提(小抽)及鉴定

(一)实验目的

通过本实验学习和掌握小量质粒的碱裂解法。

(二)实验原理

碱裂解法是较常用的提取的方法。其优点是收获率高,适于多数的菌株,所得产物经纯化后可满足多数的 DNA 重组操作。十二烷基磺进行质粒的小量制备。十二烷基磺酸钠(SDS)是一种阴离子表面活性剂,它既能使细菌细胞裂解,又能使一些蛋白质变性。用 SDS 处理细菌后,会导致细菌细胞破裂,释放出质粒 DNA 和染色体 DNA,两种 DNA 在强碱环境都会变性。由于质粒和主染色体的拓扑结构不同,变性时前者虽然两条链分离,却仍然缠绕在一起不分开;但后者完全变性甚至出现断裂,因此,当加入 pH4.8 的酸性乙酸钾降低溶液 pH,使溶液 pH 恢复较低的近中性水平时,质粒的两条小分子单链可迅速复性恢复双链结构,但是主染色体 DNA 则难以复性。在离心时,大部分主染色体与细胞碎片,杂质等缠绕一起被沉淀,而可溶性的质粒 DNA 留在上清液中。再由异丙醇沉淀、乙醇洗涤,可得到纯化的质粒 DNA。碱裂解法提取的质粒 DNA 可直接用于酶切、PCR 扩增、银染序列分析等。

(三)操作过程

1. 扩菌 5ml 含抗生素的 LB 培养基接入单菌落,在 20ml 试管中 37℃剧烈振摇过夜。

2. 集菌 取 1.5ml 菌液室温 12 000g 离心 2min,去上清,倒置 2min。

3. 裂解 I 液 加入 250μl 裂解 I 液,剧烈振摇以完全重悬细菌,静置 2min。

4. 裂解 II 液 加入 250μl 裂解 II 液,盖管上下颠倒 5 次,室温静置 2min。

5. 裂解 III 液 加入 350μl 裂解 III 液,盖管上下颠倒 5 次,室温静置 2min。室温 12 000g 离心 10min。

6. DNA 吸附 取上清加入柱管内室温 10 000g 离心 1min。

7. Buffer HB 去滤液,加 500μl Buffer HB,室温 10 000g 离心 1min。

8. DNA 洗液 去滤液,加 750μl DNA Wash Buffer,室温 10 000g 离心 1min。

9. 风干 去滤液,室温 10 000g 离心 1min。

10. 洗脱 加 50μl 消毒的去离子水,室温静置 2min,

室温 12 000g 离心 2min。

11. 鉴定与定量　取适量 DNA 溶液于 0.7% 琼脂糖凝胶电泳鉴定分子大小，紫外分光光度计检测仪测定 DNA 含量，−20℃ 保存备用。

（四）实验结果

对于未进行酶切的质粒来说，常会出现两条电泳带，一条是（松弛）螺旋状质粒 DNA 带，另一条是超螺旋状质粒 DNA 的带，以超螺旋状质粒 DNA 居多，移动速度也最快。有时还会出现三条带，其中一条是因为有一些质粒 DNA 在提取过程中遭到损伤而线性化，其移动速度介于螺旋状和超螺旋状质粒 DNA 之间，所以该条电泳带也位于上述两种带之间。如果提取的质粒很好时，这条带会很弱，有时看不到。

（五）实验仪器

37℃摇床，高速冷冻离心机，水平电泳槽，电泳仪，凝胶成像分析系统，微波炉，微量移液器，点样或 parafilm，100ml 或 250ml 锥形瓶，量筒，吸头等。

（六）实验耗材

质粒小抽试剂盒，eppendorf，琼脂，Tris-乙酸，EDTA，溴化乙啶，溴酚蓝，二甲苯青，甘油等。

（七）试剂配制

1. 0.7% 琼脂糖凝胶　称取 0.7g 琼脂糖置于锥形瓶中，加入 100ml 1 × TAE，瓶口倒扣小烧杯，微波炉加热煮沸 3 次至琼脂糖全部融化，摇匀。

2. 50 × TAE　2mol/L Tris-乙酸溶液，0.05mol/L EDTA（pH 8.0），配制 1000ml。Tris 242g，冰乙酸 57.1ml，0.5mol/L EDTA 100ml，加入 600ml 去离子水后搅拌溶解，将溶液定容至 1 L 后，浓盐酸调 pH 至 8.0，室温保存。

3. 1 × TAE 缓冲液　称量 20ml 的 50 × TAE 缓冲液，再加入 980ml 的去离子水。

4. 溴化乙啶储存液　10 mg/ml 溴化乙啶。称取 1g 溴化乙啶，置于 100ml 烧杯中，加入 80ml 去离子水后搅拌溶解。将溶液定容至 100ml 后，转移到棕色瓶中。室温保存。

5. 6 × 上样缓冲液　0.25% 溴酚蓝溶液，0.25% 二甲苯青 FF 溶液，30% 甘油溶液。配制：10ml 溴酚蓝 25 mg，二甲苯青 FF 25 mg，甘油 3ml。

（八）注意事项

（1）加入裂解Ⅱ后不要剧烈振荡，只需轻轻颠倒几次离心管。

（2）加入裂解Ⅲ后，复性时间不宜过长，一般是 5min，否则会使染色体复性。

第三部分：293 细胞的培养、传代、脂质体介导转染

（一）实验原理

质粒转染哺乳动物细胞的方法有多种，脂质体是一种用磷脂人工合成的脂质膜小泡，从理论上讲，脂质体可与 DNA 相互作用而形成脂质——DNA 复合物。当该复合物与培养细胞接触并融合，可以导致有效的 DNA 摄取和表达。脂质体转染法具有操作简单，转染率高，对细胞生长影响甚微等优点。

293 细胞系是原代人胚肾细胞转染 5 型腺病毒（Ad 5）DNA 的永生化细胞。细胞生长快，易于培养和生长。

绿色荧光蛋白（GFP）最初是从多管水母中分离出来的一种发光蛋白，在细菌、酵母、植物和哺乳动物中均可获得表达。野生型 GFP 是含有 238 个氨基酸残基的多态，相对分子质量 2.7×10^4。它有 2 个吸收峰，主峰在 395nm，另有一小峰在 470nm，这两处波长任一种光激发，都能使 GFP 产生 508nm 的绿色荧光。

本实验可通过携带 GFP 基因的表达质粒用脂质体介导法转染 293 细胞，在特定的激发波长下观察细胞的转染和表达情况。

（二）操作过程

1. 293 细胞的复苏、培养

（1）打开超净台的紫外灯照射台面 20min 左右，超净台台面应整洁，用 0.1% 苯扎溴铵溶液擦净。

（2）准备一个茶缸或 1000ml 的烧杯，内装三分之二 37℃的温水。

（3）从液氮中取出冻存管、迅速置于温水中并不断搅动。使冻存管中的冻存物在 1min 之内融化。

（4）入无菌室之前用肥皂洗手，用 75% 乙醇溶液擦拭消毒双手。

（5）关闭超净台的紫外灯，打开抽风机清洁空气，除去臭氧。

（6）用酒精棉球消毒冻存管表面，打开冻存管，将细胞悬液吸到离心管中并立即加入 5 倍以上的 Hank's 液。

（7）1000r/min 离心 10min，弃去上清液。

（8）沉淀加 10ml 培养液，吹打均匀，再离心 10min，弃上清液。

（9）加适当培养基调整细胞浓度 5×10^5 后将细胞转移至培养瓶中，37℃、5% 二氧化碳、饱和湿度下培养，第二天观察生长情况。

2. 细胞传代

（1）将长满细胞的培养瓶中原来的培养液弃去，用 2ml Hank's 液清洗一次。

（2）加入 0.5～1ml 0.25% 胰酶溶液，使瓶底细胞都浸入溶液中。

（3）瓶口塞好橡皮塞，放在倒置镜下观察细胞。随着时间的推移，原贴壁的细胞逐渐趋于圆形，在还未漂起时将胰酶弃去（约需 3min），加入 10ml Hank's 培养液终止消化。观察消化也可以用肉眼，当见到瓶底发白并出现细针孔空隙时终止消化。一般室温消化时间约为 1～3min。注意加 Hank's 液冲洗细胞时，动作要轻，以免把已松动的细胞冲掉。

（4）加入 5ml 的培养液，用吸管吸取培养液将贴壁的细胞吹打成悬液，吹打勿用力过猛，以免伤害细胞。

（5）将悬浮液分成等份接种到另外两到三瓶中，加培养液到 3ml，塞好橡皮塞，置 37℃下继续培养。每三天换液一次，观察贴壁生长情况。

3. 脂质体介导法转染细胞

（1）转染前一天将细胞指数生长期的细胞接入 35mm 培养皿中，加入含 10% 血清的 DMEM 培养基，在 CO₂ 培养箱（调整至 37℃）中培养。接入的细胞量能使转染时的贴壁细胞在培养皿底部占表面积的 80%。

（2）取 2～3μgGFP 质粒 DNA 溶于 100μl 无血清 DMEM 培养基中，混匀。

（3）取 10μl 脂质体稀释于 100μl 无血清 DMEM 培养基中，混匀。

（4）将含有 DNA 的培养基与含有脂质体的培养基缓慢混合，在室温下放置 15～30min。

（5）将培养皿中的培养基吸出，用无血清 DMEM 培养基洗 3 次。

（6）在培养皿中加入 0.8ml 无血清 DMEM 培养基，然后缓慢加入 DNA—脂质体混合液（尽量使其覆盖住整个培养皿底部）。

（7）将培养皿放入培养箱中培养 5～8h。

（8）在培养皿中加入 1ml 含 20% 血清的 DMEM 培养基，继续培养 24h。

（9）将培养皿中的培养基全部吸出，加入含 10% 血清 DMEM 培养基培养 24h。

（10）在倒置荧光显微镜下观察细胞中表达的绿色荧光蛋白（用蓝色滤光片，可观察到细胞中产生的绿色荧光）。

（三）实验结果

在倒置荧光显微镜下，可观察到部分细胞发出绿色荧光。（图 10-1）

（四）实验仪器

CO₂ 培养箱（调整至 37℃，含 5% CO₂）、超净工作台、倒置荧光显微镜、过滤器高压灭菌装置、离心机、水浴箱（37℃）

（五）实验耗材

293 细胞、细胞培养基（DMEM）、带有 GFP 基因的质粒

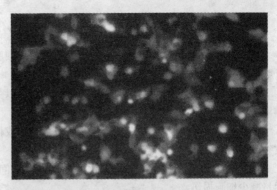

图 10-1　GFP 转染 293 细胞 24h 所表达的绿色荧光

DNA、小牛血清、脂质体悬液、乙醇、NaOH、培养瓶、青霉素瓶、小玻璃漏斗、吸管、移液管、棉球、卡氏培养瓶、废液缸、6 孔板或培养皿、血球计数板、小离心管，无血清 DMEM 培养基、10% 血清 DMEM 培养基、20% 血清 DMEM 培养基、D-Hank's 液、0.25% 胰酶溶液。

（六）试剂配制

1. DMEM 培养基　①将一袋培养基全部倒入一容器中，用少量注射用水将袋内残留培养基洗下，并入容器。加注射用水（水温 20～30℃）到 950ml，轻微搅拌溶解。②加入 2.438 克碳酸氢钠。③轻微搅拌溶解，加注射用水至 1L。④用 1mol／L 氢氧化钠溶液或 1mol／L 盐酸溶液调 pH 至所需值。⑤用 0.2μm 滤膜正压过滤除菌。⑥溶液应在 2～8℃下避光保存。

10% DMEM 培养基：加入灭活的小牛血清 10～100ml DMEM 培养基中。

2. 0.25% 胰酶溶液　称取胰蛋白酶粉剂 0.25g，溶入小烧杯中的双蒸水（需要调 pH 到 7.2 左右）或 PBS（D-Hank's）液中。搅拌混匀，置于 4℃内过夜。用注射滤器抽滤消毒：配好的胰酶溶液要在超净台内用注射滤器（0.22μm 微孔滤膜）抽滤除菌。然后分装成小瓶于 -20℃ 保存以备使用。

3. D-Hank's 液

（1）1 液：NaCL 溶液：8.00g/L，KCL 溶液：0.04g/L，Na₂HPO₄·2H₂O 溶液：0.06g/L，KH₂PO₄ 溶液：0.06g/L，配 500 毫升。

（2）2 液：NaHCO₃ 溶液：0.35g/L，配 100ml。

（3）3 液：酚红：0.02g，用数滴 NaHCO₃ 溶解酚红。

将 2,3 液移入 1 液中，定容到 1000ml pH 是 7.4 左右，分装于 4℃下保存。

4. PBS　将药品（NaCl 8.0g，KCl 0.2g，Na₂HPO₄·H₂O 1.56g，KH₂PO₄0.2g）倒入盛有双蒸水的烧杯中，玻璃棒搅动，充分溶解，然后把溶液倒入容量瓶中准确定容至 1000ml，摇匀即成新配制的 PBS 溶液。用 HCl 或 NaOH 调 pH 到 7.4。移入溶液瓶内待消毒：将 PBS 倒入溶液瓶（大的吊针瓶）内，盖上胶帽，并插上针头放入高压锅内 8 磅消毒 20min。注意高压消毒后要用灭菌蒸馏水补充蒸发掉的水分。

（七）注意事项

（1）自取材开始，保持所有细胞处于无菌条件。细胞计数可在有菌环境中进行。

（2）在超净台中，细胞、培养液等不能暴露过久，以免溶液蒸发。

（3）凡在超净台外操作的步骤，各器皿需用盖子或橡皮塞，以防止细菌落入。

（4）根据细胞类型选择适当的消化液，控制消化时间，尽量减少细胞损伤。

（5）细胞复苏时速度要快，使之迅速通过细胞最易受损的 $-5 \sim 0{}^{\circ}\!C$，细胞仍能生长，活力受损不大。

（吴晓燕）

三、老年痴呆大鼠学习记忆功能及海马形态学观察

（一）概述

老年痴呆，又称阿尔茨海默病（Alzheimer's disease，AD），是一种进行性发展的致死性神经退行性疾病，临床表现为认知和记忆功能不断恶化，日常生活能力进行性减退，并有各种神经精神症状和行为障碍。是继心血管疾病、癌症和中风之后的第四大杀手，严重危害着老年人的身体健康和生活质量。

AD 的病理特征是神经元外 β 淀粉样蛋白（β-amyloid protein，Aβ）聚集形成老年斑（senile plaque，SP）或神经炎斑，神经元内 tau 蛋白异常聚集形成神经纤维缠结，脑皮质及海马胆碱能神经元及其突触大量丢失，累及的皮质动脉出现血管淀粉样变性。治疗上缺乏特异有效药物，主要应用胆碱酯酶抑制剂、抗免疫炎症反应、雌激素替代等对症治疗的药物。AD 的病因及发病机制复杂至今尚不十分清楚。目前，关于 AD 的病因及发病机制主要有遗传因素、胆碱能学说、Aβ 学说铝中毒学说等，另外涉及环境、营养、心理、教育等诸多因素。

（二）实验目的

本实验通过学习建立几种常见的 AD 动物模型，测试 AD 模型动物的学习记忆能力并观察大脑海马脑片的形态学变化，了解一种或几种常见的 AD 模型制备方法，熟悉 Y 电迷宫的使用方法，掌握脑立体定位及微量注射术和一种或两种脑片的制作和染色方法。

第一部分：动物模型的制备

概述

人类疾病的动物模型（animal model of human diseases）是生物医学科学研究中所建立的具有人类疾病模拟性表现的动物实验对象和材料。使用动物模型是现代生物医学研究中的一个极为重要的实验方法和手段，有助于更方便、更有效地认识人类疾病的发生、发展规律和研究防治措施。可以说良好的疾病动物模型，是认识和研究此基本的前提与基础。

目前，AD 的动物模型有多种类型，大致可概括为损害模型、自然衰老模型和转基因动物模型三大类。每一种模型都在一定的程度上或某些方面模拟了 AD 的症状和病理改变。它们各自具有自己的适用范围和作用，又各有优势和不足。因此，每一个需要应用 AD 动物模型的研究者，首先必须熟悉 AD 的基本病理改变和临床表现，了解各种模型的原理和特点，根据自己的实验目的选择合适的模型。

下面介绍的是几种适用于学生实验的 AD 模型。

I . 脑内注射 Aβ 模型设计

（一）实验原理

由 Aβ 聚集形成老年斑是 AD 典型病理改变之一。越来越多的实验表明，Aβ 聚集在 AD 的产生和发展中起着重要作用。Aβ 由淀粉样前体蛋白（APP）经一系列酶降解生成，Aβ 过度产生后沉积于脑内，激活胶质细胞释放大量炎性介质、氧自由基，最终导致广泛的神经元变性、凋亡、突触缺失。脑内注射 Aβ 可以较全面地模拟 AD 的病理和行为学改变。

（二）操作过程

大鼠经 10% 水合氯醛溶液（4ml/kg）腹腔注射麻醉。固定于脑立体定位仪上，颅顶剪毛，碘伏消毒，做正中切口暴露前囟，参照大鼠脑立体定位图谱，以前囟为原点，向后 3.5mm，左右各旁开 2.0mm 为穿刺点，钻开颅骨，下调微量注射器，自脑表面进针 3.0mm，缓慢向双侧海马内注射聚集态 Aβ1～40 2μl，留针 10 分钟。退针后缝合皮肤。术后 2 周即可出现 AD 行为学改变和脑病变。

（三）实验材料

1. 动物　Wistar 大鼠，体重 250～300g。

2. 器材

（1）常用哺乳类动物小型手术器械 1 套。

（2）微量注射器。

（3）颅骨钻。

（4）脑立体定位仪等。

3. 药品与试剂

（1）Aβ1-40（用前溶于无菌生理盐水中，浓度 5μg/μl，37℃孵育 72 小时，使其变为聚集态）。

（2）10% 水合氯醛溶液。

（3）碘伏。

（4）骨蜡（或明胶海绵）。

（5）生理盐水等。

（四）注意事项

（1）避免麻醉过度造成动物死亡或麻醉太浅动物活动而影响定位的准确性。

（2）向海马内注射药物时严格按照数据进行定位，避免损伤其他组织。

（3）药物微量注射时速度不要太快，注射完毕后留针10min 再拔出，防止药物外漏。

Ⅱ. 铝中毒致痴呆模型设计

（一）实验原理

铝具有神经毒性作用，易沉积在大脑皮层、海马、室中膈、颞叶、杏仁核及枕叶，以海马中含量最高。在脑铝含量增加的同时均有脑组织 ACh 活性下降及 AChE 活性增高，而导致胆碱能神经功能的减退，引起类似 AD 的行为学改变。

（二）实验方法

给小鼠灌胃三氯化铝溶液 200mg/kg，每日 1 次，连续9 周。

灌胃方法：用左手固定小鼠，使头颈部充分伸直，但不易抓得过紧，以免窒息死亡。右手持连有灌胃针头的注射器，自口角插入小鼠口腔，从舌背面紧沿上腭进入食道。操作时，如遇阻力不能硬插，应抽出针头重试，以免将灌胃器插入气管造成动物死亡。当有突破感进针顺畅、动物安静、无呼吸异常时，即可注入药液。

（三）实验材料

1. 动物　2 月龄昆明小鼠，20g 左右
2. 器材
（1）注射器。
（2）小鼠灌胃针。
3. 试剂　三氯化铝。

Ⅲ. 慢性脑缺血致痴呆模型设计

（一）实验原理

脑供血不足可导致脑损伤和一系列的临床症状。有研究发现大鼠双侧颈总动脉结扎致脑缺血模型可引起行为缺失和脑组织病理生理改变，在许多方面与痴呆相类似，故脑缺血模型可作为 AD 模型的补充。

（二）实验方法

大鼠用 10% 水合氯醛溶液按 300mg/kg 经腹腔注射麻醉后仰面固定在平板上，沿颈部正中切开皮肤，分离两侧颈总动脉，穿线结扎，缝合皮肤切口。

2 周后即可出现行为异常和脑病理改变。

（三）实验材料

1. 动物　Wistar 大鼠，250~300g。
2. 器材
（1）常用哺乳类动物小型手术器械 1 套。
（2）丝线。
3. 药品　水合氯醛。

第二部分　AD 模型动物学习记忆能力观察——Y 迷宫

（一）实验原理

迷宫是常见的学习记忆模型，实验对象一般为大鼠、小鼠。迷宫的应用已经有几十年的历史。

一般由以下三个基本组成部分：起步区——放置动物；目标区——放置食物或安全区；跑道——有长有短，或弯或直，至少有一个或几个交叉口供动物选择。动物在迷宫中为了躲避伤害性刺激或寻找食物位置需要通过试错的方式进行学习并将特定的模式记忆下来。

迷宫这种装置可观察、记录动物在迷宫中搜索目标所需时间，采用的策略和行走轨迹来分析、推断动物的学习记忆空间定向和认知等方面的能力。现在用图像自动采集和处理系统使得分析更加方便。

迷宫有多种类型，这里重点介绍 Y 迷宫的使用方法。Y 迷宫为一三等臂式迷宫，由等长的三臂和交界区组成。三臂相互夹角 120°，臂长 40cm，宽 15cm，箱底铺以直径3mm，间距 12mm 的铜棒（可通电），底层有收集粪便的板，各臂顶端装有刺激信号灯（15W）。

（二）实验方法

1. 学习测试　在安静的环境中，先将大鼠放入迷宫中适应 5min，然后开始实验。迷宫中有灯光的区域为安全区（不通电），安全区以不规则的次序变换。实验开始时，大鼠在迷宫中的某只臂中，另外两只臂中的一只呈现灯光，在灯亮 5s 后迷宫箱底开始通电，电压为 30~50V，等大鼠逃离至安全区后停电，灯熄灭，一次测试完成。大鼠所在臂为下一次测试的开始位置，两次测试之间间隔 20s。规定大鼠受到电击后一次性跑至安全区为"正确反应"，否则为错误反应，在连续的 10 次测试中有 9 次正确即算到达学会标准。记录两组大鼠达到学会标准所需次数作为学习能力的指标。

2. 记忆测试　两组大鼠学习后 24 小时再测试一次，记录达到学会标准所需次数作为记忆再现的指标。

（三）注意事项

（1）做迷宫实验时要保持安静，避免对动物产生干扰。

（2）不要随意移动迷宫的位置。

（3）做完实验随时清理迷宫。

第三部分　大鼠脑切片的制作和染色

Ⅰ.冷冻切片的制作

（一）实验原理

脑组织经过灌注多聚甲醛等固定剂,可使其蛋白质等成分迅速凝固、组织硬化,停止细胞濒死前和死亡后的变化;再通过蔗糖脱水与防冻剂处理(防止冰晶形成)后进行冰冻切片,以便组织染色观察。

（二）实验方法

（1）迷宫实验完成后,动物麻醉后用细塑料绳仰卧位固定于有机玻璃板上。

（2）用剪刀打开胸腔、暴露心脏,将前端钝圆的 5 号针头(接输液皮条)经左心室插至升主动脉,血管钳钳夹固定;剪开右心耳,快速灌注 37℃ 0.01mol/L 磷酸盐缓冲液(PBS,pH 7.4)150~200ml;再灌注含 4% 多聚甲醛溶液的 4℃ 0.1mol/L 磷酸盐缓冲液(PB,pH 7.4)500~600ml,持续 1h。

（3）灌注完毕后,用咬骨钳剥离颅骨,将脑完整取出。置于上述灌注液后固定,4℃过夜;再浸于含 30% 蔗糖的 0.1mol/L PB 中,4℃过夜至脑块沉底。

（4）用 OCT 包埋脑块,在恒冷箱切片机上作连续冠状切片,片厚 30μm,贴于涂有多聚赖氨酸的玻片上,4℃保存,以备染色使用。

（三）实验材料

1. 动物　大鼠

2. 器材　无菌手术器械;500ml 的生理盐水瓶;输液皮条;托盘;自制固定大鼠有机玻璃板;细塑料绳。

3. 试剂　2% 戊巴比妥钠;4% 多聚甲醛溶液(0.1mol/L 磷酸缓冲液配制);0.01mol/L 磷酸盐缓冲液;30% 蔗糖溶液(0.1mol/L 磷酸缓冲液配制);冷冻切片包埋剂(OCT)。

（四）注意事项

（1）灌注时,确保针头经左心室插至升主动脉,并避免刺破血管。

（2）应快速滴注磷酸盐缓冲液,以便将血液冲洗干净;灌注多聚甲醛时,应先快后慢,以利于组织固定完全。

（3）剥离颅骨时,避免咬骨钳损伤脑组织。

（4）脑块在蔗糖中浸泡应充分,以沉底为宜,以避免冰晶形成所造成组织结构的破坏。

（5）载玻片应预先用多聚赖氨酸处理,以防止组织脱片。

Ⅱ.尼 氏 染 色

（一）实验原理

尼氏体,存在于神经元胞体和树突内,具有嗜碱性的特点,是神经元的特征性结构之一。尼氏染色中尼氏体受染后呈块状(形如虎斑)或颗粒状,核周围尼氏体颗粒较大,近边缘处较小而细长。在生理情况下,尼氏体大而数量多,反映神经细胞合成蛋白质的功能较强,在神经元受损时,尼氏体的数量可减少甚至消失。因此可通过尼氏染色后对尼氏体的观察来了解神经元的状况。

（二）实验方法

（1）大鼠脑冷冻切片(石蜡切片,脱蜡至水),用 0.01mol/L 的 PBS 洗 5min×3 次。

（2）0.1% 焦油紫染色 15~20min(室温)。

（3）蒸馏水洗 3min,充分干燥。

（4）100% 乙醇脱水 3min。

（5）二甲苯透明 5min×2 次。

（6）中性树胶封片。

（三）实验结果

尼氏小体呈蓝紫色;胶质细胞呈淡蓝色;背景无色。

（四）实验材料

大鼠脑冷冻(或石蜡)切片;0.01mol/L 磷酸盐缓冲液(PBS);0.1% 焦油紫(甲酚紫)溶液;蒸馏水;95%、100% 乙醇;二甲苯;中性树胶;载玻片;盖玻片。

Ⅲ.改良 Bielschowsky 染色

（一）实验原理

Bielschowsky 染色是镀银法染色的一种,其基本原理是把固定后的组织或切片浸于银溶液中,再用还原剂处理,使银颗粒沉着于轴索的轴浆中,使之呈深棕色或黑色,可以显示在常规 HE 染色中观察不到的某些细微结构和特殊成分。

（二）实验方法

（1）大鼠脑石蜡切片厚 8~15μm,脱蜡至水洗。

（2）蒸馏水洗 1~2min。

（3）于 37℃温箱内用 2% 硝酸银水溶液避光浸染 25~35min。

（4）蒸馏水洗 2~3min。

（5）用 10% 甲醛溶液还原数秒钟,至切片呈现黄色为止。

（6）蒸馏水洗 3~5min。

（7）用氨银溶液滴染 20~40 s。

（8）倾去染液，直接用 10% 甲醛溶液再次还原1～2min，使之切片呈棕黄色。

（9）蒸馏水洗 3～5min。

（10）用 0.2% 氯化金水溶液调色 3～5min。

（11）蒸馏水洗 1～2min。

（12）用 5% 硫代硫酸钠水溶液固定 3～5min。

（13）水洗 3～5min，然后用滤纸将切片周围水分吸干。

（14）乙醇脱水，二甲苯透明，中性树胶封固。

（三）实验结果

神经元、轴突及神经纤维呈黑色。

（四）实验材料

（1）2% 硝酸银溶液。

（2）10% 甲醛溶液。

（3）氨银溶液：20% 硝酸银水溶液 30ml，无水乙醇 20ml。将此两液混合立即呈现乳白色沉淀，逐滴加入浓氨水，使之形成的沉淀刚刚溶解，再滴加 5 滴浓氨水，过滤后使用。

（4）0.2% 氯化金溶液。

（5）5% 硫代硫酸钠水溶液。

（6）95% 、100% 乙醇溶液。

（7）二甲苯。

（8）中性树胶。

（五）注意事项

（1）载玻片应预先用 APES 或多聚赖氨酸处理，贴完后应晾干，以防止组织脱片。

（2）染色时间可根据显微镜下观察反应决定。

（3）乙醇脱水时间不宜过长。

（4）封片时，中性树胶量宜适中，以利于镜下观察与保存。

（六）讨论题

（1）你还知道哪些 AD 模型的制作方法？分析各方法的优缺点。

（2）什么是脑立体定位术？原理是什么？可用于哪些实验？

（3）结合 AD 的典型病理改变，讨论如何选择合适的染色方法。

（周　红）

四、1 型糖尿病大鼠模型的制作

（一）实验原理

链脲佐菌素（STZ）对一定大鼠胰岛 B 细胞有选择性破坏，可使大鼠产生糖尿病。其对组织毒性相对较小，动物存活率高，所以是目前国内外使用较多的一种制备糖尿病动物模型的方法。

（二）操作步骤

1. 速发型大鼠糖尿病模型制作方法　随机选取大鼠，禁食 10h 后按照 60mg/kg 腹腔注射 STZ 溶液。

2. 迟发型大鼠糖尿病模型制作方法　随机选取大鼠，正常进食水条件下，先腹腔注射 0.5ml 福氏完全佐剂（CFA），转天再按照 25mg/kg 腹腔注射 STZ 溶液。每周 1 次，连续 3 周重复上述步骤。

3. 糖尿病大鼠各项指标的测定

（1）血糖：选用微量血糖测定仪和血糖试纸条。

（2）尿糖：采用尿糖试纸。

（3）胰岛素：采用胰岛素放免分析试剂盒子。

（4）体重及出入量：每周固定时间测体重，每周晨测一天进食水量。

（5）糖尿病大鼠胰腺组织的 HE 染色：速发型大鼠糖尿病模型的形态学观察，光镜下显示，正常胰岛为圆形或椭圆形细胞团，界线清，无包膜。细胞团大小不一，细胞数量较多，包质丰富，核圆形。

迟发型大鼠糖尿病模型的形态学观察，低倍镜下观察可见胰腺被膜淋巴细胞浸润，胰腺间质的纤维组织增生，并有间质淋巴细胞浸润，高倍镜下显示，胰岛细胞萎缩及纤维化，胰岛细胞边缘有少许淋巴细胞浸润。

（三）实验材料

1. 动物　wistar 大鼠，雌雄不限，体重200～250g。

2. 试剂

（1）0.1mol/L 的无菌枸橼酸-枸橼酸钠缓冲液（pH = 4.2）。

（2）链脲佐菌素（STZ）溶液。

（3）福氏完全佐剂（CFA）：按 4：1 称取液体石蜡和羊毛脂，研碎混匀后分装，高压消毒后低温保存。临用前，按照 1.5mg/0.5ml 加入无菌灭活卡介苗，进行无菌乳化后使用。

（四）应用范围

大鼠糖尿病模型可以广泛应用于糖尿病的各项研究。

（郭　军）

五、大鼠脑缺血模型的制作及鉴定

（一）实验原理

脑血管疾病是危害人类健康的最严重的疾病之一，也是临床及基础医学研究重点。本方法仅通过分离并结扎颈总动脉,与颈内外动脉分叉处插入线栓,而不分离颈外动脉和翼腭动脉,来制作大鼠脑缺血模型。

(二)操作步骤

(1)线栓准备:选用长 3cm,直径 0.22mm 的 4-0 手术缝线,头端用火烧灼成光滑圆球状。距头端 2.0cm 处做好刻度标记,硅油浸泡 48h 使之硅化。

(2)术前 12h 禁食,自由饮水。大鼠均选择右侧大脑为梗死侧,左侧为正常对照。用 16% 水合氯醛以 350mg/kg 剂量行腹腔注射麻醉后,仰卧固定于木板上。

(3)正中切口约 3cm,钝性分离两侧甲状腺,暴露右侧胸锁乳突肌和胸骨舌骨肌间的三角区。结扎右侧颈总动脉远心端后,颈内动脉近心端挂线,于颈总动脉近颈内外动脉分叉处以显微剪剪开一小口子,直视下缓慢插入线栓。缓慢推进尼龙线至其入颅,遇到阻力时即停止并检查暴露与动脉外的部分,即线栓由颈内外动脉分叉处计长度为(1.9 + 0.5)mm。

(三)实验材料

1. **动物**　雄性 SD 大鼠,体重 240~280g。
2. **试剂**　水合氯醛、线栓、手术器械等

(四)模型鉴定

1. **大鼠症状及体征的评价**　采用 Bederson 等检查法按受损程度分级:

(1)正常(0级):未见活动异常,大鼠被提尾悬空时两前肢向地伸直,置动物于软塑料板上,轻握鼠尾,在鼠肩后施加侧向推力使鼠滑动约 10cm,手感左右推动的阻力相等。

(2)中度(1级):大鼠被提尾悬空时脑缺血对侧前肢呈屈曲、抬高、肩内收、肘关节伸直。置动物于软塑料板上,轻握鼠尾,在鼠肩后施加侧向推力使鼠滑动约 10cm,手感左右推动的阻力相等。

(3)重度(2级):大鼠被提尾悬空时脑缺血对侧前肢呈屈曲、抬高、肩内收、肘关节伸直。置动物于软塑料板上,轻握鼠尾,在鼠肩后施加侧向推力使鼠滑动约 10cm,手感左右推动的阻力不等,对侧的侧向推动阻力明显减低。

2. **脑电图**　缺血区脑电图出现波幅降低,频率减慢。

3. **脑软膜微循环观察**　可直接观察脑软脑膜微循环血液的灌流状况,结合专用的微循环图像处理系统,直接测量微血管的管径及血流速度。

4. **脑组织的形态学观察**　略。

(郭　军)

第4节　实验设计的一般原则

一、基 本 原 理

创新性实验的一个重要组成部分是实验设计,其基本原理是运用统计学的知识和方法,使实验因素在其他所有因素都被严格控制的条件下,实验效应(作用)能够准确地显示出来,最大限度地减少实验误差,使实验达到高效、快速和经济的目的。因此实验设计是关于实验研究的计划和方案的制订,是对实验研究所涉及的各项基本问题的合理安排,使实验研究能获得预期结果的重要保证。

二、基 本 要 素

医学实验研究,无论是在动物身上进行实验,还是在医院里以患者为对象的临床试验,都包括最基本的三大要素,即处理因素、实验对象与实验效应。

1. **处理因素**　实验中根据研究目的确定的由实验者人为施加给受试对象的因素称为处理因素,如药物、某种手术、某种护理等。在设置处理因素时,应注意以下几个问题:

(1)抓住实验中的主要因素:因因素不同及同一因素水平不同,造成因素的多样性,故在实验设计时,有单因素及多因素设计之分。所谓单因素设计是指给一种处理因素(如药物),观察处理前后的变化,它便于分析,但花费较大。多因素设计是指给几种处理因素同时观察,用析因分析法进行设计,它能节省经费和时间。但一次实验涉及的因素不宜过多,否则会使分组增多,受试对象的例数增多,在实际工作中难以控制。但处理因素过少,又难以提高实验的广度和深度。因此,需根据研究目的确定几个主要的、带有关键性的因素。

(2)明确非处理因素:非处理因素虽然不是我们的研究因素,但其中有些可能会影响实验结果,产生混杂效应,所以这些非处理因素又称混杂因素。如用两种降压药治疗高血压病人,非处理因素可能有年龄、性别等。若两种降压药组的年龄,性别构成不同,则可能影响降压药疗效的比较。设计时明确了这些非处理因素,才能设法消除它们的干扰作用。

(3)处理因素的标准化:处理因素在整个实验过程中应做到标准化,即保持不变,否则会影响实验结果的评价。如实验的处理因素是药物,那么药物的质量(成分、出厂批号等)必须保持不变。

2. **受试对象**　受试对象的选择十分重要,对实验结果有着极为重要的影响。机能学实验的受试对象包括人和动物。为了避免实验给人带来损

害或痛苦,除了一些简单的观察,如血压、脉搏、呼吸、尿量的实验可以在人体进行以外,主要的实验对象应当是动物,选择动物的条件如下:

(1) 必须选用健康动物。动物的健康状态可以从动物的活动情况和外观加以判断,如犬、家兔等动物有病时,常表现为精神萎靡不振、行动迟缓、毛蓬乱、无光泽、鼻部皮肤干燥、流鼻水、眼有分泌物或痂样积垢、身上腥臭气味浓重、肛门及外生殖器有稀便、分泌物等。

(2) 动物的种属及其生理、生化特点是否合适复制某一模型。例如鸡、犬不适合做发热模型,家兔则适合;大鼠、小鼠、猫不适合做动脉粥样硬化模型,猪、兔、鸡、猴则合适;大白鼠没有胆囊;猫和鸽有灵敏的呕吐反射,而家兔和其他啮齿动物则不发生呕吐;豚鼠耳蜗较发达,常用于引导耳蜗微音器电位;呈一束的减压神经仅见于家兔,多用于减压反射或减压神经放电实验等。

(3) 动物的生物学特征是否比较接近人类而又较经济易得。例如,猩猩、猴子有许多基础生物学特征与人类十分接近,用猩猩、猴子复制人类疾病模型进行实验研究,所得的结果比较接近人的情况,然而因为这些动物价昂难得,饲养、管理的要求也较高,故常采用其他价廉易得的动物,如需用大动物完成,可选用犬、羊、猴,一般常选择的实验动物为家兔、大鼠、小鼠等,只在某些关键性的实验时才使用这些昂贵难得的动物。

(4) 动物的品系和等级是否符合要求。不同的实验研究有不同的要求。原发性高血压大鼠适合高血压实验研究,裸鼠适合做肿瘤病因学实验研究,一般清洁动物适合学生实验,无菌动物适合高要求的实验研究。

(5) 动物的年龄、体重、性别最好相同,以减少个体间的生物差异。动物年龄可按体重大小来估计。大体上,成年小鼠为 20~30g;大白鼠为 180~250g;豚鼠为 450~700g;兔为 2.0~2.5kg;狗为 9~15kg。急性实验选用成年动物,慢性实验最好选择年轻健壮的雄性动物。对性别要求不高的实验,雌雄应搭配适当;与性别有关的实验研究,要严格按实验要求选择性别。

3. 实验效应　实验效应主要是指选用什么样的标志或指标来表达处理因素对受试对象的某种作用的有无及大小的问题。这些指标包括计数指标(定性指标)和计量指标(定量指标),主观指标和客观指标等。指标的选定需符合以下原则:

(1) 特异性:即能反映某一特定的现象而不致与其他现象相混淆,如高血压中的血压(尤其是舒张压)可作为高血压病的特异指标;尿生化检测中的尿素氮和肌酐可作为肾衰竭的特异指标。

(2) 客观性:即不受主观偏性的干扰,选用易于量化的、经过仪器测量和检验而获得的指标,如心电图、脑电图、血气分析等化验室的检查结果、病理学的诊断意见、细菌学培养结果等。

(3) 重复性:即在相同条件下,指标可以重复出现。为提高重现性,需注意仪器的稳定性,减少操作的误差,控制动物的机能状态和实验环境条件。在注意到上述条件的情况下,重现性仍然很小,说明这个指标不稳定,不宜采用。

(4) 灵敏性:即能根据实验的要求,相应显示出微小的变化。它是由实验方法和仪器的灵敏度共同决定的。如果灵敏性差,对已经发生的变化不能及时检测出,或往往得到假阴性结果,这种指标应该放弃。

(5) 精确性:精确性包括准确度和精密度两层意思。准确度是指观察值与真值的接近程度,主要受系统误差的影响。精密度是指重复观察时,观察值与其均数的接近程度,其差值属随机误差。实验效应指标要求既准确又精密。

(6) 可行性:即指标既有文献依据或实验鉴定,又符合本实验室和研究者的技术设备和实际水平。

在选择指标时,还应注意以下关系:①客观指标优于主观指标;②计量指标优于计数指标。将计数指标改为半定量指标也是一大进步;③变异小的指标优于变异大的指标;④动态指标优于静态指标,如体温、疗效、体内激素水平变化等,可按时、日、年龄等作动态观察。⑤所选的指标要便于统计分析。

三、基 本 原 则

为确保实验设计的科学性,除了对实验对象、处理因素、实验效应作出合理的安排以外,还必须遵循实验设计的三个原则,即对照、随机、重复的原则。

1. 对照的原则　所谓对照就是要设立参照物。因为没有对比,就无法鉴别优劣。在比较的各组之间,除处理因素不同外,其他非处理因素尽量保持相同,从而根据处理与不处理之间的差异,了解处理因素带来的特殊效应。通常实验应当有实验组和对照组,按统计学要求两者的非处理因素应当完全相同。如实验动物要求种属、性别、年龄相同,体重相近;实验的季节、时间和实验室的温度、湿度也要一致;操作的手法前后要相同,行为学实验还要求实验者不要更换等。只有这样,才能消除非处理因素带来的误差,实验结果才能说明问题。

根据实验研究的目的和要求不同,可选用不同的对照形式,常用的对照形式有:

(1)空白对照:又称正常对照,是指在不加任何处理的"空白"条件下或给予安慰剂及安慰措施进行观察对照。例如观察生长素对动物生长作用的实验,就要设立与实验组动物同属、年龄、性别、体重的空白对照组,以排除动物本身自然生长的可能影响。

(2)标准对照:是指用标准值或正常值作为对照,以及在所谓标准的条件下进行观察对照。如要判断某人血细胞的数量是否在正常范围内,就要通过计数红细胞、白细胞、血小板的数量,将测得的结果与正常值进行对照,根据其是否偏离正常值的范围作出判断。这时用的正常值就是标准对照。

(3)实验对照:是指在某种有关的实验条件下进行观察对照。如要研究切断迷走神经对胃酸分泌的影响,除设空白对照外,尚需设假手术组作为手术对照,以排除手术本身的影响。假手术组就是实验对照。

(4)自身对照:是指用同体实验前资料作为对照,将实验后的结果与实验前的资料进行比较。这种同体实验前后资料的对比,称自身对照。例如用药前、后的对比。

(5)相互对照:又称组间对照。不专门设立对照组,而是几个实验组、几种处理方法之间互为对照。例如三种方案治疗贫血,三个方案组可互为对照,以比较疗效的好坏。

2. 随机的原则 即所研究总体中的每一个个体都有同等的机会被分配到任何一个组中去,分组的结果不受人为因素的干扰和影响。同时实验操作的顺序也应当是随机的。通过随机化的处理,可使抽取的样本能够代表总体,减少抽样误差;还可使各组样本的条件尽量一致,消除或减小组间人为的误差,从而使处理因素产生的效应更加客观,便于得出正确的实验结果,例如进行一个药物疗效的实验,观察某种新的抗生素对呼吸道感染的治疗效果,实验组和对照组复制同一程度的呼吸道感染模型,然后给予实验组新的抗生素,对照组给予等量

生理盐水。如果动物的分配不是随机进行,把营养状态好和体格健壮的动物均放在实验组,把营养和体格不好的动物放在盐水对照组,最后得到的阳性实验结果并不能真正反映药物的疗效,很可能是动物体格差异所致。

随机化的方法很多,如抽签法、随机数字表法、随机化分组表法等,具体可参阅医学统计学。

3. 重复的原则 重复是指各处理组及对照组的例数(或实验次数)要有一定的数量。若样本量过少,所得的结果不够稳定,其结论的可靠性也差。如样本过多,不仅增加工作难度,而且造成不必要的人力、财力和物力的浪费。为此,应该在保证实验结果具有一定可靠性的条件下,确定最少的样本例数,以节约人力和经费。

关于样本含量估计的方法可参考《卫生统计学》。在机能学实验中,通常根据文献资料、预实验结果,结合以往的经验来确定样本含量。例如要研究侧脑室注射组胺对胃酸分泌的影响,设对照组(脑室注射人工脑脊液)、实验组又分组胺组、H_1和H_2受体阻断剂组及H_1受体阻断剂十组胺组和H_2受体阻断剂十组胺组等共六组,每组10只动物,那么,完成这项实验就要60只动物。重复的第二层意思是指重复实验或平行实验。由于实验动物的个体差异等原因,一次实验结果往往不够确实可靠,需要多次重复实验方能获得可靠的结果。通过重复可以估计抽样误差的大小,因为抽样误差(即标准误)大小与重复次数成反比。二是可以保证实验的可重复性(即再现性)。实验需重复的次数(即实验样本的大小),对于动物实验而言(指实验动物的数量)取决于实验的性质、内容及实验资料的离散度。一般而言,计量资料的样本数每组不少于5例,以10~20例为好。计数资料的样本数则需每组不少于30例。

(戚晓红)

附:虚拟实验介绍

一、"机能学虚拟实验室"的基本原理

"机能学虚拟实验室"是以计算机虚拟现实和生物仿真技术为核心建立的虚拟实验平台,主要由生物仿真引擎、处理因素数据库、虚拟环境界面等几部分构成。其内核是通过数学建模实现的"生

物仿真引擎"，用以仿真生物在各种实验因素作用下所作的反应，包括反应强度、持续时间及后续效应等。"处理因素数据库"则用来管理各种处理因素，包括其对生物呼吸、血压、泌尿等各参数的影响以及各种处理因素之间的相互作用等。而"虚拟环境界面"则是用多媒体技术和虚拟现实技术所产生的虚拟动物实验界面，通过该界面将仿真引擎计算产生的"生物反应"以曲线、图像和动画等方式显示给实验者，使其产生"身临其境"的感觉。这三部分协同作用即可完成虚拟实验的各项功能。

虚拟实验室系统所提供的功能包括：实验室浏览、虚拟手术操作、虚拟装置连接、虚拟动物实验、自测题库和视频资源库等。通过虚拟实验，学生可以了解各实时实验的操作过程、实验现象和常见结果，可作为实时实验的补充。

"实验室浏览"构建了一个标准的 3D 实验室模型，通过"浏览"操作，学习者可以在虚拟环境中感受实验室布局并熟悉常用实验仪器。"虚拟手术操作"和"虚拟装置连接"则是在虚拟实验环境中实现的功能。在虚拟环境中实验者可以像在真实的环境中一样运用各种虚拟实验器械和设备，对"实验动物或标本"进行虚拟操作，并可在虚拟环境中组装连接各种"实验装置"，完成各项预定的实验项目。"虚拟动物实验"可以仿真实时动物实验的过程，当给予"实验动物或标本"一定的刺激或药物等实验因素后，其生理参数（如张力、血压、呼吸、泌尿等）将发生相应的改变。其显示与真实实验相一致，学习者通过这一过程可以加深对所学知识的理解，起到学习训练的作用。

由于虚拟实验室系统采取人机交互的方式操作，其实验现象随操作项目的不同而作即时的改变，可充分调动学生学习的兴趣，很受使用者的欢迎。所有曲线均是实时"运算"产生的，其中还仿真了动物的个体差异等偶然因素，使实验者不会产生"重复"之感。因此，做虚拟实验时的参与式体验是观看录像所不能比拟的，也是学生参与式学习的一种尝试。由于虚拟实验不牵涉到动物、器材和试剂的消耗，比较适合学生在课余时间做自由联系时采用。教师可以自己定义、更新实验因素数据库，可以放入"未知药物"项目，让学习者通过"实验"了解该"药物"的性能，进而判断"未知药物"的类别。通过这样的训练过程"机能学虚拟实验室"在培养学生的创造力、锻炼其想象力方面起到很大作用，在教学方法和手段上开辟了一个新的领域。

（图 10-2 ~ 图 10-5）

开展虚拟实验对教学产生的有利影响包括以下方面：

（1）突出了实验教学的自主性，学生可以根据自己个体化的需求和兴趣选择实验（可选范围比实时实验大的多），强调了学生在实验中的主导地位。

（2）突破了传统实验模式，使得实验练习不再受时间、空间、实验动物、实验试剂、实验器材等的限制，使得实验练习更加方便。

（3）虚拟实验是实时实验的补充，通过事先的练习提高了实时实验的准确率和实验效果，提高了学生的学习兴趣，减少了实验成本，丰富了学习内容。

（4）提高了学生主动利用计算机和网络技术学习的兴趣，有利于推动 E-Learning 在医学教育领域的应用，也有利于远程教育和普及教育的实现。

同时，也应注意虚拟实验是学生学习训练的一种补充模式，它无法取代实时实验。实时的动物实验是培养医学生不可缺少的重要环节。

图 10-2　浏览 3D 实验室

图 10-3　系统主界面（生理部分）

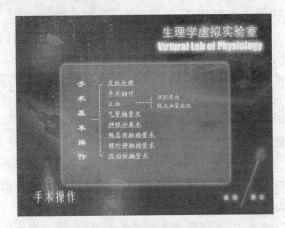

图 10-4　手术操作录像（生理部分）

图 10-5　虚拟实验项目（生理部分）

图 10-6　虚拟实验操作环境

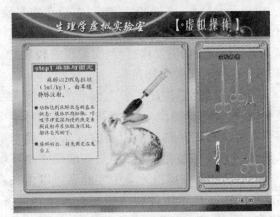

图 10-7　虚拟手术操作练习

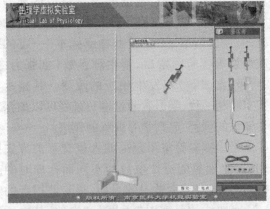

图 10-8　虚拟装置连接

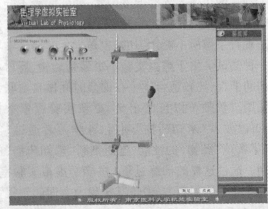

图 10-9　虚拟装置连接

二、"机能学虚拟实验室"使用指南

进入虚拟实验系统，选择学科和实验项目，即进入一个由计算机模拟产生的一个虚拟实验环境。界面中包含了与本实验相关的实验动物、实验器材、药品和实验仪器等。同时还配有该实验的一些简介说明，以指导操作者进行虚拟操作和虚拟实验。

1. 虚拟操作　虚拟操作主要包括两项功能："虚拟装置连接"和"虚拟手术操作"。在虚拟装置连接区，实验者可选择实验装置和实验器械，并通过鼠标的拖动操作按照正确的方式和步骤搭建实验平台。操作过程中如果出现错误，系统会出现提示，并令操作者重做，直至完成。在虚拟手术操作区，实验者需按照手术步骤选取手术器械，系统则以动画的方式模拟手术操作过程，如切开、分立、剪断、注射、插管等操作。选错器械时系统给予一定的提示，操作者可重选，直至完成。待完成了虚拟装置连接和虚拟手术操作后，实验者可顺利进入"虚拟动物实验"区。（图 10-6 ～图 10-10）

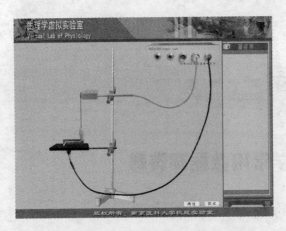

图 10-10 虚拟装置连接

2. 虚拟实验 在"虚拟动物实验"区,界面由四个功能区组成,即波形显示区、实验因素(药物与刺激)区、动物反应区和控制区。(图 10-11,图 10-12)

(1)波形显示区:显示实验因素作用于生物体后产生反应的波形,如张力、心电、血压、呼吸、泌尿等,根据不同的实验显示相应的曲线。

(2)实验因素区:这个区域给出了与实时实验相同的药物和刺激因素。实验者可以通过选择各种药物或刺激来给虚拟实验动物施加各种"实验因素",并观察其反应。在波形显示区和动物反应区(下述)可实时地观测到各种实验因素所产生的生物效应,同时,还可观察到各种实验因素之间的相互作用。各实验因素加入顺序不同,也会产生不同的效应。

(3)动物反应区:这个区域显示的是生物体在药物作用或刺激作用后产生变化,如呼吸急促、暂停,挣扎等表现,也可表现离体标本的收缩、跳动等

现象。这些动物反应的现象与所描记的曲线是相互配合、同步出现的,以使虚拟实验更加逼真。

(4)控制区:在控制区设置了曲线的描记速率(走纸速度)控制,重放,药物换洗,实验数据的打印输出等按钮,便于实验者对虚拟实验进行精细的控制,并可保存"实验结果"。

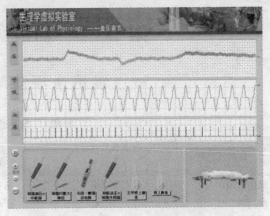

图 10-11 虚拟实验界面 1

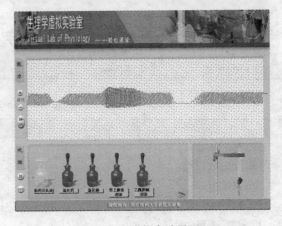

图 10-12 虚拟实验界面 2

附 录 I 机能实验学常用数据和资料

一、常用生理盐溶液的成分及配制方法

附表1 常用生理盐溶液的成分及用途

试剂及剂量	任氏液用于两栖类	乐氏液用于两栖类	台氏液用于哺乳类(小肠)	生理盐水	
				两栖类	哺乳类
氯化钠(g)	6.50	9.00	8.00	6.50	9.00
氯化钾(g)	0.14	0.42	0.20	—	—
氯化钙(g)	0.12	0.24	0.20	—	—
碳酸氢钠(g)	0.20	0.1~0.3	1.00		
磷酸二氢钠(g)	0.01	—	0.05		
氯化镁(g)	—	—	0.10		
葡萄糖(g)	2.0(可不加)	1.0~2.5	1.00		
蒸馏水加至(ml)	1000	1000	1000	1000	1000

附表2 几种生理盐溶液的配制方法

原液成分	任氏液	乐氏液	台氏液
20% 氯化钠(ml)	32.5	45.0	40.0
10% 氯化钾(ml)	1.4	4.2	2.0
10% 氯化钙(ml)	1.2	2.4	2.0
5% 碳酸氢钠(ml)	4.0	2.0	20.0
1% 磷酸二氢钠(ml)	1.0	—	5.0
5% 氯化镁(ml)	—	—	2.0
葡萄糖(g)	2(可不加)	1~2.5	1.0
蒸馏水加至(ml)	1000	1000	1000

注:配制时先将其他原液混合并加入蒸馏水,最后再逐滴加入氯化钙,同时进行搅拌,以防形成钙盐沉淀,葡萄糖在临用前加入。

二、常用实验动物的生理常数

附表3 常用实验动物的生理常数

	家兔	犬	猫	大鼠	小鼠	豚鼠	鸽	蛙
呼吸(次/min)	38~60	20~30	20~50	100~150	136~216	100~150	20~30	
潮气量(ml)	19~24.5	250~430	124	1.5	0.1~0.23	1~4	4.5~5.2	
心率(次/min)	123~304	100~130	110~140	261~600	328~780	260~400	141~244	36~70
心输出量(L/min·kg体重)	0.11	0.12	0.11	0.2~0.3				
平均动脉压(kPa)	13.3~17.3	16.1~18.6	16~20	13.3~16.1	12.6~16.6	10~16.1		

续表

	家兔	犬	猫	大白鼠	小鼠	豚鼠	鸽	蛙
体温(℃)	38.5~39.7	37.5~39.7	38~39.5	37.5~39.5	37~39	37.8~39.5		
血量(% 体重)	7~10	5.6~8.3	6.2	7.4	8.3	6.4	10	5
红细胞(10^{12}/L)	4.5~7	4.5~8	6.5~9.5	7.2~9.6	7.7~12.5	4.5~7	3.2	4~6
血红蛋白(g/L)	80~150	110~180	70~155	120~175	100~190	110~165	128	80
血细胞比容(%)	33~50	38~53	28~52	39~53	41.5	37~47	42.3	
血小板(10^{10}/L)	26~30	12.7~31.1	10~50	10~30	15.7~26	11.6	0.5~0.64	0.3~0.5
白细胞(10^9/L)	6~13	11.3~18.3	9~24	5~25	4~12	10	1.4~3.4	2.4

三、常见生物信号记录参数

附表4　常见生物信号用 MD2000 记录时仪器参数选择(参考)

实验项目	采样周期(ms)	压缩1:	增益	滤波	时间常数	灵敏度	备注
神经干动作电位	0.03±	—	200	10K	0.001s	—	
皮层诱发电位	0.05~0.2	—	2000	1K	0.1		叠加
肌电(蛙腓肠肌)	0.05		200	10K	0.001s		
膈神经放电	2~10	2~4	4~10K	10K	0.01s	—	
降压神经放电	2~5	2~4	4~8K	10K	0.01s	—	
蛙心电(直接)	20±	2	200	0.1K	0.1s	—	
兔、鼠心电	2~10	2	1000	0.1K	0.1~1s	—	
脑电(兔)	5~50	1	5000	0.1~0.01	0.1~0.01s	—	
动脉血压,心室压	10~50	4	—	—		1	
中心静脉压	10~50	2~4	—	—		2~4	
呼吸(小膈肌)	10~50	1	—	—		0.5~1	
肠、血管平滑肌条	50~500	1~2	—	—		1~2	
记 滴	20~50	4	—	—		0.5	直方图

(田苏平　李　军　高兴亚)

四、药量单位、药物浓度及剂量换算

1. 药量单位　药物的重量以"克"(g)为基本单位,容量以"毫升"(ml)为基本单位。这是衡量的公制。机能学实验常用重量和容量的公制如下:

a(atto)	($\times 10^{-18}$)阿(微微微)
f(femto)	($\times 10^{-15}$)飞(毫微微)
p(pico)	($\times 10^{-12}$)皮(微微)
pg(picogram)	皮克(微微克)
n(nano)	($\times 10^{-9}$)纳(毫微)
ng(nanogram)	纳克(毫微克)
nl(nanolitre)	纳升(毫微升)
nm(nanometre)	纳米(毫微米)
μ(micro)	($\times 10^{-6}$)微
μg(microgram)	微克
μl(microlitre)	微升
μm(micron)	微米
m(milli)	($\times 10^{-3}$)毫
mg(milligram)	毫克
ml(millilitre)	毫升

mm（millimetre）　　　毫米

c（centi）　　　　　　（×10^{-2}）厘

d（deci）　　　　　　（×10^{-1}）分

k（kilo）　　　　　　（×10^{3}）千

kg（kilogram）　　　千克（公斤）

km（kilometre）　　　千米（公里）

cpm（counts per minute）　每分钟计数（测定放射性的单位）

ppm（parts per million）　每百万份中的份数（百万分之几）

2. 剂量换算

（1）动物实验所用药物的剂量，一般按 mg/kg（或 g/kg）体重计算，应用时需从已知药液浓度换算出相当于每千克体重应注射的药液量（ml），以便于给药。

例：小鼠体重 18g，腹腔注射盐酸吗啡 10mg/kg，药液浓度为 0.1%，应注射多少量（ml）？

计算方法：0.1% 的溶液每毫升含药物 1mg，剂量为 10mg/kg 相当的容积为 10ml/kg，小鼠体重为 18g，换算成 kg 为 0.018kg，故 $10 \times 0.018 = 0.18$ml。

小鼠常以 mg/10g 计算，换算成容积时也以 ml/10g 计算较为方便。如上例 18g 体重的小鼠注射 0.18ml，相当于 0.1mg/10g，再计算给其他小鼠药量时很方便。如 20g 体重小鼠，给药 0.2ml，以此类推。

（2）在动物实验中，有时必须根据药物的剂量及某种动物给药途径的药液容量，配制相应的浓度以便于给药。

例：给兔静脉注射苯巴比妥钠 80mg/kg，注射量为 1ml/kg，应配制的浓度是多少？

计算方法：80mg/kg 相当于 1ml/kg，因此 1ml 溶液中含 80mg 药物，换算成百分浓度 1:80 = 100:X，X = 8000mg = 8g，即 100ml 含 8g，故应配成 8% 的苯巴比妥钠溶液。

习题

（1）给体重 2.2kg 的兔注射 30mg/kg 的尼可刹米，注射液浓度为 10%，应注射多少毫升？

（2）家兔口服氢氯噻嗪剂量为 5mg/kg，规定灌胃所需药液为 2.5ml/100g，应配制的浓度是多少？

（3）硫喷妥钠注射剂每支 0.1g，家兔体重 1.8kg，静脉注射该药剂量为 10mg/kg，容量为 1ml/kg，该药 0.5g 应配成多少毫升？注射的药量是多少毫升？

3. 动物与人及动物与动物间的剂量换算

（1）按千克体重换算：已知 A 种动物每千克体重用药剂量，欲估计 B 种动物每千克体重用药剂量时，可查附表 5，找出折算系数（W），再按下式计算：

B 种动物的剂量（mg/kg）= W × A 种动物的剂量（mg/kg）

附表5　动物与人体的每千克体重等效剂量折算系数表

折算系数		A 种动物或成人						
		小鼠 (0.02kg)	大鼠 (0.2kg)	豚鼠 (0.4kg)	兔 (1.5kg)	猫 (2.0kg)	犬 (12kg)	成人 (60kg)
B 种动物或成人	小鼠(0.02kg)	1.0	1.4	1.6	2.7	3.2	4.8	9.01
	大鼠(0.2kg)	0.7	1.0	1.14	1.88	2.3	3.6	6.25
	豚鼠(0.4kg)	0.61	0.87	1.0	1.65	2.05	3.0	5.55
	兔(1.5kg)	0.37	0.52	0.6	1.0	1.23	1.76	3.30
	猫(2kg)	0.30	0.42	0.48	0.81	1.0	1.4	2.70
	犬(12kg)	0.21	0.28	0.34	0.56	0.68	1.0	1.88
	成人(60kg)	0.11	0.16	0.18	0.304	0.371	0.531	1.0

例：已知某药对小鼠的最大耐受量为 20mg/kg（即 20g 小鼠用 0.4mg），需折算为家兔量。

查 A 种动物为小鼠，B 种动物为兔，交叉点为折算系数 W = 0.37，故家兔用药量为 0.37×20mg/kg = 7.4mg/kg，1.5kg 家兔用药量为 11.1mg。

附表6　常用动物与人体表面积比值表

动物	小鼠 (20g)	大鼠 (200g)	豚鼠 (400g)	兔 (1.5kg)	猫 (2kg)	犬 (12kg)	人 (50kg)
小鼠(20g)	1.0	7.0	12.25	27.8	29.7	124.2	332.4
大鼠(200g)	0.14	1.0	1.74	3.9	4.2	17.3	48.0
豚鼠(400g)	0.08	0.57	1.0	2.25	2.4	10.2	27.0
兔(1.5kg)	0.04	0.25	0.44	1.0	1.08	4.5	12.2
猫(2kg)	0.03	0.23	0.41	0.92	1.0	4.1	11.1
犬(12kg)	0.008	0.06	0.10	0.22	0.24	1.0	2.7
人(50kg)	0.003	0.021	0.036	0.08	0.09	0.37	1.0

（2）按体表面积折算剂量：根据不同种属动物体内的血药浓度、作用与动物体表面积成平行关系。按体表面积折算剂量较按体重更为精确。

例：由动物用量推算人的用量。已知一定浓度的某药注射剂给家兔静脉注射的最大耐受量为4mg/kg，推算人的最大耐受量为多少？

查附表6，先竖后横，兔与人体表面积比值为12.2，1.5kg家兔最大耐受量为 $4 \times 1.5 = 6mg$，那么人的最大耐受量为 $6 \times 12.2 = 73.2mg$。取值 $1/3 \sim 1/10$ 作为初试剂量。

例：由人用量推算动物用量。已知某中药成人每次口服10g有效。拟用犬研究其作用机制，应用多少量？

查附表6，人与犬体表面积比值为0.37，那么犬用量为 $10 \times 0.37 = 3.7g$。取其作为初试用量。

注意事项：

（1）造成动物对药物敏感性种属差异的因素甚多。上述不同种类动物间剂量的换算法只能提供粗略的参考值。究竟恰当与否，需通过实验才能了解。

（2）在人身上初次试用新药时，对于剂量的考虑尤需慎重，不能随便把从动物实验资料中换算过来的剂量直接用于人体。一般认为，在人身上初次试用新药时，最多只能用犬或猴安全剂量（按mg/kg计算）的 $1/20 \sim 1/10$，在证明确实无害后方可小心、适当地增加。

4. 溶液稀释换算

基本公式： $C_1V_1 = C_2V_2$　即稀溶液浓度×稀溶液体积＝浓溶液浓度×浓溶液体积。

例：病人需要5%葡萄糖500ml，如果用50%葡萄糖溶液配制，需要多少毫升？

计算： $5 \times 500 = 50 \times V$　　　 $V = 50ml$

例：配0.9%氯化钠溶液1000ml，需要20%氯化钠多少毫升？

计算： $0.9 \times 1000 = 20 \times V$　　　 $V = 45ml$

（张民英）

五、处方与制剂

（一）药物制剂

制剂是按药典或处方将药物配制成一定规格的制品。由于药物的性质和用药目的不同，可制成各种适宜的剂型，以便药物充分发挥疗效，减少毒副作用，保证制剂质量，便于临床应用和储存。

剂型按其形态可分为液体剂型、半固体剂型和固体剂型三类。

1. 液体剂型

（1）溶液剂：多为不挥发性药物的水溶液，直接用水配成透明、澄清的水溶液服用。一般以百分比浓度表示，配制简单，服用方便，吸收也快，如10%氯化钾溶液。

（2）合剂：是多种药物配制成透明的或混浊的水性液体制剂，如复方甘草合剂。若有沉淀，则需使用前振摇。

（3）注射剂：是药物的灭菌溶液或混悬液，供注射用，常装在安瓿中，亦称为安瓿剂，在溶液中不稳定的药品，则以干燥粉末状态封存于安瓿中，临用前制成溶液。此种剂型剂量准确、作用快，可用于一般急性病及急救，但对制剂的要求较高，必须：①无菌；②无热原；③静脉注射剂必须澄清，且不致溶血。油剂及混悬剂不能静脉注射，以免引起血管栓塞。大量静脉注射要注意等渗；④皮下注射、肌肉注射量要少，刺激要小。注射剂过去多数是化学药，现在已有不少是中草药注射剂。

（4）糖浆剂：是指含有药物或芳香物质的蔗糖

近饱和的水溶液,如小儿止咳糖浆。不含药物的称单糖浆。

(5)乳剂:是两种互不混合的液体经过乳化剂的处理,制成较均匀和较稳定的乳状溶剂,如鱼肝油乳剂。

(6)气雾剂:是指药物和喷射剂(液化气体或压缩气体)一起装入耐压容器内的液体制剂。借助容器内的压力,将含有药物的内容物以极细的气雾状喷射出来。可用于皮肤病、烧伤、哮喘等治疗。气雾剂的微粒很小,一般在 $10\mu m$ 以下,喷雾吸入时,药物直达肺部深处,吸收甚快。例如,用异丙肾上腺素气雾剂治疗哮喘。外用喷雾剂可均匀分布皮肤创面,可避免涂擦对创口的刺激,烧伤时较多用。

(7)酊剂:是药物或化学药品的乙醇浸出液或乙醇溶液,如颠茄酊。剧毒药的酊剂一般是 100ml 用 10g 生药制成,普通药为每 100ml 用 20g 生药制成,中药制成的多称药酒,药酒是将中药用白酒(50～70 度)浸出有效成分的液体制剂,如风湿药酒。

2. 半固体剂型

(1)软膏剂:软膏剂是药物加在适宜基质中研匀,制成易于涂抹的外用制剂,常用的基质有凡士林和水溶性基质(聚乙二醇),如鱼石脂软膏。眼用软膏是用无菌操作制成的极为细腻的软膏,如金霉素眼膏。

(2)硬膏剂:硬膏剂与软膏剂相似,但基质在体温下只软化不溶化,常用基质为树脂、铅肥皂、橡胶,如伤湿止痛膏。

3. 固体剂型

(1)片剂:片剂是一种或一种以上的药物加淀粉混合后,用压片机压制而成。一般呈圆片状,如阿莫西林片、复方阿司匹林片。主要供内服。也有因应用需要制成舌下含片、糖衣片、肠溶片(外包有一层肠溶衣)。它在胃液中能保持完整,但能溶解于肠液中,主要用于易被胃酸破坏的药物。片剂不仅剂量较准确,而且储存、携带都很方便。

(2)胶囊剂:是药物盛装在胶囊中而制成,多供口服。胶囊有软胶囊、硬胶囊两种,软胶囊用于盛装液体药物,如维生素 AD 胶囊;硬胶囊用于盛载粉末药物,如头孢拉定胶囊。

(3)栓剂:是由药物与基质制成的,供塞入人体不同腔道的固体制剂。栓剂的形状和重量因适应不同腔道而各有差异,如肛门栓剂为圆锥形,重约 2g,阴道栓剂为球形或卵圆形,重约 5g。栓剂在常温下为固体,塞入腔道后可溶化而产生药效,栓剂基质主要有可可豆脂、甘油明胶,它们的熔点与体温接近,符合栓剂基质的要求,如甘油栓。

4. 新剂型

(1)微型胶囊:药物被包裹在囊膜内制成的微小无缝胶囊。外观呈粒状或圆珠状,直径 $5\sim400\mu m$。囊心可以是固体或液体药物。包裹材料是高分子物质或共聚物,如氯乙烯醇、明胶及乙基纤维素等。其优点在于可防止药物氧化和潮解,控制囊心药物的释放,以延长药效。如维生素 A 微囊。

(2)脂质体(类脂小球):是将药物包封于类脂质双分子层的薄膜中间制成的超微型球状载体制剂。所谓载体,可以是一组分子,包蔽于药物外,通过渗透或被巨噬细胞吞噬后,被酶类分解而释放药物,从而发挥作用。脂质体广泛用作抗癌药物的载体,具有增强定向性、延缓释药、控制药物在组织内分布及血液清除率等特点。

(3)微球剂:是一种适宜的高分子材料制成的凝胶微球,其中含有药物。微球的直径很小(1～3μm),经常混悬于油中。例如,氟尿嘧啶微球剂、抗癌药物制成微球剂后,能改善药物在体内的吸收、分布,由于这种微球对癌细胞有一定的亲和力,故能浓集于癌细胞周围,特别对淋巴系统具有指向性。

(4)磁性微球:是用人血清蛋白将柔红霉素盐酸盐与巯基嘌呤包成带磁性的微球,试用于治疗胃肠道肿瘤。服用该剂后,在体外适当部位用一适宜强度的磁铁吸引,将磁性微球引导到体内特定的靶区,使之达到需要的浓度。该载体有用量少、局部作用强的优点。

(5)前体药物制剂:是将一种具有药物活性的母体,导入另一种载体或与另一种作用近似的母体药物相结合,形成一种新的化合物。其在人体中经过生物转化(酶或其他生物机能的作用),释放出母体药物而显疗效。如将两个母体药物合并应用,其协同作用可使疗效增强,临床应用范围扩大。同时可使血药浓度提高,作用时间延长,毒副作用降低,药物溶解度和稳定性增加。

(6)膜剂(药膜):是将药物溶解或混悬于多聚物的溶液中,经涂膜、干燥而制成。按给药途径不同分为口服膜剂（如地西泮膜剂）、眼用膜剂（如毛果芸香碱眼用膜剂）、阴道用膜剂（如避孕药膜）、皮肤黏膜外用膜剂（如冻疮药膜）等。具有体积小、重量轻、携带和储存方便的特点。

（二）处方

1. 处方的意义　处方（prescription）是医生为病人书写的用药单据，药房依据处方给病人发药并嘱其用法。因此处方是药物应用的书面形式，是医疗工作中的重要文件，书写处方是医生的常规工作之一。为使处方正确、规范，要求医生不仅要有丰富的临床医学知识，而且要掌握药物的药理作用、毒性、剂量和用法，并了解其理化性质，以便因人因病而异，灵活适当配方。

因处方关系到病人健康的恢复和生命的安全，故医务工作者必须以严肃的态度认真对待，切不可马虎草率，以免造成医疗事故。

2. 处方的结构　一般医疗机构都有印好的处方笺，形式统一，便于应用和保管，开处方时，只要按项目填写清楚即可，每张处方包括下列几项：

（1）处方前项：包括医院全称、病人姓名、年龄、性别、科别、门诊及住院号码、处方日期。其中年龄一项应填写患者实足年龄，对 14 岁以下的儿童和 60 岁以上的老年人尤应明确。

简化处方举例：

R_p

Tab. APC　0.5×9

S. 0.5　t. i. d.

R_p

Caps. Tetracyclini　0.25×18

S. 0.5　t. i. d.

R_p

Inj. Adrenalini Hydrochloridi　1mg×1

S. 1mg　i. h. Stat！

R_p

Amp. Penicillini G　40 万 U×6

S. 40 万 U　i. m. q. 12. h. 皮试（—）后

R_p

Amp. Thiopentali Natrici　0.5×3

Aquae pro injectione　10.0×3

S. 手术室用

（2）处方头：处方左上角印有"R_x"或"R_p"的符号，是拉丁文 Recipe 的简写，是"请取"的意思，也即请药剂师取下列药物。

（3）处方正文：是处方的主要部分，包括药物名称、剂型、规格、总量、用法、单位用量、给药途径、用药间隔等。如果一张处方中有几种药，则每一药物均应另起一行书写（用拉丁文或中文书写均可，如用拉丁文，应用第二格，每一个字的第一个字母都要大写）。

剂量写在右侧，数量用阿拉伯数字书写。固体或半固体药物以克为单位，液体药物以毫升为单位，一般情况下"克"和"毫升"可省略不写，需要其他单位者如毫克、微克、国际单位等则需注明。剂量小于 1.0 时，小数点前必须加有零，如 0.5，如为整数，则数值后加小数点和零，如 5.0。

如果该药物制剂只有一种规格，可省略不写，如有两种以上的规格者，仍应注明规格。

用药途径除口服可不注明外，其他途径都需写清楚，如肌肉注射、皮下注射、静脉注射等。

处方可分为完整处方、简化处方、法定处方和协定处方等，临床常用的为简化处方，其书写格式为：第一行写药物的名称、剂型、格式×取量。第二行写药物的用法（Sig 或 S）、单位用量、给药途径及用药间隔。

请取：复方阿司匹林片　0.5×9

用法：每日 3 次，每次 1 片

请取：四环素胶囊　0.25×18

用法：每日 3 次，每次 2 粒

请取：盐酸肾上腺素注射液　1mg×1

用法：立即皮下注射　1mg

请取：青霉素 40 万单位×6 支

用法：皮试（—）时，每 12h 肌肉注射 40 万单位

请取：硫喷妥钠 0.5×3 支

　　　注射用水 10.0×3 支

用法：手术室用

R_p

Tab. Digoxini　0.25mg×9　　　　请取:地高辛片0.25mg×9

S. 0.5mg st. 0.25mg q. 6. h.　　　用法:即服两片,以后每6小时服1片

（4）医师签名:

处方书写后,仍需仔细核对,确认无误后才可交给病人。

（5）处方结构示例:

××××××医院门诊处方笺

姓名_____年龄_____性别_____门诊号_____日期_____

R_p

Inj.	Penicillini G	Pen	80万单位×6
（剂型）	（药名）	（规格）	（用量）
Sig.	80万单位	i. m.	b. i. d. 皮试!
（用法）	（单位用量）	（给药途径）	（用药间隔）

医师_____

药师_____

3. 书写处方的一般规则和注意事项

（1）开处方时必须认真负责,考虑妥当后再写,字迹要清楚,不得涂改。不可用铅笔书写,以免模糊不清,造成差错。

（2）每次剂量不应超过中国药典规定的极量,如因特殊需要,应在剂量旁签名或在剂量后加惊叹号,如3.0!。

（3）通常处方开2~3天量,有些药物需要长时间服用,可以酌情多开些。毒性药物总量一般不超过1天极量;剧药总量一般不超过两天极量。麻醉成瘾药品一般不超过3天用量,并应单独以专用处方笺（红色）书写。

（4）急诊处方需立即取药者,应在处方笺左上角加写"急"或"Stat!"字。

（5）数种药物同时使用时,应注意药物的配伍禁忌。

4. 处方中常用的拉丁文

附表7　处方中常用拉丁文简字表

分类	拉丁文缩写	中文意义	分类	拉丁文缩写	中文意义
药物制剂	Amp.	安瓿剂		a. c.	饭前
	Caps.	胶囊剂		p. c.	饭后
	Emul.	乳剂		a. m.	上午
	Extr.	浸膏		p. m.	下午
	Inj.	注射剂	给药次数和给药时间	h. s.	睡前
	Lot.	洗剂		q. d.	每日1次
	Loz.	喉片		b. i. d.	每日2次
	Mist.（Mixt）	合剂		t. i. d.	每日3次
	Ocul.	眼药膏		q. i. d.	每日4次
	Oil.	油剂		q. o. d.	隔日1次
	Past.	糊剂		q. 4. h.	每四小时1次
	Sol.	溶液剂		q. 6. h.	每六小时1次
	Syr.	糖浆剂		q. 8. h.	每八小时1次
	Tab.	片剂		q. m.	每晨
	Tinc.	酊剂		q. n.	每晚
	Ung.	软膏剂		s. o. s.	必要时
	Pil.	丸剂		st.（sat）	立即

分类	拉丁文缩写	中文意义	分类	拉丁文缩写	中文意义
	i. m.	肌肉注射		aa	各
	i. v.	静脉注射		ad	加至
	i. p.	腹腔注射		Aq. dest.	蒸馏水
给药途径	p. o.	口服		Co.	复方
	p. r.	直肠给药		Et.	及
	s. c. i. h.	皮下注射		No.	数量
	i. g.	灌胃		$R_x.$ (R_P)	请取
				S. (Sig)	注明用法
				q. s.	适量
				gtt.	滴
				i. u.	国际单位

（三）　小儿用药剂量计算

1. 根据体重计算

1～6 个月：体重（kg）＝月龄×0.6＋3（因出生平均体重为 3kg，1～6 个月每月增加 0.6kg）。

7～12 个月：体重（kg）＝月龄×0.5＋3（因 7～12 个月的小儿体重平均每月增加 0.5kg）。

1 周岁以上：体重（kg）＝年龄×2＋7（因 1 周岁时体重平均为 9kg，以后每年增加 2kg）。

例：异丙嗪（非那根）小儿剂量为每次 0.5mg/kg，7 岁儿童每次应给多少剂量？如用注射剂，每安瓿 1ml 含异丙嗪 25mg，应该注射多少 ml？

该儿童体重＝7×2＋7＝21（kg）

1 次用药量＝21×0.5（mg）＝10.5（mg）（如用 12.5mg 片剂，每次可用 1 片）

用注射剂药量的计算：

$$25 : 1 = 10.5 : x$$

$$x = 10.5/25 = 0.42（ml）$$

此法简洁易行，但年幼者此量偏低，年长者则偏大，应根据临床经验适当增减。

2. 根据体表面积计算

因药物血药浓度和作用与体表面积有平行关系，因此按体表面积计算药量更为合理。可按下列公式从体重计算出体表面积。

体表面积（m²）＝体重（kg）×0.035（m²/kg）＋ 0.1（m²）

此公式不适用于 30kg 以上者，对体重超过 30kg 者，以 30kg 时的体表面积为基数，体重每增加 5kg，增加体表面积 0.1m²。如 30kg 为 1.15m²，35kg 为 1.25m²，40kg 为 1.35m²，45kg 为 1.45m²，50kg 为 1.55m²。体重超过 50kg 后，则每增加 10kg，体表面积增加 0.1m²。

本法适用于任何年龄，只是计算稍繁。

（张民英）

附录Ⅱ　常用机能实验学专用词汇（英中文对照）

A

absolute refractory period　绝对不应期

absorption　吸收

academia　酸血症

acetaminophen,paracetamol　对乙酰氨基酚（扑热息痛）

acethropan,ACTH　促肾上腺皮质激素

acetylcholine,Ach　乙酰胆碱

acetylcholinesterase　乙酰胆碱酯酶

acetylcysteine　乙酰半胱氨酸

acetylsalicylic acid,aspirin　乙酰水杨酸（阿司匹林）

acetylspiramycin　乙酰螺旋霉素

acid base balance　酸碱平衡

actin　肌动蛋白（肌纤蛋白）

action potential duration,APD　动作电位持续时间

action potential　动作电位

activator protein-1,AP-1　转录因子活化蛋白-1

active transport　主动转运

actual bicarbonate,AB　实际碳酸氢盐

acute lung injury,ALI　急性肺损伤

acute phase reactive protein,AP　急性期反应蛋白

acute phase response　急性期反应

acute renal failure,ARF　急性肾衰竭

acute respiratory distress syndrome,ARDS　急性呼吸窘迫综合征

acute tubular necrosis,ATN　急性肾小管坏死

acyclovir　阿昔洛韦（无环鸟苷）

addiction　成瘾性

adrenaline reversal　肾上腺素作用的反转

adrenaline,epinephrine,AD　肾上腺素

adrenergic fiber　肾上腺素能纤维

adrenoceptor agonists　肾上腺素受体激动药

adrenoceptor blocking drugs　肾上腺素受体阻断药

adrenoceptor　肾上腺素受体

adrenocortical hormones　肾上腺皮质激素

adrenomedullin　肾上腺髓质素

adsorbent　吸附药

adverse effect　不良反应

aerosol　气雾剂

afferent arteriole　入球小动脉

affinity　亲和力

afterload　后负荷

agglutinogen　凝集原

agonist　激动药

albendazole　阿苯哒唑

albuminuria　蛋白尿

aldosterone　醛固酮

alkalemia　碱血症

alkylating agents　烷化剂（烃化剂）

allergic reaction　变态反应

aluminum hydroxide　氢氧化铝

alveolar PCO_2,P_ACO_2　肺泡气二氧化碳分压

alveolar PO_2,P_AO_2　肺泡气氧分压

alveolar ventilation,V_A　肺泡通气量

amikacin　阿米卡星

amine pump　胺泵

aminoglycosides　氨基苷类抗生素

aminophylline　氨茶碱

amitriptyline　阿米替林

ammonium chloride　氯化铵

amobarbital　异戊巴比妥

amoxycillin　阿莫西林

amphotericin B　两性霉素 B

ampicillin　氨苄西林

anabolic steroids　同化激素

anaesthetic ether　麻醉乙醚

analog　模拟信号

anaphylactic shock　过敏性休克

anasarca　全身性水肿

anatomic shunt　解剖分流

anatomical dead space　解剖无效腔

androgens　雄性激素

android　甲睾酮

andronate　丙酸睾酮

anemic hypoxia　贫血性缺氧

Angelica sinensis　当归

angiotensin converting enzyme inhibitor,ACEI　血管紧张素转换酶抑制剂

angiotensin converting enzyme,ACE　血管紧张素转换酶

angiotensin Ⅱ receptor antagonist,Ang Ⅱ RA　血管紧张素 Ⅱ受体拮抗剂

angiotensin Ⅱ,Ang Ⅱ　血管紧张素Ⅱ

anion gap,AG　阴离子间隙

anisodamine　山莨菪碱

antacid　抗酸药

antagonism　拮抗作用

antagonist　拮抗药

anthraquinones　蒽醌类

antianxiety drugs　抗焦虑药

antiasthmatic drugs　平喘药

antiatherosclerotic drugs　抗动脉弱样硬化药

anticoagulants　抗凝血药

antidepressive drugs　抗抑郁症药

antidiuretic hormone,ADH　抗利尿激素

antifibrinolysin　抗纤溶剂

antihypertensive　抗高血压药

antilymphocyte globulin,ALG　抗淋巴细胞球蛋白

antimanic drugs　抗躁狂症药

antipsychotic drugs　抗精神病药

antipyretic-analgesic and antiinflammatory drugs　解热镇痛抗炎药

antithrombin Ⅲ,AT Ⅲ　抗凝血酶Ⅲ

antitussives　镇咳药

APC　复方阿司匹林

apparent volume of distribution,V_d　表观分布容积

aquaporins,AQP　水通道蛋白

area under the curve,AUC　曲线下面积

arrhythmia　心律失常

arterial blood pressure　动脉血压

arterial partial pressure of oxygen,PaO_2　动脉血氧分压

arterial pulse　动脉脉搏

arteriole　微动脉

astemizole　阿司咪唑(息斯敏)

astringents　收剑药

atmospheric hypoxia　大气性缺氧

atrial natriuretic peptide,ANP　心房利钠肽

atriopeptin　心房肽

atrioventricular delay　房室延搁

atropine　阿托品

azithromycin　阿奇霉素

azotemia　氮质血症

B

baroreceptor reflex　压力感受性反射

baroreceptor　压力感受器

base excess,BE　碱剩余

benactyzine hydrochloride　贝那替秦(胃复康)

betamethasone,celestone　倍他米松

bioavailability　生物利用度

bioequivalance　生物等值

biopharmaceutics　生物药剂学

biotransformation　生物转化

bismuth subcarbonate　次碳酸铋

blood circulation　血液循环

blood coagulation　血液凝固

blood group　血型

blood oxygen content　血氧含量

blood pressure　血压

blood-brain barrier　血脑屏障

Bowman's capsule　肾小囊

buffer base,BB　缓冲碱

burn shock　烧伤性休克

C

caffeine　咖啡因(咖啡碱)

calcium antagonists　钙拮抗药

calcium carbonate　碳酸钙

calcium induced calcium release　钙触发钙释放

calcium overload　钙超载

calcium paradox　钙反常

calcium pump　钙泵

cancer chemotherapeutic agents　抗恶性肿瘤药

captopril　卡托普利

capture　抢先占领

carbamazepine　卡马西平(酰胺咪嗪)

carbamylcholine,carbachol　卡巴胆碱(氨甲酰胆碱)

carbenicillin　羧苄西林

carbon dioxide narcosis　二氧化碳麻醉

carbon monoxide,CO　一氧化碳

carbonic anhydrase,CA　碳酸酐酶

carboxyhemoglobin,HbCO　碳氧血红蛋白

carcinogenesis　致癌作用

cardiac cycle　心动周期

cardiac glycosides　强心甙

cardiac insufficiency　心功能不全

cardiac output,CO　心输出量

cardiogenic shock　心源性休克

catalase,CAT　过氧化氢酶

catecholamine,CA　儿茶酚胺

catecholamines,CAs　儿茶酚胺类

cefazolin　头孢唑啉

cell cycle non-specific drugs　周期非特异性药物

cell cycle specific drugs　周期特异性药物

central chemoreceptor　中枢化学感受器

central stimulants　中枢兴奋药

central venous pressure,CVP　中心静脉压

cephalexin　头孢氨苄

chemically-gated channel　化学门控通道

chemoreceptor reflex　化学感受性反射

chemoreceptor　化学感受器

chemotherapy　化学治疗学

Cheyne-Stokes respiration　潮式呼吸或陈-施二氏呼吸

chloral hydrate　水合氯醛

chlordiazepoxide　氯氮䓬(利眠灵)

chlormethine　氮芥

chloromycetin,chloramphenicol　氯霉素

chloroquine　氯喹

chlorpheniramine　氯苯那敏(扑尔敏)

chlorpromazine,wintermin 氯丙嗪(冬眠灵)

cholecystokinin 缩胆囊素

cholestyramine 考来烯胺(消胆胺)

cholinergic nerve 胆碱能神经

cholinergic receptor 胆碱能受体

cholinesterase reactivators 胆碱酯酶复活药

cholinesterase 胆碱酯酶

cholinoceptor agonists 胆碱受体激动剂

cholinoceptor blocking drugs 胆碱受体阻断药

cholinoceptor 胆碱受体

chondroitine sulfate A 硫酸软骨素 A

chronaxie 时值

chronic obstructive pulmonary disease,COPD 慢性阻塞性肺部疾患

chronic renal failure,CRF 慢性肾衰竭

chronic respiratory failure 慢性呼吸衰竭

ciclosporin,cyclosporin A 环孢素 A

ciprofloxacin 环丙沙星

circulatory hypoxia 循环性缺氧

cisplatin,DDP 顺铂

clenbuterol 克伦特罗(咳喘素)

clonidine 可乐定

clotrimazole 克霉唑

coagulation factor,blood clotting factor 凝血因子

codeine 可待因

collecting duct 集合管

colloid osmotic pressure 胶体渗透压

compartment 房室

compensatory pause 代偿性间歇

competitive antagonist 竞争性拮抗药

competitive muscular relaxants 竞争型肌松药

complete compensation 完全代偿

complete tetanus 完全强直

concentration-effect relationship 浓度-效应关系

concentric hypertrophy 向心性肥大

congestive heart failure,CHF 充血性心力衰竭

congestive hypoxia 淤血性缺氧

contractility 收缩性

contraction alkalosis 浓缩性碱中毒

contraction 收缩

controlled release preparation 控释制剂

corticotrophin,adrenocorticotropic hormone,ACTH 促肾上腺皮质激素

cortisone acetate 乙酸可的松

crossed extensor reflex 交叉伸肌反射

crystal osmotic pressure 晶体渗透压

cyanosis 发绀

cyclophosphamide,endoxan,cytoxan,CTX 环磷酰胺

cytarabine,Arac 阿糖胞苷

cytokine 细胞因子

cytosol binding protein,CBP 胞质结合蛋白

D

dead space,VD 生理死腔

dead space-like ventilation 死腔样通气

decompensation 失代偿

dehydrocholic acid 去氢胆酸

dependence 依赖性

depolarization 去极化

depolarizing muscular relaxants 除极化型肌松药

desoxycortone,desoxycorticosterone 去氧皮质酮

dexamethasone 地塞米松

dextran 右旋糖酐

diabetes insipidus 尿崩症

diastolic pressure 舒张压

diastolic volume 舒张期容积

diazepam 地西泮(安定)

diazoxide 二氮嗪

dicoumarol 双香豆素

diethylstilbestrol 己烯雌酚

diffusion impairment 弥散障碍

digitoxin 洋地黄毒苷

digit 数字信号

digoxin 地高辛

dilute hydrochloric acid 稀盐酸

diphenhydramine 苯海拉明

dipyridamole,persantin 双嘧达莫(潘生丁)

disseminated intravascular coagulation,DIC 弥散性血管内凝血

disturbance of acid-base balance 酸碱平衡紊乱

diuretic 利尿药

domperidone,motilium 多潘立酮(吗丁啉)

dopamine,DA 多巴胺

dose-effect relationship 剂量-效应关系

down regulation 向下调节

doxorubicin,adriamycin,ADM 阿霉素

doxycycline 多西环素(强力霉素)

drug abuse 药物滥用

drug action 药物作用

drug induced disease 药源性疾病

drug resistance 耐药性

drug 药物

dysoxidative hypoxia 氧利用障碍性缺氧

D-tubocurarine 筒箭毒碱

E

edema 水肿

effective filtration pressure 有效滤过压

effective period 有效期

effective refractory period 有效不应期

effective renal plasma flow 有效肾血浆流量

efferent arteriole 出球小动脉

electrical synapse 电突触

electrocardiogram, ECG 心电图

electrotonic potential 电紧张电位

electrotonic propagation 电紧张传播

elimination half-life time 消除半衰期

elimination rate constant 消除速率常数

elimination 消除

enalapril 依那普利

endogenous pyrogen, EP 内生性致热原

endotoxic shock 内毒素性休克

end-plate potential, EPP 终板电位

end-systolic volume 收缩末期容积

enterogenous cyanosis 肠源性发绀

ephedrine 麻黄碱

epinephrine, E or adrenaline 肾上腺素

erythrocyte sedimentation rate 红细胞沉降率

erythromycin 红霉素

erythropoietin, EPO 红细胞生成素

estradiol 雌二醇

estrogens 雌激素

etacrynic acid 依他尼酸(利尿酸)

etiological treatment 病因治疗

euphoria 欣快感

eustress 良性应激

evoked cortical potential 皮层激发电位

excitability 兴奋性

excitation 兴奋

excretion 排泄

exogenous pyrogen 外源性致热原

expectorants 祛痰药

experimental pathology 实验病理学

expiratory dyspnea 呼气性呼吸困难

expiratory reserve volume 补呼气量

extensive metabolizer, EM 快代谢型

extracellular fluid, ECF 细胞外液

extracellular matrix, ECM 细胞外基质

F

facilitated diffusion 易化扩散

famotidine 法莫替丁

feedback 反馈

fentanyl 芬太尼

ferritin 铁蛋白

ferrous sulfate 硫酸亚铁

fever 发热

fibrin(ogen) degradation products, FDPs 纤维蛋白(原)降解
产物

fibrinogen 纤维蛋白原

fibrinolysis 纤维蛋白溶解

fibrinolytic drugs 纤维蛋白溶解药

fibrin 纤维蛋白

filtration equilibrium 滤过平衡

filtration fraction, FF 滤过分数

first pass elimination 首过消除

first-order kinetics 一级动力学

fixed acid 固定酸

flexor reflex 屈肌反射

folic acid 叶酸

follicle stimulating hormone, FSH 促卵泡素

formation of lymph 淋巴液生成

frank edema 显性水肿

functional dead space 功能性无效腔

functional renal failure 功能性肾衰竭

functional shunt 功能性分流

furazolidone 呋喃唑酮(痢特灵)

furosemide 呋塞米(呋喃苯胺酸)

G

ganglion blocking drugs 神经节阻断药

general anesthetics 全身麻醉药

genetic pharmacology 遗传药理学

gentamicin 庆大霉素

glomerular capillary pressure 肾小球毛细血管血压

glomerular filtration rate, GFR 肾小球滤过率

glomerulo-tubular balance, GTB 球-管平衡

glomerulus 肾小球

glucocorticoid response element, GRE 糖皮质激素反应成分

glucocorticoids 糖皮质激素

glucose transporter, GLUT 葡萄糖载体

gonadotropin - releasing hormone, GnRH 促性腺激素释放
激素

graded response 量反应

granulocyte colony-stimulating factor, G - CSF 粒细胞集落刺
激因子

granulocyte-macrophage colony-stimulating factor, GM - CSF
粒细胞/巨噬细胞集落刺激因子

H

habituation 习惯性

heart failure 心力衰竭

heart rate 心率

heart sound 心音

heat-shock protein 热休克蛋白

hemic hypoxia 血液性缺氧

hemorrhagic shock 失血性休克

heparin 肝素

hepatic encephalopathy 肝性脑病

hepatic failure　肝衰竭

hepatic insufficiency　肝功能不全

hepatorenal syndrome,HRS　肝肾综合征

hepato-enteral circulation　肝肠循环

high molecular weight kininogen,HMWK　高分子激肽原

high output heart failure　高输出量性心力衰竭

histamine　组胺

histogenous hypoxia　组织性缺氧

histotoxic hypoxia　组织中毒性缺氧

humoral factor　体液因子

hydrocortisone,cortisol　氢化可的松

hyperbilirubinemia　高胆红素血症

hypercalcemia　高钙血症

hypercapnic respiratory failure　高碳酸血症型呼吸衰竭

hyperkalemia　高钾血症

hyperpolarization　超极化

hypersensitive reaction　过敏反应

hypertonus dehydration　高渗性脱水

hypervolemic hypernatremia　高容量性高钠血症

hypervolemic hyponatremia　高容量性低钠血症

hypnotic　催眠药

hypokinetic hypoxia　低动力性缺氧

hypotonic dehydration　低渗性脱水

hypotonic hypoxemia　低张性低氧血症

hypotonic hypoxia　低张性缺氧

hypovolemic hypernatremia　低容量性高钠血症

hypovolemic hyponatremia　低容量性低钠血症

hypovolemic shock　低血容量性休克

hypoxemic respiratory failure　低氧血症型呼吸衰竭

hypoxia　缺氧

hypoxic hypoxia　缺氧性缺氧

I

ibuprofen　布洛芬

idiosyncrasy　特异质反应

idoxuridine　碘苷

immunopotentiating drugs　免疫增强药

immunosuppressive drugs　免疫抑制剂

incompatibility　配伍禁忌

incomplete compensation　不完全代偿

incomplete tetanus　不完全强直收缩

individual variation　个体差异

indomethacin　吲哚美辛(消炎痛)

infectious shock　感染性休克

inflammatory bowel disease　炎性肠病

inflammatory mediators　炎症介质

inhalation anesthetics　吸入性麻醉药

inspiration　吸气

inspirator reserve volume　补吸气量

inspiratory dyspnea　吸气性呼吸困难

inspiratory off-switch mechanism　吸气切断机制

insulin-dependent diabetes mellitus,IDDM　胰岛素依赖型糖尿病

insulin　胰岛素

interaction　相互作用

interferon,IFN　干扰素

interleukin 3　白细胞介素 3

intrinsic activity　内在活性

intrinsic sympathomimetic activity,ISA　内在拟交感活性

ion channel　离子通道

ion pump　离子泵

ischemia injury　缺血性损伤

ischemia-reperfusion injury　缺血-再灌注损伤

ischemic hypoxia　缺血性缺氧

isometric contraction　等长收缩

isometric regulation　等长调节

isoprenaline　异丙肾上腺素

isosmotic solution　等渗溶液

isosorbide dinitrate　硝酸异山梨酯(消心痛)

isotonic dehydration　等渗性脱水

isotonic hypoxia　等张性缺氧

isovolemic hypernatremia　等容量性高钠血症

isovolemic hyponatremia　等容量性低钠血症

J

jaundice(icterus)　黄疸

juxtaglomerular apparatus　球旁器

kallikrein,Ka　激肽释放酶

kanamycin　卡那霉素

ketamine　氯胺酮

L

laboratory animal　实验动物

lactic acidosis　乳酸酸中毒

lactulose　乳果糖

laxatives,cathartics　泻药

levamisole,LMS　左旋咪唑

levodopa,L-dopa　左旋多巴

lidocaine　利多卡因

ligand gated calcium channel,LGCC　配体门控性钙通道

ligand gated channel　配体门控通道

ligand　配体

lincomycin　林可霉素

liquid paraffin　液体石蜡

lithium carbonate　碳酸锂

local anesthetics　局部麻醉药

lovastatin　乐伐他汀

low output heart failure　低输出量性心力衰竭

Lugol's solution　复方碘溶液(卢戈液)

luteinizing hormone,LH　黄体生成素

lymph flow 淋巴流
lymph fluid 淋巴液

M

macula densa 致密斑

magnesium hydroxide 氢氧化镁

magnesium sulfate 硫酸镁

mannitol 甘露醇

margin of safety 安全范围

maximal rate of glucose transport 葡萄糖最大转运率

maximum efficacy 最大效能

maximum repolarization potential 最大复极电位

mean arterial pressure 平均动脉压

mean circulatory filling pressure 循环系统平均充盈压

mechanically-gated channel 机械门控通道

mechanism of action 作用机制

median effective dose 半数有效量

medicinal activated charcoal 药用炭

medroxyprogesterone acetate 乙酸甲羟孕酮(安宫黄体酮)

medullary thick ascending limb of Henle's loop, mTAL 髓袢
升支粗段

metabolic acidosis 代谢性酸中毒

metabolic alkalosis 代谢性碱中毒

metaraminol, aramine 间羟胺(阿拉明)

metformin 二甲双胍(甲福明)

methemoglobin 高铁血红蛋白

methotrexate, MTX, amethopterin 甲氨蝶呤(氨甲蝶呤)

methyldopa 甲基多巴

methylphenidate, ritalin 哌甲酯(利他林)

methylthiouracil 甲硫氧嘧啶

metronidazole 甲硝唑

microangiopathic hemolytic anemia 微血管病性溶血性贫血

microcirculation 微循环

mineralocorticoids 盐皮质激素

minimum effective concentration 最小有效浓度

minimum lethal dose 最小致死量

mitogen-activated protein kinase, MAPK 丝裂原活化蛋白
激酶

mitomycin C, MMC 丝裂霉素 C

mixed acid-base disturbance 混合型酸碱平衡紊乱

mono-amine oxidase, MAO 单胺氧化酶

morphine 吗啡

multiple system organ failure, MSOF 多系统器官衰竭

muscarine 毒蕈碱

muscle tonus 肌紧张

mutagenesis 致突变作用

myocardial contractility 心肌收缩力

myocardial depressant factor, MDF 心肌抑制因子

myocardial remodeling 心肌重构

myocardial stunning 心肌顿抑

myofilament sliding theory 肌丝滑行理论

myogenic theory of autoregulatory 肌源性自身调节

myosin 肌球蛋白(肌凝蛋白)

N

N$_1$-cholinoceptor blocking drugs N$_1$胆碱受体阻断药

N$_2$-cholinoceptor blocking drugs N$_2$胆碱受体阻断药

naloxone 纳洛酮

nandrolone phenylpropionate 苯丙酸诺龙(南诺龙)

nebula 喷雾剂

negative chronotropic action 负性频率作用

negative feedback 负反馈

negative glucocorticoid response element, NGER 负性糖皮质
激素反应成分

neostigmine, prostigmine 新斯的明

nephrogenic diabetes insipidus, NDI 肾性尿崩症

nephrotoxic lesion 肾毒性损伤

nerve impulse 神经冲动

neurogenic shock 神经源性休克

neuroleptanalgesia 安定镇痛术

neurophysin 后叶激素运载蛋白

nicotine 烟碱

nicotinic acid 烟酸

nifedipine 硝苯地平(心痛定)

nikethamide, coramin 尼可刹米(可拉明)

nitrofurantoin, furadantin 呋喃妥因(呋喃坦啶)

nitroglycerin 硝酸甘油

no reflow phenomenon 无复流现象

NO synthetase, NOS 一氧化氮合成酶

noncompetitive antagonist 非竞争性拮抗药

non-insulin-dependent diabetis 非胰岛素依赖型糖尿病

non-steroidal anti-inflammatory drugs, NSAID 非甾体抗炎药

noradrenaline, NA, norepinephrine, NE 去甲肾上腺素

noradrenergic nerve 去甲肾上腺素能神经

norethisterone, norethindrone 炔诺酮

norfloxacin 诺氟沙星

norgestrel 炔诺孕酮

O

ofloxacin 氧氟沙星

orthopnea 端坐呼吸

osmoreceptor 渗透压感受器

osmotic diuresis 渗透性利尿

osmotic pressure 渗透压

overdrive suppression 超速驱动阻抑

overshoot 超射

oxidative stress 氧化应激

oxygen binding capacity in blood 血氧容量

oxygen burst 氧爆发

oxygen content 氧含量

oxygen dissociation curve　氧解离曲线

oxygen free radical　氧自由基

oxygen paradox　氧反常

oxygen saturation of hemoglobin　血红蛋白氧饱和度

oxytocics　子宫平滑肌兴奋药

oxytocin,pitocin　缩宫素(催产素)

P

pancreatin　胰酶

parasympathetic nerve　副交感神经

parathyroid hormone,PTH　甲状旁腺激素

para-aminosalicylic acid,PAS　对氨水杨酸

parenchymal renal failure　器质性肾衰竭

parkinson disease　帕金森病(震颤麻痹)

paroxysmal nocturnal dyspnea　夜间阵发呼吸困难

partial agonist　部分激动药

partial pressure of inspired oxygen　吸入气氧分压

partial pressure of venous oxygen,PvO_2　静脉血氧分压

pathogenesis　发病学(或发病原理)

peak concentration,C_{max}　峰值浓度

peak time,T_{peak}　达峰时间

penicillin binding proteins,PBP_s　青霉素结合蛋白

penicillin G　青霉素 G

pentothal sodium　硫喷妥钠

pepsin　胃蛋白酶

peptic ulcer　消化性溃疡

periodic breathing　周期性呼吸

peripheral chemoreceptor　外周化学感受器

peripheral resistance　外周阻力

pethidine,dolantin　哌替啶(度冷丁)

pharmaceutical equivalance　药剂当量

pharmacodynamics　药物效应动力学(药效学)

pharmacokinetics　药物代谢动力学(药动学)

pharmacological effect　药理效应

pharmacology　药理学

phenacetin　非那西丁

phenobarbital,luminal　苯巴比妥(鲁米那)

phenolphthalein　酚酞

phenoxybenzamine,dibenzyline　酚苄明(苯苄胺)

phentolamine,regitine　酚妥拉明

phenylephrine,neosynephrine　去氧肾上腺素(新福林)

phenytoin sodium,dilantine　苯妥英钠(大仑丁)

physostigmine,eserine　毒扁豆碱(依色林)

pilocarpine　毛果芸香碱(匹鲁卡品)

pindolol　吲哚洛尔

pipemidic acid　吡哌酸

pituitrin　垂体后叶素

placebo　安慰剂

placenta barrier　胎盘屏障

plasma clearance,Cl　血浆清除率

plasma colloid osmotic pressure　血浆胶体渗透压

plasma protamin paracoagulation test　血浆鱼精蛋白副凝试验,3P 实验

plasma protein binding　血浆蛋白结合

plasminogen　纤维蛋白溶酶原

platelet adhesion　血小板黏附

platelet aggregation　血小板聚集

polarization　极化

polymyxin B(E)　多粘菌素 B(E)

poor metabolizer,PM　慢代谢型

positive feedback　正反馈

positive inotropic action　正性肌力作用

postcapillary resistance vessel 毛细血管后阻力血管

postcapillary resistance　毛细血管后阻力

potency　强度

praziquantel　吡喹酮

prednisolone　泼尼松龙(强的松龙)

prednisone　泼尼松(强的松)

prekallikrein,Pre-K　前激肽释放酶

preload　前负荷

premature excitation　期前兴奋

premature systole　期前收缩

prenylamine,segontin　普尼拉明(心可定)

pressure load　压力负荷

procaine　普鲁卡因

progestogens　孕激素

prokinetics　胃肠促动药

promethazine,phenergan　异丙嗪(非那更)

promoter　启动子

propantheline bromide　溴丙胺太林(普鲁本辛)

prostacyclin,PGI_2　前列环素

prostaglandins,PG_s　前列腺素

prothrombinase complex　凝血酶原酶复合物

proximal tubule　近端小管

psychiatric disorders　精神失常

pulmonary artery wedge pressure,PAWP　肺动脉楔入压

pulmonary encephalopathy　肺性脑病

pulmonary stretch reflex　肺牵张反射

pulmonary ventilation　肺换气

pyraloxime iodide,PAM　碘解磷定

pyrimethamine　乙胺嘧啶

Q

qinghaosu　青蒿素

quinidine　奎尼丁

quinine　奎宁

R

ranitidine　雷尼替丁

rate of elimination　消除速率